頭骨王座 下

彼得．布雷特 Peter V. Brett —— 著
戚建邦 —— 譯

THE SKULL THRONE

THE SKULL THRONE

頭骨王座·【下冊】

第十七章　黃金嗓　333AR　冬

安吉爾斯傳信使者的馬車看起來和窪地格格不入，但是羅傑一眼就能認出它來。他和艾利克在林白克還寵信他老師時搭乘過無數次。

只不過如今它歸傑辛・黃金嗓所有。

馬車在一打騎乘安吉爾斯駿馬的林木士兵守護下抵達地心魔物墳場時，羅傑的琴弓停下演奏。其他在音貝棚中聽他指揮演奏的吟遊詩人和學徒也一起停止演奏，順著他的目光看去。

坎黛兒來到他面前。「一切還好嗎？你的臉色白得像雲。」

羅傑幾乎沒聽見她說話。他的腦袋天旋地轉、驚慌恐懼，回想起不久前那個血腥夜晚的慘叫和嘲笑。他滿臉驚訝地看著男僕放下階梯，打開車門。

哈利・滾球者一手搭上他的肩膀。「走吧，孩子。現在就走，別讓他看見。我會幫你向他致歉。」

這些話，加上老吟遊詩人輕輕一推，把羅傑自出神狀態喚回。哈利架起小提琴，站上台前帶領樂團，吸引團員的注意，讓羅傑溜走。

羅傑從舞台右邊下台，離開眾人視線範圍後立刻加快腳步，一次跨三級台階，然後走出音貝棚門口，像野兔一樣迅速繞到後方。他靠在音貝棚的牆上，藏身陰影之中，看著黃金嗓走出馬車。

儘管事發超過一年，看到那天晚上謀殺傑卡伯大師、把羅傑留在安吉爾斯街上等死的男人，還是會讓羅傑情緒激動。在陰影的保護下，羅傑嘴唇上揚，很想抖動手掌，拔出綁在手臂上的飛刀。只要正中目標……

然後呢？他問自己。你就會爲了謀殺公爵的傳令使者而被吊死？

但是羅傑的肌肉一直繃緊著。他光是站在原地就呼吸急促，身體充滿供他戰鬥或是逃跑的氧氣。

傑辛叫了聲哈利，老吟遊詩人走下舞台前的台階去招呼他。兩人互相擁抱拍背，飛刀似乎自動落入羅傑掌心。

他沒看到他的學徒艾伯倫和莎莉。艾伯倫曾打斷了羅傑的小提琴，把他壓在地上。莎莉則在笑聲中徒手打死傑卡伯大師。

但是學徒只是工具。下令殺人的是傑辛。傑辛必須爲這個罪行付出代價。

「羅傑，你到底在幹什麼？」身後突然傳來坎黛兒的聲音，把羅傑給嚇了一跳。她怎麼有辦法偷溜到他身後？

「管好妳自己的事情，坎黛兒。」羅傑說。「不關妳的事。」

「不關我的事才怪。」坎黛兒說。「我很快就會嫁給你了。」

羅傑看向她，而他的目光令她倒抽一口涼氣。「此時此刻，」他輕聲說道。「妳唯一需要知道的事情就是如果有惡魔要吃傑辛．黃金嗓，而我只要彈奏幾個音節就能救他，我也寧願先把我的小提琴摔成碎片。」

「傑辛．黃金嗓是誰？」羅傑一進房間，阿曼娃立刻問道。她身穿絲綢彩衣，即使在盛怒之下看來依舊美麗。

他知道她會問，但沒想到這麼快。坎黛兒和他妻子在過去幾週間變得親密無比。

「傑辛・黃金嗓他媽的是我的問題，和其他人沒有關係。」他大聲道。

「惡魔屎。」阿曼娃朝地板吐口水，這讓羅傑吃了一驚。「我們是你的吉娃。你的敵人就是我們的敵人。」

羅傑雙臂抱胸。「如果這麼想知道，何不詢問妳的骨骰？」

阿曼娃冷冷一笑。「啊，丈夫，你知道我已經問過了。我是想給你機會親口告訴我。」

羅傑面無表情地看著她，考慮這件事情。她肯定已擲骰詢問這個問題，但阿拉蓋霍拉對她說了什麼又是另一回事。她或許得知了所有的眞相——甚至比他自己還清楚——又或許只得到一些足供她刺探此事的曖昧暗示。

「如果妳問過骨骰，妳就已經知道艾弗倫要妳知道的事情。」他回嘴道，心知這樣回答可能會有危險。

出乎意外的是，阿曼娃的笑容擴大。「你學得很快，丈夫。」

羅傑微微鞠躬。「我有很棒的老師。」

「你必須學會信任你的吉娃，丈夫。」阿曼娃說著伸手撫摸他的手臂，拉近距離。羅傑知道這是計算好的動作，就像她剛剛假裝發脾氣一樣，但他無法否認這些動作很有效。

「我只是……」羅傑吞嚥喉嚨中的硬塊。「我還不想談論此事。」

「霍拉說你們之間存有血債。」阿曼娃說。「只能用血洗淨的血債。」

「妳不懂……」羅傑開口。

阿曼娃以笑聲打斷他。「我是阿曼恩．賈迪爾的女兒！你以為我不懂血債世仇？不懂的人是你，丈夫。你必須殺了這個人，現在就必須動手，不讓他有機會再度威脅你或你的家人。」

「他不敢。」羅傑說。「不敢在此時此地動手。」

「血債可以延續數代，丈夫。」阿曼娃說。「如果不殺了他，他的孫子就可能殺死你的孫子。」

「而殺了他就能斷絕血債？」羅傑問。「還是會讓他的孩子直接把我視為敵人？」

「如果他有孩子，最好的做法是趕盡殺絕。」阿曼娃說。

「造物主呀，妳是認真的嗎？」羅傑十分震驚。

「我會派克里弗動手。」阿曼娃說。「他是克雷瓦克觀察兵，也是解放者長矛隊的成員。不會有人發現他，對所有目擊者而言，你的敵人只是摔馬摔死，或是被豆子噎死。」

「不！」羅傑大叫。「不要派觀察兵。不要用達馬丁的毒藥。不要干涉此事——妳們全都一樣。要不要找傑辛．黃金嗓報仇是我的事情，如果妳們連這點尊重都不給我，那這段婚姻就結束了。」

現場陷入一片死寂。死寂到羅傑都能聽見自己的心跳聲。他有點想要收回這句話，只為了打破沉默，但他不能這麼做。

因為那是他的真心話。

阿曼娃瞪了他很長一段時間，他用自己的面具面對她的面具，看誰先偏開目光。

最後她讓步了，垂下目光，深深鞠躬。她語氣惡毒。「如你所願，丈夫。他的命只有你能取。」

她抬頭看他。「但是要知道。讓他多活一天，他的所作所為都會成為你在孤獨之道接受審判時的負擔。」

羅傑哼了一聲。「我願意承擔這種風險。」

阿曼娃從鼻孔中吐出憤怒的氣息，轉過身去，走回她的個人寢室，緊閉房門。

羅傑很想去追她。告訴她他愛她，絕不會想要結束這段婚姻。但是勇氣離開他的體內，現實又從四面八方回來。

傑辛・黃金嗓身在窪地，羅傑不可能永遠避開他。

他第二天早上收到邀請，伯爵召集核心議員開午後特別會議，正式歡迎公爵的傳令使者。

羅傑把邀請函捏成一團，不過沒有把它留在會被人發現的地方。阿曼娃依然待在她的寢室裡，門口的氣溫很低。

「我要去找男爵。」羅傑對希克娃說。她立刻幫他挑選恰當的服飾。

就連羅傑的衣櫥也被阿曼娃染指。在發現羅傑帶去艾弗倫恩惠的那套衣服就是他唯一的衣服時，阿曼娃非常驚訝。不到一個小時，莎瑪娃的裁縫就已經把他剝光，開始丈量尺寸了。

幸好他們在建造豪宅。從羅傑衣櫥膨脹的程度來看，他們得騰出一整條側翼的空間放他的衣服。

他倒不是抱怨。如今羅傑不管出席任何場合都有相對應的七彩服可穿，根據不同場合而有不同材質和色彩的鮮豔度。黑夜呀，他可以整整一個月不會穿到任何重複的衣服。這讓他想起艾利克早期的生活，他擔任公爵傳令信使，住在宮殿裡的日子。即使現在，當年的謊言已經揭穿，那還是他印象中最快樂的日子。

一開始，羅傑還想自己挑衣服，但他兩個妻子很快就讓他打消這個念頭。事實上，她們在這方面的美感比他強。

希克娃專為男爵非正式聚會挑選的外套和長褲上繡有配色黯淡的複雜圖案，像是上好的克拉西亞小地毯。寬鬆的上衣是潔白無瑕的白絲。感覺好像穿了朵雲在身上一樣。

羅傑沉重的金牌掛在飄逸的上衣之下。用粗鍊條扣著的安吉爾斯皇家勇氣勳章，金牌上有兩把交叉的長矛位於一面盾牌後面，盾牌上繪有林白克公爵的紋章：一頂葉形皇冠飄在鋪滿藤蔓的王座上。盾牌下方有條橫幅，寫道：

艾利克・甜蜜歌

但是羅傑把金牌反過來戴，勳章平滑的背面刻著四個名字：

卡莉

傑桑

傑若

傑卡伯

他們都是為了保護羅傑而死的。五個名字。五條人命，為他而死。他可悲的存在究竟多有價值？

他假裝撥弄繫帶，趁機偷摸金牌。他的手指短暫拂過金牌，一股欣慰竄入體內，驅退揮之不去的焦慮。不管他的腦子怎麼說，他的內心都告訴他只要摸著金牌，世界上就沒有任何東西傷得了他。

這是個很愚蠢的想法，不過吟遊詩人的工作之一就是要笨，所以沒關係。

希克娃拉開他的手，像幫小孩子穿衣服的母親般幫他綁繫繩。焦慮感再度浮現，他本能地伸手回去。希克娃向他手背甩了一掌。手背刺痛片刻，不過很快就不痛了，於她拉平上衣時完全變麻。

羅傑驚訝地跳了起來。「希克娃！」

希克娃瞪大雙眼，順勢下跪，雙掌貼地。「很抱歉我打了你，榮譽的丈夫。如果你想要鞭打我，那是你的權利……」

羅傑目瞪口呆。「不，我……」

希克娃抬頭。「當然。我會請達馬丁執行懲罰……」

「沒人會鞭打任何人！」羅傑大聲道。「你們到底有什麼毛病？別管這個了，再去幫我挑件上衣。有鈕子的上衣。」

她一轉身，羅傑立刻伸手去摸金牌，彷彿生死交關般緊緊握住。

他的護身符是少數幾個還沒有和妻子分享的祕密之一。她們知道金牌上的名字，他母親和父親、他們家族的信使朋友，還有兩個指導過他的吟遊詩人。全都壯烈犧牲。

但是關於他們死亡的故事，謀殺、背叛、愚行等等，他都沒告訴她們。

希克娃帶著新的上衣回來，大蕾絲領巾的寬鬆襯衫。這件衣服適合更加隆重的場合，不過胸口的領巾讓他可以在不引人注目的情況下觸摸他的金牌。

她是刻意挑選這件的嗎？當希克娃留著上面數下來第三個鈕釦沒扣時，羅傑就知道她了解了，而他覺得有點心痛。

所有他這輩子愛過的人全都死了，把他孤伶伶地留在世上，萬一這筆債還沒付完呢？下一個為他而死的人會是希克娃嗎？阿曼娃？坎黛兒？他無法承受這種想法。

他發現自己握金牌握到手都痛了。他多久沒這麼做了？幾個月？月虧之役過後，世界上已經沒有多少事情能讓他害怕了。

但他現在又害怕了。打從拒絕出任窪地郡的皇家傳令使者以來，湯姆士就一直對他很冷淡，不會為了街頭藝人命案的故事而去對付哥哥的傳令使者。

更糟糕的情況就是傑辛帶著他和他妻子的逮捕令而來。克拉西亞領導人的女兒和外甥女可以成為很有價值的人質，特別是在克拉西亞人入侵雷克頓的此刻。

在這種情況下指控傑辛很可能對羅傑沒有任何好處，只會惹火皇家傳令使者，而羅傑很清楚傑辛・黃金嗓會怎麼對付惹火他的人。他會擁抱憤怒、默不吭聲、懷恨在心。

然後，等你以為他完全忘記之後，他就在暗巷裡動手殺人。

羅傑突然嗆到口水，一陣猛咳。

「丈夫，你還好嗎？」希克娃問。「我去請達馬丁……」

「我沒事！」羅傑放開手，拉直他的領巾。金牌正對他招手，但他不理會自己的需求，伸手去拿他的小提琴和斗篷。「我只需要喝點酒。」

「最好是喝水。」希克娃走去幫他倒水。他的吉娃已不再試圖阻止他喝酒，但也不會鼓勵他喝。

「我要喝酒。」羅傑又說一次。希克娃鞠躬，走去拿酒袋。他沒接她遞過來的酒杯，直接拿起酒袋，走向門口。

「丈夫，你什麼時候回來？」希克娃問。

「至少要到下午。」羅傑走出門外，關上房門。

克里弗站在門外的陰影中。觀察兵對羅傑點頭示意，不過沒有說話。

「在餐館外加派沙羅姆。」羅傑說。「我們有些白晝的敵人。」

「所有男人白晝都有敵人。」克里弗說。「我們只有在夜晚才會成為兄弟。」

「加派人手就對了。」羅傑大聲道。

克里弗微微鞠躬。「已經加派了，傑桑之子。神聖之女昨天就已經下達命令。」

羅傑嘆氣。「她當然下令了。」

克里弗側頭。「這個男人，黃金嗓。他欠你血債，是嗎？」

羅傑面無表情。「對。但是我不要你或我的吉娃牽涉進來。」

克里弗又鞠躬，這一次彎得更深，而且比之前長了兩次心跳的時間。「原諒我低估你了，傑桑之子。你們綠地人確實了解沙羅姆之道。派遣殺手收取血債並非榮譽之道。」

羅傑眨了眨眼。暗殺大師竟然會說這種話？「那就不要動手。就算阿曼娃下令也一樣。」

克里弗最後一次鞠躬，輕點簡短。「暗殺不榮譽，主人，但有時候卻有其必要。如果神聖之女命令我動手，我會動手。」

羅傑吞嚥口水。想到克里弗用長矛刺穿傑辛及其學徒心臟的畫面就讓他感到一陣興奮，但是事情不會就此結束。傑辛隸屬勢力龐大的家族，與藤蔓王座牽扯甚深。他的家人還會來找他報仇。

他一步跨下三級台階，幾乎等於是跳下平台，穿過後門抵達莎瑪娃的馬廄。身穿褐服的克拉西亞孩童在照料這些動物，一看到他便全都跳了起來，連忙衝過去幫忙。

最快趕到的是小莎莉娃，卡維爾訓練官的孫女。訓練官也是爲羅傑而死。阿曼娃的貼身保鏢安奇度也是。另外兩個要刻上金牌的名字。如今已經有七條人命爲了救他一條命而死。

「主人需要七菜馬車嗎？」女孩問，說話很快，口音很重。

羅傑立刻換上愉快的吟遊詩人面具。她沒看到他從色彩鮮豔的新驚奇袋裡拿出那朵小花。對她而言，那朵花等於是憑空出現的，她在他把花送她時低聲驚呼。

「七彩，莎莉娃，不是七菜。七彩是『多采多姿』的意思。七菜就有『污點』的意思。妳懂嗎？」

女孩點頭，羅傑又拿出一顆糖果。「說說看。七彩。」

女孩面露微笑，跳起來要拿糖果。羅傑身高不高，不過還是有辦法讓小孩拿不到糖。「七彩！」她大聲道。「七彩！七彩！七彩！」

羅傑把糖果拋給她。她開心的叫聲引來其他小孩的目光，所有人都滿臉期待地看著他。

他沒有令人失望。他手裡已經暗藏了更多糖果。他在轉身時發出舞台上的笑聲，掩飾沉重的心情，手腳靈活地在所有小孩手裡都丟了一顆糖果。

他們的家人為他流血，而他用糖果報答他們。

新任男爵在他的大金木桌後不自在地改變坐姿。他的大拳頭讓羽毛筆看起來像用蜂鳥的羽毛做的，在艾默特侍從官送上來的那疊彷彿無止無盡的文件上簽署潦草的簽名。艾默特是湯姆士派給男爵擔任祕書的安吉爾斯小地主。

「羅傑！」加爾德大叫，在他走進辦公室時立刻起身。

「男爵大人。」祕書開口道。

「羅傑有很重要的事情找我，艾默特。你得晚點再回來。」加爾德聳立在祕書面前，艾默特很識相地拿起文件，離開辦公室。

加爾德關上沉重的房門，背靠門口，長吁口氣，好像剛剛逃過一群田野惡魔的魔爪。「感謝造物主。要是再讓我多簽一份文件，我就把那張桌子丟出窗外。」

羅傑目光飄向那張沉重的大桌子和數呎外的窗戶。如果世界上有任何活人辦得到這種事，肯定就是加爾德．卡特了。

羅傑微笑。他在加爾德身邊向來都覺得很安全。「隨時樂意成爲遠離文件的藉口。」

加爾德微笑。「你每天早上十一點都帶點緊急事件來找我，我會非常感激你的。喝酒？」

「黑夜呀，好。」羅傑已經把那袋酒喝光了，不過紅酒的酒性發作得慢。加爾德最近愛上了安吉爾斯白蘭地，辦公室裡隨時都有一瓶。羅傑主動服務，幫兩人各倒了一杯。他動作很快，加爾德都沒發現他端酒過來前已經乾了一杯。

兩人碰杯喝酒。加爾德只小啜一口，但羅傑卻一飲而盡，然後又去倒第三杯。「今天不用說謊。我有急事找你，眞的。」

「是喔？」加爾德問。「太陽還在天上，沒有地方失火，所以不可能糟到哪裡去。我們就趁去和公爵的傳令使者見面前先抽根菸來聊聊。你覺得他的聲音眞的和黃金一樣美麗嗎？」

羅傑又喝乾一杯，倒滿第四杯，這才走到辦公桌前的椅子上坐下。加爾德又喝一口，開始在菸斗裡裝菸。加爾德．卡特不是喜歡在他和任何人中間卡張辦公桌的人。

羅傑接過他遞來的菸草，開始裝自己的菸斗。「你記得我和黎莎第一次在診所見面的事情嗎？」

「大家都知道那個故事，」加爾德說。「你遇上解放者的故事的起頭。」

羅傑沒有力氣與他爭辯。「記得你問過是誰把我送進診所的？」加爾德點頭。

羅傑喝光杯裡的酒。「就是有黃金嗓的公爵傳令使者。」

加爾德臉色一沉，像是發現女兒被人打腫眼睛的父親。「等我教訓過他後，如果全窪地的藥草師還有辦法把他縫起來的話，就算他走運。」

「別做蠢事，」羅傑說。「你現在是伐木窪地的男爵，不是史密特的保鏢了。」

「我不能坐視這種事情。」加爾德說。

羅傑看著他。「傑辛・黃金嗓是公爵的傳令使者，藤蔓王座在窪地的代表。你對他說的話就等於是對林白克公爵說的一樣。你對他做的事情，就等於是對林白克本人所做。」

他用能讓凶神惡煞的伐木工裹足不前的眼神看他。「你知道如果你打死公爵天殺的傳令使者，他會怎麼對付你——對付窪地嗎？」

加爾德皺起眉頭。「所以我們要找別人對付他？」

羅傑閉上雙眼，數到十。「讓我來處理。」

加爾德神色懷疑地看他。羅傑並不擅長打鬥。「如果要親自處理的話，你幹嘛告訴我？」

「我不要你對傑辛出手，」羅傑說。「但我不認為他會這麼寬宏大量。」

加爾德眨眼。「寬宏什麼？」

「這麼大方。」羅傑解釋。「他或許會擔心我會對付他，於是搶先對我和我的家人出手。如果你可以派幾個伐木工去注意他的手下，我晚上會睡得比較安心。」

加爾德點頭。「當然，但是羅傑……」

「我知道，我知道，」羅傑說。「不能一直放任這個傷口不管。」

「傷口已經開始發臭了。」加爾德說。「眞希望解放者在這裡。他就算把那個渾蛋的腦袋扭下來，也不會有人多說一句閒話。」

羅傑點頭。自從遇上亞倫・貝爾斯後，他就一直如此打算。

但是魔印人再也不會回來了。

羅傑在椅子上坐立難安。等候湯姆士和傑辛的過程中，伯爵會議廳瀰漫著一股緊張的氣氛。亞瑟領主和蓋蒙隊長比平常更加嚴肅，不過看不出來是因爲安吉爾斯傳來什麼消息、還是純粹因爲有皇家使者來訪。海斯裁判官一副咬了一口酸蘋果的模樣。

就連黎莎也出席了議會。自從兩週前在她家的庭院中昏倒後，她就一直沒離開過小屋。照料她的藥草師就連羅傑也不放行。即使是現在，妲西也像艾文．卡特的狼犬一樣守在她身邊。

原因並不難猜。黎莎氣色不佳、臉龐浮腫、雙眼布滿血絲。化妝品都無法掩飾，她臉上擦了厚厚一層粉，脖子上青筋像繩索般明顯。

她生病了嗎？黎莎或許是提沙境內最強大的醫者，但肩頭要扛的責任比羅傑還多，而她一直在挑戰自己的極限。她朝羅傑無力地笑了笑，他則用愉快——卻完全虛假——的笑容回應。

他身旁的加爾德一副按捺不住的樣子。他絕不會讓羅傑受到任何傷害，但強壯的伐木工經常會弄壞他想修理的東西。

男爵身旁的厄尼．佩伯和史密特正低聲交談。他們不太可能知道會議廳表面下半數洶湧暗潮的事情，不過可以從緊繃的氣氛中看出公爵的傳令使者此行並非例行公事。

哈利．滾球者一手輕輕搭上羅傑的手臂。老吟遊詩人比在場其他人更加清楚羅傑和傑辛之間的恩怨，不過他戴上了他的面具，就連羅傑也看不出他眞正的想法。

「只要你不先挑釁，他就不會招惹麻煩。」只有他們兩個人能夠聽見哈利訓練有素的聲音。

「你以爲他逞凶之後就會不計前嫌？」羅傑問。

「當然不是。」哈利說。「次等歌絕對不會忘記任何恩怨。」

次等歌。艾利克・甜蜜歌擔任傳令使者時，其他吟遊詩人就是如此稱呼傑辛・黃金嗓。據說他的觀眾都是透過他叔叔的人脈上門的，絕不是因爲他的歌聲能和黃金扯上任何關係。

至少，他們私底下如此叫他。除非想要開打，不然不會有人當著傑辛的面叫他「次等歌」。傑辛的舅舅可不是只會記帳而已。傑卡伯大師並不是第一個——也不是最後一個——死在傑辛手上又讓他逃過法律制裁的人。

哈利似乎看穿他的想法。「你已經不是一文不名的街頭藝人了，羅傑。如果你出了什麼事，窪地裡所有人都會幫你討公道。」

「討公道當然好，」羅傑說。「但是我死都死了。」

就在這個時候，亞瑟和蓋蒙站起身來，其他議員也迅速跟進，看著湯姆士伯爵和傑辛・黃金嗓進入會議廳。

黃金嗓還是羅傑印象中那副狂妄自大的模樣，而且顯然很能適應爲皇室服務的生活，他比羅傑上次看到時胖了許多。

羅傑掛著吟遊詩人的面具，瞪大雙眼，面露微笑，不過內心深處，他覺得自己快吐了。他感覺到手臂刀套中飛刀的重量。門口有林木士兵守衛，但他們或會議桌上的軍官都不可能比羅傑更快出刀。

但是然後呢？

白痴，採納你自己的建議，羅傑暗罵自己。或許你活該只能淺嚐復仇的快感，然後立刻死在林木士兵的手中，但是如果殺了公爵的傳令使者，阿曼娃和希克娃會怎麼樣？

林白克八成認為用黃金嗓交換克拉西亞公主人質是很划算的交易。

於是他坐著不動，即使胸口的地心魔物張牙舞爪，威脅著要把他撕成碎片。

傑辛在亞瑟宣告他出席時轉動雙眼，和議會中所有成員目光接觸。他多看了羅傑片刻，接著禮貌性地朝他微笑。

羅傑很想把笑容從自己臉上割下來。不過他還是以笑容回應對方。

介紹完畢後，傑辛神態做作地打開一個雕飾華麗的卷軸，扯開綑綁文件的皇室印記封蠟。他拉開卷軸，提高音量讓會議廳中所有人聽到他說話。

「造物主紀年大回歸後三三三年，藤蔓王座致窪地郡的問候。」他開口道。

「公爵閣下，林白克三世公爵，森林堡壘守護者、木冠持有人、安吉爾斯全境領主，恭喜他弟弟和所有領袖及窪地郡的居民確保加爾德將軍和皇室藥草師黎莎安然自克拉西亞領土返回，並且在數世紀最強大的惡魔攻擊事件中成功守護窪地。」

「然而最近有太多改變，加上雷克頓的消息，我們還有很多事情要做。公爵閣下要求並命令湯姆士伯爵、加爾德男爵、黎莎女士、羅傑．半掌及克拉西亞公主阿曼娃立刻前往安吉爾斯晉見。」

羅傑體內的地心魔物停止掙扎，溺斃在最後那句話裡面。傑辛．黃金嗓已經變成這場大戲中微不足道的小插曲。羅傑也一樣。他們全都要前往安吉爾斯——他們怎麼能夠拒絕？但是阿曼娃不可能回得來。她，還有羅傑，八成會遭受囚禁，直到死亡，或克拉西亞人擊垮城牆為止。

傑辛再度笑嘻嘻地直視他的雙眼，但這一次羅傑沒有力氣回應。

羅傑腹部翻騰，看著傑辛捲起那個卷軸，又打破另一個卷軸的封蠟。

「公爵夫人殿下，阿瑞安老公爵夫人，公爵閣下之母，林白克三世公爵，森林堡壘守護者，木冠持有人，安吉爾斯全境領主，恭喜加爾德．卡特晉升男爵。為了向所有貴族正式引介加爾德男爵，以及遠道來訪的阿曼娃公主，老公爵夫人將會在男爵抵達安吉爾斯時舉辦單身漢舞會。」

「啊，什麼？」加爾德驚呼，四周傳來笑聲，直到他握緊兩顆大拳頭為止。

「請見諒，男爵。」湯姆士說，不過聲音仍帶笑意。「意思是我母親利用你的名義舉辦宴會。」

加爾德鬆了口氣。「聽起來不算太糟。」

「她會邀請全安吉爾斯所有與皇室家族沾得上邊的未婚女子參加這場宴會，然後想盡辦法幫你說合一門親事。」

加爾德下巴掉了下來。

「會有很多美食，當然。」湯姆士在看到男爵沒有回話後說。這是過去兩週來他第一次露出愉快的表情，他很享受這件事情。

「還有音樂。」傑辛補充道。「我會親自演出。」他眨眼。「還會暗示你哪位女士最值得追求。」

加爾德吞嚥口水。「如果我一個都不想要呢？」

「那她就會一直傳召你去安吉爾斯，不停舉辦宴會，直到你找到對象為止。」湯姆士說。「我向你保證，她要是沒有達到目的，絕對不會罷休。」

「她爲什麼不會達到目的？」海斯裁判官看著加爾德問。「你的男爵領地需要繼承人，而你的妻子可以在你去見造物主後主持家計，撫養子嗣，直到他能夠治理領地爲止。」他憑空繪印。「我是指在你活完漫長的一生，養育很多孫子之後獲得造物主寵召。」

「他說得對，加爾德。」這是黎莎當天第一次開口說話，所有人全都轉向她。

黎莎看著加爾德的表情看來有點責備，他則顯得有些畏縮。「你已經孤獨太久了。孤獨的人會做蠢事，該是定下來的時候了。」

加爾德臉色微微發白，點了點頭。羅傑很驚訝。他知道這兩個人有段過去，但這情況……

湯姆士清清喉嚨。「那就這麼說定了。我不在期間，就由亞瑟領主代理伯爵。他的決定需要經過議會認可。男爵和佩伯女士都要各自指派代理人。」

「妲西・卡特。」黎莎說。

妲西看著她，神色懇求。「吉賽兒女士不是比較……」

「妲西・卡特。」黎莎又說一次，聽起來沒得商量。

「是，女士。」妲西點頭，不過有點垂頭喪氣。

「道格和梅倫・布區。」加爾德說。

「這樣是兩個人——」蓋蒙隊長開口。

「他們是對夫婦，」加爾德打斷他。「我還是將軍，又是男爵，所以我應該要有兩個代理人。」

湯姆士環顧會議廳，不需要辯論就能看穿其他人的心意。亞瑟和蓋蒙在窪地不得民心。「男爵說得對。」

亞瑟皺眉。「哪個代理將軍，哪個代理男爵？」

加爾德聳肩。「自己選。」

伯爵宣布散會後，羅傑立刻離開椅子，就連多一秒鐘也不想多和傑辛共處一室。他正要往門口移動，黎莎叫住了他。

「和我共進午餐，羅傑？」

羅傑停步，深吸口氣，帶著愉快的笑容轉過身去，以最正式的禮儀鞠了個躬。「當然，女士。」他揚起手臂，她輕輕勾住，不過不管怎麼拉扯，她都拒絕加快尊貴的步伐。

他們爬上黎莎的馬車，汪妲坐在車伕旁邊，讓他們在車廂中獨處。外面氣溫很冷，冬意越來越濃，但黎莎的馬車內很溫暖。儘管如此，他還是渾身發抖。

她知道了，羅傑在她看他時心想。黎莎向來不管對任何事的了解程度都超過她理應了解的範圍，在查探他人試圖隱藏的祕密時，她猜測得幾乎和阿曼娃的骨骰一樣準確。她一直都想知道當初羅傑是如何淪落到她診所裡去的，還讓他骨頭一癒合立刻就想逃離安吉爾斯。她很可能是看出他眼中的恨意，終於想通了前因後果。再過一會兒，她就會發問，或許該到對她全盤托出的時刻了。如果任何人有資格得知真相，肯定就是黎莎·佩伯，畢竟當初救活他的人可是她。

雖然後來他有好幾度希望當初她讓他死了乾脆。

黎莎深吸口氣。要來了，羅傑心想。

「我懷孕了。」

羅傑眨眼。他很容易就會忘記自己不是唯一生活上有難題的人。「我還在想妳什麼時候才要告訴我。我只希望是在小孩出生之前。」

這下輪到黎莎眨眼了。「阿曼娃告訴你的？」

「我又不笨，黎莎。」羅傑說。「吟遊詩人會聽說窪地所有謠言。妳以為我會錯過這種事？我一聽說此事，眼中立刻滿滿都是妳懷孕的跡象。妳臉色蒼白，早上根本不看食物。老是在摸肚子。每次僕人端沒有全熟的肉給妳就會皺眉。還有情緒起伏。黑夜呀，我以為本來的妳就已經夠情緒化了。」

黎莎嘴巴抿成一條線。「你為什麼都不吭聲？」

「等妳什麼時候信任我，」羅傑說。「不過我想妳不信任我。」

「我現在就信任你了。」黎莎說。

羅傑掛上容忍的表情。「妳現在信任我是因為鎮上有一半的人都已經知道了，而妳覺得沒辦法繼續隱瞞太久。黑夜呀，就連阿曼娃都知道了！她告訴我的時候，我還得假裝震驚呢。」

「你為我欺騙你的妻子？」黎莎問。

羅傑雙臂抱胸。「當然。妳以為我和誰站在同一陣線？我愛阿曼娃和希克娃，但我又不是天殺的叛徒。妳一直等到最後一刻才告訴我，也不想想我早點知道的話能幫多少忙。我本來可以讓妳成為懷下克拉西亞王室繼承人的英雄的。結果妳卻讓所有人以為妳懷的是藤蔓王座的子嗣。妳知道林白克家族發現被妳耍了之後會怎麼對付妳嗎？會怎麼對付孩子？」

「我們很快就會知道了。」黎莎說。「我告訴湯姆士真相了。」

「黑夜呀，」羅傑說。「這倒解釋了他最近的行為。我本來希望只是因為皇室不喜歡新娘懷孕的婚禮。」

「我傷害了他，羅傑。」黎莎說。「他是個好人，我讓他心碎。」

羅傑差點噎道。「妳現在在擔心那個？惡魔都快要傾巢而出了，而妳還在擔心湯姆士的感覺？」

黎莎拿起隔壁座位上的布魯娜披肩，像是隱形披風般緊裹在身上。「我在擔心一切，羅傑。我自己、我的小孩、窪地。太多事情要擔心了，我已經不知道該怎麼做了，只知道不能繼續欺騙下去。很抱歉之前不信任你。我應該早點告訴你的，但羞於啓齒。」

羅傑嘆氣。「別把對我的罪惡感加到妳要擔心的那堆事情裡。我也有些重要的事情沒告訴妳。」

黎莎抬頭看他，語氣轉爲嚴厲，像是聽見隔壁房間摔爛東西的母親。「什麼事？」

「我們第一次見面那天晚上，」羅傑說。「傑卡伯和我被帶到診所的那天。」

黎莎臉色立刻緩和下來。當晚她和吉賽兒花了好幾小時修補包紮他的傷口。他很幸運能活下來。

「是傑辛・黃金嗓幹的。」羅傑說。「當時他還不是皇室傳令使者，只是個被我打斷鼻梁的大渾蛋。後來他和他的學徒開始跟蹤我與傑卡伯，看我們表演，然後，有一天晚上，他們抓到我們落單。把傑卡伯毆打至死，逼我眼睜睜地看著，然後又想打死我。幸好巡邏人員剛好路過。」

黎莎臉色一沉。「我們不能放任此事不管，羅傑。」

羅傑笑。「加爾德也這麼說。」

「你先告訴加爾德？」黎莎幾乎是用吼的。

羅傑瞪著她，直到她雙眼低垂。「我會去找湯姆士。」她終於說。「我是事發當時的證人。他會聽我說。」

羅傑搖頭。「妳不能去找他。我懷疑湯姆士此刻會有心情提供妳我任何一點點幫助，而妳要找他幫忙的事情堪稱世間麻煩之母。」

「爲什麼？」黎莎問。「把殺人犯關進牢裡爲什麼會是大麻煩？」

「因爲傑辛・黃金嗓是詹森總管的姪子。」羅傑說。「城內所有官員的薪資都要經過他簽核，皇室家族成員少了他就連襪子也找不到。指控他就和指控林白克沒什麼兩樣。再說妳有什麼證據？唯一的人證就是我。只要輕彈手指，傑辛就能找到一千個人證實他隨便哪天晚上身處何處。」

「所以你打算讓他逍遙法外？」黎莎問。「這可不像你，羅傑。」

「我不會讓任何人逍遙法外，」羅傑說。「只是說湯姆士在這件事情上不是我們的朋友。」他輕笑。「我以前常幻想叫亞倫去把他丟下懸崖。當人們以爲你是解放者時，就不會來和你計較這種事情。」

「殺人向來不是答案。」

羅傑兩眼一翻。「不管怎麼樣，最好暫時保密。只要我們沒有行動，黃金嗓就得擔心我們會幹什麼。只要我們採取行動，他就可以進行反制。」

「如果我們根本動不了他，他還有什麼好擔心的？」黎莎問。

「他不擔心刑責，」羅傑說。「但就連他也不會想與吟遊詩人公會和喬爾斯公會長爲敵。喬爾斯親眼看到我毆打傑辛，也聽到他威脅我。他是唯一證詞有力的證人。」

黎莎嘆氣。「這趟旅程會很有趣。」

「這麼說太含蓄了。」羅傑拿出他最信賴的酒瓶，搖一搖。一滴酒也不剩，「妳家裡有比茶更烈的東西嗎？」

第十八章　黑夜低語　333AR　冬

信封乃是上好的紙張，以蠟彌封，蓋有阿瑞安的紋章，不過裡面的信卻出奇地不正式，由老公爵夫人親手書寫。黎莎看信時幾乎可以聽見老女人的聲音：

黎——

妳上回來訪時的問題依然存在。雷克頓的事情讓問題更加急迫。所有皇室藥草師都已經放棄。這裡需要妳的專業。

平民百姓現在不光是叫妳魔印女巫了，妳知道嗎？黎莎・佩伯，窪地新伯爵夫人。妳的名聲廣為流傳。這又是另一件我們必須討論的事情。

阿——

廣為流傳。這個詞像塊石頭，壓凹信紙。阿瑞安知道孩子的事情了。但她知道多少？湯姆士怎麼和她說的？

無論如何，這封信的意思很明白。湯姆士和其他人或許只會在安吉爾斯稍作停留，但黎莎短期內不會回到窪地。畢竟她得在克拉西亞人想出辦法攻擊雷克頓本城前弄出一個皇家子嗣。

一旦克拉西亞人征服湖中城市，那便什麼都不能夠阻止他們把注意力轉向北方。但是密爾恩的歐可安安穩穩地躲在山中，只要他還認為自己可以利用克拉西亞人的威脅取得安吉爾斯皇室繼承權，就不會輕易與安吉爾斯聯手抗敵。

黎莎一言不發地把信交給吉賽兒，她皺眉讀信。

她搖了搖頭。「妳不能去。他們會把妳鎖在皇宮裡，直到小孩出生爲止。」

「我看不出還有其他選擇。」黎沙說。

「說妳身體不適，無法遠行。」

「我兩週前才因爲壓力和疲倦的關係當眾昏倒，」黎莎說。「我並沒有臥病在床。」

吉賽兒聳肩。「我是妳的藥草師，我有不同的意見。讓我代替妳去。我也是布魯娜訓練出來的藥草師。妳能爲公爵提供的服務，我也都辦得到。」

黎莎搖頭。「此事並非只與醫療技巧有關。問題在於如何接觸林白克。林白克根本不肯承認問題出在他身上。阿瑞安需要能夠大搖大擺出入宮廷裡的人。如果必須動手術，那麼有可能成爲家人的皇室藥草師就是唯一能夠取得公爵信任，讓他躺在手術刀下的人。」她沒說吉賽兒曾經多次向她諮詢與生育相關的問題。

吉賽兒揚起一邊眉毛。「現在伯爵還讓妳繼續擔任皇室藥草師就已經算妳走運，更別說要和妳訂婚了。」

黎莎點頭，輕咬下唇，以免這句話所掀起的情緒淹沒她的理智。「對，但阿瑞安或許還不知道孩子不是他的。無論如何，精明如她肯定會在我失去利用價值前保守這個祕密。」

我希望。

「很抱歉，史黛拉，」黎莎說。「公爵親自下令要我前往安吉爾斯。」

「但是女士，黑柄墨汁只能維持短短幾天而已。」女孩流露出驚慌失措的神色。

「等我回來就會繼續實驗，我保證。」黎莎說。

「但是等妳走後，其他人卻能繼續使用魔印武器。」史黛拉抗議。「她們可以繼續戰鬥。我們這些人卻得回去當廢物。」

「你們不是廢物，史黛拉。」黎莎說，但是女孩根本沒有在聽。史黛拉不停改變站姿，抓著皮膚上的黑柄魔印。她站在遠離窗口的陰影中，盡量多保留魔力一點時間，但是房間內的環境光就足以吸走她體內的魔力。

其他由黎莎在皮膚上繪印的人反應都差不多。他們開始穿著長袍，像她第一次見到亞倫時那樣，寬鬆的衣袖和拉低的兜帽，保護魔印，遮蔽陽光。很多人白天會躲在陰暗的地窖和穀倉，寧願少睡幾個小時也不要變回凡人。汪妲會盡量把他們趕到陽光下，但她不可能顧到每個人。

黑柄魔印之子還有其他問題。暴力傾向越來越明顯。史黛夫妮提到生性溫和的史黛拉在一次爭吵中捶打桌面，把沉重的桌子打成兩半。艾拉・卡特在發現男朋友和其他女孩說話時動手打裂了他的下巴。賈斯・費雪或許可以用保護受虐母親的理由爲自己的行爲開脫，不過他差點打死了父親。黎莎被迫使用寶貴的霍拉拯救他的性命，即使到現在也看不出來他這輩子還有沒有可能走路。

或許最好讓他們冷靜幾個禮拜，以免有人犯下難以挽回的大錯。

「我能和妳去嗎？」史黛拉滿懷期待地問。「擔任妳北行時的護衛？」

黎莎搖頭。「謝謝妳，孩子，不過我已經有伐木工和林木士兵和汪妲保護了。」

「妳可以刺青……」史黛拉開口。

「不行。」黎莎語氣堅決。「我們不知道那樣做會對妳造成什麼影響。」

「當然知道！」史黛拉大聲道。「我會和瑞娜．貝爾斯一樣，在解放者倒地時阻擋惡魔。」

「絕對不行。」黎莎說。史黛拉緊握拳頭，黎莎手掌遠離茶杯，伸入放置盲目藥粉的圍裙口袋。

汪妲動作更快，在黎莎察覺前已經擋在兩人中間。她揚起自己的拳頭，比史黛拉大一倍。「妳給我攤開手掌，女孩，然後向黎莎女士道歉。」

兩人對瞪，黎莎有點擔心汪妲讓情況變得更糟。魔法會強化戰鬥的衝動，即使勝算不高的情況下也一樣，而史黛拉體內還殘留一些可能構成麻煩的魔法。

但是女孩記得自己的身分，後退一步，攤開雙手，深深鞠躬。「對不起，女士。我只是……」

「我了解。」黎莎說。「魔法會讓憤怒的火花變成大火，讓大火成爲惡魔火。這又是另一個妳和其他人應該暫停一段時間的理由。」

「但萬一妳不在的時候，心靈惡魔又在新月回歸怎麼辦？」史黛拉繼續問。「窪地會需要所有能夠戰鬥的人手。」

「我應該能在那之前回來。」黎莎撒謊。「上次攻擊行動導致心靈惡魔分散各地。它們會回來，不過不會這麼快，我想。」

「可以請妳至少幫我重畫一次嗎？」史黛拉哀求，舉起手臂，上面的黑柄墨水已經淡化成淺棕色。「這些只能再撐幾個晚上。」

黎莎搖頭。「我很抱歉，史黛拉。我沒時間。妳只能想辦法度過兩週沒有黑柄魔印的日子。」

女孩一副必須在缺乏手臂的情況下度過兩週的模樣，不過還是神色悲哀地點頭，讓汪妲帶她出

「史黛拉是好孩子。」汪妲回來後說道，雖然她們兩個一樣大。「我了解她的感覺。妳難道不能……」

「不能，汪妲，」黎莎說。「我已經開始懷疑這場實驗是不是個錯誤了，我絕不打算在遠行期間還讓實驗繼續下去。」

有人敲門，汪妲過去應門。黎莎輕揉左腦側，試圖揉掉頭痛。有些藥茶可以麻痺痛楚，但會讓她昏昏沉沉，難以思考。更糟糕的是她擔心藥茶會影響孩子。

她現在無法取得永遠能夠治療頭痛的解藥。湯姆士已經好幾個禮拜沒碰過她，而自慰又無法達到同樣的效果。她必須想辦法習慣頭痛。

但接著她媽進來，情況變得更加糟糕。

「老公爵夫人幫加爾德舉辦舞會是怎麼回事？」伊羅娜問。「把所有安吉爾斯裡綻開一半的花朵都集合起來給他摘？」

「我也很高興見到妳，母親。」黎莎看向汪妲。「麻煩妳去確保史黛拉和其他魔印之子站在太陽下。」

「是，女士。」就像所有人一樣，汪妲十分樂意在伊羅娜・佩伯出現時離開現場。

黎莎幫她母親倒茶。「說得好像阿瑞安老公爵夫人要帶他上妓院一樣。」

「在我看來沒有什麼不同。」伊羅娜接過茶杯說道。

「打從我有記憶以來，妳就一直想把加爾德推到我的懷裡，」黎莎說。「如今他在十幾年後終於有機會娶妻時，妳又想要他永遠當個單身漢？」

「他和妳在一起的話，我就能盯著他。」伊羅娜眨眼道。「如果妳沒照顧好他，我就要成爲幫他清理精囊的下一順位。」

眼中的痛意突然加劇，黎莎以爲自己就要爆發了。「妳眞的是個大爛人，母親。」

伊羅娜嗤之以鼻。「別和我裝無辜，女孩。妳也沒有好到哪裡去。」

「我沒有才怪。」黎莎說。

「惡魔屎。」伊羅娜說。「看著我的眼睛，告訴我妳背著英內薇拉去睡沙漠惡魔的時候沒有感到無比刺激。」

黎莎眨眼。「那不一樣。」

伊羅娜呵呵大笑。「繼續這樣告訴自己吧，女孩。說再多也不會變成眞的。」

如今她覺得彷彿有隻惡魔想從她的眼睛挖個洞出來。「妳想怎樣，母親？」

「我要去安吉爾斯。」伊羅娜說。

黎莎搖頭。「絕對不行。」

「妳需要我。」伊羅娜說。

這下輪到黎莎呵呵笑了。可怕的是她的笑聲聽起來很像她媽。「爲什麼？妳現在是外交使者了嗎？」

「老公爵夫人會想把妳嫁到宮廷之中，」伊羅娜說。「妳需要有人幫忙安排婚事。」

「這些人不是克拉西亞人。」黎莎說。「我可以代表自己說話。妳只是想要把握最後的機會，在路上讓加爾德插插，然後對和她跳舞的女士像貓一樣嘶嘶叫。」

伊羅娜一副要吐口水的樣子。「反正那些奢華無度的宮廷女孩也應付不了他。卡特家的孩子會像砍木柴一樣挖開皇家小蜥蜴的肚子出來——如果加爾德褲子裡的大樹沒有在把那個小渾蛋放到人家肚子裡時撐爆人家的話。」

黎莎放下茶杯，站起身來。「我沒時間聽妳這些下流話，母親。妳不能跟去。妳可以自己離開。」

「難道我必須提醒妳，我肚子裡的孩子可能是加爾德的？」伊羅娜問。「懷孕的徵兆還沒妳那麼明顯，但是我的繫繩已經越來越緊了。」

「所以妳更該放手讓他走，」黎莎說。「妳還有什麼選擇？和爸離婚，嫁給加爾德？妳以為裁判官會祝福這種結合？伯爵？老公爵夫人？」

伊羅娜沒有這個問題的答案，黎莎繼續攻擊。「如果妳讓加爾德當不成男爵，妳以為他還會繼續愛妳嗎？黑夜呀，妳認為他現在愛著妳嗎？他會碰妳的唯一理由就是妳長得像我。」

「那才不——」伊羅娜開口道。

「本來就是。」黎莎打斷她。「他親口告訴我的。妳只是他想到我時拿來放老二的破布。」

伊羅娜瞪著她，雙眼圓睜，黎莎知道自己說得太過分了。她母親總是有辦法帶出她人性中最醜陋的一面。

兩人沉默片刻，接著伊羅娜站起身來，撫平裙襬。「妳說我是大爛人，女孩，但是妳想的話也可以和惡魔一樣傷人。」

黎莎神色哀傷地看著窪地的景色飄過馬車窗外。她覺得這或許是自己最後一次看到窪地，這當然是很愚蠢的想法。

黎莎小時候，伐木窪地只是個人口幾百的小鎮，剛好大到有資格標示在地圖上。鎮上的道路和建築熟悉到幾乎成為她的一部分，所有鎮民都知道彼此的名字還有職業。

如今窪地已經沒剩多少她童年故鄉的影了，除了聖堂和幾間小屋與樹木。就連這些都多了些火焰和惡魔的痕跡。

但是焦黑的廢墟中誕生了窪地郡，一個人口數很快就能與自由城邦相提並論——甚至超越它們的地方。不到兩年間就已經有好幾萬人被克拉西亞人驅趕而來，或是從北方回應亞倫對抗地心魔物的召喚而來。

窪地郡的街道都是剛剛才用混凝土鋪成的，不過黎莎對它們瞭若指掌到就與從前的老路沒什麼兩樣。她和亞倫一起規劃大魔印的架構，進而以伐木窪地為魔印世界的中心向外擴張。

或許加爾德說得對。或許亞倫真的是解放者。

而妳讓他給跑了。即使已經把她母親拋在數哩之後，黎莎還是無法擺脫她的聲音。

「起碼要一個禮拜才會抵達安吉爾斯。」吉賽兒說。「你們兩個打算全程盯著窗外看嗎？」

黎莎微微吃驚，將注意力轉回一起坐馬車的人身上，吉賽兒和薇卡。吉賽兒必須趕回她在安吉爾斯堡的診所，薇卡則要去看她丈夫——黎莎的童年玩伴約拿牧師——被造物主的牧師囚禁審問。公爵老夫人對黎莎承諾不會傷害他，不過卻不保證他什麼時候可以回窪地。

另一件要和公爵老夫人討論的事情。

薇卡和黎莎一樣，過去幾小時都在凝望窗外，撕扯指甲根部的脫皮，直到無皮可撕爲止。

「抱歉，」黎莎說。「我的思緒飄到遠方去了。」

「對。」薇卡也說。

「好了，把思緒拉回來。」吉賽兒說。「我們三個有多久沒有安安靜靜地相聚片刻了，更別說能相處整整一個禮拜？我們應該好好利用這段時間。」

「要討論工作嗎？」黎莎容光煥發。工作可以讓她不要一直去想那些煩惱，把心思放在無可避免的末日之外的事情上。

「會討論到工作的，」吉賽兒說。「但我也不打算一整個禮拜都工作。我想或許我們可以玩個遊戲。」

「什麼遊戲？」薇卡問。

吉賽兒微笑。「就叫『老巫婆布魯娜的棍子』好了。」

黎莎本能地搓揉她的手背。每次想到那根棍子，這裡還是會隱隱作痛。棍子夠粗，可以讓她整個身體靠在上面，不過又很輕，讓她老師可以像阿曼恩揮動卡吉之矛般輕易揮舞。它是一根木棒，用來趕跑站在她和病患之間的笨蛋，同時也是宛如電擊般甩痛女孩手背的鞭子。它向來不留痕跡，但卻能讓人刺痛很長一段時間。

布魯娜不常打黎莎，也不會毫無由來亂打一通，但每次打她都是一場教訓。生死攸關的教訓。就像某種記憶把戲般，那根棍子確保她不會重複愚蠢的行爲，提醒她藥草師圍裙所代表的權力與職責。

她把所有教訓寫在筆記裡，不過每件事情都深深印在腦海中。

「要怎麼玩？」黎莎問。

「妳起頭。」吉賽兒說。「布魯娜第一次打妳是爲了什麼？妳又學到什麼？」

「我拿灰根混和歐瓦拉種子，以爲可以治好梅倫・布區的頭痛。」她微笑拍手，提高音調，模仿布魯娜的尖叫聲。「笨女孩！妳以爲瞎掉一個禮拜會比頭痛好嗎？」

她們全都哈哈大笑，黎莎許久不曾如此開心了。一時之間，末日的感覺蕩然無存。

「換我！」薇卡叫道。

車隊緩慢前進的旅程中，羅傑始終提不起勁兒與坎黛兒和他妻子練習。就連更歡愉的行爲都引不起他的興致。有條絞刑索已經在他脖子上掛了好幾年，但是如今他覺得它越套越緊。他坐著調音，想要找出不可能找到的完美音調。

你永遠找不到的，艾利克說，但那並不表示你該停止尋找。

女人們發現他心情不佳，於是不去煩他，一邊下著克拉西亞棋，一邊念伊弗佳給坎黛兒聽。她們會笑，而羅傑很高興能聽到她們的笑聲，只是沒辦法感同身受。他們不知道有什麼在安吉爾斯等待他們。就連坎黛兒也因爲能夠魅惑地心魔物而有可能吸引公爵的興趣。如果他要求她留下，那他們就又多了一條永遠無法離開的理由。

窪地的領土已經擴張到車隊走了整整一天也才剛好抵達邊境。不過至少今晚還有旅店可以住宿。

接下來幾個晚上都要睡在帳篷裡，羅傑向來不喜歡睡帳篷。阿曼娃的帳篷比較類似主帳，有半打僕役打理他們的生活需求，但是說起睡覺，羅傑還是寧願睡在有實心牆壁可以遮蔽地心魔物噪音的清掃用具間。

旅店為了接待皇室車隊而清空了其他客人，但伯爵還是在房裡用餐。他沒有邀請黎莎共進晚餐，這會成為安吉爾斯茶會政治中的話題。

傑辛也沒有和大家一起用餐，不過這並沒有什麼好奇怪的。他似乎與羅傑想要避開他一樣想要避開羅傑。

阿曼娃也想獨自用餐，不過羅傑不允許她這麼做，大聲邀請黎莎、加爾德和汪妲在餐廳一起共進晚餐。他是利用克拉西亞習俗來爭取優勢，因為他的吉娃不會拒絕已經發出的邀請。希克娃接管了半間廚房，恐嚇廚房人員，讓阿曼娃的戴爾丁僕役負責服侍他們那一桌。造物主絕不允許某個不懂鞠躬禮儀的女侍冒犯公主殿下。

吉賽兒和薇卡與幾個學徒共坐一桌，他們全都很樂意讓窪地人招呼他們。克里弗站在牆邊，監視著一切，緊繃得像是旅店招牌一樣。羅傑從來沒看過他吃東西。

「和我們說說這個林白克公爵，丈夫。」阿曼娃趁兩道餐點間的空檔說道。「你認識他，是不是？」

「對，算是。」羅傑說。「艾利克大師還擔任皇室傳令使者的年代。我是在皇宮圖書館裡學會寫字的。」

「一定是很棒的經驗。」黎莎有點羨慕地歎道。

羅傑聳肩。「我就猜妳會這麼想。對我而言，我只想要回去拉小提琴和翻筋斗。但是潔莎女士堅持要我學會寫字，就連艾利克也同意。」

「潔莎女士是皇室藥草師？」黎莎問。

「算不上。」羅傑說。

黎莎瞇起雙眼。「雜草師。」羅傑點頭。

「什麼是雜草師？」阿曼娃問。

「妳會和她們處得來。」黎莎刻意在語調中添加怨毒的意味。她真的天生就很擅長毒舌。「雜草師就是皇室下毒師。」

阿曼娃點頭表示理解。「對於受到皇室信任的僕人而言算是很高的榮譽。」

「下毒沒有榮譽可言。」黎莎說。

「事情沒有那麼簡單。」羅傑大聲道。他直視黎莎的雙眼。「而我也不會放任妳那樣數落潔莎女士。我母親死後，她就扮演著最接近母親的角色。造物主為證，我可一直忍著沒去批評伊羅娜。」

黎莎哼了一聲。「你說得很對。」

「所以我三不五時會在皇宮裡見到公爵。」羅傑說。「通常都是在他進出皇家妓院的時候。他和他弟弟有通往妓院的祕密通道可走，不會被人發現。」

「他們當然有。」黎莎彷彿在幫人截肢般切割盤子裡的肉。

「這在克拉西亞也很常見，」阿曼娃說。「有權勢的男人一定要有很多後代。」

「造物主呀，沒那回事。」羅傑說。「潔莎手下的女人全都在喝龐姆茶。他們絕不允許皇室私生子在城裡亂跑。」黎莎瞪他一眼，羅傑咳嗽一聲。

「他們……」阿曼娃暫停片刻，在腦中找尋正確的提沙語詞彙。「這些吉娃森喝藥茶預防懷孕？」

「太噁心了。」希克娃說。「什麼女人會讓自己變成卡丁？」

「她們不是吉娃森，」黎莎告訴阿曼娃。「她們是希莎。」

阿曼娃和希克娃交頭接耳，以克拉西亞語迅速交談。羅傑沒聽過這個克拉西亞字，不過猜得出來那是什麼意思。這段談話越來越讓他不自在了。

阿曼娃坐直身子，擺出高貴尊嚴的模樣。「以艾弗倫之名，我們用餐時不可談論這種事情。」

羅傑立刻鞠躬。「妳說得當然對，吉娃卡。」

「多說點關於林白克家族的事情，」阿曼娃說。「他們和卡吉的血緣關係是？」

「沒有關係。」羅傑說。

「那和提沙從前的國王呢？」阿曼娃不耐煩地揮手道。「我們的學者推測國王的血脈必定可以追溯到解放者的北地子嗣身上，不然不可能取得足夠的正當性。」

「或許，」羅傑說。「不過我不會在宮廷中提起這種事情。林白克體內沒有任何皇室血脈。」

「喔？」黎莎問。

「惡魔屎。」汪妲說。「如果阿瑞安老公爵夫人不是皇族，其他人更算不上了。」

「喔，阿瑞安是皇族，沒錯。」羅傑說。「她嫁給林白克公爵一世的兒子，讓他的政變師出有名。但是林白克一世乃是總管，和皇族扯不上任何關係。他發明壓印卡拉的機器，而據說他將五台機器其中一台據為己有。當老公爵在沒有子嗣的情況下死亡時，他就是安吉爾斯最有錢的人，所有想要爭奪王位的家族都欠他錢。」

阿曼娃微笑。「你的族人和我的族人不同，丈夫，不過也沒有那麼大不同。」

「那就是林白克三世的問題，」羅傑說。「如果他死時沒有子嗣，很多家族都和他弟弟一樣有資格爭奪王位。他們或許有辦法繼續掌權，不過必須付出代價，而且北方勢力將更有機會接管安吉爾斯。卡拉很好，但歐可有辦法在他們敵人的保險箱裡塞滿黃金。」

「他能塞的不光是黃金。」黎莎說，不過並沒有進一步說明。

他們第二天離開窪地的勢力範圍，不過通往安吉爾斯的道路都有良好的魔印守護，每隔一段距離就架設車隊營地。他們在日落後繼續趕路，抵達湯姆士駐守區域邊境的要塞。

車隊一停止前進，羅傑立刻跳下馬車，開始用暖身動作伸展靜不下來的肢體。

「悶得慌？」加爾德邊問邊從他的巨型安吉爾斯馬斯譚馬「坍方」背上跳下來，像湯姆士的騎兵隊長一樣輕鬆。

「需要伸展伸展。」羅傑說。

「是呀，」加爾德說。「我想你一定是累壞了，整天都和三個女人躺在毛毯裡。」

羅傑微笑。「如果你這麼想的話，老公爵夫人眞的得盡快幫你找個新娘了。」

加爾德哈哈大笑，羅傑則順著伐木壯漢習慣性拍他肩膀的力道靈巧地翻了一圈。

坍方轉向他們，加爾德手裡已經多了一顆大蘋果。巨馬張開可以輕易咬斷人腦的大口叼走蘋果，然後趁加爾德拿刷子刷牠脖子時安安靜靜地咀嚼。

羅傑搖頭。「一年前的加爾德．卡特根本分不清楚馬頭和馬尾。」

「一季之前都還是那樣。」加爾德同意。「我可以從這裡騎馬到那裡，但我從來沒喜歡過這種天殺的動物。」他回頭看馬，牠一副高高在上的模樣，彷彿是特別容許他幫牠刷毛一樣。「但是這個老坍方可沒心情理會生手。」

「我見過最好的一匹馬。」湯姆士伯爵說。「原諒我，男爵，但我每天都希望是我先見到他。」羅傑轉身發現傑辛像狗一樣跟在伯爵身後。小心翼翼地站在他伸手可及的距離外。

「還是一樣，伯爵大人。」加爾德笑嘻嘻地交出轡繩。「在馬鞍上撐一分鐘，你就可以帶牠走。」

坍方哼了一聲，湯姆士哈哈大笑。「我一眼就能看出作假的骰子，男爵。我只要用你是在我的指揮下騎馬來安慰自己就好了。」

「是呀，」加爾德說，只有遲疑一下子。亞倫走了之後，他越來越依賴伯爵。如果魔印人不再回來，他要不了多久就會徹底成爲伯爵的手下。

「前方的道路沒有魔印守護，」湯姆士說。「駐軍指揮官說頻繁的交通引來大批惡魔。這樣會走比較久，不過我認爲之後最好不要在夜間趕路。」

「沒這回事。」黎莎說著走了過來。湯姆士看她一眼，迅速偏開目光。「我們有魔印武器和經驗老到的戰士。如果你哥哥沒辦法刻印所有道路，清空沿路惡魔，窪地應該提供協助。」

湯姆士下巴一緊。他終於抬頭面對她。「我們有戰士，沒錯。我們也有藥草師。外來官員。吟遊詩人。這些都不是有能力在夜間趕路的人。」

黎莎嗤之以鼻。「光靠羅傑就可以保護整個車隊了。」

喂，別把我扯進來，羅傑心想。

「妳竟敢這樣對伯爵大人說話，藥草師。」黃金嗓說。「湯姆士王子是林木軍團指揮官，不需要妳的軍事建議。近來前方車隊營地有許多乞丐出沒，我們每天都得派遣先行部隊去驅逐他們，然後才能紮營，而那些骯髒的鼠輩肯定會在我們通過之後又跑回去。」

所有人驚呆片刻，接著全都轉頭瞪向傑辛，他在眾人目光下神色畏縮。加爾德緊握巨拳，汪妲則伸手抓向掛在馬鞍上的弓。

湯姆士的聲音低沉、危險。「你是在告訴我，傳令使者，你前往窪地途中，每天傍晚都把平民趕出他們的魔印？」

傑辛臉色慘白。「我奉命盡快趕到你身邊……」

湯姆士以羅傑難以想像身穿護甲的人可以達到的速度移動，轉眼拉近距離，反手擊中傑辛，打得他摔倒在地。

「這些人民全都身受我哥哥的庇佑！」湯姆士大叫。「他們是被人趕出家園的難民，不是乞丐或強盜！」

傑辛夠聰明，待在地上不爬起來，讓湯姆士踢得縮成一團。「你就是這樣代表皇室的？把尋求我們幫助的人趕出去送死？」

傑辛靈巧地翻身跪起，在憤怒的伯爵面前雙手交握，呈祈禱貌。「拜託，伯爵大人。那是公爵親自下令的。」

所有人全都聚過來看熱鬧，或是從馬車裡探頭出來。不光是旅人，駐地裡的林木士兵也聚集上來，隨時準備聽從湯姆士的指示動手。他們全都配備魔印武器和護甲。

伯爵轉向他們。「林木士兵的裝備難道差到無法自行架設營地嗎？需要把弱者趕入黑夜才行嗎？」

駐地隊長上前，在湯姆士面前單膝著地。「不，伯爵大人，我們有能力。但是傳令使者沒有說謊。林白克公爵親自簽署命令，要求我們趕走所有沒有使用車隊營地許可證的人。」

湯姆士咬緊下顎，臉上浮現嚴厲的線條。「我哥哥判平民死刑的時候不用面對他們的雙眼。但是你的手下要。」

隊長頭垂得更低。「是的，長官。造物主會審判我們。」

「不行再這樣繼續下去了！」湯姆士吼道。他流暢地提高音量，直接和士兵講話。「或許我沒有把我對各位的期待交代清楚。為此，我道歉。但是你們現在聽清楚了，之後不准和我說你沒聽到。安吉爾斯境內所有人命都是你們的責任，必須保護他們。不可把他們趕出魔印的守護範圍，不可欺凌他們、詐騙他們或收他們賄賂，不可碰他們的女人。聽見了沒有？」

「是，指揮官！」士兵齊聲回應。

「聽見了沒有？」湯姆士二度吼道。

「是，指揮官！」士兵的回應宛如雷鳴。

湯姆士點頭。「很好。因為忘記我的話的人會在叛徒廣場被吊死，成為其他人的榜樣。」

羅傑看到黎莎目光含淚地凝視著他。當伯爵轉身遠離群眾時，她向他走去，但他順勢閃開她，直接走向加爾德。「將軍，準備出發。我們黃昏後沿道路而行，一路驅逐惡魔。」

加爾德拍擊胸口。「我們會像除草一樣剷除它們，伯爵大人。」

湯姆士轉向羅傑。「儘管黎莎女士信誓旦旦，我還是不希望公爵的貴賓遭遇任何攻擊。可以請你施展魔法，別讓惡魔接近馬車嗎？」

羅傑鞠躬。「當然，伯爵大人。」

「你一定是在開玩笑，」傑辛說。「我們要把性命交給那個……」

湯姆士不耐煩地瞪他一眼。「那個什麼？」

看到黃金嗓侷促不安的模樣實在太痛快了。羅傑開始認為自己或許有機會揭發真相。只要讓吟遊詩人公會在正確的人耳邊輕訴他的罪狀……

羅傑忍不住扭轉飛刀。「不要怕，次等歌，惡魔接近不了你的。」他換上嘲弄式的笑容。「除非我要它們接近。」

羅傑話一出口，立刻知道自己犯錯了，但是看到黃金嗓臉色發白的模樣絕對值回票價。

黎莎持續移位，試圖擄獲湯姆士的目光，但是伯爵轉向另一邊，大步離開。林木士兵緊跟上，把她擋在後面。她原地僵立片刻，然後轉身快步回到馬車裡。

黎莎凝視著馬車窗外的黑暗，而這次吉賽兒讓她一個人靜靜。他們後面，羅傑和坎黛兒站在七彩馬車的車頂上，演奏小提琴，阿曼娃和希克娃則坐在車伕的位子上，配合他們的音樂歌唱。

透過魔印眼鏡，黎莎看著地心魔物在他們製造出來的魔法力場邊緣遊蕩。它們看得見車隊──隊伍太龐大了，羅傑無法用音樂遮掩他們──跟隨他們緩慢前進，不過每次過度接近時，疼痛就會趕走它們。

黎莎可以感同身受。四人樂團發出的音樂聽起來很刺耳、不協調，在黎莎持續的頭痛中增添陣陣刺痛，直到她拿軟蠟去塞耳朵為止。

但即使塞住耳朵，她還是可以聽見伐木工和林木士兵在劃開蠢到膽敢踏足道路的地心魔物身體時發出的尖叫和吶喊聲。

所有人都受到羅傑四人樂團的保護。需要暫時休息的人可以輕鬆跳回音樂的安全區內，戰鬥人員則在敵人被痛苦的音樂分心時取得優勢。

黎莎神色哀傷地看著堆在路旁等待陽光的惡魔屍體。片刻之前，它們還是敵人，不是你死就是我亡。如今……如今它們只是燃料，她的魔法燃料。她希望可以騰出一些伐木工採收惡魔屍體，運回窪地，但是抵達安吉爾斯後，他們會需要所有伐木工。可惜這麼多霍拉就這麼白白浪費掉了。

天黑後數小時，他們抵達公爵傳令使者提到的第一座車隊營地。營地裡擠滿了難民——從外表看來是來森人——隨著車隊逼近而退縮。他們的魔印樁都是臨時拼湊出來的，而畫在推車上的魔印又大又難看，希望能用尺寸彌補技巧上的不足。他們身穿破爛的毛皮，撲熄營火，以免引來脆弱的魔印網無法抵禦的惡魔。很多人都在收拾行李，彷彿準備逃入黑夜的模樣。

但接著湯姆士宏亮的聲音遠遠傳開。「不要害怕，各位！我是湯姆士伯爵，安吉爾斯王子及窪地郡領主。你們都在我的庇佑下，請待在你們的魔印後方。沒有人會傷害你們！我們有食物和毯子可以分派，離開前還會強化你們的魔印。如果有人受傷，帶來給我們的藥草師照顧。如果願意的話，歡迎各位前往窪地避難。」

難民開始交頭接耳。有些人低聲歡呼，但其他人一副懷疑的模樣，顯然還記得傑辛路過時所幹的事情。黎莎不怪他們。

車隊停下時，黎莎和其他藥草師在車伕放下台階前就跳下馬車。她們的口袋圍裙讓難民鬆了口氣。其中幾個人，有些身上纏著繃帶，有些跛行或咳嗽，神色期盼地迎上前去。

「我得去檢查魔印。」黎莎對吉賽兒說。

「當然。」女人回應。「這點小傷小痛交給我和學徒就行了。」

但是隨著她們逐漸走近，越來越多人自推車床和車下探頭出來。男女老幼都有。看起來不大的營地裡聚集了將近百名難民，幾乎比整個車隊的人還多。

黎莎轉向出現在她身邊的汪妲。「我要妳沿著營地外圍巡邏，直到我處理完魔印為止。」

「不好意思，女士，但是我該待在妳身邊。我不認識這些人，而且妳自己也說魔印不夠安全。」

黎莎耐心地看著她。「我可以照顧自己幾分鐘，親愛的。我還懂得一些把戲。」

「是，」汪妲侷促不安。「但是……」

黎莎伸手搭上女孩的肩膀。「保護他們就是在保護我。」她指向難民——衣衫襤褸、飢餓難耐、擔心受怕。「這些人已經好幾個月沒有感到安全過了，汪妲。爲我提供他們一些安全感，拜託。」

「是，女士。」汪妲笨拙地鞠了個躬，然後離開，捲起衣袖，露出她的黑柄魔印。根據經驗，黎莎知道最能提供安全感的事情就是讓人親眼看到守護他們的人徒手擊斃惡魔。

黎莎來到車隊最前方時，傑辛正和湯姆士伯爵說話。「你說待在馬車裡是什麼意思？我——」

「你已經快要耗光我的耐心了。」湯姆士幫他把話說完。「你的馬車魔印強大，比這些難民安全多了。你已經趕走他們一次，現在我要請你待在車裡，以免你進一步傷害藤蔓王座的名聲。」

傳令使者回到馬車上，一時之間，湯姆士獨自一人。黎莎很想去找他，但現在不是時候。她甚至不知道去找他要說什麼。她只希望他願意再度看著她。

但是現在有工作要做。吉賽兒和薇卡分配學徒去幫助需要幫助的人，羅傑已經在搖曳的火光前翻筋斗、丟彩球，引來圍觀群眾鼓掌叫好。他在八成已經好幾個月沒有笑過的孩子腳邊丟甩炮。他們向後跳開，開心尖叫。

難民神色恐懼地看著阿曼娃和希克娃，但是坎黛兒走在三人樂團最前面，爲克拉西亞公主開路。沒多久她們就開始教導一群女人吟唱守護之歌。

黎莎沿著營地外緣行走，檢查魔印網。和她害怕的一樣。這群人中的魔印師並不算是完全無能，不過他們用圓形魔印圈的方式守護橢圓形營地。橢圓形魔印圈必須採用不同的魔印，這是只有魔印大師才了解的差異。這個魔印網裡沒有眞正的大漏洞，但是魔法分配不夠平均，導致有些脆弱點可能會讓一隻強大的惡魔——或一群比較低階的惡魔——突破。

她專注在魔印上，一時之間其他煩惱通通離體而去。有些魔印樁只需要調整一下，轉動幾度就好。其他魔印樁則需要用到刷子和顏料，修補魔印或是完全用其他魔印取代。如同清理河流中的垃圾般，黎莎可以看見魔法奔流中的變化。沒過多久，整個魔印網都在她的魔印眼前大放光明。

另一道耀眼的魔光吸引她的注意，這一道魔光遠在營地之外。黎莎凝神細看，以爲會看到一頭石惡魔，結果卻看到亞倫．貝爾斯。

黎莎眨眼。她很累了，也很久沒有享受獨處的感覺了。難道她開始出現幻覺？

不過不是幻覺，眞的是亞倫，在魔印光照明範圍外的樹木間朝她招手。「黎莎！」她可以看到他在這個名字上灌注的魔力，讓聲音直接傳送到她一個人耳中。

她環顧四周。沒人注意她。她走到外緣一輛推車後方，遠離其他人的視線，然後繼續凝視黑暗。

「黎莎！」亞倫又叫一聲，召喚她。

「也該是你現身的時候了。」黎莎拉緊她的隱形斗篷，在有人發現她不見前快步走入黑夜。「你最好有個很好的理由。」她在營地和巡邏人員都沒發現的情況下抵達樹旁時立刻說道。

但亞倫不在那裡。

「黎莎！」她發現他站在樹林更深處。他轉身消失在陰影中，揮手要她跟去。

黎莎皺眉，大步跟上。「你就這麼怕被人發現嗎？」

亞倫沒有回答，她快步跟上。他保持在她視線範圍邊緣，魔光在他穿越樹林時忽隱忽現。

但是接著黎莎又失去他的影蹤了。她繼續走了幾分鐘，但就是沒看到他。

「黎莎。」聲音從側面傳來。她在樹林中弄混方向了嗎？她轉而朝那個方向前進。

「我已經要失去耐心了，亞倫・貝爾斯。」她在發現他沒有現身時嘶聲說道。

「黎莎。」這回發自她身後。她轉身，但是眼前沒人。

「一點也不有趣，亞倫，」黎莎大聲道。「你如果在五秒內不現身，我就要回營地了。」

如果我記得要怎麼回去的話，她心想。四面八方的樹看起來全都一樣，而上方的大樹枝，依然長滿秋天的黃葉，遮蔽了天空。

「黎莎。」在左邊。她轉身，但只有在黑暗中看見樹木的微光，魔霧飄浮在樹林地面上。

「黎莎。」又到她身後了。她開始察覺真相，但已經太遲了。如今呼喚聲來自四面八方。

「黎黎黎莎。」聲音一點也不像亞倫了。聽起來根本不像發自人口。

「黎莎・佩伯。」在她名字後面多加她的姓讓她感到毛骨悚然。

黎黎黎莎

黎莎・佩伯・黎莎・佩伯・黎莎・佩伯

黎莎・佩伯・黎莎・佩伯

黎莎・佩伯

黎莎・佩伯・黎莎・佩伯・黎莎・佩伯

黎莎・佩伯

黎莎・佩伯

她緩緩轉圈，看見樹林中出現動靜。地心魔物。她無法判斷數量多少。至少半打，領頭的是頭化身魔。她身穿隱形斗篷，對方看不見她，但他們可以縮小包圍圈，直到抓到她，或她開始逃跑爲止。如果她快速移動的話，斗篷無法提供多少保護。

白痴，黎莎在想起瑞娜的話時暗自咒罵自己。心靈惡魔知道你們是誰。攻擊你們，它們有機會取勝。

心靈惡魔想要取她性命讓她感到有點榮幸。榮幸，不過卻是場惡夢。她以爲在月虧之間的日子都很安全，但顯然化身魔不像它們主人那樣無法容忍月光。

而且它們比我們想像中更加聰明，她對自己承認。這隻化身魔把她當傻瓜耍，而她就這麼自己送上門來。

她腹中傳來一陣抽動，黎莎想起陷入險境的不只她一個人。她把兩個人送入惡魔的魔爪，如今得靠她讓他們安然回家。

她看見一塊小空地，於是移動而去，解開連身裙上的一個深口袋。她伸手到口袋裡，抓起她從心靈惡魔手臂中取出的細長骨頭，削尖末端，刻畫魔印，並且鍍金。她的霍拉魔杖。

她另一手伸到腰帶上的布袋裡，在背後灑上幾枚魔印卡拉幣。

動手吧，地心魔物，她心想，攤開她的斗篷。你們還沒打倒我。

它們一擁而上。兩隻木惡魔衝出樹林，以難以想像的速度移動。

但是沒有在黎莎用魔杖憑空繪製木惡魔驅逐魔印之前趕到。魔印飄浮在空中，在她的魔印視覺下發光，當惡魔撞上魔印時，魔印吸收它們本身的魔力，將它們彈回樹林。它們大吼大叫，消失在斷枝殘葉中。

如果這樣還不足以引來援軍，黎莎以魔杖指天，繪製光魔印。她像改變音調的笛手般移動手指操縱魔印，於光魔印中灌注更多魔力。魔印大放光明，將黑夜照耀得宛如白晝。

一隻火惡魔朝她吐火，但她憑空繪製吸收魔印，當場吸光火焰的魔力。魔杖在她手中變暖，但是擊中她身體的只有惡魔惡臭的口氣。她將魔力化作衝擊魔印反擊，惡魔如同加爾德腳下的老鼠一樣摔在地上。

身後傳來一聲慘叫，因為有頭木惡魔踏上她的魔印卡拉。叫聲突然消失，惡魔不再移動，樹木般的外殼蒙上一層白霜。惡魔在強行移動肢體時發出一下尖銳的哀鳴聲，接著胸口冒出一道裂痕，然後是屋簷上的冰錐落地的聲響。黎莎瞄准裂痕，繪製另一道衝擊魔印。

惡魔化為無數碎片，但是其他惡魔還是不斷搶攻。一隻田野惡魔從樹上撲落，不過黎莎的魔印打得它撞穿足足一呎厚的樹幹。一群火惡魔衝入空地，但是片刻過後它們就開始在冰霜上打滑，魔爪冒出白煙。再過一會兒，它們全部凍僵，眼中和嘴裡的橘火化爲冰藍。

黎莎聽見伐木工衝向魔光時的叫聲和打鬥的聲響，但是距離很遠，而化身魔還在伺機出手。他們是來救她的，還是來送死的？上次攻擊羅傑的化身魔輕易屠殺伐木工與沙羅姆，直到羅傑、阿曼娃和瑞娜聯手對付它爲止。

黎莎看到它在樹林裡，表面光滑、沒有定形的怪物，以飛快的速度移動。她用魔杖瞄準，釋放出一道魔力，不在乎會波及多遠，只要能擊倒化身魔就好。樹木粉碎、地面隆起，但是化身魔像蛇一樣毫髮無傷地游開。

分心應付化身魔差點害她喪命。一群木惡魔包圍了她。其中一頭踏上魔印卡拉，在熱魔印啓動時起火燃燒。其他四隻則找出一條沒有卡拉的路徑攻來。

其中一隻臉上中了一瓶溶劑，惡魔在雙眼冒煙時伸爪亂抓，結果又讓傷勢更加嚴重。

她拋出更多魔印卡拉，這些卡拉上印有電魔印，擊中兩頭惡魔，陣陣電流導致肌肉抽搐。

但是最後一隻近在眼前，沒有空間繪製魔印。她後退，伸手去拔腰帶上的匕首。

「黎莎！」湯姆士吼道，以魔印盾牌撞上惡魔的側面。魔印大放光明，地心魔物摔向一旁。湯姆士身穿閃亮的盔甲，聳立在她面前，一時之間她再度感到安全。

但接著一條觸角將他捲起，把伯爵甩過空地，重重撞在一棵樹上。他癱倒在地，爬不起來。

黎莎朝化身魔噴出另一道魔力，但它的動作還是太快了。魔力帶過它的身體，將怪物擊倒在地，但是大部分魔力都竄入樹林，把百年老樹打成木柴。

黎莎耳鳴不已，不過四面八方都開始傳來打鬥的聲響，因爲窪地人決心攻破惡魔的包圍拯救她。

她在湯姆士身上繪製化身魔防禦魔印，然後開始在自己身旁繪製魔印圈。

她應該先保護自己的。化身魔甩出一條觸角，纏住她的手腕，拉得她離地而起，無法繪印。她在它蜿蜒而來時翻找圍裙口袋，但她已經用光把戲了。

一枝魔印箭乾淨俐落地射斷觸角，抬起黎莎的力道消失，黎莎立刻摔落地。觸角開始扭動，在冒出惡臭膿汁時反射光澤。黎莎心裡一慌，連忙甩開觸角。

另外三支箭射中化身魔的本體，在惡魔身上產生電擊的效果。惡魔放聲慘叫，身體融化，遠離魔印箭。魔印箭掉落地面，但是趁著化身魔分神的時候，汪妲已經拉近距離，一躍將近二十呎，用她的魔印拳頭重重擊中化身魔的腦袋。

惡魔癱平在地，像是黏土人像被棍子打扁一樣。但是黏土彷彿在工匠的巧手下重新塑型，以更恐怖的形態站起身來，渾身都是尖刺與利刃。

汪妲已經準備好了。她以魔印手掌和前臂架開它的攻擊，指節上的衝擊魔印如同雷霆棒般爆出魔光。一打帶有利刃的觸角朝她揮去。但是汪妲的速度超乎黎莎想像，幾乎和瑞娜·貝爾斯一樣快。而且她的打法也很像亞倫——翻身迴旋，像閃避蒼蠅拍的蒼蠅般避開觸角。惡魔的頭變成火惡魔頭，朝她吐火，但是汪妲攤開手掌，吸收高溫與魔法，令她的攻擊更具威力。

她欺到近處，手臂化為蜂鳥翅膀般的殘影，自箭筒中拔出魔印箭，沒有搭弓，直接把箭插入惡魔體內。怪物發出充滿痛苦的叫聲，彷彿有上千頭怪物同時慘叫。

怪物本體竄出一條新觸角，正面擊中汪妲，然後繞到汪妲背後，和自己融為一體。她被緊緊夾住，雙手無助地困在身側，沒有施力點可供掙脫。

黎莎揚起魔杖，但是化身魔一看到這個動作立刻反應，把汪妲舉到兩者之間。

「不要顧忌我，黎莎女士！」汪妲叫道。「趁有機會的時候殺了它！」

「別傻了。」黎莎說。她舉起魔杖，蓄勢待發，心念電轉。四面八方都是作戰的聲音，但是化身魔肯定帶來很多地心魔物布置這個陷阱，因為沒有其他援軍抵達空地。

「你想怎樣？」黎莎問怪物，就算只是為了爭取幾秒鐘的時間思考也好。惡魔好奇地側頭看她，像是遭受斥責的狗，明明知道對方和它說話，偏偏聽不懂。

蠢到不會說話，黎莎心想，但還是聰明到會唸我的名字，引誘我進入陷阱。

一陣尖銳的聲響充斥空中，惡魔甩開頭去，放聲尖叫。就連黎莎也必須伸手遮耳。她轉頭看見希克娃伏在地上，伸手觸摸項鍊，釋放出一股能讓怪物的皮膚彷彿在狂風中抖動般的尖叫聲。希克娃怎麼可能在其他人辦不到的情況下突破惡魔的防線？

就在這個時候，一支矛頭貫穿化身魔胸口，矛尖綻放耀眼的魔光。湯姆士將矛柄插在地上，奮力拉扯，把惡魔提離地面。

但化身魔只是長出其他肢體，在倒地前接住自己。惡魔腦袋重塑，類似蛇頭，沒有耳朵聽希克娃的叫聲。

上一隻化身魔花了好幾分鐘的時間才適應音波攻擊。這一隻才花了幾秒。

別的惡魔警告過它，黎莎發現。它們在研究我們的把戲。

化身魔再度攻擊湯姆士，但這一次他擋下攻擊，用盾牌架開。黎莎憑空繪製冷凍魔印，纏住汪妲的觸角折斷，她背部著地，奮力掙脫纏在她身上的觸角。

終於可以直接攻擊目標了，黎莎揚起魔杖，打算一舉消滅惡魔，但是霍拉的魔力耗盡，只發出一小團魔光。

黎莎抛出剩下的卡拉，毫不在乎它們的效果。惡魔遭受焚燒、閃電、冰凍，和衝撞等攻擊，不過似乎只有激怒它，沒有造成傷害，身體在短短數秒中重新塑型，治療傷勢。

它變成一頭石惡魔，不過不只兩隻手，而是有八條黑曜石手臂。外殼上每一道隆起部位看來都十分銳利，不過最尖銳的還是每條手臂末端的利爪，簡直和碎玻璃一樣利。

它揮動手臂，擊飛湯姆士，打斷他的長矛，鉤住他的盾牌，扯斷固定在手上的皮帶。盾牌垂在他手上，不但幫不上忙，反而妨礙他動作。

惡魔兩腳一縮，撲向黎莎，但是湯姆士大叫一聲，衝到它的面前。盔甲上的魔印救了他們兩個，不過他整個人撞在她身上。黎莎感覺到他強而有力的手掌緊握她的手臂，在兩人飛向一棵折斷的大金木樹幹時以自己的身體承受撞擊的力道。

他們在化身魔衝過來時彼此扶持，但接著一道閃電打得它離地而起，摔到十幾呎外。

阿曼娃站在空地邊緣，拿著一塊看起來像金塊，綻放耀眼魔光的東西。惡魔開始塑型，她又發射一道閃電，將它再度擊倒。

羅傑和坎黛兒站在她身邊，用小提琴的音樂驅退惡魔，讓達馬丁施展霍拉魔法。克里弗保持距離，投擲尖銳的鋼錐插入惡魔體內，鋼錐上的魔印滋滋作響。

化身魔轉身打量新敵人，但是汪妲已經拔出匕首，掙脫觸角。老公爵夫人送她的上好護甲已經染滿膿汁，不過再度展開攻擊時渾身綻放魔光。

惡魔開始縮身閃躲她的攻擊，黎莎立刻知道它要逃跑。她想要出聲警告大家，但是有什麼意義？化身魔沒能殺了她，而她的法器也已用盡。戰鬥持續越久，就越可能有人遇害。

汪妲讓對方打到後退幾步，惡魔趁機瓦解形體，找到一條魔力通道逃回地心魔域。

黎莎閉上雙眼，靠著湯姆士的手臂，跟著他回到馬車上。其他人都離他們遠遠的，她很高興大家這麼合作。如果差點死在惡魔殺手手中，就是重回湯姆士的懷抱所需付出的代價，那她算賺到了。

抵達馬車時，湯姆士又多摟著她一會兒，她轉身面對他，雙手環抱他。她感覺到他在吸入她的體香時胸口起伏，一時之間，她滿懷希望。

但湯姆士抖了抖，彷彿從白日夢中甦醒過來。他突然放開她，後退一步。

「孩子怎麼樣？」他問。

黎莎摸摸肚子。「沒事，我想。」

湯姆士點頭，靈氣呈現的情緒十分複雜。他轉身欲走，但她抓住他的手臂。

「拜託，」她說。「我們連談談都不行嗎？」

湯姆士皺眉。「還有什麼好談的？」

「什麼都可以談。」黎莎說。「我愛你，湯姆士。你可以懷疑世間的一切，但不要懷疑這一點。」

可惜他的靈氣中確實浮現懷疑。她抓住他的斗篷。「你也愛我。就像太陽會出來一樣明確。你用自己的身體守護我。」

「我會用身體守護任何女人。」湯姆士說。

「對，」她同意。「你就是這樣的人。我就是愛這樣的你。但你救我不光是因爲那個，你很清楚。」

「那又怎樣？」湯姆士問。「妳還是欺騙我。妳為了其他目的和我上床，為了守護妳的聲譽。妳利用我。」

黎莎感到淚水湧出眼眶。「對。如果可以收回那一切，我願意收回。」

「有些東西是無法收回的。」湯姆士說。「而我還要在明知半年後妳就會在全提沙人面前羞辱我的情況下和妳結婚？」

這話如同一巴掌甩在她臉上，不過還沒有接下來的話傷他更深。

「妳愛我，對，但妳更愛肚子裡的孩子。不管這個孩子會帶來多少死亡與羞辱。」

黎莎開始哭泣。「你真的要我殺死自己的孩子？」

「要這麼做已經太遲了。妳早在告訴我的幾週前就該殺了他。」湯姆士嘆氣道。「我不該要求妳喝雜草師的藥茶，對此我很抱歉。我想我沒辦法去愛只因為我一句話就做得出這種事情的人。」

黎莎緊握他的手臂。「所以你確實愛我！」

湯姆士甩開她。「少對我來吟遊詩人那套，黎莎。我的感覺無法改變妳的處境。」

黎莎後退一步，神色震驚。「你母親打算怎麼對付我？」

湯姆士聳肩。「如果她知道妳懷孕了，或懷疑父親的身分，那絕不是我告訴她的。」

黎莎微微鬆了口氣。這算不上什麼天大的好消息，不過此刻的她只要是好消息通通願意接受。

「我不會當面對她撒謊，」湯姆士警告。「我也不會在妳肚子裡懷著別人的孩子時和妳結婚。我母親不是笨蛋，所以妳和她交談時最好慎選用字遣詞。」

第十九章　政治　333AR　冬

黎莎在車隊通過安吉爾斯堡街道時透過窗簾的縫隙看著窗外。圍觀群眾對著車隊指指點點；就連街頭吟遊詩人都在觀眾轉移注意時停止演出。

很多人在車隊經過時交頭接耳。其他人則一副當她聽不見般大聲嚷嚷。

「是魔印女巫和她的小提琴巫師！」

「窪地的新伯爵夫人！」

「他們說得好像妳很恐怖一樣。」吉賽兒說。

「喔，沒錯。」黎莎搖搖手指，輕聲笑道。「小心魔印女巫，不然她會把妳變成蟾蜍。」

吉賽兒大笑，但薇卡只是搖頭。「在陽光下討論此事似乎很有趣，但是旅途中攻擊妳的惡魔卻笑不出來。教訓它們的可不只是布魯娜的盲目藥粉和火藥。」

「她說的沒錯。」吉賽兒說。

車隊在吉賽兒的診所前停下，黎莎神色羨慕地看著吉賽兒和薇卡下車。她願意用一切去換回從前，那時生活中最擔心的事情就是吉賽兒診所中下一個病人。

她敲敲馬車側板，汪妲走過來。「挑兩個伐木工守護診所，擋下任何不懷好意的訪客。」

「沒有必要這樣……」吉賽兒開口。

「就順著我一回，拜託，」黎莎說。「他們會聽妳吩咐，知道他們在這能讓我睡得安穩一點。」

吉賽兒嘆氣。「如果一定要伐木工的話，我要挑女人。畢竟這裡是診所。」

黎莎點頭，汪妲立刻挑了兩個壯碩的女伐木工出來。她們都很擅長曲柄弓，不過也很樂意和惡魔近身肉搏。魔法讓她們變得比之前更壯更大，雙手抱胸往門口一站，她們會和任何男人一樣有威嚴。

接下來的旅程，車裡都只有黎莎一個人。汪妲坐在前座，四下留意威脅的跡象。她認爲黎莎遇襲都是她的責任，那之後除了上廁所外都不肯讓黎莎離開她的視線範圍。即使是上廁所，她都會在幾步外等。距離近到可以聽見最好不要讓別人聽見的聲響。

這是數日來黎莎第一次獨處，而她覺得彷彿有股重擔壓在馬車上面。從前的她經常需要獨處，就像其他人需要水一樣，但最近獨處會讓她想到很多不好的事情。

亞倫似乎眞的拋棄她了。賈迪爾失蹤，湯姆士永遠不會和她在一起。惡魔和英內薇拉想要她的命，要不了多久，老公爵夫人大概也會想要一樣的東西。

終於看見公爵的宮殿讓她有股鬆了口氣的感覺。她上次來訪至今眞的才六個月而已嗎？全世界都變了。當她牽起汪妲的手，身穿最美麗的旅行裝，抬頭挺胸地步下馬車台階時，她覺得肩頭的重擔彷佛在陽光下變輕了。阿瑞安不是喜歡浪費時間閒聊的女人。不管即將面對什麼局面，總之都會在太陽下山前大勢抵定，而那是最好的做法。

詹森總管與他的兒子保爾在庭院中等候。皇室成員在室外等候不合規矩。他在湯姆士走近時鞠躬。

「伯爵大人，很高興再見到你。」

湯姆士拍他肩膀。「你也是，我的朋友。」

「我敢說你這趟旅程一定風平浪靜。」

「沒那回事。」湯姆士。「惡魔在路上攻擊我們，而你的姪兒玷污了王座的聲望。」

「黑夜呀，那個白痴小鬼又幹了什麼？」詹森埋怨道。

「晚點再說，」湯姆士道。「我知道你希望他擔任傳令使者，但他或許比較適合歌劇院，不適合從事外交。」

詹森鼻孔開闔，不過點了點頭，轉向黎莎鞠躬。

「很高興看到妳氣色不錯，女士。」他若有深意地瞄向她的肚子。「等妳安頓完畢，有機會梳洗一番後，老公爵夫人邀請妳和妳的保鏢共進下午茶。」

羅傑帶著妻子走近，謹慎打量詹森的表情，這已經不是他第一次懷疑詹森究竟有多清楚自己姪子的作爲了。總管的敵人經常面對淒慘的下場。他或許不會對傑辛的所作所爲感到驚訝，但也不會爲了這種事情和親人撕破臉，但他很可能只知道傑辛和艾利克向來不合而已。

總管不動聲色地淺淺鞠躬。「半掌大師。上次分別以來，命運待你不薄呀。」他轉向阿曼娃，深深鞠躬。「公主殿下，很高興認識妳。我是詹森總管。請容我歡迎妳大駕光臨安吉爾斯。老公爵夫人邀請妳今晚參與皇宴，與她共進晚餐。」

阿曼娃淺淺回禮。「我很榮幸，總管。我聽說綠地人不懂禮貌，看來是我弄錯了。」

詹森微笑。「如果有人禮貌不周的話，公主，還請見諒。停留安吉爾斯期間，如果有任何需要的話，請妳盡量吩咐我去處理。」

總管迅速護送他們進宮，指示僕役帶領他們前往他們的房間。他們還沒走過大廳，林白克就迎了上來，身後跟著他的弟弟麥卡爾王子和比瑟牧者，三個人體型和儀態都差不多，與小他們很多歲的湯姆士大不相同。

「湯姆士！」林白克大聲招呼，聲音在拱型廳頂上迴盪。他如同大熊般擁抱自己的弟弟。他一手伸過湯姆士的肩膀，轉身拍打加爾德的手臂。「還有你。你上次來時還只是個隊長。看看你！男爵將軍！」

「母親非常熱中想要幫你找個老婆。」麥卡爾說。「男爵的宴會是過去幾週皇宮裡所有人唯一談論的話題。」

「所以聰明的男人都趁著還有機會的時候趕快離開皇宮。」比瑟說。

林白克摟緊湯姆士的脖子，迫使他最小的弟弟彎下去。「我們明天一早要去狩獵堡。你和你的新男爵要和我們一起去。」

湯姆士皺眉，在家人和職責間取捨。「哥哥，我們還有重要的事情……」

林白克揮手打斷他。「那些事情不要公開談論。」他朝在大廳中走動的一名僕役微微點頭。此人身穿密爾恩僕役制服。看來歐可已經在宮廷裡安插了人手。

公爵轉向加爾德。「你怎麼說，男爵？」

加爾德捏捏後頸，一副很不自在的模樣。「我向來不擅長打獵……」

「這是真的。」羅傑上前。「你的新男爵比較適合把樹撞斷，而不是從旁邊繞過去。」

林白克的笑聲聽起來像是喘氣。他體重過重，呼吸吃力。他以拇指指向身後的麥卡爾。「那不是問題。我弟弟連長在樹林中央的樹都射不中。」麥卡爾瞪著他的背，看他繼續說下去。「我們會準備麥酒，還有食物。」他眨眼。「還有一些好看的東西。」

「你還沒結婚。」比瑟牧者提醒這一點。

「帶你的吟遊詩人一起來。」麥卡爾大聲道。「我們看看他是不是眞的能迷得惡魔脫褲子。」

「我辦不到。」羅傑承認。「至少我一直沒有機會嘗試。你知道，要讓它們穿褲子很難。」

這話讓所有男人哈哈大笑。依照安吉爾斯的習俗，皇室成員講話的時候都會當女人不存在，雖然他們會毫不掩飾地盯著她們看。阿曼娃和希克娃在羅傑身後兩步的位置一言不發地耐心等候。克拉西亞女人必定很習慣這種情況，但位於她們身後一步的坎黛兒看起來就有點按捺不住了。

「我們很樂意前往。」湯姆士說，雖然聽起來一點也不樂意。

「黎莎，歡迎。」阿瑞安公爵老夫人說，在黎莎和汪妲抵達女人居住的宮殿側翼時自她的茶桌旁起身。

這個女人甚至擁抱她，黎莎發現自己很享受那種感覺。她很敬重老公爵夫人，深怕會成爲她的敵人。

「還有汪妲。」阿瑞安說著轉向身材高大的女人，伸出珠光寶氣的手掌給她親吻。

自從上次會面之後，汪妲就一直在練習她的禮儀，儘管她依然分不清該用哪支叉子，她還是能夠優雅流暢地半跪而下，將嘴唇貼在阿瑞安的手指上。「公爵夫人。」

「妳穿了我送去的衣服。」阿瑞安注意道。「站起來，讓我看看妳。」汪妲照做，老公爵夫人繞一圈打量她。她的褲子從腰部到膝蓋都很寬鬆，給人一種裙子的感覺，不過小腿的部分則塞到一雙厚重但有彈性的皮靴裡。她的上衣胸口和粗胳臂的部分也很寬鬆，給這雙可以把大部分男人從中折斷的手臂平添一點溫柔氣息。臂套讓衣袖不會干擾動作，在弓弦彈落時保護絲綢——還有她的手臂。「我的女裁縫手藝眞棒。優雅但實用。妳穿這身衣服可以作戰，是吧？」

汪妲點頭。「從來沒有感覺這麼好過，而且行動起來好像沒穿衣服一樣。」

阿瑞安看著她，汪妲當場滿臉通紅。「對不起，公爵夫人。我不是那個……」

阿瑞安搖手。「對不起什麼？恰當的隱喻嗎？要冒犯我還差得遠呢。」

「隱喻是什麼？」汪妲問，但是老公爵夫人只是微笑，伸手撫摸汪妲的上好羊毛外套上以金線繡成的精緻魔印。

那是一件安吉爾斯軍官的外套，稍微添加了一些女性風格，不過把林木軍團的紋章拿掉，換上阿瑞安的私人紋章——一個刺繡圈加上木冠。

汪妲拿掉了阿瑞安的紋章，換上黎莎的研缽和藥杵。阿瑞安輕拍紋章。「如果我是會被觸怒的那種人，或許會認爲在如此資助窪地女戰士後，妳不該拿掉我的紋章。」

汪妲鞠躬。「妳爲我們付出了很多，公爵夫人。窪地女戰士都很驕傲地配戴妳的紋章，在戰場上衝鋒時呼喊妳的名號。」她抬頭直視老公爵夫人的雙眼。「但我是先對黎莎女士效忠的。如果要穿我的新護甲和衣服的代價就是不能配戴她的紋章，那妳可以收回這些禮物。」

黎莎以爲老公爵夫人會大發雷霆，但阿瑞安看她的眼神彷彿她通過了某種測試。

「別這麼說，孩子。」鞠躬的汪妲和矮小的老公爵夫人幾乎一樣高，而阿瑞安伸手搭上她的肩膀。「如果這麼簡單就能購買忠誠，忠誠根本毫無價值可言。妳的護甲和制服都是妳的，而妳爲妳的女主人增添榮耀。」

汪妲點點頭，情緒激動地深吸口氣。「謝謝妳，公爵夫人。」

「別再來什麼『公爵夫人』那一套了。」阿瑞安說。「花俏的頭銜在群眾之前很好用，私底下就聽起來很煩了。妳叫我『老媽』就好了。」

汪妲微笑。「是，老媽。」

「黎莎和我有事情要私下討論。」阿瑞安說。「去外面等，不要讓任何人打擾我們。」

「是，老媽。」汪妲說著像逃避獵人的鹿一樣走到房外。她或許聲稱自己聽命於黎莎，但她在執行老公爵夫人的命令時也毫不遲疑。

黎莎突然有股類似嫉妒的感覺。汪妲一開始自行擔任黎莎的保鏢時，黎莎曾竭盡所能地想要勸她不要這樣，但是看到汪妲如此自在地聽從阿瑞安號令，讓黎莎了解到自己有多依賴她。

黎莎和阿瑞安坐下。房內沒有僕役，但是桌上擺了銀盤茶具還有幾樣點心。布魯娜或許沒教黎莎多少政治手段，但她卻非常看重用茶禮儀。黎莎年紀輕、地位低，所以她動手倒茶，先幫老公爵夫人倒滿。接著她才在自己的杯子裡倒茶，並拿起一個小盤子。

「小孩多大了？」老公爵夫人開口時，黎莎正在吃小三明治。她差點噎到。

「不好意思？」黎莎邊咳邊問。

阿瑞安有點不耐煩。「如果不把我當傻子耍的話，這次會面就會愉快點，孩子。」

黎莎拿起一條餐巾，擦擦嘴巴。「大概四個月。」這並非謊言，但也不精準。這個時間讓孩子有可能是湯姆士的，也可能不是。她知道對方會提起這個問題，但是老公爵夫人直言不諱的作風還是讓她措手不及。

阿瑞安以彩繪指甲輕敲細緻的陶瓷茶杯。「假設孩子和我沒有血緣關係應該沒錯吧？」

黎莎只是凝視著她，但阿瑞安一副她有回話般點了點頭。「別那麼驚訝，孩子。我所有兒子的議會裡都有我的眼線，而這種事情是不可能隱瞞得住的。懷孕的事情一公開，妳和湯姆士立刻從如膠似漆變成形同陌路。不用是妳的心靈惡魔也猜得到是怎麼回事。」

阿瑞安搖頭。「又一個王座子嗣的希望沒了。沒用的麥卡爾是我唯一生了小孩的兒子，但是他那些笨蛋子嗣沒有一個可以坐熱王座。」

她開始輕輕踢腳，讓黎莎想到貓咪蓄勢待發時的尾巴。黎莎環顧四周，但房裡還是只有她們。一個老女人的腳突然動了一下照理說不該令她受驚，但她覺得這個動作會引來暴力。

阿瑞安輕啜一口熱茶。「我命令湯姆士在妳回窪地時立刻展開追求。我小兒子對付女人很有一手，但就連我也沒想到妳會在第一大晚上就投懷送抱。」她神色不屑地看著黎莎。「看來動作還是不夠快。」

黎莎一直想著阿瑞安腳掌抽動的事情，過了好一會兒才聽懂話裡的深意。「命令？」

「當然。」阿瑞安說。「湯姆士有他的用處，但他待在練習場上的時間比圖書館多。他需要兩隻耳朵中間有點料的女人擔任伯爵夫人，而和妳在一起可以在窪地居民眼中建立他統治的正統性。」

她刻意把茶杯放在桌上，黎莎立刻上前倒茶。阿瑞安喝一口茶，扮個鬼臉。「多放點蜂蜜，親愛的。我活夠久了，有資格多喝點蜂蜜。」她拿起一支精緻的銀湯匙，在茶杯裡放了一大匙蜂蜜。

「總比沒有發現我和湯姆士分享的一切都是出於她母親的命令那麼苦澀。」黎莎感到視線模糊，爲了驅退淚水而奮力眨眼。

「少白痴了。」阿瑞安說。「我叫他去追求妳，沒錯，但是我也叫他去追求所有我覺得配得上他的女孩。他如果沒興趣的話，根本不會動手。」

她用小茶匙指向黎莎。「而妳，孩子，根本不需要我來撐開妳的雙腳。妳需要丈夫，這點在我一見到妳的那一刻就知道了。妳對有權有勢的男人毫無招架之力，而這會讓妳陷入麻煩……如果還沒有陷入麻煩的話。」

「妳說這話是什麼意思？」黎莎問。

「孩子是誰的？」阿瑞安問。「其中一個解放者的？大家都知道你喜歡亞倫・貝爾斯。他任何時間都能進出妳的住所。」

「我們只是朋友。」黎莎說，但就連她也覺得聽起來有點心虛。

阿瑞安揚起一邊眉毛。「然後就是沙漠惡魔的事情。吟遊詩人說妳和他上床過。」

「阿曼恩・賈迪爾的宮殿裡只有一個吟遊詩人。」黎莎說。「而他沒有散布這種傳言。」

阿瑞安微笑。「我在來森堡還有其他消息來源。」

黎莎等待片刻，但是老公爵夫人沒有繼續解釋。「我愛帶誰上床，懷誰的孩子是我自己的事情，和妳無關。孩子不是王位繼承人，所以可以排除在妳的計畫外，幫妳兒子找個更好的妻子。」

「這麼容易就放棄了？」阿瑞安問。「我很失望。」

「繼續掙扎有意義嗎？」黎莎語氣疲憊。

「妳以為這是第一個影響皇室婚姻的私生子嗎？」阿瑞安嘖嘖說道。「藥草師應該知道這種事情可以怎麼操作。」

「操作？」黎莎不懂她的意思。

公爵老夫人停止踢腳。「妳和湯姆士宣告懷孕，立刻成婚。小孩出生時，妳可以祕密生產，然後讓妳的藥草師宣布，哎呀，死胎。」

黎莎雙手顫抖，杯盤交擊。她把杯盤放在桌上，冷冷瞪向老公爵夫人。

「妳在威脅我的孩子嗎，公爵夫人？」

阿瑞安兩眼一翻。「我之前就告訴過妳要跟上節奏，孩子，但妳老是慢半拍。我生過四個孩子，很清楚不能試圖拆散母子。我這麼做的話就和對窪地宣戰沒有兩樣。」

「妳很可能打不贏的一場杖。」黎莎說。

這下換阿瑞安瞪她了。「這點可別太肯定了，親愛的。我見過妳所有棋子，但妳還沒見過我的。」

她揮揮手，彷彿要驅散空氣中的臭氣。「但沒必要走到那個地步。我們可以輕易弄綑麵包埋起來，然後找個地方藏小孩。幾天之後宣布爲了安撫妳受傷的心靈，妳決定領養一個孤兒，塡補內心的空虛。造物主知道克拉西亞人從這裡到沙漠中間沿路留下了多少私生子。裝裝樣子，多看幾個孩子，然後再做決定，沒人會發現的。接著你和我兒子就能生個正統的繼承子嗣。」她舉起茶杯。「最好不只一個。」

黎莎若有所思地摸摸肚子。「所以我永遠不能認我的親生孩子？」

「恐怕妳已經錯失機會了。」阿瑞安說。「妳會在南方和北方都樹立敵人，妳自己的人民也會懷疑妳的判斷。」

「或許他們應該找個更聰明的領導人。」黎莎說。「或許妳兒子應該找個更聰明的妻子。」

「妳幫我找到更聰明的女人，我就把這個工作交給她去做。」阿瑞安說。「但在那之前，這是妳的責任。」

她伸手向上，輕拍頭上那頂鑲有許多寶石的光滑木冠。「平民都以爲戴皇冠是很容易的事情。但是領袖必須有所犧牲。女人更須如此。」

她嘆氣。「至少湯姆士愛妳，這已經比我之前強了。在他祖父花錢買下王座後，原先的皇室隨時都在計畫政變。歐可派兵屯駐河橋鎮，準備攻擊戰敗的勝利者，然後自立爲王。當時唯一保住這座城市的方法就是讓我嫁給林白克。」

「我不知道這些事情。」黎莎說。老公爵夫人從來沒有對她這麼坦白過，她怕自己多說什麼就會破壞此刻的氣氛。

「當時對我而言就像世界末日一樣。」阿瑞安說。「林白克一世沒有在王座上待太久，他兒子沒有能力也無心統治。他來皇宮的時間短到只夠在我體內丟個小孩，然後就把其他時間通通花在那間可惡的狩獵堡裡，追逐野豬和妓女。」

「我一個懷孕的女人，孤伶伶地被丟在這裡，統治整座城市。我有哭哭啼啼地悼念我的命運嗎？有呀。但我還是得工作。」阿瑞安指著黎莎。「我寧願投身黑夜，也不要讓歐可拿下這座我一生都在努力重建的城市。」

「北地宮殿就長這個樣子，」阿曼娃說。「看起來不怎麼樣。」

最奇怪的部分在於羅傑了解她的意思。林白克的宮殿堡壘曾經是他見過最壯觀的建築，但是見識過克拉西亞皇族在艾弗倫恩惠的住所後，他突然開始注意到這裡的地毯可以更柔軟一點，簾幔可以更厚一點，天花板可以更高一點。

很難想像他怎麼能在十年的廉價旅館和草堆度過睡前檢查跳蚤的生涯後，這麼快就習慣奢華的生活。

「我是唯一認為公爵需要挨個幾巴掌的人嗎？」坎黛兒問。「連句『今天過得如何』都不問就盯著我們的胸部猛瞧？」

「林白克和他弟弟就是這樣。」羅傑說。「老實說吧，安吉爾斯其他貴族也沒有好到哪裡去。對女人的興趣僅限於僕人和情人。今天晚上他們會在母親的監視下正式引介妳們。」

「我很期待和這個神祕的老公爵夫人會面。」阿曼娃說。

羅傑聳肩。「妳會發現她和她兒子一樣膚淺又無趣。他們全都不必承擔任何職責。真正處理一切的人是詹森。」

阿曼娃看向他。「沒這回事。那個男人是個傀儡。」

「我是說真的。」羅傑說。「他在公爵和王子附近就會故作柔弱，但那就和吟遊詩人的面具一樣。這傢伙骨子裡既狡詐又冷酷。」

阿曼娃點頭。「但依然不是掌權的人。」

「妳的骨骸告訴妳的？」羅傑問。

「不是。」阿曼娃說。「從他眼神就看得出來。」

「我不在的時候，我要妳跟緊黎莎。」羅傑說。

阿曼娃側頭看他。「是要保護我們，還是保護她？」

「都有。」羅傑說。「這些人未必是我們的敵人，但他們也不是朋友。」

「現在，」阿瑞安說。「如果我們已經聊夠妳的情史，該來談談更迫切的議題了。」

讓黎莎皺起嘴唇的並非茶裡的檸檬。「妳想知道公爵是否不能生育。」

「我們都知道他不能。」阿瑞安說。「我要妳大老遠跑來不是爲了那個。我想知道的是妳有沒有辦法解決。」

「他願意接受檢查嗎？」黎莎問。

老公爵夫人也皺起嘴唇。「他在這方面……很固執。」

「不檢查的話，我也只能用猜的。」黎莎說。「我可以煮壯陽茶……」

「妳以爲我沒試過嗎？」阿瑞安大聲道。「潔莎已經讓他喝過世界上所有堅挺和生育茶了。」

「或許我能煮點妳的……雜草師還沒試過的方法。」黎莎努力壓下不屑的語氣，不過老公爵夫人還是聽出來了。

「顯然布魯娜對妳灌輸了很多雜草師很邪惡的觀念。」阿瑞安說。「但是她從來沒有要照顧超過幾百個孩子，而且據我所知，她也常常在別人不知情的情況下麻醉人家。」

「一向都是爲了幫忙，」黎莎說。「從來沒有爲了傷害人。」

「喔喲！」阿瑞安說。「所以當她往別人眼裡灑盲目藥粉的時候也是爲了幫助人？或是拿她的棍子打人？」

「總是爲了他們好。」黎莎說。「她不下毒害人。」

「或許。」阿瑞安微笑看著精緻茶杯的杯緣。「但妳有，對不對？我聽說今年夏天你們車隊裡所有沙羅姆都被妳下藥。」

黎莎感到頭皮發麻。老公爵夫人怎麼可能聽說這件事？「那是錯誤的決定。我不會再犯這種錯了。」

「這種承諾會讓妳成爲笨蛋或騙子。」阿瑞安說。「時間會證明一切。妳擁有力量，總有一天妳將必須使用那種力量，或是受死。」

她放下茶杯，拿起一個繡花圈。她繡花時手指靈巧，一點也不符合她的年紀。「無論如何，潔莎女士乃是布魯娜親手調教出來的，而且可以自由使用皇室圖書館。我敢說她沒有錯過多少藥草方面的知識。如果她說她嘗試過所有方法，那就是嘗試過所有方法。」

「那妳還要我做什麼？」黎莎問。

「因爲妳有他所沒有的工具。」阿瑞安說。「潔莎懂藥草，但她不熟手術刀。」

「那如果林白克的雙腳之間必須挨上一刀，種子才能開始流動呢？」黎莎問。「如果他連檢查都不肯檢查，我們要怎麼動手術？」

「如果走到那個地步，」阿瑞安說。「我們就在他的麥酒裡加潭普葉和天花草，讓他一直昏迷到手術結束爲止。就說他喝醉了還跑去獵野豬，兩腳中間被豬咬了一口。」

「但現在還有第三種選擇。」阿瑞安目光保持在繡花圈上。「魔法。」

「魔法不是那樣運作的。」黎莎說。「身體會自動癒合，魔法只是加速癒合的過程。如果林白克天生……不足，我也無能爲力。」

「和你一起來的白女巫呢？」阿瑞安問。

「你要讓她參與此事？」黎莎問。

「別傻了。」阿瑞安說。「告訴她是爲了其他貴族，然後叫她教妳相關知識。」

「如果眞有這種知識的話。」黎莎說。

「妳最好希望有。」阿瑞安說。「快沒時間了。如果梅兒妮沒在冬天懷孕，我們就得採用備用計畫。」

「什麼備用計畫？」黎莎問。

阿瑞安微笑。「讓湯姆士去幫公爵夫人播種。」

「什麼？」黎莎覺得自己彷彿吞下了一塊巨石。一時之間她呼吸困難，接著石頭又讓她肚子痛。

「梅兒妮或許不是最尖銳的矛，但她的胸部可以吸引任何男人的目光。」阿瑞安說。「倒不是說說服湯姆士背叛妳和林白克去拯救公爵領地會有多困難。」

「那梅兒妮呢？」黎莎問。「她就只是個無法表示意見的子宮？」

阿瑞安嗤之以鼻。「她會在完事之後雙腳朝天，感謝王子。那個女孩不是工具間裡最鋒利的斧頭，但她也不是笨蛋。如果她不能在克拉西亞人北進，歐可逼我們表態之前懷孕的話，妳以爲她會落到什麼下場？密爾恩的羅蘭公主已經率領五百名山矛士兵抵達安吉爾斯，賄賂皇族，像貓頭鷹打量老鼠般觀察梅兒妮。她出現在此就等於是打了藤蔓王座一個大巴掌。」

她綁好一條線，用銀剪刀剪斷線頭。「湯姆士長得和他祖父很像。不會有人懷疑孩子不是林白克的。」

「爲什麼選湯姆士？」黎莎問。

「我可以說麥卡爾已經結婚了，」阿瑞安在拿一條新線重新開始繡時說。「而比瑟是個宣誓獨身的牧者。但事實上，他們兩個都不能保守祕密。林白克會發現眞相，然後做出愚蠢的舉動。」

她看向黎莎。「以討回公道而言，這麼做也不算沒有詩意。如果妳不想弄濕湯姆士的矛，那就修好他哥哥的。如果辦不到，你們兩個開始一起生活時就會各有一個私生子。」

「克拉西亞的阿曼娃公主。」傑辛大聲宣告，聲音在拱型屋頂上四下折射，讓所有人都能聽見。「克拉西亞堡公爵，阿曼恩・賈迪爾長女。」

阿曼娃大怒。「公爵？克拉西亞堡？和我父親相比，你們這些可悲的公爵就和平民的狗沒兩樣，他的帝國幅員……」

羅傑緊握她的手臂。「他這樣講只是爲了激怒我們而已。大家都知道妳父親是什麼人。」

阿曼娃輕輕點頭，恢復達馬丁的冷靜神態。

傑辛在他們於門口站定後冷冷地看著羅傑。「以及她的丈夫，來自河橋鎮的吟遊詩人羅傑・音恩。」

這回輪到羅傑大怒了。正常來講，應該要先宣告身爲丈夫的他才對，但是由於他和阿曼娃的階級差太多了，所以不能這樣做。這一點，他可以接受。

但如今羅傑是吟遊詩人大師了，而他的藝名，半掌，可謂舉世聞名。他創作了〈伐木窪地之役〉和〈月虧之歌〉。傑辛搞得好像他是來在餐點之間娛樂賓客的雜耍演員一樣。

阿曼娃捏他的手臂。「呼吸，丈夫，加到復仇的項目裡去。」

羅傑點頭，和妻子一起步入宴會廳，看看其他賓客，也讓其他賓客看。貶低身分的頭銜並沒有降低賓客對他們的興趣，不斷有貴族上前來向克拉西亞公主和能夠媚惑惡魔的小提琴巫師自我介紹。

「克拉西亞的希克娃公主，」傑辛宣告道。「克拉西亞堡公爵，阿曼恩・賈迪爾的外甥女。吟遊詩人坎黛兒・音恩，窪地郡遠近馳名的小提琴巫師之一。」

羅傑咬牙切齒。

希克娃領著坎黛兒從另一個入口進來。由於她也有公主頭銜，宴會一定要邀請她出席不可，但是阿曼娃不准她和坎黛兒與他們坐在一起。顯然男人不可以和吉娃森一同出席正式晚宴。

一小群人走向他們，領頭的男人一頭亮眼的紅髮，身穿繪有歐可公爵紋章柔和色調的七彩表演服。他在阿曼娃身前縮腿行禮，順勢將斗篷甩到肩上。「公主殿下，」他望向羅傑。「半掌大師。我是奇林，群山之光、北地守護者、密爾恩公爵歐可閣下的皇室傳令使者。」

他等待阿曼娃伸手給他親吻，但是克拉西亞男人和女人不會在公開場合肢體接觸，特別是已經結婚的女人，更別說是達馬丁。阿曼娃只有微微點頭，彷彿把對方當成端飲料過來的僕役。

奇林清清喉嚨。「請容許我介紹歐可公爵的幼女，密爾恩的羅蘭公主殿下。」

女人向前一步，羅傑立刻發現傳言是眞的。據說歐可的女兒全都遺傳到父親的容貌，而羅蘭的四方臉和密爾恩錢幣上的歐可頭像十分神似。

她高大的身軀、寬闊的肩膀也和父親很像。她看起來可以和汪妲摔角。她的頭髮還是金色的，沒有任何灰髮的跡象，但她的臉已經失去年輕的彈性。她年過三十五，至少。對政治婚姻而言算是有點老了。

阿曼娃鞠躬，不過彎得很淺——出於尊重的舉動，但並沒有把對方當作地位平等的人看待。「很榮幸認識妳，羅蘭・娃・歐可。很高興知道我並不是這座陌生城市裡唯一的公主。」

沒人知道羅蘭有沒有發現她禮數不周。克拉西亞鞠躬方式的政治意義只有克拉西亞人懂。但是她回禮回得像阿曼娃一樣淺、一樣簡短——不但表示他們地位相等，同時等於是在挑釁阿曼娃。

但接著她做了一件所有人都沒有料到的事情。

「我的榮幸，阿曼恩之女阿曼娃。」羅蘭用克拉西亞語說。

阿曼娃眨了眨眼，立刻轉爲她的母語。「妳會說我的語言。」

羅蘭微笑。「當然。受過教育的貴族仕女能以所有死去的語言在宴會中交談，不過我們都沒有機會與以克拉西亞語爲母語的人碰面。我敢說會有很多想要練習克拉西亞語的人來邀請妳參加茶會。」

「死去的語言？」阿曼娃問。

「魯斯肯語、林姆恩斯語、阿爾賓語，還有克拉西亞語。」羅蘭說。

「我們的語言可還沒死。」阿曼娃說。

羅蘭微微鞠躬。「當然。但是我們的宮廷已經有數百年不曾接待過克拉西亞訪客了。就北方的觀點來看，這種語言已經沒人使用了。」

「你們的教育會派上用場的。」阿曼娃說。「骨骰預知了克拉西亞語會在北地復興。」

羅蘭露出危險的笑容。「這我可不敢肯定。」

一個男人清清喉嚨，化解兩個女人間的緊張情勢。「請容許我介紹我的護花使者，沙曼特領主。」羅蘭換回提沙語，介紹她這邊最後一名成員。這個男人身穿舒適的華服，不過目光堅定，看起來比較像是保鏢，而非護花使者。他鞠躬。

「我們就不打擾各位了。」羅蘭對阿曼娃說。「我只想要認識認識各位。晚餐過後，我們肯定可以在女性側翼裡進一步交流。」

話一說完，密爾恩人迅速離開，就和剛剛過來的時候一樣。

「護花使者？」阿曼娃問。

「監護人，類似。」羅傑說。「林白克娶過好幾任妻子，但一個兒子都沒生下來。羅蘭是下一任妻子人選。」

「她生孩子的機會也不高，如果前幾任都生不出來的話。」阿曼娃說。「聽起來問題出在他身上。」

「我建議妳不要在公開場合說這種話。」羅傑說。「羅蘭已經生過兩個兒子，這表示她至少能生。」

阿曼娃看著他。「密爾恩公爵把一個已經不是處女的老女兒送給敵人當妻子？她兒子的父親呢？」

「歐可命令他們離婚，然後派她南下。」羅傑說。

阿曼娃嗤之以鼻。「爲了聯手對付我父親而採取的絕望手段。」

「妳能怪他們嗎？」羅傑問。

「不能。」阿曼娃說。「但是不會改變任何結局。」

辯論這個話題沒有意義。阿曼娃在大部分事情上都很聰明，但是一旦事情和她父親有關，她就只會看到自己想看到的部分。他是沙達馬卡，而他必然會統治世界。

「小羅傑，如今是個結了婚的大男人。」身後傳來一個聲音，羅傑轉過身去，看見老公爵夫人與梅兒妮公爵夫人一起走來。「你是幾歲的時候被我抓到偷爬皇室圖書館書櫃的？」

羅傑深深鞠躬。「五歲，老公爵夫人。」想起當時的情況，他的背就開始痛了。老公爵夫人只是輕哼一聲，不過就和下達命令沒什麼兩樣，因爲她一離開，潔莎手裡就多了一條皮帶。

阿曼娃毫不理會年輕的公爵大人，直視老女人的雙眼。兩人眼神交流片刻，阿曼娃鞠躬鞠得比之前更深更久。「很榮幸見到舉世聞名的老公爵夫人。」

這個舉動或許冒犯到技術上而言比她婆婆的地位更高的梅兒妮，但她似乎並不放在心上。阿瑞安在安吉爾斯並沒有多少實權，但是林白克的妻子來來去去，他母親卻始終在位，而宮廷中那些枯燥乏味的貴族仕女全都以她馬首是瞻。

「相信妳已經獲得適當的休息了？」梅兒妮在介紹完畢後問道。「房間還滿意嗎？」

阿曼娃點頭，羅傑很驚訝。阿曼娃從來沒對任何房間感到滿意過，但顯然那最好交由僕役溝通。

「當然。」

「我相信北方來的公主表現得還算得體？」阿瑞安問。

「聽見宮廷中有人會說我們的語言感覺很好。」阿曼娃以克拉西亞語說。

梅兒妮面紅耳赤，羅傑知道她聽不懂阿曼娃說了什麼。阿曼娃也發現了這一點，於是鞠躬。

「請見諒，公爵夫人。密爾恩公主讓我以為大部分皇室成員都會在成長過程中學習克拉西亞語。」

梅兒妮臉紅的範圍持續擴張，就連蒼白又壯觀的胸部都浮現一股粉紅色彩。她目光飄向在宴會廳中四下遊走的羅蘭及其隨從，神色不善又不自在。「這個，是……」

阿瑞安清清喉嚨。「男爵！」她對著位於幾碼外的男爵喊道。「過來，讓我們看看你。」她沒多久就讓加爾德像是時裝模特兒般轉圈，壯漢的臉紅得和年輕公爵夫人差不多。

阿瑞安輕聲吹個口哨。「幫你找老婆難度不高呀。女孩們會排隊上門，等著和你跳舞，而她們父親就會在我耳邊小聲提出嫁妝。」

「我，啊，感謝妳這麼幫忙，老公爵夫人。」加爾德說。「希望我不會踩到人。我不會跳這種宴會場合的舞蹈。」他朝高聳的天花板揮手道。

「你還沒見到舞廳呢。」阿瑞安輕笑說道。「至於跳舞嘛，我們會找點你會跳的舞的。總不能讓你在你自己的單身漢舞會上出糗。」

羅傑鞠躬。「如果老公爵夫人同意的話，我的四人樂團會很樂意負責音樂。我們肯定可以演奏些讓男爵輕鬆自在的曲子。」他拍加爾德的背一下，壯漢當場放鬆了一點。

「很棒的主意！」阿瑞安說。「城內所有單身漢都會羨慕你的，男爵。我們要不了多久就能幫你找個老婆。」

加爾德一副快要昏倒的模樣。

「我以為……」梅兒妮開口。所有目光都集中在她身上，她被大家看得神色畏縮。

「怎麼了，親愛的？」阿瑞安問。

「這個，我是說，」梅兒妮看著阿曼娃尖聲說道。「據我所知，音樂和舞蹈都有違……」

「伊弗佳律法？」阿曼娃問。「在我們的領土上，沒錯。但如今我隸屬窪地部族了。」她輕笑。「還是吟遊詩人的吉娃。我有必要……改變一些觀念。」

她微笑。「伐木窪地男爵是個偉大的凱沙羅姆，但一直白白浪費種子。他越快找到吉娃卡幫他生孩子越好。我很榮幸可以參與你們的北地求偶儀式。和我丈夫站在一起，研究你們的儀式就不會不恰當。」

阿瑞安看到傑辛・黃金嗓——想盡辦法遠離他們——勾勾手指召他過來。

「你可以擺脫單身漢舞會了，傑辛。」老公爵夫人在傳令使者快步趕來時說。「羅傑和他妻子會負責音樂。」

「但是公爵夫人閣下，」傑辛氣急敗壞。「我當然更有資格……」

阿瑞安大笑。「比半掌大師，窪地的小提琴巫師更有資格？你該慶幸他只搶走你這份工作。」

傑辛瞪大雙眼，但是心知不能出言爭辯。阿瑞安或許是個微不足道的老蝙蝠，但是在皇室宴會的事物上，她有絕對的權威決定一切。

「我認為我們該入席了。」阿瑞安說。「來吧，梅兒妮，幫幫我這老太婆。」公爵夫人勾起她婆婆的手臂，阿瑞安依靠著她，一起走向餐桌。

其他人一看公爵夫人入座了，紛紛走向他們的座位，但羅傑忍不住多補一刀。「往好處想，」他對傑辛說。「至少公會的人不會再叫你次等歌了。」他微笑。「次等琴聽起來順口多了。」

傑辛張牙舞爪，但是羅傑假裝沒有看到，拉起阿曼娃的手臂，領著她前往他們的座位。

「挑釁你的血敵並非明智之舉，丈夫。」阿曼娃說。「最好讓他們以為你已經放下仇恨了，然後再動手報仇。」

「和報仇有關的事情沒有明智的。」羅傑說。「但我不打算讓傑辛在死後審判的時候才為他的所作所為付出代價。我要看他活著的時候受苦，那表示要摧毀他最珍惜的事物。」

「自負。」阿曼娃猜測。

「聲譽。」羅傑說。「黃金嗓最不能忍受的事情就是當第二流的人物。」

晚餐既漫長又乏味，不斷有人發表演說，密爾恩人和安吉爾斯人一邊對瞪一邊套交情，而所有人都對阿曼娃和希克娃露出不信任的眼神。

但是林白克公爵的宮殿向來都會提供源源不絕的紅酒，而羅傑又坐在愛笑的梅兒妮公爵夫人身旁，她的胸部常常會抖得羅傑忘記笑點。

阿曼娃湊到他耳邊，用指甲掐他的腳，讓他把注意力放回她的身上。「如果你取悅完了那個妓女，丈夫，我有問題想問。」

「那個『妓女』是安吉爾斯公爵夫人。」羅傑說。

阿曼娃神色不屑地看了梅兒妮一眼。公爵夫人以微笑回應，沒有察覺她的不敬。「我見過這種情形。無法生育的男人每年都要求吉娃卡幫他找更年輕、更愚蠢的新娘，主要只是爲了做做樣子，而不是要生孩子。唯一不同處在於這個傢伙的母親，」她朝阿瑞安點頭。「在扮演吉娃卡的角色，而他以離婚來羞辱他的妻子，然後另娶新歡。」

「這種說法……」羅傑想了想。「十分恰當。但絕不是妳會想要讓別人聽見的話。我們這些北地『野蠻人』提起這種事情的時候不會這麼直接。」

阿曼娃輕撫他的手臂，不過有種屈尊俯就的感覺，像是在撫摸寵物。「讓你們接受文明的洗禮就是我們的責任。」

羅傑改變話題。「妳說什麼問題？」

阿曼娃朝餐桌另一端點頭。甜點餐盤已經清走了，僕役正在倒餐後紅酒。幾個階級沒有高到可以上桌吃飯的朝臣獲准進入餐廳。克里弗走過來，背靠阿曼娃身後的牆壁。他不能公然在宮廷中攜帶武器，但羅傑知道這一點也沒有削弱他保護女士人的實力。

餐桌末端，一群逢迎拍馬的人正與傑辛．黃金嗓攀談，不過此刻他身旁有兩道身材壯碩又很眼熟的身影，讓羅傑喉嚨裡冒出硬塊。

「穿七彩服的那兩個，他們是保鏢，對吧？」阿曼娃問。

羅傑點頭。「艾伯倫和莎莉。狀況好的時候算是還過得去的歌手，傑辛讓他們擔任和聲，還負責打斷別人的骨頭。」

阿曼娃毫不驚訝。「我丈夫的骨頭曾被這兩個人打斷過嗎？」

「妳見過我身上的傷疤，吉娃卡，」羅傑說。「並非都是阿拉蓋打的。」

幾分鐘後，阿瑞安起身，同桌的人紛紛跟著站起。黎莎和梅兒妮分別扶她兩側，走向門口，沿路所有女人通通跟了上去。

「這是怎麼樣？」阿曼娃問。

「今晚剩下的時間將由老公爵夫人負責接待女人。」羅傑說。「男人就拿起酒杯前往公爵的會客廳抽菸。」

阿曼娃點頭，容許羅傑拉開她的椅子。「帶克里弗跟你去。」

「絕對不行。」羅傑說。「願造物主愛他，但他一定會妨礙我為觀眾表演的能力。這些都是有權有勢的觀眾，吉娃卡。一定要好好表演才行。」

阿曼娃神色懷疑，但沒多久加爾德就出現了，而羅傑很慶幸得到解救。「公爵說我們要去抽菸。」

加爾德神色期盼地等著羅傑和他同去。他一個晚上都和想要成為男爵夫人的年輕貴族仕女坐在一起，但是羅傑發現他除了尷尬的沉默外，沒有多少其他的表現。

「我會和加爾德．卡特在一起。」他對阿曼娃說。「只有笨蛋敢來找碴。」阿曼娃滿意這樣的安排，於是與女人一起離去，順道帶走希克娃和坎黛兒。

加爾德嘆了一大口氣。

「這麼糟？」羅傑問。

「卡琳的香水讓我頭痛。」加爾德說。「好像在身上淋了一整桶一樣。而且講話好像老鼠，我得要湊過去才能聽見她的聲音，然後又聞到更濃的香水味。」

「八成是故意小聲說話，引誘你過去看她的領口。」羅傑說。

「丁妮更糟。」加爾德繼續。「她只想談詩。詩！黑夜呀，我根本不識字！我要說什麼才能取悅這種女士？」

羅傑笑道：「你說什麼根本無所謂。那些女人八成是急著想要取悅伐木窪地的單身男爵。隨便說點什麼。吹噓你殺過的那些惡魔，或是聊聊你的馬。無所謂。她們絕對會跟著你笑或嘆氣。」

「如果我說什麼都無所謂，那說話還有什麼意義？」加爾德問。

「打發時間囉。」羅傑說。「這些人一輩子都沒有出賣過勞力，加爾德。她們有的是時間去研究詩和香水。」

加爾德吐口口水。一名僕役瞪了他一眼，不過敢怒不敢言。至少加爾德看起來還有點不好意思。

「我不想要那種老婆，」加爾德說。「我或許不聰明，或不識字，但造物主爲證，我不分晝夜都在努力付出。我可不想回家還要聽人唸一堆天殺的詩。」

「你想要拿著麥酒在家等你的女人。」羅傑猜道。「只要你一聲令下就把衣服脫掉。」

加爾德看著他。「你沒有你想像中那麼了解我，羅傑。我爲了伐木窪地努力付出，我要知道我的女人也會這麼做。我的麥酒可以自己拿。」

他兩眼一垂。「不過你最後那部分聽起來倒不錯。」

林白克的會客廳裡，男人抽菸喝酒，討論著政治與宗教，想辦法在別人心裡留下深刻的印象。廳內有幾張沙克賭桌，不少人聚在桌旁，一邊喝著白蘭地，一邊在每一次擲骰都會有人交換大部分安吉爾斯人一輩子都沒見過的龐大賭金時努力裝出毫不在乎的模樣。

傑辛在場，不過傳令信使佔據了一個角落，身旁圍繞著一群拍馬屁的人，不太可能過去找他麻煩。

「加爾德！羅傑！」湯姆士叫道，揮手招呼他們過去他和哥哥及詹森總管所站的位置。「過來！」奇林，歐可公爵的傳令使者，也在那裡，不過看起來一副想要和一群不歡迎他的人聊天的模樣。

「兩位旅途勞頓，都休息過了嗎，孩子？」比瑟牧者問。「湯姆士說你們的車隊晚上都能和白天一樣趕路，邊走邊殺地心魔物。真了不起。」

加爾德聳肩。「和其他夜晚沒什麼不同，我猜。殺惡魔是很棒的事情，但是和伐木大不相同。亞倫・貝爾斯親手幫我的斧頭刻印。我砍惡魔的時候都不會累。每砍一下都讓我更強壯。」

男人全都出聲點頭表示了解，不過羅傑能夠看穿他們的演技。這群人八成從來沒有近距離看過惡魔，更別說是親自對抗惡魔。

「你呢，羅傑？」詹森問。「據我了解，你用小提琴魅惑地心魔物時不會擁有這種優勢。演奏一整夜肯定很累人。」

「老繭呀，大人。」羅傑微笑，舉起八根手指。這群人都沒露出畏縮的神色，不過他看得出來他們眼神有點震驚。他殘廢的手掌能夠殘酷地提醒他們夜晚魔印牆外是什麼景象。

「就像加爾德說的，我們在窪地已經習以為常。」羅傑繼續道。「我想如果能夠玩玩沙克的話，我的手指會更靈巧……」

「不用了，」奇林說。「我已經試過了。他們全都知道不要和吟遊詩人玩骰子。」

「老公爵夫人可不會教出笨蛋。」詹森說。林白克和他弟弟全都轉向他大笑，一副好像奇林沒開過口的樣子。

傳令使者神色尷尬地陪笑，努力想讓他們接納他。在接下來的片刻沉默中，他繼續找話題。「我本人也有過一段對抗惡魔的經驗。或許你們聽說過我砍斷石惡魔手臂的故事？」

這話讓羅傑隱約想起什麼，不過就這樣了。其他人全都痛苦呻吟。

「不要又來啦。」林白克說。

「那頭石惡魔肯定很小。」加爾德說。「你看起來不像碰得到普通石惡魔手臂的模樣。你用什麼？斧頭嗎？鶴嘴鋤？」

奇林微笑，彷彿突然活了過來。「這是個偉大的故事。」他朝林白克鞠躬。「如果公爵大人允許的話……」

公爵把臉埋在手裡。「你就非問不可，是不是，男爵？」他向奇林揮手。「好吧，傳令使者。唱你的歌。」奇林晃到會客廳中央，招攬眾人的目光，公爵則揮手叫人過來倒酒。他演奏一把上好的魯特琴，儘管他多半無法躋身偉大歌手之林，羅傑也沒有好到哪裡去。奇林的嗓音渾厚、清澈，釋放魔力席捲會客廳。

夜幕低垂
地面堅硬
觸目所及求助無門

寒風冷冽
刺痛心扉
唯有魔印阻隔地心魔物

「救命呀！」我們聽見
求救的聲音
發自一個驚慌失措的孩子口中

「快過來！」我叫道
「進入我們的魔印守護，
數哩之內唯一的避難所！」

男孩叫道
「我辦不到，我跌倒了！」

叫聲在黑暗中掀起回音

聽見他的叫聲
我決定出手相助
但是信使不讓我去

「送死有什麼好處？」
他神色嚴肅地問道。
「去了只是送死而已。」

「在地心魔物的利爪之下
你根本幫不了他
只會淪爲更多碎肉。」

我狠狠捶他一拳
抓起他的長矛
跳出魔印圈外

在恐懼的驅使之下

我發足狂奔
要在男孩身亡之前趕到
「鼓起勇氣！」我叫道
竭力奔跑
「堅定信心，不屈不撓！」

「如果你無法抵達
安全的所在
我就把魔印帶往你身旁！」

我迅速趕到
但不夠快
惡魔已經包圍而上

地心魔物數量眾多
我手忙腳亂
在地上繪製魔印

一道震耳欲聾的吼叫
撼動黑夜
發自一頭二十呎高的惡魔

它聳立在前
面對如此龐然巨物
我的長矛微不足道

頭上的角好比尖槍
利爪長如我的手臂
黑色的甲殼堅硬無比

如同雪崩
勢道猛烈
怪物展開攻擊

男孩驚恐尖叫
緊抱我的小腿
惡魔在我劃下最後一道魔印之前揮爪襲來

魔光閃爍
造物主的恩賜
惡魔唯一憎恨的力量

有人會說
只有陽光
能夠傷害惡魔

那晚我發現
惡魔並非刀槍不入
就像獨臂魔一樣！

最後一句話讓羅傑靈光一現，突然發現爲什麼這個故事聽起來這麼耳熟。亞倫說過多少次打從孩提時代砍斷獨臂魔的手以來，它就一直追他追了好多年的故事？同樣的事情在前往密爾恩的路上發生過兩次的機率有多高？

奇林以誇張的動作收尾，會客廳裡傳來不少掌聲，不過傑辛所在的角落和與公爵在一起的人都沒有鼓掌。

羅傑鼓掌得既大聲又緩慢，刻意讓掌聲在高聳的天花板上產生迴響。其他人掌聲漸歇後，他還是繼續鼓掌，將所有人的目光吸引到他身上。

「很棒的故事，」羅傑大聲稱讚。「不過我認識一個男人說得不太一樣。」

「喔？」奇林的語氣妄自尊大，心知有人上門挑釁。「誰呀？」

「亞倫．貝爾斯。」羅傑說，所有人開始交頭接耳。

他神色嘲弄地看著面無血色的奇林。「你當然知道這首歌裡的小男孩長大後成爲獨一無二的魔印人本人吧？」

「我不記得那個故事裡有吟遊詩人。」加爾德說，這話掀起更大的討論聲浪。「你們想聽眞的故事嗎？」他在羅傑背上拍了一掌，打得他向前一步。「羅傑，來首〈伐木窪地之役〉吧！」

湯姆士把臉埋在手裡。羅傑轉身，像奇林一樣向林白克鞠躬。「公爵大人，我不需要……」

「從這裡到密爾恩的所有酒館都在演奏這首歌，」林白克揮手道。「不如聽聽原唱者的版本。」

羅傑吞嚥口水，不過還是拿出小提琴開始演奏。

當流感肆虐
帶走偉大的藥草師布魯娜
而她的學徒遠在天邊時
伐木窪地失去希望
沒人願意藏頭縮尾
他們全都挺身而出
在夜裡擊殺惡魔

魔印人來到窪地

北方遙遠的安吉爾斯
黎莎收到噩耗
老師去世，父親重病
窪地相隔一週的路程
沒人願意藏頭縮尾
他們全都挺身而出
在夜裡擊殺惡魔
魔印人來到窪地

沒人帶她穿越黑夜
僅有吟遊詩人的旅行魔印圈
但那只能阻擋地心魔物
卻無法抵抗盜賊
沒人願意藏頭縮尾
他們全都挺身而出
在夜裡擊殺惡魔
魔印人來到窪地

孤立無援，留下等死
地心魔物成群結隊
他們遇上渾身刺青之人
徒手屠殺惡魔
沒人願意藏頭縮尾
他們全都挺身而出
在夜裡擊殺惡魔
魔印人來到窪地

他們抵達時，窪地幾成廢墟
沒有完整的魔印
半數鎮民
非死即傷
沒人願意藏頭縮尾
他們全都挺身而出
在夜裡擊殺惡魔
魔印人來到窪地

魔印人嘲弄絕望
說跟隨我起身戰鬥
只要在黑夜裡並肩作戰
我們就會看見明天的黎明
沒人願意藏頭縮尾
他們全都挺身而出
在夜裡擊殺惡魔
魔印人來到窪地

他們以斧頭及長矛
屠刀與盾牌奮戰一夜
黎莎帶傷患前往
聖堂治療
沒人願意藏頭縮尾
他們全都挺身而出
在夜裡擊殺惡魔
魔印人來到窪地

窪地人守護心愛之人

儘管黑夜艱辛漫長
戰場如今人稱魔物墳場
絕非沒有理由
沒人願意藏頭縮尾
他們全都挺身而出
在夜裡擊殺惡魔
魔印人來到窪地

如果有人問為何黎明時
惡魔全都顫抖
窪地人會實話實說
只因人人都是解放者
沒人願意藏頭縮尾
他們全都挺身而出
在夜裡擊殺惡魔
魔印人來到窪地

奇林彷彿隨著羅傑的歌聲慢慢縮成一團。加爾德與羅傑一起高聲吟唱副歌，廳內其他人也跟著應和。唱完的時候，密爾恩傳令使者高傲的神態蕩然無存。

羅傑表演結束時，在加爾德領頭吹口哨歡呼叫好之下，鼓掌聲比之前大多了。湯姆士和他一起歡呼，就連他哥哥也禮貌性地鼓掌；除了比瑟牧者，他只有小口喝酒。

但傑辛所在的角落還是安靜無聲，等到其他人掌聲漸歇，他也開始緩慢鼓掌，走到會客廳中央。

「公爵大人——」他開口。

「現在不要，傑辛。」林白克揮手打斷他。「我想我們今晚已經聽夠歌了。」

傑辛下巴掉了下來，羅傑對他微笑。「今晚連三等歌都談不上，是吧？或許我們從現在起該叫你傑辛・無歌。」在傳令使者開口回應前，羅傑轉身回到公爵身邊。

「那魔印人在哪裡？」比瑟的嘴唇抿成一條線。不意外，因為亞倫・貝爾斯等於是直接挑戰他的權威。如果世人公然承認亞倫就是解放者，比瑟身為安吉爾斯教會領袖的地位將會變得毫無意義。

「和沙漠惡魔一起摔落懸崖，就像我在那些信裡面向你說的一樣。」湯姆士立刻說。「我當時在場，之後再也沒有聽說有他出沒的消息。」

「他會回來的。」加爾德說，毫不在意湯姆士看他的表情，或比瑟噘嘴的模樣。「就像太陽肯定會出來一樣。」

「那麼你相信他就是解放者囉？」比瑟大聲問道。

四面八方所有交談聲通通安靜下來，廳內所有人都等著加爾德回應。就連加爾德也看出氣氛不對，知道窪地郡與安吉爾斯的關係完全取決於他此刻的回應。

「對我和我的子民而言，他是。」加爾德終於開口。「不能否認世界現在的變化都是他起頭的。」他抬頭，目光炯炯地凝視比瑟雙眼，就連牧者也瞪不過他。「但我認識亞倫・貝爾斯。他不想要王座。他不想告訴人們該怎麼過日子。亞倫・貝爾斯唯一在乎的事情就是殺惡魔，而世界上所有人都應該支持這件事情。」

「說得好，說得好！」湯姆士大聲道，舉起手中的酒杯。他哥哥們全都神色訝異地看向他，但是伯爵直視加爾德，迴避他們的視線。廳內其他人本能反應，在歡呼聲中舉起酒杯。

林白克、麥卡爾和比瑟不願掃興，於是換上世故的笑容與大家一同乾杯，但羅傑察覺到此舉導致的尷尬氣氛。

阿瑞安假扮步履蹣跚老太婆的演技直到現在還是能讓黎莎深感欽佩。她一手勾著黎莎，一手勾著梅兒妮，依靠在她們身上的重量一點也不假。

無可否認這是一種很有效果的策略。宮廷中所有男人，從最低賤的洗碗工到林白克本人都搶著幫她做事，以免老太婆還得氣喘吁吁地自己穿越大廳。

黎莎在路過湯姆士時轉頭看他，但是伯爵彷彿沒注意到。

一切都還沒成定局，她提醒自己。*在我與湯姆士和好之前都沒有*。她是最了解在沒有得到子女同意前，母親安排的婚事不具有任何意義的人。

汪妲幫她們開門。「讓個老女人靠在那雙強壯的手臂上。」阿瑞安對她說。

「是，老媽。」汪妲說。梅兒妮神態自若地放手，一邊微笑一邊率領所有女人穿行走廊，前往夜間交誼廳。

她們來到走廊盡頭，兩個壯碩的女人立正站在兩扇大門之前。她們的打扮幾乎與汪妲一模一樣，身穿繡有阿瑞安紋章的短袖外衣。她們沒帶武器，不過看起來不需要武器就能阻擋大部分不受歡迎的訪客。當她們轉身開門時，黎莎隱約看見腰帶下的寬鬆外衣下有掛短棒的輪廓。

她們在阿瑞安走近時敬禮，不過目光停留在汪妲身上。

「妳已經是安吉爾斯的傳奇人物了，親愛的。」阿瑞安對汪妲說。「妳上次來訪後，我就對皇宮守衛進行了一些變動。」

廳門另一邊的兩名女性守衛關上廳門，不過這兩個人身穿亮面木甲，手裡拿著長矛。

阿瑞安無視汪妲臉上不自在的表情，轉向阿曼娃和希克娃。她再度讓黎莎吃驚，順暢無礙地口吐克拉西亞語。「請放心，兩位妹妹，放下妳們的面紗。我們身處皇宮的女性側翼。沒有男人可以進入那兩扇門。」

阿曼娃微微鞠躬，拉下潔白無瑕的面紗，解開她的頭巾。希克娃跟著照做。由於還沒結婚，坎黛兒沒有以面紗遮面，不過她用了七彩頭巾綁頭髮，於是也鞠躬解開頭巾。

阿瑞安走上台階穿越大廳時，交誼廳裡已經滿滿都是宮廷仕女。她們喝酒閒逛，聊著藝術、音樂、劇場和詩歌。羅蘭公主身旁圍了一群女人，梅兒妮公爵夫人也一樣，雙方顯然劍拔弩張。

交誼廳中央有三個身穿宮廷七彩服的女吟遊詩人正表演三重唱。其中兩個年輕貌美，彈奏豎琴，讓交誼廳迴盪著舒適宜人的音樂。

第三個吟遊詩人年紀較大，身材很高，體型壯健。她的七彩晚禮服是由柔順優雅的七彩絨布製成，鑲以金邊。她的歌聲風靡全場，十分專業地利用專門用以強化交誼廳中間的音場的牆壁和天花板來引發共鳴。她唱的是歌劇《鱗片嘴》中的女高音獨唱，講述的是傑克・鱗片嘴，據說會說惡魔語並以欺騙惡魔爲樂的傳奇信使的故事。

阿曼娃以克拉西亞人打量獵物的銳利目光看著該名歌手，希克娃和坎黛兒同時隨著她的目光望去，像是一群飛鳥同時轉彎。

阿曼娃和希克娃微微舉起手掌，一邊欣賞吟遊詩人表演，一邊以祕密手語溝通。黎莎至今仍無法參透這些動作的意義，但根據經驗，她知道克拉西亞女人能靠手語和臉部表情進行鉅細靡遺的溝通。

黎莎假裝整理秀髮，偷偷戴上一枚魔印耳環。小小的銀貝殼狀耳環，用風乾的火惡魔耳朵軟骨鑄型而成。

她微微側頭，透過音樂聲聽見坎黛兒輕聲細語。「她是誰？」

希克娃湊向坎黛兒，她的聲音幾乎細不可聞，但黎莎的耳環還是全部接收。「她就是打死傑卡伯大師的人。」

黎莎腹部緊繃。那件命案過後，她曾撰寫報告交給守衛隊。黎莎對自己的記性十分自豪，但這個長處有好有壞，因爲傑卡伯血淋淋的腫脹屍體此刻歷歷在目，骨頭斷得像碎木柴一樣。他是被人徒手毆打致死的。

從瘀青大小來看，黎莎一直以爲凶手是男性。傑卡伯的肩膀上有個紫色的掌印——凶手把他抓過去毆打的痕跡。黎莎記得用自己的手掌去量那個掌印，感覺就像小孩與大人相比一樣。

不過一看到那名歌手的手掌，她立刻知道眞相了。

「我們該怎麼做？」坎黛兒低聲道。

「什麼都不做，除非達馬丁下令。」希克娃說。「這個女人欠我們丈夫一筆血債，但除非他出手討債，不然我們就必須忍耐。」

必須個屁，黎莎心想。

「造物主哇，她的歌聲讓我頭痛欲裂。」她說。聲音不大，不過也不算小聲。

阿瑞安立刻反應。「莎莉，給我閉嘴！」

吟遊詩人本來深吸一大口氣，準備接唱下一段歌詞，結果就哽在喉嚨裡，引發劇烈咳嗽。她捶打自己的胸口，試圖恢復正常呼吸，但是黎莎聽見她身後的坎黛兒輕聲竊笑。

黎莎提高音量。「如果交誼廳裡的女士都已經和我一樣聽膩了鱗片嘴的故事，公爵夫人閣下，或許阿曼娃公主可以讓我們享受幾首新歌。」她看向阿曼娃，公主眼中浮現感激的光芒。

阿瑞安點了點頭，阿曼娃和她的吉娃森就走到不幸的皇家劇團面前，把她們跌跌撞撞地擠出交誼廳中央。

坎黛兒拿出她的小提琴，拉幾個音來暖弦，讓阿曼娃有時間對觀眾說話。

「很久很久以前，我的族人利用音樂驅退阿拉蓋，阻止它們爲非作歹。」她訓練有素的聲音輕易在交誼廳內產生共鳴，而她的口音，高低起伏、抑揚頓挫，讓觀眾感到一陣顫抖，吸引所有人的注意，包括被換下場的吟遊詩人。

「時候到了，」阿曼娃說。「該把這股力量交還給所有艾弗倫的子民了。聽好。」

話一說完，她開始歌唱，希克娃和坎黛兒隨之應和，三個人的音樂幾乎和有羅傑主唱的時候一樣震撼人心。這首歌是用克拉西亞語唱的，但是旋律擄獲所有觀眾的心，沒多久她就看到交誼廳裡的女人跟著哼起副歌，神色興奮地回想起小時候學過的沙漠語言。

莎莉站在角落裡，雙臂抱胸，怒氣騰騰。

第二十章　兄弟鬩牆　333AR　冬

被希克娃搖醒時，羅傑覺得頭都快炸開了。他隱約記得跌跌撞撞地進屋，和她一起爬上床。阿曼娃和坎黛兒在這間套房裡都有自己的房間。羅傑看向窗外。天還沒亮。

「造物主啊，什麼事情這麼緊急？」他問。「除非城牆被惡魔突破，不然我打算睡到中午。」

「你不行。」希克娃說。「公爵的人已經在外面等了。你天一亮就要出門打獵。」

「黑夜呀。」羅傑一邊揉臉，一邊喃喃說道。他完全不記得打獵的事情。「告訴他我很快就來。」

穿好衣服時，早餐已經送到，不過羅傑拿起一條蛋捲就往門外走。

「你得吃早餐，丈夫。」希克娃說。

羅傑揮手否決這個想法。「和林白克公爵一起出門打獵。相信我，肯定會有吃不完的美食。我回來的時候多半會重個幾磅，而且吃的絕對不是獵物。」

希克娃好奇地看他。「沙羅姆打獵時只會帶水出門。那是一種生存考驗。」

羅傑大笑。「對很多北地人而言也一樣。但是皇室成員打獵是爲了好玩。如果公爵的手下把鹿趕到他的弓前──而他竟然射中了鹿而不是手下──那麼廚師就會把鹿變成皇家美食，沒錯，但是在任何情況下，狩獵行館裡都會囤積足以餵飽一支部隊的糧食。」

他親她一下，把阿曼娃和坎黛兒留在床上，前往馬廄去找加爾德。

幸好他在遇上傑辛前就聽見了他的聲音，閃入一座壁龕，躲在林白克一世的雕像後面，等待對方走過。

「你不可能是說密爾恩那些討厭鬼和天殺的半掌都獲邀了，但卻沒有邀請我。」傑辛吼道。

「小聲一點，孩子，」詹森立刻道。他與皇室成員和訪客講話時的諂媚語調蕩然無存。羅傑已經好一陣子沒有聽過這種語調，但他很熟悉。艾利克服侍林白克的最後那段日子裡，詹森就很常用這種語調說話。「林白克不要你跟去打獵，你只要知道這一點就夠了。在你南下旅途中捅出那麼大的簍子後，還能保有職務就已經很幸運了。」

「是你要我命令士兵把遊民趕出車隊營地的。」傑辛輕聲說道。

「我沒叫你在窪地人面前吹噓此事。」詹森說。「如果你敢再說什麼是我下令的話，我幫我姊姊訂做的黑禮服就會變成擺脫你給我招惹麻煩的小小代價。」

傑辛很聰明地把頂嘴的話留在自己心裡，片刻過後，總管被人找去處理公爵出獵事宜。羅傑大步走入走廊，吹起一首輕鬆的曲調。傑辛抬起頭來，臉色陰沉。

「可惜你不能和我們一起去。」羅傑路過他時說道。

傑辛抓起他雙臂，狠狠推去撞牆。他沒有加爾德那麼壯，不過還是比羅傑高大。「我以為你已經學到教訓不該惹我了，殘廢，但看起來你需要提醒——」

羅傑使勁踩上傑辛的腳背，以簡單的沙魯沙克手法轉動前臂，擺脫傳令使者的束縛。他手腕一翻，抓住一支飛刀，刀尖抵住傑辛的喉嚨。

「我已經不怕你了，無歌。」羅傑啐道。他飛刀輕送，刺出一滴血。

傑辛的臉色從粉紅色轉為慘白。「你不敢……」

羅傑繼續用力，打斷了他的話。「你以為我已經忘了你對我做過什麼事嗎？對傑卡伯？給我動手的理由，我求你。」

「這是在幹什麼？」

羅傑和傑辛同時轉頭面對說話的人，羅傑轉身遮蔽飛刀，然後把刀收回衣袖裡。詹森總管站在走廊上，瞪著他們兩個人。羅傑不認為他看到飛刀，但是無法肯定。如果傑辛打算出面指控他，並且指出喉嚨上的刀傷，是否看到飛刀就都無所謂了。

但是傑辛微笑，攤開雙手。「沒事，舅舅。只是一點從前的恩怨。」

詹森瞇起雙眼。「改天再解決。公爵大人在等你，半掌大師。」

羅傑鞠躬。「當然，總管大人。」

「改天解決。」傑辛同意道，轉身走回皇宮。

「半掌！」林白克在羅傑抵達馬廄時叫道。看不出來他是昨晚宿醉未醒，還是又喝醉了，不過此刻尚未天亮，他講話已經含糊不清，隨從手上的酒袋也已經半空了。

「你不可能是要穿那個打獵。」比瑟說著用充當馬鞭的彎曲短杖指向羅傑的七彩服。牧者已經脫下正式聖袍，換上棕綠相間的騎馬裝備，上好的絲綢和羊皮，羊毛外套上還掛著一支滾有金邊的彎曲拐杖。

羅傑低頭看向自己的衣服，色彩鮮艷、適合表演用的七彩服，不過不太適合在樹林中潛行。他無助地聳肩。「請見諒，大人，但是我沒有準備打獵的服裝。」

「沒問題，」麥卡爾說。「黃金嗓有打獵用的七彩服。詹森！叫人去和傳令使者拿一套來。」

詹森鞠躬。「當然，大人。」他瞄向羅傑，羅傑吞下臉上的笑容，看著自己的腳。僕役從傑辛那裡拿了一套綠棕相間的表演服過來，但是當羅傑打開包裹時，那套衣服臭得好像黃金嗓把夜壺倒在上面一樣。

羅傑微笑。依然是場勝利。如果他不能直接殺掉那個傢伙，也可以接受連打他一千下。

皇家狩獵行館位於安吉爾斯東方一天的路程。他們邀請奇林和沙曼特隨行，不過是出於禮貌，而不是真的歡迎。他們有自己的隨行人員，即使在第二天的打獵行程中，雙方人馬基本上也沒有什麼接觸。

他們要獵的是石鳥，一種在安吉爾斯山丘常見的大型猛禽。這種鳥的體色與築巢所在的岩石差不了多少。

公爵把人分成兩組。林白克、湯姆士、羅傑還有加爾德前往一片築巢岩石東邊的位置，米卡爾、比瑟、沙曼特和奇林則前往西邊差不多的位置。僕役領著獵犬安靜走向那些岩石。準備好後，林白克會下達指示，他們就放狗，把鳥趕出藏身處，進入獵人的視線範圍。

羅傑和加爾德攜帶傳統長弓，手裡搭著箭。公爵和湯姆士手持上膛的曲柄弓，上面還有華麗的瞄準鏡。他們都有隨從拿著額外兩把曲柄弓，隨時可以交給他們使用，然後重新裝填皇室成員射過的弓。

「他是皇室的恥辱，」湯姆士對林白克說。「爲了節省幾小時的路程就把平民趕入黑夜。」

「來森的平民，」林白克說。「偷偷佔用信使和車隊使用的營地。大部分都是強盜，隨時會割斷我手下的喉嚨。」

「沒那回事。」湯姆士說。「我們遇上的難民全都處境淒涼，根本不會對任何人造成威脅。來森已經毀了，哥哥。如果我們不採取行動，雷克頓也撐不了多久。如果不希望我們的領土上盜賊肆虐，我們就必須接納難民，改善他們的生活。這是唯一的辦法。如果黃金嗓讓他們詛咒你的名字，我們就不可能達到這個目的。」

林白克嘆氣，又喝了一大口酒。他把酒袋遞給湯姆士，湯姆士揮手拒絕，接著他又遞給加爾德，加爾德接了下來。年輕的男爵顯然很容易受人影響，幾乎已經醉到和林白克差不多。

「造物主知道我不是要幫黃金嗓辯護。」林白克說。「那個小渾蛋讓我懷念甜蜜歌在被酒變成臭酸歌之前的日子。」他看向羅傑一眼，羅傑面無表情。大家都知道艾利克和公爵的關係是在甜蜜歌從河橋鎮廢墟帶回羅傑之後才開始變糟的。

「你怎麼說，半掌？」林白克問。「他們說想聽謠言的話就要找吟遊詩人。城裡的人是怎麼說我那個笨蛋傳令使者的？」

「公會的人與皇宮裡的人一樣不喜歡他。」羅傑說。「在你任命他爲傳令信使前，他的熟客都是爲了他舅舅才去捧場，不是爲了聽他唱歌。大家都知道他會接受我老師拒絕的工作。『次等歌』這個綽號就是這麼來的。」

林白克哈哈大笑。「次等歌！我喜歡！」

笑聲在岩石間迴盪，一打石鳥衝天而起，結實的翅膀對抗地面的拉力，竄向山丘上空的強風帶。

「黑夜呀！」林白克叫道，舉弓的速度太快，導致過早放矢，徒勞無功。羅傑和加爾德也脫手放箭，不過箭都沒有射近獵物。西邊傳來一陣咒罵聲，顯然另一組人馬的情況也差不多。

只有湯姆士保持冷靜，舉起曲柄弓，好整以暇地瞄準其中一隻石鳥。林白克從隨從手裡搶過另一張弓舉起來，羅傑和加爾德則還在拿他們的第一支箭。湯姆士發射弓矢，林白克緊跟著也在草率瞄準後射出，天上傳來一聲鳥叫。

石鳥在叫聲中自空中墜落。湯姆士微笑，不過沒笑多久，因為他哥轉頭瞪他。伯爵點了點頭。「射得好，哥哥。看來我真的疏於練習，但是看在造物主的份上，我這幾天一定會追上你的。」

一段沉默過後，林白克的隨從開口：「確實，大人。射得真好。」湯姆士的隨從用力點頭。「射得太好了，公爵大人。」

林白克看向加爾德和羅傑。

「我很少見到有人能把曲柄弓使到這麼出神入化的。」羅傑說。加爾德沒有說話，於是他在大漢的小腿上輕輕踢了一腳。

「喔，對呀，」加爾德語氣平淡地說。「射得好。」

林白克嘟噥一聲，拍拍湯姆士的背。「你向來比較擅長使矛，不擅長射箭。」他看向羅傑。「你的錯，吟遊詩人，都是你害我笑成那樣。」他再度輕笑。「次等歌。我一定要記下來。」僕役恢復正常呼吸，緊張的氣氛終於化解。

狩獵行館是座小堡壘，建立在高地上，有厚厚的魔印牆，人員整年滿編。這裡有五十名林木士兵駐守，至少兩打僕役和獵場管理員，加上公爵隨行的士兵、隨從、廚師和獵犬。這裡甚至還有妓院，裡面有供士兵享用的軍妓和專供皇室成員享用的上等妓女。其中有兩個是男孩，不過髮型和臉上的脂粉讓他們乍看之下像是女人。

「噁心。」沙曼特注意到其中一名男妓時說道，但是奇林多看了對方一眼。羅傑十分肯定這兩個人今晚會同床共枕。他很好奇奇林是在上面還是下面。

麥卡爾和比瑟把嚇到獵物的事情怪到林白克頭上，而林白克不肯交出戰利品只讓他們更不高興。

「結果湯姆士大吃一驚，轉身太快，天殺的弓矢一不小心就射了出去！」林白克拿著石鳥的鳥腿比手畫腳地說道。

每次重提這個故事——他已經說了很多次——林白克就會像吟遊詩人一樣加油添醋。他似乎完全接受了自己的謊話。

於是所有人都嘲笑湯姆士。他的哥哥和他們的妓女、密爾恩人，就連幾個僕役也一樣。加爾德研究著酒杯裡的東西，湯姆士發出痛苦的聲音，其他人都以爲是尷尬的笑聲。

羅傑基於天性，很想和大家同樂。*絕不要打壞觀眾的興致，艾利克教過他，或是表現得高高在上，一副不想參與的模樣。*

但是相處幾個月下來，羅傑真的開始喜歡湯姆士伯爵，沒辦法讓自己和別人一同羞辱他。結果他喝乾酒杯裡的酒。

廚師把戰利品料理得十分精緻，但一隻石鳥實在不夠一群大男人塞牙縫。林白克把它當作開胃菜，讓所有人分享他驕傲的「勝利」。石鳥既腥又硬，和他們還得再忍受一次的故事很像。

公爵的桌上擺滿了豬肉、鹿肉和牛肉，豐富到足以餵飽在場兩倍的人。紅酒隨意喝，還沒喝醉的人也很快就差不多了，包括羅傑在內。

皇室成員裡，只有湯姆士沒找女人陪酒，羅傑發現他在酒裡加水。

加爾德也以他爲榜樣。自從公爵搶走湯姆士的戰利品後，他就不再喝酒了。「你以爲得到王座就夠滿足了。」

「我這些哥哥向來如此。」湯姆士說話聲音小，語氣又很疲憊。「從前我也一樣。那支弓矢上有我的紋章，我會很高興向其他人揭穿大哥的謊言。」他嘆氣。「我很可能根本不會在乎車隊營地上的流浪漢。自從我離開安吉爾斯，見識過平民百姓眞正的生活後，整個世界就天翻地覆了。」

他一拳捶在桌上。羅傑環顧四周，不過其他皇室成員都吵吵鬧鬧，沒有注意。「我們在浪費時間！北方有歐可覬覦提沙的王位，南方又有敵人入侵。安吉爾斯全境都有人民挨餓，而我們竟然還在打獵！而且還獵得不怎麼樣，只是一個離開城市，找地方喝酒享樂的藉口。」

伯爵站起身來。「我需要新鮮空氣。」

「去練習射箭，弟弟？」林白克高聲問道，麥卡爾和比瑟哈哈大笑。「最好小心點，不然我就得指派新的林木軍團指揮官。」

湯姆士臉色一沉，羅傑知道公爵說得太過分了。伯爵需要時間鼓起勇氣，但是一旦跨過界線，他就可能做出莽撞之舉。

「既然你箭術高超，哥哥，我想我們或許可以跳過石鳥這種簡單的獵物，去獵一些更有價值的東西。」湯姆士環顧餐桌，擄獲所有人的目光。「如果這裡有人有勇氣在眞正的獵物面前考驗自己的話。」

這話讓不少人神色緊張，但是林白克還沒聽出他話裡的意思。「連弓都不會用的男人竟然質疑我們的勇氣？說吧，我們要獵什麼？熊？夜狼？」

湯姆士雙臂抱胸。「那就站起來。我們去獵石惡魔。」

「這太瘋狂了，」林白克在他們沿著狩獵堡附近的山丘行走時說。他們走得很慢，因爲儘管羅傑、加爾德和湯姆士可以透過魔印視覺清晰視物，其他人卻必須仰賴六個負責護衛的林木士兵手裡提的三盞油燈。他們都拿著魔印武器，不過根據窪地的說法，他們都是原木。沒有接受過黑夜的考驗。

「我很歡迎你回去躲在你最寵愛的妓女的裙子底下，哥哥。」湯姆士說，公爵瞪他一眼。奇林就是這樣，不管如何吹捧自己，他還是決定待在狩獵堡裡。湯姆士的哥哥顯然也希望能這樣做，但驕傲不允許他們在么弟面前示弱。

沙曼特領主也跟來了，帶著兩個山矛士兵。如同其他皇室成員，他攜帶一張曲柄弓，搭配魔印矢，但是與安吉爾斯人不同之處在於，沙曼特臉上帶有渴望的笑容。

這群人人數夠少，剛好在羅傑的音樂守護範圍內。

「不要趕走惡魔，」湯姆士在他們離開安全的堡壘魔印牆時對他說。「讓這些人看看我們窪地每天晚上都在面對什麼。」

羅傑照做，只有在隊伍外緣覆蓋一層薄薄的隱形法術，類似黎莎的隱形斗篷。惡魔還是能夠聞到他們的氣味，聽見他們的聲音，甚至透過眼角看見他們的油燈，但卻找不到這些東西的源頭。

一頭火惡魔沮喪地吐了口火焰唾液，嚇了麥卡爾王子一大跳，低沉的聲音變成尖叫。惡魔聽見他的叫聲，轉頭望向他們。林木士兵移動到王子身前，扣緊盾牌，舉起長矛，但是他們也嚇得直發抖。

湯姆士向後看一眼。「加爾德。」

「交給我。」高大的伐木工說。他沒有拔出背上的巨斧和大刀，只是握起有戴護套的拳頭。黎莎在他的護套上刻印，並於其中鑲入惡魔骨。他的護具只有皮外套和魔印頭盔，不過他還是毫不在乎地迎上前去。

惡魔在他離開音樂守護範圍時發現了他。它吐火，但加爾德隨手一擋，火焰唾液就在接觸到魔印時煙消雲散。接著他撲向惡魔，在對方試圖逃走時抓住它的腳。

惡魔約莫五十磅重，但是加爾德單手把它舉起來，像貓一樣甩到頭上，然後順勢摔落地面。在火惡魔體內的空氣離體而去後，加爾德抓住它的喉嚨，把它壓在地上，舉起護套拳頭狠狠捶下，在啪吋聲響和膿汁濺灑中綻放陣陣魔光。

兩隻矮小的石頭惡魔朝他滾來，加爾德把火惡魔的殘軀拋向它們，它們當場停下來狼吞虎嚥。等它們再度抬頭時，加爾德已經走回羅傑的防禦力場。

林白克神色驚恐地看著石頭惡魔。它們身高不足五呎，但是身形粗壯，還有一層類似礫岩的外殼。他像一盤桌子被人踢過後的果凍般發抖。

麥卡爾為了在其他人面前尖叫而勃然大怒，舉起他的曲柄弓啐道：「這就是我們的石惡魔了。射死它們，趕快收工。」

「去！」湯姆士不屑地朝石頭惡魔揮手。「那只是石頭惡魔。不算什麼了不起的獵物。羅傑？」

羅傑微微皺眉，維持隱形音樂，額外添加一層對石頭惡魔產生暗示的旋律，並且持續增加強度。片刻過後，暗示發揮效力。其中一隻石頭惡魔攻擊另一隻，粉碎外殼，名副其實地打爛它的臉。

惡魔轉了一圈，然後站穩腳步，在第一隻惡魔持續進逼時以同樣的手法展開反擊。它們摔倒在地，滾來滾去，用巨大的石頭拳頭毆打對方。最後終於有一隻無法動彈。另一隻掙扎起身，不過它的小腿粉碎，再度摔回地上，然後就一動也不動了。

「它死了嗎？」沙曼特問。

湯姆士搖頭。「惡魔療傷很快。除非當場死亡，不然任何程度的傷勢都能痊癒。」

沙曼特嘟噥一聲，揚起曲柄弓，射中惡魔的眼睛。弓矢貫穿惡魔的頭顱，發出一道魔光，但是透過這道魔光，他們看見其他惡魔逼近。

「我們要攻擊它們。」比瑟說。他的語調平淡，但羅傑察覺出他很緊張。

「當然。」湯姆士說。「想要引來大型的石惡魔，我們就得多加把勁兒。」

「我們是獵人，還是誘餌？」林白克問。「因爲聽起來越來越像是你爲了彌補受創的自尊而讓我們以身犯險。」

「羅傑，驅退他們。」湯姆士指向其中一名林木士兵。「把油燈拿來。」在燈光照明下，他指出地上的一個石惡魔腳印，與成人的手臂一樣長。「我們過去半個小時都在追蹤這隻惡魔。它是在兩哩外現身的，就是山崩露出岩床那裡。」

「黑夜呀，」沙曼特領主伸腳到石惡魔腳印中比較大小，讚歎道。「這惡魔肯定有十五呎高。」

「至少二十呎。」加爾德笑著說。他很喜歡讓這些人緊張。他將手臂高舉在自己七呎高的頭上。「光是魔角就比我高了。」

林白克輕聲哀鳴，曲柄弓抖得厲害，導致他附近的人都後退一步，緊張兮兮地看著它。

其他人也沒有好到哪裡去。麥卡爾把曲柄弓緊握得羅傑都怕木柄會被他捏裂，比瑟則像在喃喃唸誦這輩子第一段誠心誠意的禱文。就連保護他們的士兵也緊握長矛，一副快尿濕上好護甲的模樣。

沙曼特領主神色不屑地看著他們。「這就是安吉爾斯想要密爾恩結盟的勇氣？如果我們派人去和克拉西亞人作戰，你們會和他們並肩作戰，還是躲在他們背後？」

大家都想不到之前彬彬有禮的領主會說出這種話來，但黑夜就是有辦法帶出人性真實的一面。這些話把嚇壞了的皇族和士兵帶回現實。

湯姆士指向兩座山脊間的狹窄通道，在禿月皎潔的月光下隱約顯露輪廓。幾株發育不良的樹木長在陡坡上，在這個季節裡一片樹葉也不剩。

「那裡樹木稀疏，不會吸引木惡魔。」湯姆士說。「沙曼特，帶你的山矛士兵前往北坡。哥哥，你們去南坡。」

「那你要去哪裡，弟弟？」林白克的語調明白表示如果他們能活著回去的話一定會找他算帳。羅傑深怕湯姆士做得太過火了。

但如果湯姆士知道自己造成了什麼傷害，他也沒有表現出來。他熱血沸騰，所有窪地人都知道那代表什麼意義。

「去那些岩石後面。」湯姆士一指。「等到羅傑把惡魔引入山道。他會停在山道另一端，我們則從後方組成矛牆，在你們射擊時防止它逃走。」

「不要節省箭矢，」加爾德提醒道。「這是一隻二十呎高的石惡魔，不是用一兩支箭就能解決的石頭惡魔。就算所有人都命中目標，第一波攻擊還是只會激怒它而已。你們必須射光箭筒，把它的腦袋射成天殺的針墊。」

「我想我要吐了。」一名林木士兵說。所有人都在他伸手摀住嘴巴時轉頭看他。

「梅斯……小隊長，是嗎？」湯姆士問。士兵點頭，雙眼圓睜，臉頰因嘴裡的嘔吐物漲起。

「吐掉或是吞回去，小隊長。」湯姆士說。「只要保持冷靜，奉命行事，今晚不會有人送命。」

男人點頭，羅傑在他咕嘟一聲吞回消化一半的晚餐時感到一陣反胃。

加爾德、湯姆士和林木士兵移動到岩石後面，其他人則爬到山坡上的定位。即使透過魔印視覺，羅傑還是看不清楚躲在樹後的人，這表示惡魔也看不到他們。他們閃了閃油燈，羅傑隨即揚起小提琴，抬高下巴，讓樂器的魔法帶著他的召喚深入黑夜。

召喚立刻得到回應。正如湯姆士所料，戰鬥的聲音已經吸引了石惡魔的注意，此刻它正朝向他們逼近。現在只要引它走到他們選定的山道上就好了。

幾分鐘過後，惡魔進入視線範圍，如同推倒盆栽般推倒兩旁的樹木。它的腳宛如黑色大理石柱，每踏出一步，羅傑都感到地面震動。

羅傑調整旋律，魅惑惡魔，退入狹窄的山道。當他肯定惡魔已經著迷之後，就轉身深入山道，相信對方會隨他而來。

湯姆士挑選的位置很好。在這種距離下，皇室成員不太可能射偏，而擊殺石惡魔將會提升他們迫切需要的自信。

當他安然離開射擊範圍後，羅傑再度改變旋律，停止吸引它，轉而驅趕它。當巨型怪物迷惘地停止前進時，湯姆士點燃照亮黑夜的信號彈，清清楚楚地照亮惡魔。

北方傳來破風聲，羅傑的魔印眼看見密爾恩弓矢帶著魔光破空而來，插入惡魔的腦袋和頸部。惡魔痛苦大叫，羅傑隨即失去對它的控制。他壓低小提琴，裹在隱形斗篷裡等候。

密爾恩人又射了一波弓矢。羅傑在弓矢擊中目標時聽見他們興奮的吶喊。

但是公爵和他弟弟還沒展開攻擊。他們在等什麼？難道他們已經安逸到連曲柄弓都拉不動了嗎？

正如加爾德所料，第一波攻擊只有激怒那隻大惡魔。對方又痛又怒，急忙衝向羅傑，試圖逃離陷阱。羅傑拿起小提琴，發出不諧調的琴音，把它驅趕回去。

逃亡的路線受阻，惡魔轉頭衝向另一個方向，密爾恩人則持續射擊。皇室成員究竟在等什麼？伯爵一聲發喊，在石惡魔衝向他們時和加爾德組成盾牆。他們撞上惡魔，試圖把它撞回擊殺區。

但由於只承受一半攻擊，惡魔比預料中強壯，傷口的痛楚帶來蠻橫的力量。魔印盾牌擋得他後退一步，但是惡魔重心不失，一拳狠狠擊中地面，兩個林木士兵當場震倒在地。惡魔揮動尾巴，擊斷一名士兵的小腿，打散其他人。

近距離交戰開始，弓箭手無法保證不會傷到自己人。只有加爾德和湯姆士保持鎮定。伯爵衝到石惡魔和傷兵之間，以精準地矛擊驅退惡魔。

梅斯上前與湯姆士並肩作戰。石惡魔攻勢猛烈，不過並沒有露出可供戰士運用的破綻。

趁著石惡魔專心對付他們，加爾德繞到後方，砍中惡魔一腳膝蓋後方。他膝蓋彎曲，跪倒在地，以長有利爪的手臂支撐。頂著魔角的腦袋進入湯姆士長矛的攻擊範圍。

但接著他們聽見另一聲吼叫，一隻風惡魔從天而降，後腳抓起慘叫的梅斯。他的亮面魔印護甲綻放強烈的魔光，令魔爪無法刺穿，不過不能在惡魔展開雙翅時抵抗魔爪擠壓的力道。再過不久，它就會震翅高飛，梅斯就死定了。

湯姆士毫不遲疑，立刻改變方向，放棄擊殺石惡魔的機會，趕去拯救士兵。他在面對新威脅時一躍而起，於地心魔物翅膀擄獲氣流，開始爬升時拋出長矛。

伯爵預測上升的速度，威力強大的魔印矛在離地十幾呎的位置射穿惡魔的胸口。它失去力量，摔回山脊，梅斯驚慌吼叫，不過顯然沒死。

分心令湯姆士付出代價，石惡魔再度爬起，揮爪攻擊，擊中他的盾牌邊緣，打得他騰空而起，重重落地。惡魔大吼一聲，朝他疾衝而去。

它本來會殺死伯爵，不過加爾德大叫一聲，揮動斧頭，斬斷惡魔長滿尖刺的尾巴末端。創口噴灑膿汁，尾巴如同鞭子般疾甩，打倒加爾德。

射線暫時淨空，密爾恩人冒險發射另一波弓矢，刺痛惡魔，讓湯姆士有時間撿起梅斯掉落的長矛。羅傑望向南脊，完全沒有看到安吉爾斯人。

湯姆士大吼一聲，挑釁惡魔將注意力自加爾德轉移到自己身上。惡魔遲疑片刻，接著朝他揮爪，湯姆士以盾牌承受攻擊，然後繼續前進。

如今惡魔開始專心對付他，但它沒料到其他林木士兵在梅斯小隊長的帶領下鼓起勇氣展開攻擊。加爾德渾身綻放魔光，尚未翻身而起，傷口已經開始癒合。從他氣沖沖的走路姿勢來看，羅傑知道這場打鬥已經變成私人恩怨。

他差點同情那隻惡魔了。

趁湯姆士和其他人驅退惡魔時，加爾德雙手握斧，狠狠出擊，伐木窪地男爵像砍金木樹一樣砍下一大塊惡魔的膝蓋。片刻過後，他完全砍斷整個關節，惡魔轟然倒地，撼動整座山丘。

就在此時，南方射來一道光線，緊接著又是好幾道。惡魔已經躺在地上，容易得手，安吉爾斯人很快就射空箭筒。隨著一支一支弓矢插落，惡魔的頭簡直和爆炸了一樣。

回到堡壘後，他們把惡魔的巨角掛在林白克位於餐廳的王座上，然後徹夜狂歡。

梅斯單膝跪倒在湯姆士身前，平舉伯爵的長矛。「你的矛，指揮官大人。」

湯姆士揚起一手。「我還有。留著吧，梅斯中隊長。」

男人深吸口氣，收下長矛，虔誠地將矛擺在伯爵腳邊，雙膝著地。「我的矛永遠都屬於你，湯姆士大人。」

他舉起長矛高呼：「指揮官大人！」

其他士兵舉起酒杯，濺灑麥酒。「指揮官大人！」

林白克和兩個弟弟也舉杯喝酒，但士兵高呼湯姆士的名諱時，羅傑看出他們眼中的仇恨與嫉妒。

湯姆士看向沙曼特領主。「這就是安吉爾斯的勇氣，兄弟。這就是你們結盟的對象。協議帶來的和平與失去戰鬥魔印使得我們全都變軟弱，但是所有提沙人的體內都有戰士之心。和我們結盟，一起把克拉西亞人趕回沙漠去。」

沙曼特雙臂抱胸。「說得好聽，但是窪地呢？你們也會遵守協議嗎？」

「窪地是我的。」林白克氣沖沖地插嘴道。「會奉我的號令行事。」

湯姆士咬牙切齒，不過點頭。「正如我哥哥所言。」

「你們已經計畫好這場英勇的攻擊行動，還是只是隨口說說？」沙曼特問。「如果是後者，歐可可不會出兵。」

湯姆士點頭。「我們會派兵去與雷克頓接頭，分兵合圍。我們從陸路進攻碼頭鎮，雷克頓從湖面乘船攻擊。圍城的部隊會被我們擊潰，等到春天屍體解凍後，我們就已經建立起一道永久的防線。」

「來森呢？」沙曼特問。

「一季之內不可能攻下，或一年。但當他們看到沙羅姆撤退，來森人就會起身反抗。他們人數比克拉西亞人多，只要能夠鼓起鬥志就行了。」

「你對你的計畫很有信心，弟弟。」林白克說。

「確實。」麥卡爾同意。「你究竟知不知道碼頭鎮裡有多少克拉西亞人？」

湯姆士微現疲態。「不能肯定……」

「你不可能指望歐可，或我，會派兵執行變數這麼大的計畫。」林白克說。

「我們有斥候——」湯姆士開口。

「不夠好。」林白克伸出手指指著他。「你要親自率領五十名林木士兵南下刺探敵情，和船務官取得聯繫。我們要知道他們對你的計畫有何看法。」

湯姆士眨眼，羅傑幾乎可以聽見陷阱收網的聲音。公爵提供他想要的機會，但是五十個人穿越不熟悉的敵方領土？這是自殺任務，羅傑毫不懷疑公爵知道這一點。

湯姆士僵硬地鞠躬。「遵命，哥哥。」

「我和你去。」沙曼特突然說。「加上五十名山矛士兵。」

林白克和其他王子神色訝異地看向他，但是密爾恩領主眼中再度浮現那道熱切的目光，他們立刻知道他是認真的。

「那就這麼決定了。」林白克說。

「我們什麼時候出發？」加爾德問。

「單身漢宴會的隔天早上。」林白克說。「但是只有湯姆士要去雷克頓。你，男爵，要在宴會上挑選你的新娘，然後帶她回家。伯爵回來之前，窪地郡就是你的了。」

如果他能回來。羅傑心想。

第二十一章 雜草師 333AR 冬

阿曼娃輕啜一口茶，冷冷看著阿瑞安和黎莎。

「問吧。」她終於開口。

「問什麼，親愛的？」阿瑞安問。

阿曼娃放下她的茶杯和茶碟。「就算骨骰沒有告訴我妳的問題，從你們宮廷裡的傳言研判，問題也很明顯。」

阿瑞安沒有上鉤。「請開導我們。」

「妳們想知道我能不能用阿拉蓋霍拉確診公爵性無能的原因，還有能不能用霍拉魔法治療他。」

阿瑞安凝望她很長一段時間。「妳願意嗎？辦得到嗎？」

阿曼娃微笑。「我已經確認問題所在，還有沒錯，我可以治好他。」

「但妳不願意？」阿瑞安猜。

「如果和我異地而處，妳願意嗎？」阿曼娃問。

「如果沒意願幫忙，幹嘛還叫我們問？」黎莎問。「當初又何必擲骰？」

「達馬丁也會想要知道一些謎題的答案。」阿曼娃說。「而告訴妳可以治好就已經等於是幫妳忙了。剩下的妳們必須自己想辦法。我是以羅傑的吉娃卡的身分來此，不是間諜……也不是琴賈斯。」

「琴賈斯？」黎莎問。

「叛徒。」阿瑞安臉色一沉。「妳離家很遠，公主。我們或許有辦法說服妳。」

阿曼娃搖頭。「妳能提供的條件都不足以改變我的心意，刑求也不可能逼我說出任何我不想說的東西。自己的問題自己解決。」

「如果我們辦不到，妳就等於是把安吉爾斯交給歐可公爵。」黎莎說。「他會自立為王，然後向你們的族人宣戰。」

阿曼娃聳肩。「你們也打算這麼做，不然你們就是懦夫。無所謂。我父親是解放者。當他回來征服妳的族人時，他們會伏首稱臣。在那之前，我對你們的政治權謀不感興趣。」

「如果你父親不再回來呢？」阿瑞安以克拉西亞語問。「如果魔印人在多明沙羅姆殺死他了呢？」

「我父親死了的話，骨骰會告訴我。」阿曼娃說。「但如果真是這樣，那帕爾青恩就是解放者，而你們一樣會臣服於他。」

「如果妳這麼想，妳就一點也不了解亞倫。」黎莎說。「他對王座不感興趣。」

「只要你們的長矛晚間聽他號令，」阿曼娃說。「就像聽我父親號令一樣。但是如果拒絕這一點的話，就像安德拉和來森公爵那樣，解放者就會奪走你們的王位。」

「請見諒，」阿瑞安說。「但是在我把我的公爵領地交給入侵部隊之前，我會需要更有說服力的理由，或是交給來自一個不比我家客廳大的偏遠村落的農家男孩。」

阿曼娃鞠躬：「說服妳不是我的責任，公爵夫人。那是英內薇拉。」

「妳是說艾弗倫的旨意，還是說妳母親？」阿瑞安柔聲問道。

阿曼娃聳聳綢衣下的肩膀。「都一樣。」

阿瑞安點頭。「謝謝妳如此坦白，也謝謝妳的幫助，雖然沒幫多少。可以請妳先迴避嗎？我要和黎莎女士私下談談。」

「當然。」阿曼娃說，從她的語調和起身走出房外的體態來看，先行告退似乎出於自己的主意。

汪妲在女人離開時探頭進來。「需要什麼嗎？」

「沒事，汪妲，謝謝。」阿瑞安在黎莎開口前說道。「請不要讓任何人打擾我們。」

「是，老媽。」汪妲後退關門時，看起來好像全身都在鞠躬。

「眞受不了那個女的。」阿瑞安喃喃說道。

「汪妲？」黎莎問。

阿瑞安不耐煩地搖手。「當然不是。沙漠女巫。」

黎莎用小餅乾沾茶。「妳不知道她有多讓人受不了。」

「我們可以信任她嗎？」阿瑞安問。

「誰知道？」黎莎舉起小餅乾，不過在茶裡泡太久了，底下的部分都掉到茶杯裡。「她曾奉她母親的命令在我茶裡加黑葉。」

阿瑞安揚起一邊眉毛。「難怪妳這麼討厭雜草師。所以她不像她所宣稱的那麼討厭政治。」

「她的一切都不像她所宣稱的那麼簡單。」黎莎同意，「不過自從嫁給羅傑之後，她的所作所爲還算値得信任。我不認爲她在說謊，不過也不認爲她全盤托出。暗示我們可以找出療法有可能是因爲骨骰告訴她這麼做可以削弱北方的實力，令公爵領地維持分裂的狀態。不讓我們得知林白克無能的原因，也可能是因爲歐可會撈過界，在克拉西亞人北進的此刻掀起提沙內戰。」

阿瑞安在茶裡擠檸檬，不過她的嘴唇似乎已經皺到不能再皺了。「我想妳應該不能自己做一套骨骰出來？」

黎莎搖頭。「就算能偷一套出來，我也不懂解讀的法門。據我所知，解讀骨骰需要多年學習，而且比較像是藝術，而非科學。」

阿瑞安嘆氣。「那為了我們所有人著想，我希望妳能辦到所有我曾雇用過的藥草師都辦不到的事情。猜測預言沒有意義，就算我相信預言這種事情也一樣。」

黎莎被敲門聲驚醒。她臉麻麻的，當她伸手揉臉時，她摸到自己睡著時壓出來的書印。書頁上還有口水。

幾點了？房內很黑，只有桌上的化學燈照亮那一堆古世界醫學書。汪妲休息前把燈光調暗。敲門聲再度傳來。

黎莎拉緊睡袍，前去應門，但是這幾個月她胖了不少，睡袍的正面有點緊繃。她一手握緊睡袍上緣，避免正面敞開。

這麼晚會是誰？她考慮叫醒汪妲，不過她們位於皇宮中央，到處都有守衛。如果這裡都不夠安全的話，她在哪裡都不會安全。

但她的手滑落到口袋裡，握住她的霍拉魔杖，另一手放開睡袍，打開房門。

羅傑站在門外，形容憔悴。「我們得談談。」

黎莎立刻鬆懈下來，但是羅傑的表情令她心生恐懼。他為什麼這麼快就回來了？大家都以為公爵及其隨行人員至少會在狩獵行館待上一週，但是他們才出門一晚而已。

「沒事嗎?」黎莎感到胸口緊縮。「湯姆士還……」

「他沒事。」羅傑說。「他昨晚帶大家去獵殺一頭石惡魔。在那之後,狩獵石鳥和野豬就不夠刺激了,而我想大家都想先回城裡想想昨晚見識到的景象。」黎莎突然感到一陣恐慌。湯姆士發誓不會在她體內懷有別人小孩的情況下和她結婚,但是在阿瑞安的支持下,她心裡再度燃起希望。如果他出了什麼事……

「黎莎女士?」汪妲站在房門口,揉著惺忪睡眼。她手裡的匕首和黎莎的上臂一樣長。「聽到聲音。妳還好嗎?」

「沒事,汪妲。」黎莎說。「只是羅傑來找我。妳先回去睡。」

女人點頭,肩膀下垂,轉身走回枕頭上。

黎莎開門讓羅傑進來,他迅速入房,左顧右盼,掃視房內。「還有別人嗎?」

「當然沒有。」黎莎說。「還有誰會……」

羅傑看起來十分不自在。

「沒有,」黎莎問。「幹嘛?你嚇到我了,羅傑。出了什麼事?」

羅傑搖頭。他的聲音低到幾乎細不可聞。「到處都有人偷聽。」

黎莎皺眉,不過還是走到放霍拉的珠寶盒前,打開一個小抽屜,拿出合用的魔骨。她把魔骨在兩張椅子外圍擺了一圈。她戴起魔印眼鏡,確保魔印連結在一起,魔法圈確實啓動。

「好了。」她拿起僕役鈴,走到魔印圈旁,手伸入圈內,用力搖鈴。她看到鈴舌敲擊鈴框,感受到鈴身震動,但是她和羅傑都沒有聽見聲音。

她在一張椅子上坐下,等著羅傑過來。「聲音不會傳出魔印圈。我們可以放聲尖叫,汪妲還是會在二十呎外打鼾。現在有什麼事情祕密到不能在空房間裡小聲說？」

羅傑吐出一口氣。「我想林白克和他兩個弟弟昨晚想要害死湯姆士。」

黎莎眨眼。「你想？」

「算是……被動的做法。」羅傑簡單把公爵的隊伍在戰況對湯姆士不利的情況下忍箭不發，一直等到肯定能打贏才動手的事情說了一遍。「他們沒有親自動手，似乎打算讓惡魔幫他們解決問題。」

「一定有其他解釋。」黎莎說。「或許他們的武器出問題了。」

「每一把？」羅傑問。「同時出問題？」

黎莎吐口氣。聽來是不太可能。「但他是他們的弟弟，不可能繼承王位。他們爲什麼想殺他？」

「沒有那麼不可能，」羅傑說。「人們還沒忘記安吉爾斯皇室家族是林白克一世在兩代之前透過政變即位的。如果公爵沒有留下子嗣，麥卡爾和比瑟都必須經歷一番廝殺才能保住王位，特別是密爾恩在城裡各處收買盟友的情況下。」

「而你認爲湯姆士不用？」黎莎問。

「湯姆士擁有自己的軍隊。」羅傑說。「規模已經比他哥的軍隊龐大，訓練也更精良。就窪地擴張的速度來看，很快就能與安吉爾斯和密爾恩加起來分庭抗禮。而且湯姆士是英雄，歌頌他的歌曲不只一首。林白克小氣到讓他弟弟擊殺石鳥都會不爽。你認爲當湯姆士在其他人面前讓他抬不起頭時，他會有什麼感覺？」

黎莎感到一陣刺痛，低下頭去。她留短指甲，以免妨礙工作，但是只要握拳握得夠緊，指甲還是會陷入皮膚。她強迫自己放鬆。「你曾和任何人談過這件事情嗎？」

羅傑搖頭。「我要告訴誰？我想湯姆士根本不會相信我，而加爾德……」

「會做出愚蠢的舉動。」黎莎說。

「愚蠢的舉動已經夠多了。」羅傑說。「我還沒說完呢。」

「那些白痴！」阿瑞安握緊拳頭，以比實際年齡年輕許多的力量和速度來回踱步。

「妳打算怎麼做？」黎莎在老女人終於放慢腳步時問道。

「我還能怎麼做？」阿瑞安問。「除了妳的吟遊詩人的證詞，我沒有其他證據，而林白克是公爵。當他打定主意做某樣事情之後，就和石惡魔一樣固執，我沒有權力推翻他的命令。」

「但妳是他母親。」黎莎說。「妳難道不能……」

阿瑞安揚起一邊眉毛。「施展我的母親魔力？妳有多常聽妳母親的話？」

「不常。」黎莎承認。「而且聽她的話常讓我後悔。但湯姆士也是妳兒子。妳難道不能求——」

「相信我，孩子，」阿瑞安插嘴道，「我不是沒試過利用罪惡感去讓兒子改變心意，但這次……這次事關尊嚴，除非被矛頭指著喉嚨，否則沒有男人會放棄那種東西。」

她又開始來回踱步，不過步伐較慢，也莊嚴多了。她伸手搓揉皺紋滿布的下巴。「他大概自以為很聰明。如果湯姆士死了，就少一個敵人。如果湯姆士成功和雷克頓人取得聯繫，他就可以把功勞攬到自己頭上。」她嗤之以鼻。「這是林白克至今做過最接近探查敵情的事。」

她轉向黎莎，面露微笑。「無法阻止他並不表示我們不能利用此事來對付他。」

「喔？」黎莎問。

「林白克和他兩個弟弟不曾探查敵情是因爲沒有必要。詹森會把情報告訴他們，而他們從來沒有問過情報從何而來。」

黎莎感到嘴角微微上揚。「妳在雷克頓有眼線？」

「我在世界各地都有眼線。」阿瑞安說。「碼頭鎮的女船務官是我朋友，妳知道嗎？妳的阿曼恩·賈迪爾的長子在奪城的時候想要逼迫她嫁給他。」

「想要？」黎莎問。

阿瑞安輕笑。「據說她用簽署婚約的羽毛筆刺瞎了他一隻眼睛。」她臉色一沉。「聽說當他發洩完後，剩下的那團肉看起來幾乎不似人形。」

黎莎記得賈陽。記得他那種野蠻的眼神。她不想相信這個傳言，但聽起來就像他會幹的事情。

「我們必須趕走碼頭鎮的克拉西亞人。」阿瑞安說。「如果想要奪回公爵領地，把他們趕回來森的話。」

「艾弗倫恩惠。」黎莎說。「我見過那裡的情況，公爵夫人。克拉西亞人已經根深柢固。那裡永遠不會恢復成來森了。」

「不要這麼肯定。」阿瑞安說。「我已經資助來森反抗軍好幾個月了，他們最近進行了不少行動。雷克頓的克拉西亞人得在他們的『安全領土』陷入火海時頻頻注意身後。他們不會發現我們。」

「所以湯姆士有機會生還？」黎莎問。

「我不會謊稱這場任務沒有危險，孩子，」阿瑞安說。「我知道妳愛他，但他是我兒子，唯一像樣的兒子。他從頭到腳都會深陷險境，我只能盡可能提供他所有優勢。」

「那現在怎麼辦？」黎莎問。

「現在，」阿瑞安說。「妳繼續治療我的長子。」

「妳不可能還期望我會——」黎莎開口。

「我可以，妳也會去做。」阿瑞安大聲道。「我們和密爾恩的關係沒有變化。就算湯姆士活著回來，只要藤蔓王座沒有繼承人，他就無法脫離險境。」她揮手。「讓我那些兒子去陰謀算計。如果我們可以聯合雷克頓，強迫歐可簽署協定，藤蔓和金屬王座都將一文不值。窪地將會成爲提沙新首都，而湯姆士……」

「是呀，湯姆士將會成爲國王。」

黎莎晚餐期間一直心煩意亂。她已經很久沒在吉賽兒的診所用餐了，不過診所還是給她家的感覺。吉賽兒和她的學徒過去幾週都在窪地，而其他人，包括希克娃在內，似乎都感到賓至如歸。

「一如往常般美味，」羅傑感謝吉賽兒女士。「全安吉爾斯的男人都很遺憾不能娶妳爲妻。」

「聰明的男人絕對不會娶藥草師。」吉賽兒眨眼。「天知道她會在他的茶裡添加什麼，對吧？」

阿曼娃大笑，羅傑也微笑。「潔莎女士也常這麼說。」

吉賽兒臉色一沉。「這點我們都是向布魯娜學的，不過她可沒學到其他本事。」

「我眞的受夠這種話了，」羅傑說。「潔莎女士一直對我很好，如果妳一定要說她壞話，我要知道原因。」

「我也想知道。」黎莎說。

「她是雜草師。」吉賽兒說。「還有什麼好說的？」

「是唷，雜草師又怎樣？」羅傑問。「我看不出不同處在哪裡。妳們都威脅說要在我茶裡下藥，而且都是說眞的。」

「沒錯，藥草師會利用所學技巧強迫需要強迫的人。」吉賽兒說。「但他們主要的目的是要治療和幫助他人。雜草師則相反。」

「更別說她們都是妓女。」薇卡說。

「薇卡！」黎莎大聲道。

薇卡身體一僵，不過沒有退縮。「請見諒，黎莎女士，但這是實話。城內幾乎所有妓院都是雜草師開的。通常都是在藥房樓上的房間裡販賣不是藥材的東西。」

「而那些雜草師多半都是潔莎女士的學徒。」吉賽兒說。「她會抽成。除了老公爵夫人外，她就是城內最有錢的女人，從被她們摧毀的婚姻中獲利。」

凱蒂端茶出來，吉賽兒暫停片刻，添加蜂蜜，若有所思地攪拌。「當年布魯娜已經收我爲學徒，不想再收其他人，但是阿瑞安公爵夫人堅持要她收下潔莎。那個女孩很有天賦，不過對於春藥和毒藥的興趣遠高於醫術。我們不知道阿瑞安暗中安排她幫他兒子管理私人妓院。作爲讓他們成年之後依然受制於她的一種手段。」

「這就是達馬丁成立吉娃沙羅姆的原因。」阿曼娃說。「不過我的族人以這種女人爲榮，並且接納她們所生的小孩。」

「好吧，這裡不一樣。」吉賽兒說。「在城內各處都有妓院的情況下，男人就不會對妻子忠心。你可以責怪酒鬼在你家門口尿尿，但是把酒放到他們手上的人可是酒保。」

「這就是布魯娜趕走她的原因？」黎莎問。

吉賽兒搖頭。「她想要液態惡魔火的配方。布魯娜拒絕傳授，於是她用偷的。」

黎莎瞪大雙眼。任何有頭有臉的藥草師都懂得一些火焰的祕密，但是據說布魯娜是世界上最後一個懂得地獄配方的人。老女人保守這個祕密超過一百年，從來沒有傳授給任何學徒。她一直到擔心這些知識就此失傳後才決定教給黎莎。

「妳以前爲什麼不告訴我？」黎莎問。

「因爲和妳無關。」吉賽兒說。「但現在，如果妳必須處理那個滿口謊言的女巫……」

「我認爲我該去見見潔莎女士了。」黎莎說。

「喜歡的話，我們可以現在就去。」羅傑說。「徹底解決此事。」

「現在不會有點晚嗎？」黎莎問。「太陽下山很久了。」

羅傑大笑。「她們的生意正要開始呢，天亮前都會有客人上門。」

黎莎轉向他。「你想帶我們去妓院？」

羅傑聳肩。「當然。」

「我們不能去她家找她嗎？」

「那裡是她家呀。」羅傑說。

「現在給我等等！」加爾德說。「我們不能帶女人去那種地方！」

「爲什麼不能？」羅傑問。「那裡本來就都是女人。」

加爾德面紅耳赤，握緊一個巨拳。「我不會帶黎莎去……去……」

「加爾德．卡特！」黎莎大聲說。「你現在或許是男爵了，但也沒有權力告訴我哪裡可以去，哪裡不能去！」

加爾德一臉驚訝地看著她。「我只是……」

「我知道你的意思。」黎莎插嘴。「你的用意是好的，但是說錯話了。我想去哪裡就去哪裡，汪妲也一樣。」

「一定很好玩。」坎黛兒說。「我會拉一打和安吉爾斯妓院有關的歌，但我從沒想過可以親眼見識妓院。」

「妳見識不到。希莎枕屋不是吉娃森該去的地方。」阿曼娃看向克里弗。「或沙羅姆。」

「喂，汪妲都可以去！」坎黛兒抗議，但是希克娃嘶吼一聲，她只好雙臂抱胸，氣呼呼地退開。

阿曼娃轉向羅傑。「但是如果你以爲我會讓你一個人跑去這種地方，丈夫，那你就是把我當成笨蛋了。」

黎莎沒想到羅傑會向妻子鞠躬。「當然。我先說清楚，我住在那裡的時候只是個小孩，長大就沒去過了。對我而言，那裡從來不是個發洩慾望的地方。」

阿曼娃點頭：「以後也不該是。」

「達馬丁，我必須……」克里弗開口。

「你必須奉命行事，沙羅姆。」阿曼娃語氣冰冷。「我已經擲過阿拉蓋霍拉。今晚我沒有危險。」觀察兵不再繼續抗議。

「不坐馬車。」羅傑在他們從後門離開吉賽兒的診所時說。

黎莎好奇地看著他。「為什麼不坐？沒有法律規定晚上不能坐車。」

「對，但沒人真的在晚上搭車。」羅傑說。「會有人發現我們，而且我們要去不該去的地方。」

「我以為你說妓院是個祕密。」黎莎說。「如果沒人知道它在哪裡……」

「那他們就會看到窪地人的馬車停在潔莎女士的天才女子精修學校。」羅傑說。「一樣會引來好奇的目光。」

「女子精修學校是幹什麼的？」汪妲問。

「教導年輕女子如何釣有錢丈夫的地方。」羅傑說。

確實，木棧道上空無一人，黎莎、汪妲、阿曼娃和加爾德跟著羅傑在安吉爾斯彎彎曲曲的街道上穿街走巷，就著陰影專挑小路走。

倒不是說有很多容易被人發現的地方。街上沒有魔印光，街燈很少，距離又遠，除了最富裕的區域之外。

儘管街道昏暗，他們還是健步如飛，透過魔印視覺看得比白晝更加清楚。除了把隱形魔印縫在袍子上的阿曼娃外，他們全都披著隱形斗篷。

「寧靜得有點詭異，」汪妲說。「在窪地，這個時間所有店家都還開著。」

「窪地的魔印網沒有足供風惡魔闖入的漏洞。」羅傑說。「今晚街上只有巡邏守衛、我們還有流浪漢。」

「流浪漢？」汪妲問。「你是說他們晚上會把窮人趕到街上？」

「比較像是不讓他們進屋，不過沒錯。」羅傑說。「我是在這裡長大的，從小就以為世事本當如此。一直到我開始去偏遠小鎮表演後才知道這種做法有多邪惡。」

彷彿說好了一樣，就聽見啪啦一聲，上方一塊魔印網綻放魔光。一頭風惡魔飛得太低，撞上魔印。魔印網上的光芒如同閃電般向外擴張片刻，但黎莎看見大到足以讓惡魔闖入的縫隙。

惡魔也看見他們。它在天上盤旋，在自震驚中恢復正常時猛力震動大皮翅。接著它俯衝而下，直接穿越魔印網，順著街道飛行，開始尋找獵物。

黎莎很想拔出她的霍拉魔杖，當場摧毀它，但如果坐馬車都會引人注目了，魔法爆炸肯定會招來大批觀眾。

但是她也不允許那隻惡魔狩獵。「汪妲。」

「是，女士。」汪妲說。她環顧四周，接著衝向一棟房子屋簷下的雨桶。她跳起身來，腳底輕點桶緣，借力向上躍起，抓住傾斜的屋頂邊緣，輕鬆爬上屋頂，邊跑邊解下肩膀上的弓。

她發出一下類似風惡魔的叫聲，不會引起任何躲在魔印百葉窗後的人的注意。惡魔聽見她的叫喊，大幅度轉彎，朝她疾飛而來。

汪妲站穩腳步，把弓箭拉到耳邊，等待惡魔接近。她一直等到惡魔差點抓到她時才終於放箭，魔印箭射穿對方心臟，綻放一陣魔光。惡魔一蹶不振，重重落在他們面前的木棧道上。

「加爾德，」黎莎在汪妲回來時說道。「請確保它死透了，然後找個水槽放置屍體，以免陽光照到它時引發火災。」

「這就去。」加爾德說。

他走到惡魔身前，拔出汪妲的箭時它完全沒有反應。附近沒有水槽或水池，所以他只好砍碎惡魔，把它塞到雨桶裡。汪妲走到街上那灘膿汁旁，雙手接觸膿汁，在黑柄魔印吸收魔力時微微顫抖。

惡魔的血還會持續發臭，不過不會在天亮時起火燃燒。

汪妲抬頭，在黑夜的力量入體時顯得神采飛揚。「要我繼續狩獵以免還有更多惡魔嗎，女士？」

「我覺得妳待在我身邊比較安全，」黎莎說。這話是眞的，不過她也是爲了限制汪妲吸收的魔法量，直到她進一步了解效果爲止。他們迅速抵達內城，距離林白克城堡不遠處。這裡的街道較爲明亮，還有城市守衛巡邏，不過都可以輕易避開。

「我們幾乎回到皇宮了。」黎莎說。

「當然。」羅傑說。「妓院透過一連串通道和皇宮相連，好讓公爵和他的幸臣不分日夜都可以祕密嫖妓。」

他們轉過一個轉角，潔莎女士的天才女子精修學校印入眼簾。這間學校佔地很大，由兩條側翼圍繞一座中央塔而建，塔高三層樓。黎莎看出石塔和建築上的魔印威力強大，刻痕很深、漆面很亮，還擦得很乾淨。街道旁的燈柱也有魔印。如果城牆傾倒，這座學校就和皇宮本身一樣安全。

羅傑大搖大擺走到門口，拉動絲質鈴繩。黎莎只能假設門鈴響了——在外面什麼聲音都沒聽見。片刻過後，門打開了，一個身材壯碩的男人站在門後。他沒有加爾德高，不過比他壯，脖子粗得像頭公牛，繃緊上好蕾絲襯衫的領口，粗壯的手臂彷彿隨時可以撐裂絨布外套。他的五官歪斜，鼻子顯然斷過很多次。他頭上有些灰髮，不過只給人一種身經百戰的感覺。腰帶上掛著一支光亮的短棍，隨時可以取用。

「我不認識你。」這是一句簡單的陳述，不過男人的語調聽起來像是威脅。

「不認識嗎，傑克斯？」羅傑邊問邊將斗篷甩到身後。「我長大了一點，不過還是從前那個讓你拋高，可以抓到房梁的小男孩。」

男人眨眼。「羅傑？」

羅傑還沒點完頭，男人已經一聲歡呼，雙手插入羅傑的腋窩，把他拋入空中。加爾德神情緊張，但在羅傑哈哈大笑時鬆懈下來。

「進來，進來！」傑克斯說著揮手招呼他們進去，然後左顧右盼，關上房門。

「去年夏天我看過你一場表演。」傑克斯對羅傑說。「女士和我躲在觀眾裡欣賞。最後我們兩個都哭了。」壯漢語帶哽咽，和他凶猛的外型很不搭調。

「你們應該先說的。」羅傑捶了他的手臂一拳，不過如果壯漢有感覺的話也沒有表現出來。

傑克斯伸手指著他。「你不該過這麼久才回來。你現在眞的是魔印人的小提琴巫師嗎？」

「是呀。」羅傑朝他的夥伴點頭。「我是來幫潔莎女士引見窪地人的。她有空嗎？」

「爲你？」傑克斯說。「當然有空，不過動作要快點。時間晚了。皇室成員很快就要來了。」

他帶他們走鋪了紅絨布的大旋轉梯下兩層樓。樓梯底端有條走廊，但是傑克斯沒走走廊，而是轉身推開一座雙面大書櫃。書櫃順著輪軌輕輕滑開，露出一道垂著花邊簾幕的拱門。

他們通過簾幕後，書櫃滑回定位。門後是一座華麗的廳堂，裡面有許多美麗的女人。她們躺在柔軟的沙發上，或是有點隱私的簾幕石室，等著今晚的客戶到來。她們全都身穿美麗的禮服，濃妝豔抹，髮型艷麗。空氣中瀰漫著香水的氣味。

「造物主哇，」加爾德說。「我覺得我好像死了，來到天堂。」

黎莎瞪他一眼，他垂下目光。「你竟然還擔心我要來這裡。」

房間中央的天花板足足有兩層樓高，不過外圍中央還有一圈看來像是通往私密房間的樓層。傑克斯帶領他們快速走上一道樓梯，穿越拱門簾幕，來到一座包廂。

黎莎在穿越拱門時聽見樓下傳來騷動，透過簾幕，她看見麥卡爾王子帶著隨從抵達。她心跳加速，立刻放下簾幕。

「我希望這裡還有其他出口。」她在回到其他人等傑克斯去找潔莎女士的地方時說道。

「多到數不清。」羅傑眨眼說道。

「小羅傑・半掌！」片刻過後有人叫道，一個女人從走廊末端的門後現身。

潔莎的年紀和吉賽兒差不多，至少已經五十來歲了。但吉賽兒隨著年紀而發福，潔莎的禮服則依然緊貼著纖細的腰部，從低領口中央擠出來的胸部看起來依然秀色可餐。她臉上的妝很濃，不過相貌美麗，只有幾條掩飾得很好的皺紋透露她的年齡。

「她讓我聯想到我媽。」黎莎說，也沒有特定對誰說。

「是呀。」加爾德同意，不過他的眼神顯然表示他不認爲那是件壞事。黎莎心想是不是該讓他上樓去等。還有她如果叫他上樓的話，他會不會照做。

阿曼娃似乎也是同樣的想法。她在羅傑上前擁抱那個女人時跨步擋在加爾德與對方中間。

潔莎把他抱在胸前，嘖嘖說道：「已經十多年了，羅傑。你幾乎算是吃我的奶水長大的，而這些年來你就不能回來看看我？」

「我想公爵不會准許我回來。」羅傑說。他推開潔莎，黎莎發現他眼眶濕潤。不管她對雜草師有什麼成見，羅傑顯然深愛這個女人。

「讓我看看你。」她說著攤開他的雙臂，後退一步，彷彿彼此有段距離般。

她上下打量他。「你已經變成英俊的男人了。我敢說你和艾利克一樣傷了很多女人的心。」

羅傑後退，一邊撫摸金牌，一邊清清喉嚨。「潔莎女士，容我介紹我的妻子，達馬丁阿曼娃・阿蘇・阿曼恩・安賈迪爾・安卡吉。」

潔莎笑容滿面地走過去擁抱阿曼娃，但是年輕的達馬丁後退一步。

「呃？」潔莎問。

「請見諒，女士。」阿曼娃說。「但是妳不純潔，不能碰我。」

「阿曼娃！」

「沒關係。」潔莎說著朝他揚手，不過目光始終維持在阿曼娃身上。「我該為我不莊重的打扮道歉嗎？我該遮蔽胸部和頭髮嗎？」

阿曼娃揮手。「榮譽的吉娃沙羅姆穿著打扮遠比妳暴露。冒犯我的並非妳不莊重的打扮。」

「那是怎麼回事？」潔莎問。

「妳就是會煮龐姆茶把妳的希莎變成卡丁的人，是不是？」阿曼娃問。「妳羞辱她們，透過不讓這些女人在與男子交歡後生下子嗣削弱你們部族的實力。」

「讓她們不知道孩子的父親是誰會比較好嗎？」潔莎問。「讓她們二十歲前就未婚生子會比較好嗎？我的女孩畢業之後會比之前更加富裕，有能力找到更恰當的丈夫，生下社會階級較高的子嗣。」

「所以她們在和男人交歡之後還找丈夫結婚？」阿曼娃逼問。

黎莎清清喉嚨，有點不太客氣地提醒她，希克娃在與羅傑結婚之前也和男人睡過。阿曼娃裝作沒聽見，但是黎莎在潔莎面露勝利的笑容時後悔自己這麼做。

「妳自己在認識羅傑之前也嚐過甜頭？」雜草師問。

阿曼娃全身僵硬。黎莎看出她的靈氣怒火中燒，但她沒有表現出來。「我是艾弗倫之妻，但嫁給我丈夫的時候身體純潔，沒有碰過凡間男子，就像正常吉娃卡一樣。羅傑知道他的吉娃森不是這樣，也接受這種情況。」

羅傑上前一步，伸手去牽阿曼娃的手。她猛然轉身面對他，但卻沒想到他的眼神竟會如此溫柔，她靈氣中的憤怒增添了一絲困惑。

羅傑揚起另一隻手，輕輕將一絡頭髮塞入她的頭巾。「就算妳有過男人，我也會接納妳的，阿曼娃．娃．阿曼恩．安賈迪爾．安卡吉。我不在乎那種事情。我什麼都不在乎。當妳第一次開口對我歌唱時，我就深深愛上了妳，而我不認爲我會停止愛妳。」

阿曼娃靈氣中的困惑消失了，取而代之的是種親暱到黎莎看了會害羞的感情。她取下魔印眼鏡，但即使透過正常視覺，她還是可以看到年輕公主在和羅傑擁抱時眼中湧出的淚水。

潔莎看著他們，眼中也泛出些許淚光。她轉過身去，給他們一點隱私，走向汪妲。「妳是？」

「汪妲．卡特，女士。」汪妲鞠躬說道。她垂下來遮掩臉上傷疤的頭髮在鞠躬時掀開了一點。

女士揚起一手。「我可以嗎？」

汪妲遲疑片刻，不過還是點頭。潔莎動作輕柔，宛如羅傑撥開阿曼娃的頭髮般撥開汪妲的頭髮。她手指順著疤痕輕撫，然後嘖嘖兩聲。

「只要一點化妝品，妳就能隱藏得更好，孩子。」潔莎說。「我能讓旗下的女孩教妳，免費。」

「免費？」汪妲問。

「當然，」潔莎說。「但是我的建議？別再掩飾了。做好自己。」

汪妲搖頭。「沒人想親一大片疤。」

潔莎大笑。「告訴妳一個祕密。每遇上十個因妳的傷疤而卻步的男人，妳就會遇上一個幻想能親妳的男人，只因爲妳與眾不同。抬頭挺胸，男人就會主動上門。女人也一樣，如果妳有興趣的話。」

「我……啊……」汪妲神態忸怩。潔莎哈哈大笑，不再鬧她。

她抬起汪妲的手掌，看著掌上的魔印。「黑柄墨？」

「對。」汪妲說。

「可惜你們沒帶這個人人都討論的魔印人一起來。女孩們都打賭他是否在陽具上刺青。」

她留下汪妲去想像那個畫面，然後轉向加爾德。「啊，不過這位也不比魔印人差。男爵本人！」

她大膽地伸手捏捏加爾德的二頭肌。「幸好傑克斯迅速把你帶進來。不然那些女孩一定會免費服務，我的妓院就開不下去啦。」

彷彿安排好了一樣，簾幕掀開，一個年輕女子端著雅致的茶器走了進來。就和樓下的女人一樣，她身穿一套連身禮服，不過她的肩膀裸露，領口很低。禮服一側開衩很高，在裙襬的褶邊下若隱若現。每次跨出那條腿，大腿內側就會短暫露出。她很高，四肢都很有肉——舞者的肌肉。

她對加爾德微笑，朝他眨了眨眼，面對石惡魔眼睛都不會眨一下的伐木窪地男爵當場羞紅了臉。

潔莎在加爾德臉龐彈彈手指，嚇得他回歸現實。「但是不行，老公爵夫人已經幫你安排好了，孩子，她要你禁慾。所有女孩都知道不能碰你，雖然她們不滿意這種安排。」

她看向那個女孩。「倒好茶就離開，羅塞兒，以免公爵夫人聽說這件事。」羅塞兒點頭，迅速走到旁邊一張桌子上開始倒茶。

潔莎對加爾德眨眼。「如果在單身漢舞會上看到我家女孩，不要驚訝。挑選她們其中之一爲舞會皇后，我保證會讓你頭暈目眩一整夜。娶她爲妻，她永遠都不會對你說不。」

「當然，加爾德，」黎莎說。「男人對妻子的需求就只有那個。」

潔莎神色不滿地轉向黎莎，所有人都繃緊神經。羅傑走向潔莎。「容我介紹……」

「我知道她是誰。」潔莎說，目光一直保持在黎莎身上。聽到她的語氣，羅傑立刻閉嘴，並後退一步。

「小牛掌的可愛妻子是在不同的文化裡長大的，」潔莎說，「但我以為布魯娜的學生應該更加世故才對。」

「妳說這話是什麼意思？」黎莎問。

「羅塞兒！」潔莎說。女孩立刻放下茶壺，跑到她身邊，垂下目光。

「問她。」潔莎說。「睿智的黎莎女士認為伐木窪地的男爵夫人需要什麼條件？」

黎莎知道這是陷阱，但是她已身陷其中，如今只能快步前進，希望能夠逃過一劫。她戴上魔印眼鏡，檢視女孩的靈氣。「妳幾歲，孩子？」

「我今年二十歲，女士。」羅塞兒說。

「妳來潔莎女士的學校多久了？」黎莎問。

「十三歲來的，女士。」羅塞兒說。

「這段期間內，妳都在妓院裡工作嗎？」黎莎問。

女孩的靈氣閃過一陣情緒。羅塞兒對這個問題很反感。「當然不是，女士。不滿十八歲的女孩禁止下樓。今年是我的第二年，也是最後一年。明年春天，我就會畢業離開了。」她目光瞄向加爾德。

「除非我在舞會上找到丈夫。」

「妳識字嗎？」黎莎問。「能寫嗎？」

羅塞兒點頭。「可以，女士。我會克拉西亞文、魯斯肯文，還有阿爾賓文。」

「當然還有提沙文，」潔莎說。「羅塞兒很喜歡看書。」

「詩嗎？」加爾德問，擔憂之情形於色。

羅塞兒皺起鼻頭，彷彿這個問題很臭。「戰爭故事。」

「軍事史。」潔莎更正道。

「如果想讓那些故事聽起來很無聊的話。」羅塞兒同意。她的目光一直保持在兩個女士身上，但她的靈氣顯示她一心一意只想取悅加爾德。每一個字、每一個體態，都是做給加爾德看的。這種現象令黎莎不安，不過截至目前為止，這個小女人都沒有說謊。

「妳受過數學訓練嗎？」黎莎問。

「有，女士。」羅塞兒說。「基本算術、代數、微積分。我們也修記帳課和盤點課。」

「藥草學呢？」黎莎問。

「我能憑記憶煮七種藥茶，」羅塞兒說。「生育藥，磨碎三種……」黎莎揮手要她閉嘴，不過這些話已經在加爾德的靈氣中造成預期中的反應。

「可以查書的時候，我就能準備更多藥。」羅塞兒說。「我們都會研究藥草學，以免男人在這裡縱慾過度。」

「是呀，但是她會唱歌嗎？」羅傑大笑，不過阿曼娃瞪他一眼，靈氣所有暖意蕩然無存。

「抱歉，」羅傑說。他接著又壓低音量說：「我只是想要讓氣氛輕鬆一點。」

女孩搖頭。「我的歌唱技巧向來無法達到潔莎女士的要求，但是我會演奏豎琴和風琴。」

「風琴是什麼？」加爾德問。

羅塞兒看向他，眨眨眼。「我可以拿我的給你看，如果——」

「夠了！」潔莎叫道。「給我走開，女孩，不然我要去拿棍子了！」

黎莎眨了眨眼。她曾聽布魯娜罵過這些話多少次？那感覺就像再度聽到她老師的聲音一樣。但是潔莎看著女孩離開時，靈氣中沒有絲毫怒意。她對女孩的表現十分滿意。傑克斯派羅塞兒端茶進來八成不是什麼巧合。

加爾德的目光跟著羅塞兒轉動，穿越簾幔離開房間時，她輕輕揮手，加爾德的靈氣一陣顫抖。

黎莎轉向潔莎，伸手撩起裙襬，行屈膝禮。「請見諒，女士。我剛剛說得太過分了。」

「我接受。」潔莎立刻說。「現在，女士，妳想聊聊此行眞正的目的嗎？」

潔莎女士的辦公室鋪著厚厚的地毯和沉重的金木家具。她的書架上有好幾百本書——稀有典籍，有不少黎莎都沒看過。她必須壓抑一股想要翻閱的衝動。

「想借哪本都可以。」潔莎說。「只要妳想再借別本之前親自拿來歸還就行。」

黎莎驚訝地看著她，不過潔莎微笑。「我們一開始處不好，但是我很希望能夠和妳做朋友，黎莎。布魯娜不會收笨蛋爲徒，而阿瑞安對妳評價很高。我向來不認爲我看人比她們兩個還準。」

她微笑。「任何能吸引湯姆士的注意超過一晚的女人肯定都有過人之處。」

黎莎本來打算用笑容回應的，但最後這句話讓她不寒而慄。潔莎既優雅又美麗，還是皇室妓院的女主人。她有和湯姆士睡過嗎？樓下的女孩有嗎？黑夜呀，搞不好他全都睡過。

潔莎擺好茶碟和茶杯，以缺乏金屬的安吉爾斯十分值錢的銀茶具倒茶。

「皇室兄弟經常光顧，」潔莎說。「林白克和麥卡爾——就連比瑟牧者也想都不想就在這裡脫下聖袍。妳絕對猜想不到我這裡有些女孩其實是男孩。」黎莎接過茶杯，努力不讓手掌顫抖。

「但是湯姆士……」潔莎繼續。「湯姆士只來過一次，後來就不再光顧了。那傢伙向來喜歡自己狩獵。」

「那我算什麼？」黎莎問。「獵物？」

「在愛情裡，雙方都算是獵物。」潔莎說。「所以愛情才會如此美味。」

「妳曾計畫從布魯娜那裡偷走液態惡魔火的配方嗎？」黎莎問。

如果如此坦言相詢讓潔莎感到驚訝，她也絲毫沒有表現出來。

「對，我有。」潔莎說。「當年布魯娜已經年近九十，而在王子出生後，她一心只想回到窪地。我知道我永遠不會再見到她，深怕火焰的祕密會隨她而逝。」

「布魯娜從來沒有提起妳，」黎莎說。「我跟隨她的那幾年裡一次都沒有提過。」

潔莎露出痛苦的笑容。「是呀，全世界最會記仇的人就是老巫婆布魯娜了。但是對我而言，我愛她，我很遺憾最後不歡而散。她去世時，是否……痛快？」

黎莎凝視茶杯。「我不在場。她死於流感。薇卡哀求她不要去治療傷患，說她太虛弱了……」

「但是沒有人能在布魯娜的孩子有需要時阻止她去照顧他們。」潔莎說。

「對。」黎莎同意。

「這些年來，我幾度嘗試和吉賽兒重修舊好。」潔莎說。「我應該多試幾次的，但是我自尊心太強了，而且她也沒有回應。」

「吉賽兒和布魯娜一樣固執。」黎莎說。

「她的學徒呢？」潔莎問。

「我有比三十五年前一次失敗的行竊更重要的事情要擔心。」黎莎說。「我們之間不需要有任何嫌隙。」

「液態惡魔火甚至已經沒有從前那麼重要了。」潔莎說。「我聽說這個沙漠妓女的魔法讓惡魔火看起來像是火焰棒。」

「霍拉魔法。」黎莎糾正她。

潔莎大笑。「這樣講起來合理多了！不過妓女魔法也有能力改變公爵領地。」

黎莎抗拒想要摸肚子的衝動，雖然潔莎肯定知道她的情況。「確實。」

「來談正事吧？」潔莎問。

黎莎點頭。「妳對林白克的狀況有何看法？」

「他沒有種子。」潔莎直言不諱。「這話我已經說了二十年，但是阿瑞安就是聽不進去。她就是想要找出一種不存在的解藥。」

「這個診斷的證據是？」黎莎問。

「除了二十年間換了六任妻子，沒有一個停過月經之外？」潔莎問。「更別提我旗下的女孩了。不管沙漠女巫怎麼說，我不會給林白克最寵愛的女孩喝龐姆茶。如果阿瑞安認爲哪個女孩可以保障他的血脈，她會立刻要她兒子離婚再娶。從我這裡畢業的女孩中，只要在男人大腿上坐一下、搔搔對方下巴，肚子馬上就會大起來的可不只一個。」

這些黎莎早就知道了。「就這樣嗎？」

「當然不只，」潔莎說。她拿出一本皮革帳簿，交給黎莎，黎莎立刻打開帳簿開始翻閱。這本書裡記載了所有潔莎做過的測試、用過的藥草和解藥還有結果，全都透過布魯娜傳授的詳細方法以工整的字跡記錄下來。

「我甚至要求我的女孩讓他射在玻璃杯裡，好讓我在鏡箱裡觀察他的種子。」潔莎說。「他只有幾隻寶貴的小蝌蚪，那些蝌蚪都繞圈游泳，好像喝醉酒一樣撞來撞去。」

「我想親眼看看。」黎莎說。

「有什麼用？」潔莎問。

「或許是堵住了，可以用外科手術的方式排除。」黎莎說。

潔莎搖頭：「就算妳有科學年代的所有資源，那也是需要高度技巧的手術，先決條件是公爵會讓妳拿刀接近他的陽具。」

「那我就只好用霍拉魔法。」黎莎說。「我見過用霍拉魔法治好一個早已過了適合生產年齡幾十年的女人。」

「妳以爲林白克會讓妳對他施法？」潔莎問。「那等於是在和他要條絞刑繩。」

「走著瞧。」黎莎說。「不過此時此刻，我只想看看他的種子。可以請妳……」

「幫妳弄一點來？」潔莎笑道。「當然可以。但是想要的話，妳可以自己去弄。不管有沒有懷孕，林白克都會毫不遲疑地去上他弟弟的女人。」

「絕對不可能。」黎莎說。

「妳甚至不必對他撒謊。」潔莎說。「我的女孩只要讓他嚐嚐手掌的滋味就夠了。花不了妳一分鐘。」

黎莎深吸口氣，壓抑心中的反感。「妳可以幫我弄來嗎，還是要我去找公爵夫人？」

潔莎知道自己太過分了。「我一弄到手會立刻冰起來送去妳的房間。今晚，或許。」

第二十二章　單身漢舞會

敲門聲把黎莎嚇了一跳。她看了一眼時鐘。快要午夜了。

或許又是羅傑，但是黎莎認爲可能性不大，除非又有緊急事故。她膽敢妄想是湯姆士嗎？他們交往時，常常會在半夜來訪，而剛剛晚餐時他一直盯著她看。一開始黎莎還假裝沒注意到，但接著她直視他的目光，以爲他會尷尬地偏開頭去。

但他沒有。他們四目交會，她感覺到他眼神中的熱情。自從路上那天晚上之後，他們就沒有私下交談過，但是再過兩天他就要南下，而兩人之間還有很多話沒說。他知道，她也是。

汪妲在一張椅子上打盹，但自從羅傑上回意外造訪後，她就拒絕在黎莎就寢前先睡。她搖搖頭，甩開睡意，站直身子，走向房門。

黎莎迅速從桌子最上面的抽屜中拿出她的手鏡，檢視髮型和容貌。這樣做毫無意義，不過她不在乎。她一根手指插入領口，拉低一點，然後捧高胸部。

結果不是湯姆士。而是羅塞兒神態輕鬆地步入房內，手裡拿著一個亮面金木盒。

「有人看到妳嗎？」黎莎問，努力掩飾失望的語調。「公爵……」

羅塞兒輕笑搖頭。「我讓公爵閣下爽到極點才射光他。我停手前他就昏過去了。」

他把盒子放在桌上，打開盒蓋。盒內是密封的，放滿碎冰。冰上擺有三支水晶瓶，內裝黏稠混濁的液體。

她蓋上盒蓋。「多新鮮？」

「不到半小時。」羅塞兒說。「我走地道過來。」

黎莎心想公爵的妓院地道是否像城牆一樣刻印。「純嗎？沒有摻雜其他……體液？」

羅塞兒微笑：「妳在問我是不是從嘴裡吐到瓶子裡的？如果我交出那種樣本，潔莎女士會砍我的頭。我甚至沒有用油。我捏到他射光。」

想到腦滿腸肥的林白克在羅塞兒的服侍下喘氣抽動的模樣，就讓黎莎打了個冷顫。「妳似乎很享受這個工作。」

羅塞兒聳肩。「總比在我爸的漆器店裡工作好，那股味道弄得我腦袋都要爆炸了。在皇室成員身上練習妻子的技巧也不算太糟。潔莎女士教我們要取得主導權，不但要清空精囊，還要清空錢包。」

「所以妳是自願的？」黎莎問。

羅塞兒點頭。「對。不過畢業後我也不會懷念這一切。我期待展開眞正的人生。」

女孩輕快地退出房外，只在空氣中留下一點玫瑰香氣。黎莎立刻開始擦拭並組裝她的鏡箱。她滴了一滴公爵的精液在玻璃片上，調整鏡片，直到細胞聚焦爲止。正如潔莎所述，黎莎只看到少數有活動力的種子。她戴上魔印眼鏡，情況變得更糟。健康的樣本應該會生氣勃勃地綻放魔光。林白克的呈現灰色，像是烏雲密布的天空。

老公爵夫人想透過手術治療的希望落空了。如果種子無法抵達目的地，她還有辦法更正這個問題。如果種子都死光了……

加爾德來回踱步，不停握緊拳頭，然後又放開。一個年輕的隨從神色驚恐地看著他，擔心鼓漲的肩膀隨時可能會撐破外套的縫線。

「黑夜呀，加爾德，坐下來抽管菸。」羅傑已經在抽他的菸斗了，腳掌舒舒服服地放在桌上。

加爾德搖頭。「我不想滿身菸味。」他頭髮抹油，用絨布領結綁在頸後。他鬍鬚剪短，羊毛外套上繡著新紋章，一柄雙刃斧和大彎刀在一棵金木樹前交叉。裁縫呈上來給他批准時，加爾德盯著紋章看了好幾個小時。裁縫得從他手上搶回來才能把它縫到外套上。

「那就喝杯酒吧。」羅傑說著在壯漢繼續踱步時倒了兩杯酒。

「是唷，這樣我就可以把嘴裡吐出來的蠢話給說錯。」加爾德說。

「別說那種話。」羅傑說。「不是豪門出生並不表示你蠢。」

「那為什麼我會覺得別人的每一句話都在取笑我？」加爾德問。

「可能眞是如此。」羅傑說著喝光他的白蘭地。「皇室成員隨時都在取笑彼此，就連笑著討論天氣時也一樣。」

「我不想要那種老婆。」加爾德說。

「那就別挑那種老婆。」羅傑說。「今晚由你作主，不管感覺起來像不像。你不需要娶任何你不想娶的女人。」

「萬一我沒有任何想娶的呢？」加爾德問。「公爵說我必須帶著老婆回到窪地。萬一老公爵夫人火大，直接幫我挑好了呢？」

羅傑發出簡短、尖銳的笑聲。「你可以和一十呎高的石惡魔正面衝突，但卻會害怕一個身高不到你一半，年紀比你大三倍的女人？」

加爾德輕笑。「我倒是沒有這麼想過，但是……沒錯。我想我確實怕。她讓我聯想到老巫婆布魯娜，不過更恐怖。」

「這只是怯場。」羅傑說著拿起幫加爾德倒的那杯酒，然後喝光。「舞會開始後就沒事了。」

加爾德再度開始踱步，不過立刻又停了下來。

「你想羅塞兒會到場嗎？」他深吸口氣，彷彿在聞她的香水味。「她的名字很好聽。聞起來也像玫瑰。」

「小心點，加爾德。」羅傑警告。「我知道她秀色可餐，但是你不會想娶潔莎旗下的女孩的。」

「爲什麼不？」加爾德問。

「因爲公爵和他弟弟會一直嘲笑你。」羅傑扮個鬼臉。「再說，你想親一張含過林白克老二的嘴嗎？」

加爾德握緊大拳頭，直接舉到羅傑面前。「不管是不是眞的，我都不想聽到你這樣說她，羅傑。如果你還想要有牙齒的話。」

羅傑輕吹口哨。「你眞的上鉤了，是不是？」

「什麼上鉤？」加爾德問。

「潔莎是故意在你面前展示那個女孩的，」羅傑說。「我敢說她是女士的明星學生。那個女孩所做的一切都是爲了吸引你的注意。」

加爾德聳肩。「那樣和其他人有什麼不同？唯一的差別在於，她的做法有效。」

「我只是要提醒你小心點，」羅傑說。「潔莎的女孩可能會……很有心機。她們可以讓男人幫她們做任何事，還讓他以爲那是自己的主意。」

「我爸說所有婚姻都是這樣。」加爾德說。「你敢說你的婚姻不同嗎？」

羅傑把菸斗塞到嘴裡，拒絕回答這個問題。

Ꮻ

羅傑四人樂團站在加爾德身後的音貝棚裡，加爾德則和阿瑞安老公爵夫人一起站在中央舞台上。年輕的男爵看起來很像是等在聖堂前的新郎。

舞會廳裡已經擁入許多社會精英、皇室成員、有錢的商人和他們妻子，全都穿著他們最好的禮服。不過舞會廳另一端的雙扇門外站著一長排有望成爲男爵夫人的年輕名媛，等著司儀宣布進入舞會。

老公爵夫人幫加爾德理理領子。「準備好了嗎，孩子？」

「我覺得我快要吐了。」加爾德說。

「我不會建議你吐。」阿瑞安說著拍掉他外套上的一點灰塵。「但就算吐了，我也不認爲會減少你跳舞卡的厚度。不是所有單身漢都有男爵領地可以管理，那種東西值得她們忽視衣服上沾到的一些嘔吐物。」

加爾德臉色發白，阿瑞安哈哈大笑：「幫你生孩子的年輕新娘並不會判你死刑，孩子。趁著可以的時候好好享受吧。」

她用拐杖打他一下屁股，加爾德當場跳了起來。「你現在唯一要做的事情就是站在原地，聽傑辛宣告入場名媛的身分。結束之後，你就可以在開始跳舞前先去後台，把肚子裡的東西都吐出來。」

她慢慢走下舞台，指示傑辛打開大門。羅傑立刻把小提琴放到下巴下，坎黛兒和他同時動作，一起演奏第一首入場的曲目。每個女人都挑選了入場曲目，也就是她們在跳舞卡上點播的歌曲。羅傑的四人樂團爲了學全那些歌已經練習好幾天了。

「卡琳．伊斯特利女士，」傑辛宣告道，「河橋鎮的亞倫伯爵之女。」羅傑轉換曲調。卡琳挑選了一首慢歌，一方面爲了和男爵親密地跳舞，一方面也爲了讓她入場時可以放慢腳步，盡量拖長成爲目光焦點的時間。

很爛的選擇，因爲這樣會讓加爾德的鼻子全程埋在這個年輕女子的香水雲中，導致跳完舞後他就會儘速遠離她。

卡琳從左邊的台階走上舞台，然後邁向中央，在加爾德朝她鞠躬時享受聚光燈。如果不是傑辛又開門宣告下一個女人進場，她可能會在那裡站一整個晚上，沉浸在歡呼和掌聲中。卡琳朝他眨眼，然後慢慢走下舞台左側的台階。

「丁妮絲．沃德古德女士，南卡拉的沃德古德領主之女。」

丁妮挑了一首肯定會讓加爾德絆倒舞廳中所有人的華爾茲。她很有可能利用全程背詩來加強行刑的效果。

阿瑞安每天晚上都安排有希望的女孩坐在加爾德身旁用餐，但是最常排到的就是這兩個女人。她們權勢滔天的父親有辦法購買其他人負擔不起的門路。他們顯然是政治寵兒，但除非剩下的名媛都是農場動物，她們不太有機會成爲舞會皇后。

丁妮離開中央舞台時偷偷對加爾德揮了揮手，但是就和卡琳的眨眼一樣，男爵沒有任何反應。他的目光保持在門口，等待能夠燃起他希望的人出現。

羅傑一首接著一首演奏，但加爾德無動於衷。

「愛蜜莉雅．拉奎爾女士，商人丘的亞伯特．拉奎爾之女。」一時之間，加爾德還是沒有反應，但接著他一僵，身體前傾。

羅傑看向門口。他早該知道的。所有潔莎的女孩在工作時都會使用「樓下的名字」，等她們畢業之後重返社會時就恢復本名。

進場的是羅塞兒。

加爾德一臉專注地看著她走過走道，不過那是獵人還是獵物的神情，羅傑看不出來。

從那一刻起，加爾德的眼中就只剩下她，完全無視之後幾個入場的女人，除了當她們走過舞台中央，經過他的視線範圍時。幸好只剩下幾個女人了，但是在場有不少人都已經發現加爾德心神不寧的模樣，開始對著愛蜜莉雅指指點點。

羅傑嘆氣。所有算得上是號人物的人都會出席，包括許多很可能在過去十八個月裡去過皇家妓院的人。愛蜜莉雅換了髮型，挑選比較端莊的禮服，看起來與在潔莎那裡大不相同，但遲早還是會有人認出她的。

黎莎獨自站在舞會廳裡。她想盡一切辦法要把汪妲塞進適合舞會的禮服裡，但是女孩最後慘叫一聲，把身上的禮服當場撕爛。黎莎還以為那個女裁縫要心臟病發了。

「這不是我。」汪妲說。「我愛妳，女士。我願意幫妳擋下一百支曲柄弓矢。但是只要我還活著，妳和地心魔域裡所有惡魔都別想讓我再穿一件那種天殺的禮服。」

除了道歉之外，黎莎還能怎麼辦？但現在汪妲和其他守衛一起站在牆邊。她剪短了頭髮，抹油梳到後面，驕傲地露出惡魔爪在她臉上留下的疤痕。

黎莎微笑。這是個開始。她得謝謝潔莎。黎莎講她不聽，不過潔莎講她倒是聽了。

人群中傳來一陣驚呼，她抬起頭來，看見加爾德不走台階，像普通人跳下腳凳般輕鬆跳下舞台。這個不合規矩的舉動讓所有賓客吃了一驚，眾人遲疑片刻，接著上前招呼他。

但是加爾德趁著眾人遲疑的時刻穿越人群，長腳迅速走過舞會廳，抵達愛蜜莉雅及其父母所在之處。如此怠慢的行爲讓皇室成員和貴族目瞪口呆，亞伯特・拉奎爾注意到了這一點，雖然加爾德還是沒有發現。他在加爾德和他大力握手時緊張地扭動，但是愛蜜莉雅的母親，本身也是名美女，滿臉驕傲地微笑。

加爾德向來都是很單純的人。直來直往。這種個性有時候很好，可以提醒皇室成員並非世間的一切都是底牌不明的祕密牌局。

黎莎曾經和加爾德訂婚，但現在的他早已今非昔比，就算他和她媽上了床也一樣。她有點想要反對這門婚事。愛蜜莉雅攻於心計、控制慾強。但是伊羅娜也一樣。黎莎也是，如果她能坦白面對自己的話。或許加爾德就是需要這樣的女人。

愛蜜莉雅有可能引發醜聞，但是加爾德也好不到哪裡去，即使他還不知情。如果伊羅娜生下一個巨嬰，要不了多久就會有人發現眞相。就連加爾德也沒有遲鈍到不會發現。

「我願意付出一切換取妳此刻心中的想法。」她身後傳來一個聲音。

黎莎嚇了一跳，想得太專心了，完全沒發現湯姆士走到她身後鞠躬。但她一直期待著這一刻，而她已經準備好了。她把情緒握在殘酷的拳頭裡，塞到黑暗的洞穴中，轉身行了個優雅的屈膝禮。

不管汪妲如何刁難女裁縫，黎莎都比她還要刁難。這套絲質禮服是專門設計用來掩飾她逐漸漲大的小腹，凸顯就連女人也無法忽視的乳溝，但是她對禮服上的一針一線通通有意見。

她強忍笑意，看著湯姆士在她彎腰時偷看自己胸口。伯爵身穿明亮的靴子和正式制服——絪絨布和絲綢，外加金色的肩章和穗飾——看來十分英俊瀟灑。他的左胸前掛了一打金勳章，裝飾長矛套在身後的寶石矛套中。

但如果她的領口吸引住他的目光，湯姆士帥氣的臉也同樣吸引了她的目光。他仔細修剪過鬍子，頭髮沒有絲毫凌亂。她想要緊緊抓住他的頭髮，弄亂一塵不染的髮絡，在他插入時汗水淋漓。

黎莎感到雙腳中間濕了。這是他南下前的最後一晚，而她打算在他離開前再佔有他一次。如果不這麼做的話，她會死。

「沒什麼重要的事，伯爵大人。」她說。

「說謊。」湯姆士聽起來很疲倦。「但是我應該早就習慣了才對。妳的目光之後從來沒有不重要的事情，黎莎．佩伯。」

黎莎吞嚥口水。她認為自己罪有應得。「加爾德似乎已經選好他的舞會皇后了。」她朝正凝望彼此的兩人點頭。「我在想他們合不合適。」她朝汪妲側了側頭。「我還在想汪妲抱怨穿禮服來參加舞會的事情。」

湯姆士嘟噥一聲。「那個女孩很聰明。我母親多年以來都幫我舉辦這種舞會。我寧願去和地心魔物作戰。」

「窪地男爵並非今晚唯一符合條件的單身漢，伯爵大人。」黎莎說。「伯爵還缺一位伯爵夫人。」

就在此時，他們聽見一陣鈴聲，所有人轉頭看向和卡琳・伊斯特利站在一起的老公爵夫人。站在她身後的是被加爾德怠慢的皇室成員，試圖掩飾他們的不滿，不過失敗了。

「看來河橋鎮伯爵想要縮短雞尾酒時間。」湯姆士輕笑。「伊斯特利家族比我母親更有資格繼承王位。他們不喜歡被人怠慢。」

的確，阿瑞安指示羅傑開始演奏第一首舞曲，吟遊詩人沒有蠢到拒絕這個要求。他開始演奏卡琳在走地毯時拖拖拉拉的那首慢歌。

湯姆士後退一步，鞠躬伸手。「我或許還缺個伯爵夫人，但不打算在留在安吉爾斯的最後一夜裡尋找伯爵夫人。妳願意和我跳支舞嗎？」

「如果我摟住你，伯爵大人，」黎莎說，不過仍接過他的手，走近他。「我或許就不會放手。」

湯姆士一手摟住她的腰。「妳非放手不可。我母親傳召我們在第一支舞過後去她的花園見她。」

「現在？」黎莎難以置信。「舞會開到一半，而你天亮後就會被派往天知道什麼地方的時候？」

「我也這麼對我母親說。」湯姆士說。「但她說如果我不想皮繃緊一點，最好就是來找妳一起過去。」

他們在舞池中和加爾德擦身而過。他臉色很難看，而當黎莎聞到卡琳的香水時，立刻就了解原因了。她感覺靜脈緊縮，腦側一條肌肉抽動，隨時都可能引發頭痛。

在湯姆士帶她離開舞池，前往一道側門時，頭痛還算輕微。汪妲打算跟去，但是黎莎比個阻止她的手勢，女孩立刻接受暗示，靠回牆壁。

他們溜過安靜的走廊，沿途只遇上幾個僕役，不過他們全都知道要低頭看地板。

接近阿瑞安的私人花園時，就連僕役也消失了。走廊又長又暗，兩旁有許多放置古代公爵雕像的陰暗壁龕。黎莎停下腳步，拉住湯姆士。

「怎麼了？」他問。

黎莎溜到林白克雕像後面。那是一座阿諛奉承的美化雕像，但即使是美化過的雕像，林白克還是胖得陰影足以遮蔽壁龕。

「我頭痛。」她用力一拉，湯姆士只有輕輕抵抗，然後就被拉了進去。

對其他情侶而言，這句話八成會摧毀任何浪漫的夜晚，但是對黎莎而言卻是相反，而湯姆士很清楚這一點。在伯爵有機會破壞氣氛前，她的嘴唇已經貼到他嘴上。

他僵硬片刻，接著緊緊擁抱她，將舌頭伸入她的口中。黎莎伸手到他腦後，抓住他的頭髮，讓他的舌頭更加深入。

他呻吟一聲，動手抓她。不知道怎麼回事，她的乳房就這麼跳出禮服，而湯姆士在她貼上來時用力搓揉。她放開他的頭髮，手掌向下移動，透過褲子抓他。他硬了，她毫不浪費時間，解開褲腰帶，拉出他的陽具。

「我們時間不多。」他喃喃說道。

「那就別太溫柔。」她說著轉過身去，撩起裙襬，趴上雕像底座。

加爾德克盡職守，和舞會上所有年輕仕女共舞。看他跳舞真的很尷尬。他讓最高的安吉爾斯女人都看起來很矮，而且在試圖跟上舞步時踩到了幾隻嬌嫩的腳趾。

但最糟糕的在於他那副專注的神情，比較適合用來對抗地心魔物，而不是和美女跳舞。他一副像在努力求生的模樣。

直到輪到愛蜜莉雅爲止。大伐木工神采飛揚，彷彿在空中飛舞。看來他已經找到他的新娘了，不管河橋鎮出多少錢都無法動搖他。

坎黛兒也看出了這一點，於是加長小提琴獨奏的部分，讓他們兩人有更多時間凝望彼此。阿曼娃和希克娃以歌聲幫腔，如同魅惑地心魔物般輕易在這對年輕的戀人身上施展魔法。

傑辛一直戴著他的吟遊詩人面具，笑著和有錢的貴族女子跳舞，而她們的丈夫則聚集在一起，毫無所覺。但是他三不五時就會抬頭看向舞台，目光冰冷地瞪視羅傑。

羅傑以笑容回應。他的復仇之旅還很漫長，儘管他不確定下一步該怎麼做，暫時而言，傑辛每天都活在羞辱中，而羅傑非常享受這種感覺。

但接著傑辛若有深意地看向加爾德和艾蜜莉雅，然後又轉回羅傑，臉上浮現暢快的笑容。

他知道了。

他當然知道。除非艾利克之後規矩變了，不然隨時進出皇室妓院乃是皇室傳令使者的福利。傑辛不但知道愛蜜莉雅就是妓女羅塞兒，他八成還親自嫖過她。

而羅傑敢說傳令使者並不打算保守這個祕密。

黎莎和湯姆士抵達花園時，阿瑞安和詹森總管已經等在裡面。花園裡掛了幾盞油燈，但是四周十分昏暗，透露不祥之兆。儘管黎莎信任阿瑞安，她還是戴上了她的魔印眼鏡，查看陰影中是否有危機潛伏。

「好了，這安排眞是夠神祕了。」黎莎說。「要我們在湯姆士待在安吉爾斯的最後一個晚上離開舞會有什麼理由嗎？」

「很好的理由。」阿瑞安說。「我要妳見見我的祕密武器，這件事可不能在裡面進行。這個男孩比尿盆還臭。」

「男孩？」黎莎問。

「布萊爾，親愛的，」阿瑞安輕聲叫道。「出來吧。」

黎莎驚訝地看著一個男孩走出一片不到十呎外的豬根叢。她怎麼會沒看到他？藉由魔印眼鏡之助，他的靈氣應該和油燈一樣閃亮。

但是並沒有。他的靈氣黯淡到讓她以爲他快死了，但他又輕鬆迅速地移動到老公爵夫人身旁。他看來還不到十六歲——高高瘦瘦、肌肉結實。他的一邊肩膀後掛著一副克拉西亞圓盾，不過他身穿提沙衣褲。

他的五官不像克拉西亞人，但也不像提沙人。要看清楚不容易，因爲這個男孩非常髒。

正如老公爵夫人警告，他身上簡直臭氣熏天。黎莎聞到那股味道，鼻孔不住開闔。那是男孩的汗水乾掉的味道，不過更濃的是豬根味道。他折下草葉，像抹乳液般把豬根的氣味抹在自己身上。他的衣服上都是豬根污漬。黏黏的樹汁又在表面沾了一層塵土，不過味道還是一樣刺鼻。

「原諒我們這麼神祕。」阿瑞安說。「布萊爾宣稱除非他想要，不然沒有惡魔能看見他，我想知道妳那副了不起的眼鏡是不是也一樣看不到。」

黎莎沒有回答，但是老公爵夫人已經得到答案。她對老公爵夫人提過這副眼鏡的事情嗎？這個女人知道的比她透露的更多。

「黎莎、湯姆士，這位是布萊爾・達馬吉。」阿瑞安說，男孩對他們嘟噥一聲。那是一陣喉音，嘶啞、像野獸。

達馬吉。克拉西亞的姓氏。那表示他和英內薇拉來自同一條血脈——還有阿曼娃——不過血緣關係可能已經斷絕好幾百代了。達馬吉家族可以追本溯源到卡吉的年代。

但是布萊爾是雷克頓名。這個男孩是混血兒，黎莎沒聽說在入侵之前曾有克拉西亞人北上過。幾年之後，提沙境內或許會出現許多這種長相的人，不過這是她第一次見到這種混血兒。他是信使的兒子嗎？

「很高興認識你，布萊爾。」黎莎說著伸出一手。布萊爾神色緊張，後退一步。她放下手，微笑道：「惡魔不喜歡豬根的味道，是吧？」

這話似乎讓男孩放鬆了一點。「聞太多的話會讓它們噁心。地心魔物討厭豬根。」

黎莎點頭，檢視男孩的靈氣。她不知道豬根的味道可以驅趕惡魔，但是聽起來很合理。豬根是治療惡魔感染的主要藥材，地心魔物會避開豬根叢。

但是還不只如此。她看著周遭的魔力如同霧氣般沿著花園地面飄動。正常情況下這些魔力都會受到活物吸引，除非附近有魔印力場。魔力如同油避開水般避開布萊爾。

豬根可以抵禦魔法嗎？這樣就能解釋它的許多特性，大幅提升這種寶貴藥草的用處。

「布萊爾為反抗勢力的貢獻無可估量。」阿瑞安說。「他會說克拉西亞語，甚至可以冒充克拉西亞人。最重要的是，他不分日夜都能行動。就像妳的魔印人，不過沒他那麼自以為是。」

黎莎沒有和她爭辯。阿瑞安說這個男孩的價值無可估量絕不誇張。他是老公爵夫人不會輕易洩露的資源，就算在她面前也一樣。

「布萊爾在雷克頓布有眼線。」阿瑞安說。「他可以帶領你們的兵馬從窪地前往雷克頓，避開克拉西亞巡邏隊，安排和船務官碰面。他們利用湖邊的修道院作為基地。」

湯姆士揚起一邊眉毛。「林白克知道嗎？」

阿瑞安大笑。「當然不知道。據林白克所知，你們必須自己想辦法與反抗軍接頭。但既然他派你代表，那麼不管你做出什麼樣的承諾，他都必須遵守。」

「那我要做出什麼承諾？」湯姆士問。

阿瑞安指示詹森，他交給伯爵一綑文件。湯姆士打開文件，迅速閱讀。黎莎湊上前去，透過他的肩膀觀看。

「這等於是讓雷克頓人宣誓效忠於我。」湯姆士說。

「既然我們要派兵幫他們打仗，為什麼不能提出請求？」詹森問。「遭受圍城的是他們，不是我們。」

「還不是。」黎莎補充。

「無論如何，總管說的沒錯。」阿瑞安說。「此時此刻，他們比我們更需要幫助，當我們展開協商時如果忽略這個事實就太愚蠢了。如果要開戰的話，他們的士兵必須接受你的領導。這一點絕對沒得商量。」

「我了解。」湯姆士聲音很緊繃。「但是妳要他們效忠於我，不是林白克。」

「你是林木軍團的指揮官，還是窪地郡公爵。」阿瑞安說。「他們直接與你結盟比較合理。」

湯姆士搖頭。「林白克不會那樣想。」

「林白克沒得選擇。」阿瑞安語氣嚴厲。「等他聽說這件事情時，合約已經簽署，而你也不在他的勢力範圍裡，並且統領三支部隊。他沒有實力和你作對。」

「作對？」湯姆士問。「我要取代沙漠惡魔的地位，征服提沙？」

「我不是要你成為征服者，」阿瑞安說。「我們不需要那個。」

「那我們究竟需要哪個，母親？」湯姆士問。

「國王。」阿瑞安說。「不是惡魔。不是解放者。提沙需要的是國王。」

湯姆士神色迷惘地看著她，阿瑞安上前一步，伸手捧起他的臉。「喔，我親愛的孩子。現在別想那些。只要想著保持安全、做好該做的事情、然後回到你心愛的人身邊就好。」她緊緊擁抱他，退開時伸手擦拭眼中的淚水。

「天亮前把事情處理完畢，向大家告別。」阿瑞安說。「不過從你抵達時的臉色來看，你已經處理完了一些事情。」

她轉身揮手要布萊爾和詹森跟她離開，把黎莎與湯姆士獨自留在花園裡。他朝她揚起手臂，她撲入他的懷中，緊緊擁抱他。他輕擁她，而她開始埋在他的斗篷和肩膀整整齊齊固定在一起的位置啜泣。

「別去。」她哀求，心知這是個愚蠢的要求。

「在我哥和我媽聯手攻勢下，我還有什麼選擇？」湯姆士問。「他們會從我手中奪走窪地。交給麥卡爾，或許。他現在已經後悔沒有接受窪地的職缺了。比瑟也是。幾個月前他們都不想要那個地方，但現在他們都覬覦它。」

「他們覬覦窪地是因爲你已經把它打造成更美好的地方。」黎莎說。「窪地人都知道這一點。等你回到你的寶座，不管安吉爾斯下達什麼命令都不可能奪走它，如果他們膽敢嘗試的話。」

「對，或許。」湯姆士說。「如果我比對克拉西亞人開戰更想與我哥哥打仗。但是總要有人力攬狂瀾。如果克拉西亞人奪下雷克頓，他們遲早都會吞併所有分界河以南的領地。除了我之外，有誰能擔此重任？妳那個寶貴的亞倫・貝爾斯已經走了。」

這話語氣苦澀，但是黎莎刻意忽略。「那就帶我一起去。」

「別傻了。」湯姆士說。「我們要深入敵境好幾個禮拜的旅程，妳已經懷孕五個月了。」

「我有辦法對抗一群地心魔物殺手，」黎莎說。「你以爲我應付不了克拉西亞人？」

「克拉西亞人在白晝作戰，」湯姆士提醒她。「光天化日之下，霍拉能在矛和箭前保護你的孩子嗎？」

黎莎知道他說的沒錯，但是感覺還是很不好受。「他們只是在利用你。阿瑞安和林白克，兩個都是。你是他們政治遊戲中的棋子。」

「那妳又是在幹嘛，黎莎？」湯姆士問。「妳從和我上床開始就知道事情會走到什麼地步。妳利用我來掩飾妳的愚行。」

「我知道，」黎莎說。「我很抱歉……」

湯姆士打斷她。「如今我必須選擇。娶妳爲妻，等著淪爲笑柄，或是拋棄我這輩子唯一愛過的女人。」

他推開她。「或許我死了比較乾脆。」

他轉身離去，把感覺像是心被挖出來的她獨自留在花園裡。

黎莎原地站了一會兒，被震驚和痛苦的情緒弄得動彈不得。但是只僵了一會兒。接著她撩起裙襬，踢掉鞋子。

「湯姆士！」她大叫，不顧形象跑去追他。事情不能這樣收尾。她不允許。她已經快要達到目的了。他已經落入她的懷中。他進入她的體內。如果他們一定要分別，她要吻別，還要讓湯姆士知道她愛他。

湯姆士必定走得很急，或是從其他路離開花園。她跑到皇宮入口，但是走廊上沒有他的身影。她迅速跑過那些公爵雕像，前往他的房間。他必須回到那裡才能準備出發。

前方有點動靜，發自她和湯姆士做愛時藏身的壁龕。湯姆士躲在那裡等她嗎？還是跑到暗處發洩他的情緒？

但有些東西不該待在暗處發洩。有些東西需要光明。黎莎從腰間的絨布霍拉袋中拿出一顆魔印石，移動手指啓動魔印，如同陽光驅趕黑暗般以閃亮的魔印光照亮壁龕。

但是躲在裡面的並非湯姆士。羅蘭公主和沙曼特領主以和他們幾乎一模一樣的姿勢在裡面偷情。領主在對突如其來的光線產生反應前又順勢多插了公主兩下，這才跌跌撞撞地退開，試圖拉起垂在膝蓋附近的褲子。

黎莎滿臉通紅，壓低魔印光，偏開雙眼。「很抱歉，我把你們誤認成其他人。」

「不管抱不抱歉，妳都看到我們了。」羅蘭沒有沙曼特那麼尷尬，站起身後禮服自然就垂回原位。她神色不善地逼近黎莎。「問題在於我們該怎麼處理此事？」

「妳還沒和林白克訂婚。沒人曾期待妳為一個有婦之夫守貞。」黎莎看向已經穿好衣服的沙曼特。

「我聽說歐可逼妳離婚，但妳丈夫並非沙曼特領主。」

「沙曼特是我朋友。」領主說。「同意我在前往南方的旅程中借用他的名字。安吉爾斯人都不知道我們兩個的長相。」他伸手，牽起羅蘭的手。「不管是否離婚，我都不能讓我妻子獨自深入險境。」

「我父親可以撕掉一張紙，但他不能逼我們收回婚誓。」羅蘭說。「為了政局所需，我會嫁給林白克，但他永遠不會是我丈夫。」她看向沙曼特。「就算我丈夫得償所望，在前往雷克頓的愚蠢任務中喪命也一樣。」

「我非去不可。」沙曼特說。「如果我們成功解放雷克頓，或許妳就不用嫁給林白克了。如果失敗，我寧願死也不要看到事情走到那個地步。」

羅蘭看向黎莎，臉上極不信任。「我不認為妳能理解，女士。妳會告訴老公爵夫人嗎？」

黎莎伸出雙手，忽略公主驚訝的表情，上前擁抱她。「我比妳想像中更能理解。除非妳嫁給林白克，不然我以藥草師的名聲發誓，絕對不會吐露此事。」她看向沙曼特。「如果事情走到那個地步，你要回密爾恩，直到他們產下子嗣，一切成為定局為止。」

沙曼特咬牙切齒，不過還是點頭。

「那之後，」黎莎說，「你們要怎麼做就與我無關了。」

她轉身離開他們，回到舞會去確認湯姆士沒有回去。在沒穿鞋的情況下，所有人似乎都變高了，但是她已經不想繼續跳舞。她讓汪妲和她一起回房。

她坐在書桌前，拿出一張在她父親店裡做的花壓紙來。她的紙差不多都用完了，而她八成再也抽不出空去做更多紙。

但是特別的紙最大的用途不就是要把不能親口說出的話告訴你所深愛的人嗎？

她懷著痛苦的心情一路寫到深夜，然後派汪妲確保伯爵離開之前一定要看完信。

ઈ

加爾德應該要在和每個女人跳完舞後都和她們聊一會兒，但他每首歌之間都會請羅傑過來聊天，避免和女人獨處。每一次他都毫不留情地帶著與他說話的年輕女子晃回羅塞兒身邊。沒過多久漆器匠的女兒就被一群聯手想要孤立她的女人給圍了起來。

「商人的女兒懂得怎麼治理男爵領地？」卡琳問。

羅塞兒微笑。「拜託，女士。請告訴我們。比方說，妳父親讓河橋鎮積欠龐大的債務，弄到必須把過橋費加倍的地步。願意過橋的商人就得把成本轉嫁到客戶身上，強迫我父親這種人支付更多成本取得原料，而這些成本最後又反應在平民身上。這個問題妳要如何解決？」

「那些是留給男人處理的問題。」丁妮在卡琳無法立刻回答時說。「正如詩人尼可爾・葛雷史東所說：

『造物主在男人和女人身上見證

兩條靈魂和諧共存

日常的勞動交由男人
提供美麗的妻子食物與生活用品
小孩和家園是她的領域；
如此婚姻得以維持平衡。』」

「那是馬庫斯．艾爾卓德的詩，不是葛雷史東。」羅塞兒在加爾德目光轉向她們時說。「還是教會的拙劣譯文。魯斯肯原文是這麼寫的：

『造物主在男人和女人身上見證
兩條靈魂分工合作
日常勞動
爲丈夫和妻子提供居住和生活用品
在家中留下強壯的後代
不必獨自面對麻煩。』」

她看向加爾德，朝他眨了眨眼。「這不是我最愛的艾爾卓德作品。他年輕時寫的詩比較好：

『一個雷克頓男子心煩意亂，
因爲他深愛的女人渾身是刺，
沒有人受得了她，
沒有人上得了她，
於是他用石惡魔的塞子塞住她。』」

加爾德哈哈大笑，當晚剩下的時間就是這樣度過，惡意中傷越來越多，但羅塞兒應付得宜——還不斷吸引加爾德的注意。

伐木工壯漢雙手微微顫抖，在後台告訴阿瑞安他挑選愛蜜莉雅・拉奎爾作爲單身漢舞會的舞會皇后。

阿瑞安雙手扠腰。「你以爲我會吃驚嗎？你一整個晚上都盯著那個女孩看。」

加爾德看著自己的腳。「我知道她不是妳的首選……」

「你知道的沒有想像中多，」阿瑞安說。「而我們都很清楚你能想像的本來就不多。那些領主會大發雷霆，會一直把卡琳和丁妮往你身上推，還承諾一大堆財富和美麗的侍女，但那兩個女孩都沒有辦法應付你或窪地。我兒子會在你背後說閒話，不過他們不會反對這門婚事，而且不管他們自認有多了解羅塞兒，愛蜜利雅的價值都高出他們十倍。」

加爾德訝異地看著老公爵夫人。「你以爲我不知道？」阿瑞安問。「潔莎幫我做事。如果沒有經過我認可，她絕不會讓你見到那個女孩。」

加爾德鬆垮的臉上慢慢揚起一個大微笑。阿瑞安在笑容吞噬他的臉前伸手打斷他。「你要好好對待那個女孩，加爾德・卡特，也要好好對待伐木窪地。我要你發誓。」

「我以太陽之名發誓。」加爾德熱切地說。

阿瑞安點頭。「還有不要變胖。男人最糟糕的就是變胖。沒有人會尊敬王座上的胖子，一旦你失去了他人的尊敬，就只是霸佔著一個位子。」

當加爾德加冕羅塞兒爲舞會皇后時，沒有幾個觀眾看起來高興，不過他們也都和阿瑞安一樣毫不驚訝。羅傑爲他們的最後一支舞演奏了一首歡樂的旋律，貴族們退下去舔他們的傷口，開始計畫改變加爾德的心意。

好像他們有可能成功一樣。舞會結束，轉移到交誼廳去繼續宴會，這對年輕的愛侶還是密不可分。

阿曼娃對他們搖頭。「妳覺得他不該娶希莎？」羅傑問。

「從這些新娘候選人的素質來看，他沒有多少選擇。」阿曼娃說。

「聽起來幾乎等於是認同了。」羅傑說。

「應該要讓我父親幫他挑選新娘的。」阿曼娃說。

羅傑微笑。「他的眼光我沒什麼好抱怨的。」

當他們離開宴會，前往羅傑寢室時，他已經有點醉了。大廳裡到處都是走向魔印馬車的與宴人士，所以羅傑帶他們前往後面的一道樓梯，穿越樓下抵達賓客側翼，然後再走向他們位於四樓的房間。

羅傑難得覺得充滿希望。婚禮會在加爾德安排妥當後立刻舉行，他們很快就會回到他們該在的窪地。坎黛兒步伐雀躍，因爲她從未在這種盛大的場合演出。她在絲質舞會禮服中旋轉不休，甩動鮮艷的色彩，笑個不停。

克里弗領頭下樓，即使在公爵的堡壘裡，他還是像在黑夜中般步步爲營。但當他抵達樓梯平台時，突然聽到「咚！」的一聲，肩膀隨即中了一支曲柄弓矢。

一切彷彿都在同時發生。兩個身穿綠金相間的宮廷守衛服的男人衝下樓梯，用力把坎黛兒和希克娃推向羅傑和阿曼娃。他們摔下樓梯，羅傑在最後一級台階上摔裂下巴，隨即讓摔在他身上的人壓得喘不過氣。

克里弗朝射箭之人的方向拋出長矛。黑暗中傳來一下悶哼，緊接著又是另一聲「咚！」克里弗及時舉起盾牌，但是薄薄的魔印金屬是設計用來抵擋地心魔物，不是曲柄弓的。弓矢貫穿盾牌，從觀察兵後頸破體而出。

克里弗轉向最接近阿曼娃的守衛，伸手到袍子裡拿出一支三角飛刀。他揚起手臂，彷彿打算忽略身上的致命傷，繼續保護他的女主人，但接著他跪倒在地，被喉嚨裡的血嗆到。

他們掙扎起身，但是皇宮守衛自四面八方趕來，拿著光滑的短棒。羅傑在一名守衛動手攻擊時抖出袖子裡的飛刀。他擲出一支飛刀，不過由於喝醉酒的關係，飛刀射偏了。他緊緊握住另一支飛刀，不願意拋出自己僅存的武器。

他避開第一根短棒。然後又避開第二根。在守衛有機會揮出第三棒時，羅傑已經欺身而上，一刀插入對方的身側。

可惜效果不大。這把飛刀很小，利於拋擲和藏匿。守衛似乎沒怎麼受傷，只是被這一刀激怒，反手在羅傑臉上打了一棒，打得他癱倒在地。坎黛兒撲上去擋在兩人之間，但是守衛對準她肚子狠狠一腳，踢得她倒向後方，剛好踩到羅傑的臉。

羅傑想要舉起飛刀，但守衛用力踏住他的手腕，飛刀在劇痛中脫手落地。對方用短棒戳他肚子，當他反射性地捧腹，下一棒就打在他的胯下。他慘叫，不過叫聲在兩顆牙齒被打掉時戛然而止。

羅傑震驚地向後摔倒，看著阿曼娃和希克娃被人從後面用短棍架頸。每當她們掙扎，守衛就會扯緊短棒，令她們喘不過氣。那些男人在力量和重量上都佔有優勢，每一個都比兩個女人加起來還重。一名曲柄弓手躺在走廊另一頭，胸口插著克里弗的長矛。坎黛兒被另一名守衛壓制。已經擊發的曲柄弓掛在他肩膀上，而他雙手壓住她的手腕，膝蓋壓住她的大腿，避免她踢他。

一陣掌聲傳來，傑辛．黃金嗓步出陰影，身後跟著艾伯倫和莎莉。

「黃金嗓？」羅傑嘶聲道。

「喔，現在不是無歌了？」傑辛問。「現在表示敬意已經太遲了，半掌。」

「黃金喪，我說。」羅傑試圖朝他吐口水，不過他的嘴唇腫得很大。血和唾液混合的黏液順著他的下巴流下。儘管如此，這個動作還是讓他臉上又挨了一棒。

「你這個小村落的狗屎，你以爲你可以大搖大擺跑到我的城市裡來羞辱我？」傑辛問。「你以爲可以造謠生事，威脅我的職務，還以爲我不會反擊？你該知道沒有這麼好的事。」

「想找人合謀一點都不難。」傑辛朝阿曼娃和希克娃點頭。「今晚我會變得非常有錢。你絕對想不到有多少領主願意花大錢弄一對克拉西亞公主回去當人質。當我提出男爵的舞會皇后只是個皇室妓女時，他們出的錢就又更多了。」

希克娃伸手去拔矛，但是箝制她的人扯緊短棒。「最好不要亂動，不然我就讓妳好看，女孩。」

「別讓她好看，」傑辛說。「不要在這裡。我們必須了結此事，然後離開。」

「他們殺了安德斯。」壓住坎黛兒的守衛說。「我要他們血債血還。」

「他清楚風險。」傑辛說。「不過想報仇的話，你可以打死羅傑和那個女孩。」

「喔，好吧。」守衛獰笑，伸手去拔腰帶上的短棒。

「不！」羅傑試圖滾開，但是站在他身前的守衛以鞋跟踏住羅傑的手腕，短棒反覆擊打他的肚子、睪丸和頭部。光線如同酒醉的舞者般在他眼前旋轉。

視線恢復後，他看向阿曼娃。「我很抱歉。」他的聲音含糊不清。

阿曼娃冷冷回應他的目光。「鬧夠了。希克娃。」

希克娃雙腳一蹬，狠狠踢中位於她肩膀後方的守衛臉頰。她雙手交叉，扣緊對方手腕，隨即矮身向前，順勢抛出守衛，撞上對面的牆壁，奪走對方的短棒。她毫不遲疑，抛出短棒，擊中站在羅傑身前的守衛腦袋，他當場倒地。

阿曼娃手指精準地插入抓她的人的肩膀。守衛手臂痠軟，她隨即抓起另一條手臂扯直，順勢一扭，將守衛壓到台階上，腳掌踏住他的喉嚨。

希克娃已經開跑，衝向箝制坎黛兒的男人。他起身面對她，但她閃過他的雙臂，飛身而起，一腳勾住他的脖子。她憑空轉身，利用落地的力量扭斷他的脖子。

傑辛毫不遲疑，拔出一支匕首，撲向羅傑。被希克娃擊倒的守衛開始起身，艾伯倫和莎莉也拔出木棒，直衝而來。

希克娃手掌一翻，克里弗善用的三角飛刀插入傑辛持刀的手掌。他抛下武器，在希克娃接近而來時大叫。

羅傑認為接下來的情況應該算是打鬥，不過對於如此一面倒的戰況似乎不該以打鬥稱呼。希克娃不打鬥。她只負責殺戮。

莎莉揮動短棒，但希克娃抓起她的手腕，欺近身去，將衝勢化為肘擊，擊碎莎莉的咽喉。她把高大女人的身體拋向傑辛，如同舞者般踏步對付戴面具的守衛。守衛揮拳進攻，她轉出這一拳的攻擊範圍，反身以手肘擊中對方脊椎，發出骨碎聲響。他倒地前就已經死了。

艾伯倫決定求生，轉身逃離現場，但希克娃丟出一根短棒，擊中他的大腿。短棒似乎只是擦過他的皮膚，但是他的腳還是向下一沉，跪倒在地。她跳過他的身上，抓起他的腦袋，一個筋斗扭斷他的脖子。

一切就這樣在轉眼間結束了。

傑辛奮力想從莎莉的屍體下爬出來。她的臉本來就像木惡魔，如今更是陰森恐怖。

羅傑撿起傑辛掉的匕首，慢慢站起身來。阿曼娃跪在克里弗身前，凝望著死氣沉沉的雙眼。「帶著榮譽踏上孤獨之道，沙羅姆。艾弗倫在天堂準備好獎勵等你。」

羅傑喉嚨緊繃。他和克里弗曾在夜裡並肩作戰。他對這種事情並沒有克拉西亞人那麼浪漫的想法，不過無可否認，戰鬥可以加深男人之間的情感。

這下他死了，只因羅傑沒膽殺死傑辛。又是一個該刻上金牌的名字。他的金牌上能刻多少名字？

「不會再有了。」羅傑說。他從來沒有殺過惡魔以外的東西，也一直懷疑自己有沒有膽量這麼做。但此刻他毫不遲疑，也不想再多說什麼。匕首如同插入白煮蛋般插入傑辛的眼珠，黃金嗓的屍體在他扭轉匕首時抽動最後一下。

眞正的皇宮守衛就在此時發現他們。

第二十三章 宗教審判 333AR 冬

門鎖上傳來嘎啦聲響，羅傑立刻神色警覺。這扇門是厚重的金木所製，邊緣鑲有精鋼。門上沒有窗戶或窺視孔，只有門底下一扇剛好可以塞入餐盤的小門。無法得知門外的是什麼人。

但是說實話，是誰都無所謂。羅傑已經毫無鬥志了。皇宮守衛因為同僚死亡而情緒激動，逼他招認的時候毫不留情。是詹森要他們刑求的，畢竟，總管為了外甥的死而大發雷霆。

他們一直打到他幾乎失去意識才終於住手，而他也就心懷感激地昏了過去，然後在這裡醒來。

透過窗口看了一眼，他立刻知道自己身在何處。南塔。

安吉爾斯大教堂是大回歸前興建的，共有四座石塔，每一座都對應羅盤上的一個方位。最北的石塔上有大鐘，鐘聲能夠傳出數哩之遙。其他三座塔數百年來都是用以囚禁異教徒或政治犯的牢房。權勢滔天——或是貴族——不能直接處死的男女；但又太危險——或是有危險——不能關在普通牢房裡。

羅傑聽過這些石塔那些有名的故事，其中不少他自己都宣傳過，但是從未想過自己有一天會淪落到這裡來。

羅傑在門打開時坐起身來。透過腫得只剩一條縫的雙眼，他看見黎莎，於是鬆了口氣，癱回身後的床上。

「羅傑！」黎莎叫道，在門關上時衝到他身前。她雙掌捧著他的臉，神色嚴肅地檢查他的傷勢。羅傑在她拉開繃帶、檢查斷骨和滲血時哀聲慘叫。

「天殺的野蠻人。」黎莎喃喃說道，站起身來。她走到窗口，拉上沉重的窗簾，然後回到他身邊。

「妳在奏什麼？」羅傑透過腫大的嘴唇問道，她則忽略圍裙裡的藥草，伸手去拿魔印工具。

「不要動。」黎莎說，拿出一支細刷子和一罐墨汁。「我們時間不多，而我答應阿曼娃先治好你再來談。」

「治好？」羅傑問。或是嘗試治好。他的臉拒絕以恰當的方式讓他好好說話。

黎莎沒有回應，毫不扭捏地脫掉他的衣服，在他皮膚上繪印。羅傑在她伸手到霍拉袋裡拿出惡魔骨時抖了一抖，不過因爲實在太痛了，所以他沒有抗議。

魔印在黎莎把骨頭放到上面時開始加溫，發出柔和的光芒，透過皮膚引發一陣刺痛，深入肌肉和骨頭，止痛消腫。他的視線清晰了，嘴唇也縮回類似正常的大小。他嘴裡又有空間了，舌頭本能地舔了舔被短棒打掉牙齒所留下的縫隙。疲憊感一掃而空，他覺得身強體壯，警覺性提高。

他握緊拳頭，力量在體內流竄。之前看起來絕對逃不出去的牢門如今似乎也不怎麼堅固。他可以直接打爛牢門，然後一路打出大教堂。消失在街道上。想辦法離開安吉爾斯。

但接著惡魔骨在黎莎手裡粉碎，魔力引發的瘋狂感也離體而去。

「黑夜呀，」他說著穿回自己的衣服。「不難了解大家爲什麼會對這種力量上癮。」

「我沒辦法處理脫落的牙齒。」黎莎說。「我們可以做假牙。瓷牙可以染色配合你的牙齒，或是你喜歡的話，也可以染成更鮮艷的顏色。」

羅傑搖頭。「七彩服最讓我滿意的部分就在於可以脫掉。」

黎莎點頭，伸手到包包裡拿出他最想看到的東西。他的小提琴盒。「阿曼娃讓我把這個給你……打發時間。」

羅傑立刻打開琴盒，看到魔印肥托躺在絨布格子裡時鬆了一大口氣。他刻意把琴盒放在兩人之間的床上。阿曼娃可以聽見他們的交談，雖然無法加入談話。

「羅傑，怎麼回事？」黎莎問。

「我是大笨蛋。」羅傑說。「我以為在皇宮裡不會有危險。我以為我可以搔傑辛的鼻子、破壞他的名聲而不必付出代價。」他垂頭喪氣。「一切都是我的錯。」

「別傻了。」黎莎說。「事情不是你起頭的。」

「是我起頭的。」羅傑說。「整件事情都是從我毆打傑辛鼻子開始的。」

「我媽以前也打過我的鼻子一次。」黎莎說。「我可沒有想過要殺了她還有所有站在我們之間的人。」

「我不是要為傑辛開脫，」羅傑說。「那個地心之子罪有應得。問題在於我知道他是什麼貨色，偏偏還要喚醒他體內的惡魔。結果就害死了傑卡伯和克里弗。」

黎莎從圍裙裡拿出一支懷錶看時間。「他們只給我一個小時，羅傑，現在只剩下幾分鐘了。你有很多獨處時間可以用來思考這些哲學問題，但現在我要知道昨晚的所有細節。」

羅傑點頭。「傑辛跑來殺我。他必定賄賂了一些皇宮守衛幫忙。他說有個領主要付錢購買阿曼娃和希克娃。」

「有說是誰嗎？」黎莎問。

羅傑搖頭。「我當時沒有立場提問。」

「繼續。」黎莎說。

「他們一定料到我們回房間時會避開大廳，」羅傑說。「他們在下層走廊埋伏我們。他們射殺克里弗，但是他抵抗到最後，幾乎殺光所有人。他把傑辛留給我。」

他刻意不把細節交代清楚，完全不提希克娃的事情。他依然不知道該如何看待希克娃的身手。他溫柔婉約的希克娃在他面前變成了恐怖的殺手。但不管她做過什麼，她都是他的妻子，他不會背叛她。

「所以是自衛。」黎莎說。

「當然是天殺的自衛。」羅傑大聲道。

「詹森總管不是這麼說的。」黎莎說。「他說他幾天前看到你對傑辛拔刀。」

羅傑低頭。「這個，是有……但那是因爲他攻擊我。」

「他攻擊你，但你都沒說？」黎莎問。

「妳會在每次被人推一把的時候就跑去找人求助嗎？」羅傑問。「還是妳會更用力推回去？」

「我盡量讓自己不要去推任何人。」黎莎說。

「去對英內薇拉說。」羅傑說，接著滿意地看著黎莎張口結舌。

「好啦，那個現在已經無所謂了。」黎莎在恢復正常後說。「詹森宣稱是你主動攻擊傑辛。」

「帶著我妻子和坎黛兒一起去？」羅傑難以置信地問道。

黎莎聳肩。「有可能只是一言不和就打起來。而當守衛試圖阻止時……」

「我們就連守衛一起殺光？」羅傑問。「這聽起來有一點點合理嗎？」

「不管合不合理，傑辛死了，而你又拿著匕首站在他面前。」黎莎說。

「去找喬爾斯。」羅傑說。「吟遊詩人公會會長。我幾個月前就告訴過他傑辛殺了傑卡伯，還害我淪落到診所裡。」

黎莎點頭。「我會，但是我們可以信任他嗎？詹森總管似乎打點好所有人。」

「問他的時候讓加爾德到場。」羅傑說。「他當時也在場。」

「加爾德知道?!」黎莎大聲道。「而你過了幾個月才告訴我？」

羅傑冷冷看她。「會長問我去年失蹤的事情時，加爾德剛好在場。當時他不知道我們在講什麼，不過喬爾斯八成不知道這一點。我猜只要他以爲加爾德可以揭穿他的謊言，他就沒有膽子說謊。」

「就算他把事情全盤托出，也只會強化你的動機。」黎莎說。

「我早就有動機了。」羅傑說。「這樣做也會讓傑辛有殺我的動機。」他雙手抱住膝蓋，拉到胸口。「我的女人怎麼樣？」

「阿曼娃和坎黛兒在審判前都在家軟禁。」黎莎說。「我派伐木工和皇宮守衛一起守門。她們不滿意，不過很安全。」

羅傑吞嚥口水，注意到她沒提到希克娃。「希克娃呢？」

「希克娃，」黎莎小聲說。「失蹤了。」

❦

走到彷彿沒有盡頭的階梯底下時，黎莎的腳已經很痛了。她因爲懷孕的關係越來越常失眠，夜裡小腿抽筋讓她日間行走時隱隱作痛。

但她對大教堂的石塔並不陌生，離開南塔之後，她沿著走廊繞道東塔，然後再度開始爬梯。

羅傑面臨的麻煩比他想像中嚴重。阿瑞安必須親自動用關係，要比瑟牧者出面干涉，安撫怒不可抑的詹森，讓牧師把失去意識的羅傑抬回安全的大教堂裡。

儘管在審判前都很安全，但是此事牽扯到太多死者，他不可能全身而退。希克娃呢？希克娃上哪兒去了？守衛宣稱案發之後就沒人見過她了。她是不是被傑辛提到的領主抓走了？就連解放者的外甥女淪爲人質也足以引發一場他們還沒準備好的戰爭。

這個想法讓她的心思不必專注在爬樓梯上，最後她在塔頂找到了一間和羅傑的牢房很像的牢房。守衛朝她點頭，打開牢門。他們已經習慣她來探監了。

「約拿。」黎莎在對方自書本上抬起頭來時說。教會命令他在等候判決期間抄寫卡農經。

「黎莎！」約拿說著立刻起身，走到她面前。「造物主祝福妳。妳還好嗎？妳看起來很疲倦。」他走到牢房中唯一的椅子前，移開擺在上面的幾本書，然後拉過來給她坐。「我可以幫妳倒杯水嗎？」

黎莎搖頭，微笑說道：「很容易忘記你是囚犯。」

約拿無所謂地揮了揮手。「我在伐木窪地裡的輔祭臥室都比這裡小。我有書，還有卡農經。薇卡和妳都會來看我。我還有什麼好要求的？」

「自由。」黎莎說。

約拿聳肩。「如果是造物主的旨意，我會重獲自由的。」

「妳要擔心的不是造物主的旨意。」黎莎說。「是林白克的。」

牧師再度聳肩。「我一開始還會擔心。他們審問了我好幾個禮拜，不讓我好好睡覺，也沒有書籍和任何東西可以打發時間。」

「但是現在，」他神色愛憐地拍拍一本書的皮革封面。「我心靈平靜。教會已經相信我不知道任何能夠用以對付魔印人的情報，而如今公爵領地中起碼有半數人民在傳播我的異教邪說。他們遲早會厭倦囚禁我的。」

「特別在亞倫離開後。」黎莎說。

「他沒有離開。」約拿說。

「這你不可能知道。」黎莎說。「你又不在窪地。」

「我有信仰。」約拿說。「我很驚訝在妳經歷過那些風浪後竟然還會沒有。」

「如果造物主一切都安排好了，那他的計畫對我並不寬厚。」黎莎說。

「我們都要面對我們的考驗，」約拿說。「但是回首從前，妳會改變什麼？妳會嫁給加爾德，過著平凡的生活嗎？待在安吉爾斯，任由流感摧毀窪地？在沙漠惡魔對妳示好時吐他口水？」

黎莎搖頭。「當然不會。」

「妳會希望肚子裡沒懷那個孩子嗎？」

黎莎伸手摸著肚子，堅定面對他的目光。「絕不。」

「那個，」約拿指著她。「那是信仰。妳不能像藥草一樣測量它。妳不能在書中加以分類，或用化學藥劑測試它。但信仰確實存在，比任何古世界科學都來得強大。只有造物主能夠看見未來的道路。祂依照祂的意念創造我們，依照世界的需求，讓我們成為今天的模樣。但是我們可以透過過去的經驗預測未來。」

「公爵派湯姆士前往雷克頓。」黎莎聲音顫抖地說。

「為什麼？」約拿問。

「避免一場戰爭。」黎莎啜泣。「或是展開一場戰爭。只有造物主知道。」

約拿輕搭她肩膀。「我只有在他和裁判官把我送來這裡時見過他一面。但我和妳很熟，黎莎。妳不會輕易交出妳的心。他一定是個好男人。」

黎莎很想吐。約拿或許是她認識最久也最親密的朋友，但她有祕密沒告訴他。

「最近我比較容易交出我的心。」她說。「我被亞倫迷得神魂顛倒，又被阿曼恩徹底擄獲，但是湯姆士……」她擁抱自己。「湯姆士是我唯一愛過的男人。而我背叛了他。他離開了，或許是邁向死亡，而我的手術刀還插在他的心臟裡。這怎麼可能會是造物主計畫中的一部分？」

約拿身手摟她，她靠在他身上哭泣。

「我不知道。」他撫摸她的秀髮說。「但是當一切結束之後，妳就會了解。就像太陽會昇起一樣明確。」

皇宮的馬車道和大台階白天人潮不斷、到處都有人在聊天談正事。但當黎莎走出馬車時，所有朝臣和僕役全都安靜下來，轉頭看她。

「告訴我這是出於我的想像。」黎莎說。

「不是。」汪妲說著掃視人群，尋找威脅的跡象。「妳在牧師塔裡的時候，我在庭院裡打探消息。昨晚謠言滿天飛。此刻城內有一半的人都擠在皇宮裡。」

汪妲揮一揮手，四個女伐木工走到他們身旁，監視四面八方。她們毫不受阻地爬上台階，通過宮門，進入大廳。

大廳裡的情況也沒有好到哪裡去。皇宮僕役比較專業，但就連他們也盯著黎莎及其隨從走出他們的視線範圍。

「謠言是怎麼傳的？」黎莎問。

汪妲聳肩。「大部分都是潭普草故事，不過重點都沒說錯——窪地小提琴巫師殺了公爵的傳令使者。不同之處大部分都是編造出來的。」

「編造？」黎莎問。

「城裡的人分成兩派，就與窪地和其他地方一樣。」汪妲說。「平民百姓認為貝爾斯先生是解放者，有權有勢的人則把他視為麻煩。」

「那和羅傑有什麼關係？」黎莎問，雖然答案不難猜。她們走過居住區，離開大部分人的視線範圍，但汪妲還是沒有遣走守衛。黎莎認為如果交由她這個年輕保鏢決定的話，她大概永遠沒有機會獨處了。

「妳和羅傑幫助他拯救窪地，」汪妲說。「魔印女巫和小提琴巫師。人們認為解放者不在的時候，你們就是他的代言人。就連大教堂裡也有人說既然羅傑殺了傑辛，那一定是造物主認為傑辛該死。」

「太荒謬了。」黎莎說。

「對，或許。」汪妲說，雖然她語氣沒有那麼肯定。「但是不論眞假，如果羅傑出了什麼事，人民不會坐視不管。情況很容易就會失控。」

「如果羅傑出了什麼事，」黎莎說。「我大概也會控制不了自己。」

「說的沒錯。」汪妲在他們轉過一個轉角，看見一群男人聚集在羅傑及其妻子居住的房門外時說道。四個皇宮守衛伸長脖子，試圖瞪退加爾德派來守在對面牆壁前的四個伐木工。

眾人在黎莎走近時讓道，汪妲上前敲門。

片刻過後，坎黛兒前來應門。「感謝造物主！」她跨向一旁，讓汪妲和黎莎進入，她們的守衛與走廊上那些人留在門外。

坎黛兒立刻關門，拉上門栓。「妳見到羅傑了嗎？」

「有。」黎莎說。

「我們丈夫還好嗎？」阿曼娃出現在通往她私人臥房的門口問道。年輕的達馬丁似乎一如往常般輕鬆冷靜，儘管黎莎認為她肯定不輕鬆冷靜。

黎莎點頭。「他當然已經告訴妳了。」

「當然。」阿曼娃點頭。「不過男人往往為了不讓妻子擔心而隱藏痛楚。」

黎莎微笑：「我認識的羅傑不是那種人。」

阿曼娃沒有眨眼。

「他被打得很慘。」黎莎說。「但妳的霍拉治好了他。現在他已經痊癒了，只是少了兩顆牙齒。」

阿曼娃輕輕點頭。「希克娃呢？」

黎莎嘆氣。「沒有消息。如果有人打算提出贖金，他們會先確保沒人找得到她。」

「我不能接受這種情況。」阿曼娃說。「他們甚至不允許我們離開房間去找她。」

「妳們是公爵宮殿謀殺案的人證。」黎莎說。「他們不可能就這麼放妳們出去。妳們能找的地方，阿瑞安的眼線都找過了。」

「我不信任她的青恩眼線。」阿曼娃說。「很可能就是他們綁架她的。」

黎莎目光瞄向阿曼娃腰際的霍拉袋。「我們可以私下談談嗎？」

「啊……」坎黛兒開口抗議，不過阿曼娃嘶吼一聲，讓她閉嘴，然後指向她的房間。

黎莎和她進房，發現所有窗戶都堵住了。就連門上都有沉重的布簾，當阿曼娃關上房門時，房內隨即一片漆黑。她一手反射性地伸向她的霍拉袋，另一手則拿出魔印眼鏡戴上。

但阿曼娃並不構成威脅。頭巾上的魔印硬幣在魔印視覺下發光，和她的靈氣融為一體。他們兩個都沒辦法像亞倫一樣解讀靈氣，不過在靈氣赤裸裸地呈現在對方眼前的情況下，想要說謊也不容易。

「妳要喝茶嗎？」阿曼娃問。

黎莎發現自己屏住呼吸。她點頭吐氣。「造物主呀，要。」

茶壺隱隱發光，因為其上的魔印能保持壺內熱、壺外冷。將如此強力的魔法用在這種微不足道的細節上，顯示達馬丁在使用霍拉魔法數百年後培養出來的一些特質。儘管黎莎已經掌握強大的魔法，還是無法理解達馬丁魔印的微妙之處。

「妳的骨骰是怎麼對妳說的？」黎莎喝一小口茶，感覺全身都放鬆下來。或許這算不上是微不足道的細節。

「阿拉蓋霍拉不會撒謊，女士。」阿曼娃邊說邊喝她自己的茶。「但也不會把我們想知道的一切全盤托出。我今天已經擲骰三次了。它們沒有揭示希克娃的命運，而我丈夫的命運還是……模糊不清。」她的靈氣沒有撒謊的跡象。

「模糊不清？」黎莎問。「什麼意思？」

「意思就是未來有太多分歧點了。」阿曼娃說。「有太多外來的變數作用。他不安全。這一點我可以肯定。」

「他被鎖在離地三百呎的高塔裡，而高塔位於全世界守衛最森嚴、魔印最強大的地方之一。」黎莎說。

「去！」阿曼娃說。「你們綠地人的防禦十分可悲。隨便一個克拉西亞觀察兵都能殺了他。他在這裡的敵人當然也辦得到。」

她搖頭。「我幾週前就該派克里弗殺那個黃金嗓，不管我丈夫怎麼說。」

「不要懷疑自己的決定。」黎莎說。「那樣做很可能也好不到哪裡去。妳不熟悉這裡的政治環境。」

阿曼娃聳肩。「血腥政治到哪裡都不會改變，女士。當有人試圖殺你但卻失敗了，你就要確保他們永遠沒有第二次機會。」

「現在要殺羅傑的是法庭了。」黎莎說。

阿曼娃點頭。「我認爲如果我們能夠回到妳的部族，判決的結果會比較偏向我們。」

這點黎莎沒什麼好爭辯的，但是阿曼娃的靈氣還透露了其他特質。不是欺騙，而是……「妳有事情沒告訴我。」

阿曼娃笑道：「當然！妳和其他綠地人比起來有什麼更值得我信任的？」

不知感恩的女巫。「我做過什麼事情讓妳不信任我，阿曼娃．娃．阿曼恩？」黎莎以克拉西亞語問道。「我一直對妳坦誠以對，妳有什麼理由這樣一直羞辱我？」

「妳坦誠嗎？」阿曼娃問。「妳肚子裡的孩子是誰？我弟弟，還是下任安吉爾斯公爵？」

黎莎好奇地看她。「妳的骨骰告訴妳林白克根本治不好。」她猜。

「妳如果檢查過他的種子，就會知道這個答案。」阿曼娃說。

「我檢查過了。」黎莎說。

阿曼娃的面紗掩飾了笑容，不過靈氣倒是一覽無遺。「妳親眼看過那個希莎採樣，還是相信她的說詞？」

黎莎大吃一驚，吐出口裡的茶。她立刻放下茶杯，站起身來。「容我告退。」

阿曼娃點頭允許她離開。「當然。」

ぴ

汪妲和女守衛幾乎要用跑的才能跟上黎莎穿越皇宮走廊的步伐。她先去自己房間拿了一個小藥瓶，然後前往公爵夫人的房間。

梅兒妮的一個侍女前來應門，請黎莎進入公爵夫人的私人房間。

「有什麼我能效勞的嗎，女士？」梅兒妮等兩人獨處後問道。表面上，她是全安吉爾斯最有權勢的女人，但實際上，她對黎莎就和對阿瑞安一樣唯命是從。

黎莎拿出魔印玻璃瓶。「我或許有辦法做出解藥，但我需要妳暗地幫我取得一點東西。」

ぴ

羅傑坐在牢房裡的桌子上。他把桌子拉到窗口，一邊欣賞城市景色，一邊拿小提琴演奏一首悲傷的曲調。

他不知道下面的人聽不聽得見他的音樂。他希望可以，因爲沒有觀眾的吟遊詩人算什麼？就算他看不到觀眾，也要讓觀眾聽出他的痛苦。

並不是說在月光下他還有別的事情可做。牧師沒有提供油燈，而讓他能在黑暗中視物的魔印面具又放在阿曼娃肯定在其中來回踱步的房間裡。

他無權要求蠟燭之類的東西。他要向誰要？沒有人再來看他，只有不知名的輔祭從門下塞餐盤進來，或是拿走他塞回去的空餐盤。食物都很簡單，不過夠營養。

窗戶很小——讓他可以把頭伸出去，但是肩膀會卡住。就算夠大也沒用，就算他有辦法擠出那個小洞，窗外除了空氣空無一物。四座高塔都足足有三百呎高。

但不管幹什麼都比瞪著囚室牆壁看要好，而窗外的景色眞的很美，全安吉爾斯都在他的腳下。他看著風惡魔掠過魔印網時引發的魔光，爲阿曼娃演奏音樂。

或許安吉爾斯人能夠聽見他的音樂，或許不能，但他知道阿曼娃在聽。他演奏出他對她的思念、他的哀傷，還有對希克娃的擔憂。他的驕傲和愛。他的希望和熱情。所有他想對著霍拉述說的情緒，但卻不知從何說起。

他的音樂向來能抒發他的心情。

「丈夫。」

琴弓自琴弦上滑開。羅傑一聲不吭，左顧右盼，不知道自己是不是聽錯了。難道阿曼娃想出辦法透過腮托傳話了嗎？

「哈、哈囉？」他試探性地輕聲問道。

一隻手突然出現，抓住窗沿，羅傑驚呼後退，摔下桌子。落地時他肺裡的空氣都噴了出來，但是多年訓練發生作用，他一落地立刻翻身，伏身在離窗口數呎外的位置。

希克娃透過小窗口看他。她戴著黑頭巾和白面紗，但是眼睛絕對不會認錯。「不要怕，丈夫。只是我。」

羅傑開始回想起事發當時的景象。希克娃打斷莎莉的喉嚨。希克娃擊碎守衛的脊椎。希克娃扭斷艾伯倫的脖子。

「妳向來都不『只』是妳，妻子。」羅傑說。「不過似乎還有很多我不知道的祕密。」

「你有理由生氣，丈夫。」希克娃說。「我有事情瞞著你，不過並非出於己願。達馬佳親自下令要我和我的長矛姊妹隱藏實力。」

「阿曼娃知道。」羅傑說。

「北地除了她之外沒人知道。」希克娃說。「我們是解放者的血脈。她是達馬之血。我是沙羅姆。」

「妳到底是什麼？」羅傑問。

「我是你的吉娃。」她說。「我懇求你，丈夫，就算你不相信我其他的話，也請你相信這一點。你是我的光和我的愛，如果伊弗佳沒有明令禁止的話，我會爲了我爲你帶來的羞辱自殺。」

「那可不夠。」羅傑說。「如果妳想再度得到我的信任，我就要知道一切。」

「當然，丈夫。」希克娃說。她似乎鬆了口氣，彷彿他輕易就饒過她。或許他確實是。她整個溫柔順從的形象都是裝出來的。誰知道她那種鬆了口氣的模樣不是裝的？

他心裡有一部分並不在乎。希克娃打從發下婚誓開始就對他忠心耿耿。就連殺人都是爲他而殺，而儘管發生了這種事情，羅傑還是不希望事情沒發生過。傑卡伯的靈魂終於得以安息，殺害他的凶手終於伏誅。

「我可以進來嗎？」希克娃問。「我保證會誠心誠意回答你所有問題。」

誠心誠意？羅傑心想。還是毫無誠意？兩種情況都有可能。

他懷疑地看著那個小窗戶。「妳要怎麼擠進來？」

希克娃的眼角上揚，面帶微笑，把頭探入窗內。她扭動身體，手冒出來，繞入囚室，掌心貼牆。羅傑在聽見啪的一聲時面露痛苦的表情，看著她的肩膀鑽入窗口。羅傑在吟遊詩人公會裡見過許多縮骨表演，但是沒見過這種的。她就像是鑽過一吋門縫的老鼠。

她不到幾秒就已經進屋，摔到地板上，隨即擺出伏倒的姿勢。她跪在地上，雙掌貼緊地板，額頭抵在陳舊的地毯上。她身穿絲質沙羅姆裝——燈籠褲、束帶袍，還有漆黑頭巾，和潔白的婚禮面紗形成強烈的對比。她沒戴手套、也沒穿鞋。

「夠了。」羅傑說。克拉西亞人或許很喜歡這種順從的表現，但這些行爲讓他很不自在，特別當這麼做的人有辦法用小拇指殺死他的時候。

希克娃向後坐在自己的腳跟上，面對他。她解開面紗，把頭巾往後推，露出她的頭髮。

羅傑走到窗口，探頭出去，看著陡峭的塔牆。沒有繩子、沒有攀爬用具。她難道是赤手空拳爬上來的？「阿曼娃派妳來救我？」

希克娃搖頭。「我可以救你出去，如果你下令的話，但是吉娃卡認爲你不希望這樣。我是來照顧你，不讓別人傷害你的。」

羅傑轉頭打量只有幾張家具的小房間。「如果有人進來的話，妳可沒有地方躲藏。」

希克娃微笑。「閉上眼睛兩口氣的時間。」

羅傑照做。當他睜開雙眼時，希克娃已經不見了。他環顧四周，甚至檢查床底，但是找不到她。

「妳在哪？」

「這裡。」她的聲音來自上方，但即時順著聲音看去，羅傑還是無法在屋梁上找到她。不過接著，凝神細看下，他發現有一團陰影微微蠕動，露出一點她的白面紗。

希克娃無聲落回地板上，落地時彷彿彈了一下。即使在這麼近的距離下，他還是失去了她的蹤跡，在屋內四下尋找，直到她的手從床底下冒出來抓住他腳踝為止。他驚呼一聲，跳了起來。

希克娃立刻放手，片刻過後出現在門口。她安安靜靜地站了一會兒，然後搖頭。「三層樓下有個守衛。他很懶散，不太可能會聽見我們說話，不過還是小心為上。」

這一次他神色讚歎地看著她爬下經歷數百年風霜侵蝕的塔牆，簡直和他爬梯一樣輕鬆。

「等我離開這裡，我們要重排整個表演節目，」羅傑說。「妳光唱歌太浪費了。」

他們深談到深夜，羅傑躺在床上，雙手交疊在頭下，凝視著希克娃藏身處的陰影。她說起當年被交給達馬佳處置，送往達馬丁宮殿深處的事情。還有緊接而來的殘酷訓練。

「妳一定很恨安奇度。」他說。

「一開始。」她說。「但是沙羅姆的人生並不寬容，丈夫。戰場上沒有第二次機會，就像表演的時候一樣。安奇度賜給我們生存的工具。我後來發現他所做的一切都是以愛為出發點。」

羅傑點頭。「我和艾利克大師也差不多。」他在妻子面前提起老師時向來都只提他光鮮亮麗、值得敬重的一面，但是此刻希克娃把自己的人生赤裸裸地呈現在他面前，於是他也以同樣的態度回應。他說起艾利克當年打算丟下他和他媽去死的事情。說他借酒澆愁以及隨之而來的暴行。他怎麼讓酗酒——和他的自大一再傷害他們的生活。

儘管如此，羅傑還是沒辦法讓自己痛恨艾利克，因爲他此生所做的最後一件事情就是跳出魔印，撲到一頭木惡魔身上，讓羅傑能夠活下去。

艾利克很懦弱、自私、心胸狹小，但他還是透過自己的方式愛著羅傑。

希克娃滔滔不絕，分享著從未與羅傑分享過的隱私，但是他還沒眞正測試她的眞誠。

「我們相遇的那天，」羅傑說。「妳沒有通過純潔測試……」

「你幫我說話，」希克娃說。「當時我就知道了。」

「知道什麼？」羅傑問。

「知道你和克拉西亞男人不同，」希克娃說。「知道當你看著我時，你不只有看到財產。」

「那天我並不認識你，丈夫。我沒見過你的臉，也沒聽過你的事蹟。我懂你的語言，但卻不了解你的處世之道，或你們族人的習俗。沒人要求我成爲你的妻子。我也不是自願的。我是被送給你的。」

「妳是個公主，不是奴隸……」羅傑開口，雖然他知道即使在北地，這種事情也不算多不尋常，特別是在宮廷裡。

「請見諒，丈夫。」希克娃說。「但我是達馬佳一手打造出來的。我是執行她意志的工具。如果她命令我嫁給你，那我該照做就是英內薇拉。」

「她為什麼要這麼做？」羅傑問。「為什麼挑妳？」這個問題很簡單，不過他知道接下來的問題將會考驗她對英內薇拉的忠誠，深入刺探她進入他的生活究竟有何意圖。

但希克娃毫不遲疑。「當然是為了保護阿曼娃。達馬佳希望在綠地人裡安插一個強大又忠誠的間諜，但她不能讓她的長女身陷險境。世界上沒有比安奇度更好的保鏢，但是有些地方不是男人，甚至閹人可以去的。不過我就可以隨時隨地跟在阿曼娃身邊。」

「那阿曼娃呢？」羅傑問。「她是達馬丁。她至少有權決定要不要嫁給我吧？」

上方傳來一陣絲綢摩擦的聲音，大概是希克娃在聳肩。「達馬佳的說法是提供她選擇，但是她的意思十分明確，不管是不是達馬丁，阿曼娃都和我一樣不能拒絕她。」

她笑道：「我知道你一直以為我們是好姊妹，但是那天以前，我們彼此看不順眼。」

「妳沒通過純潔測試時，她出賣了妳。」羅傑說。他停止片刻，等待回應，但希克娃沒有吭聲。

「我沒有要求做那個測試，」羅傑說。「正好相反，我說沒必要做，但是英內薇拉堅持。」

希克娃還是沒有反應。

「然後黎莎撒謊，為了避免妳蒙羞而說妳通過測試，結果阿曼娃還是出賣妳。」

沉默。

「她這麼做是因為看妳不順眼，」羅傑問，「還是在做戲？」

「達馬佳在我們見面前擲過骨骰。」希克娃承認。「她知道你會想要保護我。」

「太棒了。」羅傑說。「那場戲連我都騙過了。」他覺得他應該要生氣——甚至大發雷霆，但他沒力氣生氣。過去並不重要，阿曼娃和希克娃一開始都是英內薇拉的手下並非什麼出乎意料的事情。他需要知道的是她們現在的想法。

「他是誰？」他問。

「呃？」希克娃問。

「那個……和妳做過的男人，」羅傑說。其實他並不是很想知道，他曾和許多不値得一提的女人做過，根本沒有資格批評她。

「誰也不是。」希克娃說。「我的處女膜是在沙魯沙克訓練時弄破的。我對你不忠是騙你的。」

羅傑聳肩。「妳表現得一點也不像沒有經驗。」

她再度發笑，笑聲輕脆甜美。「達馬丁教過我們枕邊舞蹈的技巧，讓我的長矛姊妹和我都能成爲完美的新娘。」

枕邊舞蹈。光是聽到這個詞就讓他性慾大發。他改變話題。「阿曼娃爲什麼要下毒害黎莎？」

希克娃終於微顯遲疑。「毒是阿曼娃調配的，丈夫，但是在茶裡下毒的人是我。」

「那並沒有回答我的問題。」羅傑說。「妳們兩個都參與下毒。誰做什麼有何差別？」

「達馬佳爲了黎莎女士的影響力導致我舅舅創造出沙羅姆丁之事大發雷霆。」希克娃說。「克拉西亞的女人向來都在她的管轄範圍，而她不來爲她們擬訂了不同的命運。」

「妳們試圖暗殺我朋友，只因爲她說服賈迪爾賦予女人權利？」羅傑問。

「我在她的茶裡添加黑葉是因爲達馬佳命令我這麼做。」希克娃說。「個人而言，我很高興沙達馬卡做此決定。我的長矛姊妹因此得以見光，在黑夜中爭取榮耀。我很遺憾自己沒有辦法和她們一樣。」

「那點是可以改變的，」羅傑說。「祕密已經曝光了。等我們回到窪地，妳就可以……」

「請見諒，丈夫，但是祕密沒有曝光。」希克娃說。「除了你和我的姊妹，沒有人活下來宣傳此事。如果讓別人得知我的實力，就會大幅降低我保護你和吉娃卡的能力。」

「如果我以妳丈夫的身分命令妳停止掩飾呢？」羅傑問。

「那我會遵守命令。」希克娃說。「但我會把你當成笨蛋。」

羅傑哈哈大笑。「妳說妳能帶我離開這裡。怎麼做？」

「門很厚，不過只是木門。」希克娃說。「我可以打爛它，但需要時間，還會引來牧師。從窗戶出去，爬到下方樓層比較容易。你們青恩的聖徒不像達馬一樣是戰士。最簡單的方法就是殺死守衛，取得鑰匙。」

「我不要妳殺害任何人。」羅傑說。「除非我們有性命危險。」

「當然。」希克娃說。「吉娃卡知道你會這麼想。」

羅傑想起安安穩穩放在魔印小提琴箱裡的腮托。「她現在正聽我們說話嗎？」

「有。」希克娃說。「她可以透過我的項鍊聽見我說話。」

「她可以和妳交談嗎？」羅傑問。

「可以，」希克娃又說。「但那個霍拉是專門為我調校的。她不能和你說話。達馬丁此刻正在幫你製作耳環。她為了沒有早點這麼做向你道歉。暫時而言，我能代她發言。」

「她想說什麼？」羅傑問。

「她說很晚了，」希克娃說，「我們不知道明天會有什麼事。她請你趁天還沒亮趕快去睡。」

羅傑望著上方的陰影。「妳會在房梁上睡嗎？」

「我的睡眠需求和你不同，」希克娃說。「我會透過冥想恢復活力，同時注意外來威脅。閉上雙眼，我的愛，我會守護你的。」

羅傑依照她的要求去做，確實感到安全，但是他腦中有太多思緒流竄，根本無法入眠。「我不認為我睡得著。」

希克娃落地時幾乎沒有發出聲音。羅傑在她脫光衣服跳上床時微微一驚。

「吉娃卡命令我幫你入眠，丈夫。」她嬌聲道。

「妳所做的一切都是出於命令嗎？」羅傑問。

希克娃親他，儘管如今知道她有多堅強，她的嘴唇還是和之前一樣柔軟。「因為別人命令我做事，丈夫，並不表示我不願意。」她很有效率地脫掉他的七彩褲。「或是我不會從中獲得樂趣。」

黎莎轉動轉盤，調整她的鏡箔。

她立刻就看出樣本和之前不同。羅塞兒提供的樣本只有少數活著的種子。眼前的樣本種子很多，但是軟弱無力。

被下藥了。

她看向窗外。太陽才剛冒出頭來。阿瑞安起床了嗎？

此事太重要了，刻不容緩。她派遣信差傳信，老公爵夫人幾乎立刻派人回來傳喚她。

「妳確定？」阿瑞安在她抵達時問道。「這不是白女巫為了救丈夫而故弄玄虛？」老女人依然穿著晨袍，一件出奇陳舊樸素的袍子，不過絲毫不減其高雅的氣質，而她沒心情閒話家常。

黎莎點頭。「阿曼娃確實想救丈夫，公爵夫人，但她說的沒錯。這不是同一個男人的精液。除非梅兒妮不值得信任……」

阿瑞安揮手打斷她的話。「那個女孩不懂權謀鬥爭，欺瞞此事對她沒有半點好處。」

「那就是羅塞兒騙了我們。」黎莎說。「而我不認爲她是幕後主使人。」

阿瑞安點頭。「此事打從那個女孩還包尿布時就已經開始了。」她嘖了一聲。「可惜。當她以叛國罪被吊死時，妳的加爾德會很傷心的。」

「她或許只是一枚棋子。」黎莎小心地說。「或許我們可以展現寬容，只要她帶我們揭發眞正隱身在宮廷中的叛徒。」她心中已有懷疑人選了。

「妳認爲是潔莎幹的。」阿瑞安說。

黎莎聳肩。「或許。同謀。」

阿瑞安哼了一聲，站起身來。「派人去找白女巫在一小時內過來，然後在我客廳等我換上戰袍。」

一小時後，阿瑞安再度換上華服、戴好皇冠，凝視著阿曼娃。至少阿曼娃還知道要鞠躬鞠得比老公爵夫人深一點。

「妳知道是誰對我兒子下藥？」阿瑞安問。

阿曼娃輕輕點頭，面紗下的眼睛沒有透露任何情緒。「我知道。」

「不光是誰親手下藥，還包括是誰下令的？」阿瑞安問。

她再度輕輕點頭。阿瑞安等她說話，但她不再吭聲。兩個女人就這麼以足以列入皇室尊嚴教材範例的姿勢凝望彼此。

「妳要告訴我嗎？」阿瑞安終於問。

阿曼娃輕輕聳肩。「我丈夫獨自被關在高塔裡，只因爲他在妳家裡保護自己。我的妹妻失蹤了，而妳完全沒有派人去找尋她。坎黛兒和我被軟禁在我們房裡。告訴我，老公爵夫人，我有什麼理由幫妳？」

阿瑞安的手指開始在瓷杯邊緣輕敲，在茶面上掀起陣陣漣漪。「除了明顯的原因？我可以釋放妳丈夫。把安吉爾斯掀起來找希克娃。解除妳的軟禁。」

阿曼娃一邊攪拌茶，一邊輕輕搖頭。「請見諒，老公爵夫人，但是妳辦不到。我擲過骨骰了。妳在妳兒子的宮廷裡沒有足夠的權力辦到那些事情。妳權勢滔天，但卻是透過微妙的手段統治安吉爾斯，而我丈夫的事情鬧得太大，公爵不得不管。未來充滿分歧點，但所有命運都指出妳無法動搖他的決議。」

阿瑞安保持冷靜，但她的嘴唇因爲閉得太緊而幾乎要看不見。這個女人最討厭的事情之一就是有人提醒她自己的權力有極限。

「或許不行。」阿瑞安終於說。「會有公開審判——此事無可避免，但是不要這麼快就否決我的提議。我或許不能動搖兒子的決議，不過特赦依然是我能掌握的合法權力之一。就算林白克判處妳丈夫死刑，我還是能夠隨手一揮就赦免他，就算所有兒子加在一起也不能阻止我。」

阿曼娃凝視她很長一段時間。接著她轉向黎莎。「是眞的嗎？」

黎莎看向阿瑞安，然後看回阿曼娃。她聳肩。「我不是安吉爾斯律法的專家，不過這絕對是有可能的。」

「我可以拿出必要的文件證明這一點。」阿瑞安說。

阿曼娃搖頭，站起身來。「沒有必要。我擲骰確認。」

「可以的話，就在這裡擲。」阿瑞安說，不過聽起來比較像是命令，而非要求。「我想看看擲骰是怎麼回事。」

阿曼娃考慮片刻，然後點頭。她看了黎莎一眼，黎莎放下茶杯，走去拉上沉重的窗簾，阿曼娃則跪在厚地毯間的硬木板上，攤開她潔白無瑕的擲骰布。

黎莎迫於無奈，拖過地毯塞住門縫中的光線，沒多久屋內唯一的光線就是發自阿曼娃手中的阿拉蓋霍拉。黎莎和老公爵夫人全神貫注，但阿曼娃用克拉西亞語喃喃唸誦禱文，而她們都沒辦法透過面紗去讀她的唇語。

她拿出一個塞住的小瓶子——裡面大概是羅傑的血——少量灑上骨骰，然後搖晃擲骰。看著魔印發光，骨骰偏離自然的軌道，形成特定圖案感覺很詭異。黎莎完全無法解讀骨骰排列出的圖案，但是阿曼娃凝望骨骰片刻，然後點了點頭，恢復坐姿。黎莎自圍裙裡拿出一瓶化學光，搖晃片刻，讓三人籠罩在冷光裡。

「我有三個條件。」阿曼娃說。

「三個換一個。」阿瑞安說。

阿曼娃聳肩。「妳大可以討價還價。」而她的語氣明白表示討價還價沒有意義。

「哪三個條件？」阿瑞安問。

「審判結束後，妳要立刻赦免我丈夫、我本人，還有我的妹妻。」阿曼娃說。「不能含糊其辭、沒有附加條件。我們可以自由離開，妳還要負責保護我們平安抵達窪地。」

阿瑞安點頭。「沒問題。」

「妳要讓我每天都能去探望我丈夫。」阿曼娃繼續。

「我可以在審判前讓妳每天見他一個小時。」阿瑞安說。

阿曼娃點頭。「可以接受。」

「最後呢？」阿瑞安問。

阿曼娃轉向黎莎。「一滴黎莎女士的血。」

黎莎雙臂交抱。「絕對不可能！」沒人能保證這個女人能拿她的血去幹什麼。這個要求本身就是一種侮辱。

「黎莎。」阿瑞安說，語氣中透露一絲警告。

「妳不了解這是什麼要求。」黎莎說。「把血交給達馬丁就等於是抬起脖子讓她割喉。我有什麼理由同意這種條件？」

「因爲公爵領地的命運通通取決於此！」阿瑞安斬吼。「把血給她，不然我就用搶的。」

黎莎神色不善。「不要威脅我，阿瑞安。我會動手保護自己，還有我體內的孩子。如果妳的守衛膽敢碰我，我就毀了妳的宮殿。」

阿瑞安目光閃爍，但黎莎是說眞的，老太婆看得出來。她凝視老公爵夫人的眼睛片刻，然後轉向阿曼娃。「兩個條件。」

阿曼娃雙眼一皺。克拉西亞人喜歡討價還價。「什麼條件？」

「妳現在就在這裡用掉那滴血，人聲用提沙語提出妳的問題。」黎莎開口。

阿曼娃點頭。「第二個呢？」

「妳必須同意日後幫我擲一次骰。」黎莎說。「時間和問題由我決定。」

阿曼娃瞇起雙眼。「同意。只要妳的問題不會直接影響到我的族人或家族。」

黎莎從圍裙口袋裡出一支小刀，揚起手指，作勢欲刺。「我們通通講定了？」

「講定了。」阿瑞安說。

「沒問題。」阿曼娃確認。

「拿出妳的骰子。」黎莎將刀尖抵住食指指心，在阿曼娃的骨骰上擠了一滴血。

達馬丁在掌心中晃動骰子，直到所有骨骰都沾到血。接著她轉回她的擲骰布，雙手開始搖骰。

「全能的艾弗倫，光明的賜予者，你的子民需要指引。為你謙遜的僕人顯示黎莎・娃・厄尼・安佩伯・安窪地腹中之子的命運。」

黎莎在骨骰發光、拋入空中時感到孩子在踢。阿曼娃神色飢渴地彎腰向前，解讀骨骰隱藏的意義。

「怎麼樣？」黎莎終於問道。「骨骰怎麼說？」

阿曼娃拿起骨骰，放回她的霍拉袋。「我同意大聲提問給妳聽，女士，我可沒說要分享結果。」

黎莎下顎緊繃，但阿瑞安打斷她的回應。「夠了！這個妳們私下解決。」她冷冷看向阿曼娃。「我受夠了妳的計謀和拖延，公主。我們支付了妳要求的代價。現在擲妳的骰子，告訴我是誰在毒害我兒子。伊斯特利？沃德古德？歐可？我其中一個兒子？」

阿曼娃搖頭。「妳的雜草師獨立運作。」

阿瑞安驚訝到說不出話來，難得一次，她失去高雅的儀態，雙眼圓睜得像是蟾蜍。「為什麼？」

阿曼娃聳肩。「去問她，她會親口告訴妳。這是個隱藏太久的祕密，必須像水泡般刺破。」

「毒藥呢？」黎莎在阿瑞安一副要花一整天的時間思考這件事情時問道。

「下在酒裡。」阿曼娃說。「我不確定是什麼藥，不過無所謂。只要停止下藥，他的種子就會自動復元。」

「那要好幾個月。」黎莎說。

「妳可以用霍拉加快速度。」阿曼娃說。「我可以準備一顆治療用骨。」

她腳跟著地，站起身來。「我該做的事情都已經做完了。我現在要去見我丈夫。」

達馬丁蠻橫的語調將阿瑞安帶回現實。她搖頭。「妳給我安安靜靜地坐著，等我確認妳的情報。當我滿意之後，妳就可以去見妳丈夫，早一刻都不行。」

阿曼娃面紗飄動，氣沖沖地吐了口氣。她和老公爵夫人互相瞪視，片刻過後，她輕輕點頭。「我等，但是如果今天日落前我沒見到我的丈夫，確認他平安無事，我就會認定妳違背誓言。」

阿瑞安的腳開始抽動，不過她沒說什麼。

黎莎努力回想羅傑為她上的課，對著應老公爵夫人召喚而來、滿心以為是要討論加爾德之事的羅塞兒和潔莎微笑。

羅傑教過她許多皇室禮儀，如何在低聲交談時維持語調中的情緒、如何戴好面具，不管心裡有什麼想法，都要在臉上保持誠懇。這是她時至今日依然無法掌握的技巧。

「如果方便的話，女士，」黎莎說，「公爵夫人閣下想與拉奎爾女士單獨談談，然後再找妳加入討論。」

羅塞兒憂心地看向潔莎，但是女人輕鬆揮手。「去吧，女孩。」

「我會讓妳驕傲的。」羅塞兒保證道。

潔莎神色愛憐地摸摸她的肩膀。「妳不管怎麼做都會讓我驕傲。」

黎莎心中一動，因爲這話和布魯娜女士臨終前所說的話很像。她不知道那個女人講這句話的本意爲何。不過這話對她們而言也可能代表訣別。

她帶領羅塞兒穿越房門，來到阿瑞安寬敞的客廳裡。她們繼續前進，走過另一道門，來到牆壁厚到無法偷聽的私人接待室。

進房之後，汪妲關上房門，站在門的一側。另一側還有一個女伐木工貝卡，和汪妲一樣身材高大、氣勢駭人。阿曼娃坐在對面牆壁的角落，面無表情地冷眼旁觀。嬌小的安吉爾斯女孩緊張兮兮地看著她們，然後朝老公爵夫人優雅地行了個屈膝禮。之前在黎莎房內時的高傲態度蕩然無存。

「公爵夫人閣下，」羅塞兒說，保持鞠躬姿勢，臉幾乎貼上地板。「很榮幸蒙您召見。我是您忠誠的僕人。」

「平身，女孩。」阿瑞安說。「轉一圈，讓我看看妳。」

羅塞兒起身，依照指示慢慢轉圈，姿態完美，表情如同雕像。

「男爵想娶妳，」阿瑞安開門見山。「再笨的人都看得出來。而如此渴望一樣事物的男人通常都能得到想要的東西。」

羅塞兒臉頰浮現恰如其分的紅暈，不過由於沒人問她問題，所以她沒有說話。

「但這次不行。」阿瑞安說。羅塞兒把驚慌掩飾得很好，但就連如此老練之人在聽到這句話時臉上也不禁抽動了一下。「妳的餘生比較可能在地牢囚室中度過，而不是男爵的床上。」

聽到這話，羅塞兒再也無法冷靜，下巴垮了下來。「公爵夫人閣下？」

「妳拿給黎莎女士的是誰的種子？」阿瑞安問。「我知道不是我兒子的。」

羅塞兒渾身僵硬，雙眼圓睜，宛如受驚的雌鹿。她看向門口，但是兩個女伐木工跨步站在門前，雙臂交抱胸口。

「我沒聽到回答。」阿瑞安怒道。「除非妳想要今天結束在叛徒廣場的絞刑台上，不然最好合作一點。」

「傑——傑克斯，」羅塞兒說。「種子是他的。」

「為什麼？」阿瑞安問。

「潔莎女士，」羅塞兒開口，老公爵夫人嘶吼一聲。「她說黎莎女士打算取代她成為皇家藥草師、奪走她的職位、接管精修學校。」

「我才沒有——」黎莎開口，不過阿瑞安隨手一揮，讓她閉嘴。

「妳為了主人的名聲不惜危害整個公爵領地的安危？」阿瑞安問。

羅塞兒跪倒在地，淚水染花了眼影和脂粉。「我、我沒有……潔莎女士會找到解藥的，如果真的有解藥的話。我、我還能怎麼做？」

她還能怎麼做？黎莎心想。羅塞兒的一生都掌握在潔莎女士手中。她不可能背叛潔莎，然後期待公爵夫人會在她和主人之間選擇相信她的話。

她為這個女孩感到遺憾，但是阿瑞安的目光中毫無寬容。「給公爵下毒的事情，妳也有份嗎？」

羅塞兒似乎真的非常震驚。「什、什麼？不！絕不！」她住口。「有時候潔莎女士要我們餵他吃生育藥……」

阿瑞安揮手打斷她。「我相信妳，女孩，但妳的所作所為依然是叛國。」

「求求妳，公爵夫人閣下……」羅塞兒開口。

「安靜。」阿瑞安說。「妳已經把我要知道的事情都說出來了。如果妳不想失去舌頭，我和妳主人交談的時候就不要說話。」

她轉向房門。「好心點，汪妲，帶潔莎進來。」

「是，老媽，」汪妲說著打開房門，沒多久就跟在潔莎女士身後回來。

潔莎神態輕鬆地走進房內，但是一看到羅塞兒跪在地上、淚水弄花了臉時立刻停步。她看向身後，汪妲已經關上房門，和貝卡一起雙臂交抱，守住門口。

潔莎深吸口氣，轉回頭來，以獵食者的目光打量形勢。她身穿口袋圍裙，黎莎很清楚她能用圍裙裡的藥材造成多大的傷害。

「看來老公爵夫人閣下認爲羅塞兒不適合擔任男爵夫人？」潔莎問。

「妳下藥影響林白克生育能力多久了？」阿瑞安問。

潔莎前進一步，攤開雙手。「這實在太荒謬了……」

「脫掉圍裙，」黎莎說。

「什麼？」潔莎又前進一步，黎莎一手摸向她的霍拉袋。

「汪妲，」阿瑞安說。「如果潔莎沒有脫下圍裙就繼續前進，在她腳上射一箭。」

汪妲搭弓拉箭。「哪隻腳？」

阿瑞安嘴角上揚。「妳看著辦，親愛的。」

潔莎皺起眉頭，但是依照吩咐，脫下圍裙，放在地板上，瞪著黎莎。「公爵夫人閣下，我不知道她對妳說了什麼……」

「她說的都是布魯娜幾十年前說過的話。」阿瑞安說。「不過我太固執了，根本聽不進去。」

「妳有什麼證據……」潔莎開口。

「這裡不是宮廷，」阿瑞安說。「我不需要行政旨革妳的職，然後丟到牢裡去關一輩子。妳不是來這裡抗辯證據的。」

「那我是來幹嘛的？」潔莎問。

「妳來這裡是要告訴我爲什麼，」阿瑞安說。「我一向對妳很好。」

「爲什麼？」潔莎問。「當林白克對待我和我的女孩就像痰盂一樣的時候？當安吉爾斯公爵蠢到讓他母親牽著鼻子走，還把半掌丟到街上去，只因爲他睡錯床的時候？」

「所以妳想要讓他弟弟取代他？」阿瑞安問。「他們或許比林白克好一點，但也沒有特別英明到哪裡去。」

「我不管他們有多英明。」潔莎說。「其他人都不會來插我。」

「呃？」阿瑞安問。

「我不必下海。妳答應過的。」潔莎說。「我的責任是招募自願下海的女孩，訓練他們，我不需要撩起裙子。」

阿瑞安閉緊嘴巴。「但是林白克不這麼認爲。」

「他甚至對我沒有興趣。」潔莎說。「他這麼做只是爲了標示全妓院裡的女人。他是公爵，四下播種是造物主賜給他的權利。」

「於是妳奪走他的種子。」阿瑞安說。「妳應該告訴我的。」

「告訴妳有什麼用？」潔莎問。「妳能怎麼做？」

阿瑞安攤開雙手。「我想我們永遠不會知道了。我只知道我不會危害公爵領地的安全長達數十年之久。」

「不要這麼戲劇化，」潔莎說。「妳有很多白痴兒子可以取代林白克，還有麥卡爾生下的孫子。如果事情走到要娶密爾恩婊子或是讓麥卡爾的兒子成爲繼承人的地步，林白克會克服他的兄弟情結的。」

「之前或許會，」阿瑞安說。「但是在戰爭一觸即發的情況下，妳讓我們淪爲衰弱的目標。」

「是妳和我的固執導致這種局面，」潔莎說。「十年前我就在等著妳察覺形勢不妙，讓湯姆士溜進隨便哪個年輕公爵夫人的房裡播種。結果妳卻派他四下奔走。」

阿瑞安透過鼻孔呼出一口氣，一邊思考一邊踢腳。最後她點頭。「我晚點再決定如何處置妳。暫時而言，妳可以在西塔頂樓的房間裡向半掌大師揮手。」她朝貝卡揚起下巴，女人上前緊扣潔莎的手臂。

當她被拖出房外時，潔莎望向跪在地上的羅塞兒。「這女孩和此事無——」

「妳幫她說話對她沒有好處。」阿瑞安打斷她的話。她揮了揮手，守衛拖走女人。黎莎全神戒備，不確定她會不會反抗，但是雜草師似乎已經認命了。

「黑夜呀。」阿瑞安在汪妲關上房門時說道。她像洩了氣的皮球，黎莎再度想起這個女人究竟有多嬌小。

但是那種無力感稍縱即逝，老公爵夫人的注意力再度回到羅塞兒身上。「現在，女孩，我要怎麼處置妳？」羅塞兒再度開始啜泣，不難看出原因。潔莎或許可以棲身在大教堂的高塔上，但是羅塞兒……卻隨時可以拋棄。只要阿瑞安有心，她可以在日落前就把她吊死。

「阿曼娃，」黎莎都沒想到自己會這麼說。「我現在就要擲骰。」

達馬丁驚訝地看著她。「妳要把對艾弗倫提問的機會浪費在一個希莎身上？」

「一條人命。」黎莎糾正她。

「恐怕我同意公主的意見，」阿瑞安說。「這實在有點……」

「我以前也和加爾德・卡特訂婚過，」黎莎說。「我或許已經拋下他了，不過我依然關心他的婚事。窪地需要他，而他需要一個足以肩負重擔的女人，不是妳一直安排坐在他旁邊用餐的那些無聊女人。」

阿瑞安嘟噥一聲。「這我無法否認。」

「感謝造物主。」羅塞兒喘息道。

「別急著感謝任何人，女孩。」阿瑞安打斷她。

羅塞兒神色恐懼地看著阿曼娃拔出腰帶上的匕首。「伸手，女孩。」

羅塞兒渾身顫抖，不過還是聽命行事。阿曼娃手起刀落，用空茶杯接血。阿瑞安指示汪妲帶走女孩。等她離開後，公爵夫人轉過頭去看阿曼娃跪在地板上，沉浸在霍拉的魔光中擲骰。

「她會成為貴族的妻室。」阿曼娃解讀圖案道。「嫁給他，也嫁給窪地部族。她會幫他生下強壯的兒子，但繼承爵位的會是他的女兒。」她坐回腳跟上，看著黎莎和阿瑞安。

「只要我同意。」阿瑞安說。

阿曼娃搖頭。「請見諒，公爵夫人閣下，但妳沒得選擇。史帝夫之子不會接受其他人選。」

阿瑞安皺眉。「那就讓他帶她離開。我要她在我有機會改變心意之前離開我的視線範圍。」

「女士！」汪妲闖入屋內，手裡抱著貝卡。「她沒呼吸了！」

黎莎立刻上前。阿曼娃已經從袋子裡拿出霍拉。

「關門。」達馬丁說。

汪妲跑去關門，但阿瑞安抓住她的手臂。「潔莎呢？」

「跑了，」汪妲說。「我發現貝卡躺在走廊上。」

「去找她。」阿瑞安下令。「我要皇宮裡所有守衛都下去搜查那個女巫。」

汪妲點頭離開。

「有時候我會想，如果皮特大師做好他的工作，檢查那些天殺的魔印，我的人生會變成什麼樣子。」羅傑說。

躲在屋梁上的希克娃沒有回應。她很少出聲，除非他直接問她問題，或是必須幫阿曼娃發言。即使在這種情況下，她也會跳到地上，走到近處，用只有他們兩人聽得到的聲音說話。

羅傑不介意。知道她在屋梁上聽他說話就夠了。不光是因爲她提供的安全感，或是夜裡溫暖的擁抱，眞正讓他能夠忍受囚禁而不崩潰的，乃是一種有人陪伴的感覺。

聽他說話的人。在乎他的人。少了這樣的人，吟遊詩人能夠生存多久？羅傑見過偉大的演出者在觀眾減少後淪爲自己過去的影子。

「我會有弟弟妹妹。」羅傑繼續說，在心裡想像他們的模樣，栩栩如生到幾乎可以幫他們命名。「我爸和我媽都很年輕。當時他們對我來說好像樹一樣老，但是如今回想起來，我應該是他們眾多子嗣中的長子。」他期望地嘆息，想像著失去的童年嬉戲與笑聲。

「當年全河橋鎮上沒有一把樂器，」羅傑說。「更沒有人會演奏樂器。我八成會接手經營旅館，娶個其貌不揚的本地女孩，然後生一堆小孩。沒去過任何地方、沒見過任何人、做過任何特別的事情。或許我就是個……平凡人。」

就聽見啪地一聲，牢房門開啓。站在門後的是……

「阿曼娃！」羅傑跳起身來，衝過房間。

「你在胡言亂語，丈夫。」阿曼娃在擁抱時輕聲說道。「你得到艾弗倫的寵幸，絕對不可能平凡。如果艾利克大師沒有教你小提琴，也會有另一位大師教你。沙拉克卡即將到來，你將〈月虧之歌〉帶回阿拉乃是英內薇拉。」

「妳不需要我也辦得到。」羅傑說。

阿曼娃搖頭。「你或許把你的天賦傳給你的妻子，但那些天賦原本就是你的。」

她揚起面紗，親吻他。他想要抱緊她，但她揚起雙手，在面紗如同簾幕般垂回嘴前時推開他。

「我每天只能見你一小時，丈夫。」她說。「直到事情解決爲止。我們有些事情得先處理。」

她大聲拍手，牢門再度開啓，兩個強壯的輔祭抬進幾桶水來。另一個輔祭搬了個小木桶浴盆，剛好能讓羅傑擠進去。他們身後，希克娃就著陰影落地，走出打開的牢門。

「你們把那些東西一路抬到塔頂來？」羅傑看著那些沉重的水桶問道。

眾輔祭神色不悅地看著他，但沒有說話。

「他們不說話並非出於無禮，丈夫。」阿曼娃說。「他們禁止和囚犯交談。老公爵夫人下令提供更好的食物，還有一週洗三次澡。這些人都很驕傲能夠執行她尊貴的命令。」

眾輔祭看了他最後一眼，走出房門時看起來不會特別驕傲。

「希克娃……」羅傑在門關上時輕聲說道。

「會確保接下來一小時沒人打擾我們。」阿曼娃說著在水桶裡丟入魔印鋃石。它們滋滋作響，以魔印加溫洗澡水。

「拜託，丈夫，」她說著比向浴盆。羅傑心知自己無法違逆她的意思，於是脫光衣服爬進去。亮面的木頭很冰涼，他微微顫抖，在阿曼娃倒下第一瓢熱水時冒出雞皮疙瘩。

羅傑立刻開始冷靜下來。這無法和莎瑪娃的大澡盆相提並論，但是他已經習慣每天洗澡，甚至沒發現自己有多想念這種感覺。

「我已經開始幫你做耳環，」阿曼娃一邊用刷子和肥皀幫他洗身子，一邊說道。「但也許要做好幾週，而我期待你會在它完工前獲釋。」

「肯定還有派得上用場的時候。」羅傑說。「除了能在遠方聽見妳的聲音外，魔法對我來說還有什麼更大的用途呢？」

阿曼娃擁抱他，壓抑著一股啜泣的衝動。羅傑把她抱到身前，毫不在意自己弄濕她的袍子。

阿曼娃啜泣一聲，後退脫下濕掉的絲袍。「如果你撲倒我，在我體內播種，丈夫，你就會讓我懷孕。」

羅傑本來終於放鬆下來，背靠浴盆，不過聽到這話又渾身一僵，突然坐起身來。「阿曼娃，現在不是……」

「就是。」阿曼娃插嘴。「如果我想懷你的孩子，一定要趁現在。」

羅傑吞嚥口水。「我不喜歡這句話暗示我活命的機率。」

阿曼娃再度跪在浴盆旁，伸手撫摸他赤裸的胸膛，不過不是幫他洗澡。「我也不喜歡。」她承認道。「你的未來朦朧難明，但不光是你的。我們即將面對一個人分歧點，事情結束前，這座城市裡有不少人都會踏上孤獨之道。」

她手掌上移，路過他脖子，捧著他臉頰，拉他過來親。「但是命運的洪流裡還是有根不變的巨柱。如果你現在佔有我，我就會懷下你的孩子。」

「所以妳會在……這個分歧點中存活下來？」羅傑問。

「至少活到生產。那之後……」阿曼娃聳肩，親吻他的脖子。

羅傑畏縮。「那或許我們該等等。」

阿曼娃神色迷惘地看著他。

「我不想讓妳一個人撫養我們的孩子。」羅傑說。「妳還沒二十歲。如果我死了，妳應該改嫁。找個能夠……」

阿曼娃把她的臉捧在雙掌中。「喔，丈夫。我不會獨自撫養孩子的。我有我的妹妻，而且如果你以為在你踏上孤獨之道後，我們會遺棄你的話，你顯然不夠了解我們。」

她起身，刻意扭腰擺臀，走到小床旁。「我是達馬丁。艾弗倫對我的要求就是生下一個女兒和繼承人。」她躺在床上，張開雙腳。「把女兒給我，我此後再也不需要別的男人碰我。」

羅傑立刻跳出浴盆，也不管身上多濕，爬到她的身上。「女兒？」

阿曼娃微笑。「希克娃已經懷了你的兒子。」

詹森沒有直視黎莎，不過卻一直注意她。總管似乎將精神集中在老公爵夫人身上，但他的靈氣卻不是這麼回事。他非常在意黎莎出現在這裡，卻又因爲不知道原因而感到沮喪。他很習慣擔任阿瑞安的左右手，不喜歡黎莎介入他們之間。

「不必擔心，詹森。」她說。「我很快就會回窪地。」

總管神色訝異地看著她。他並沒有說話，不過他的情緒強烈到讓她不禁產生反應。

這就是亞倫解讀靈氣的情況，她發現，不過她還是太晚了解那個男人了。想到自己可能永遠不會再見到他，她就感到一陣心痛，之前惡魔就是利用這一點來對付她。它們八成是輕而易舉地從她的靈氣中看出這個弱點，就像她輕易解讀詹森的靈氣一樣。

「沒那麼快，」阿瑞安說。「妳還有未盡的職責。」她轉向詹森。「找到潔莎沒？」

總管搖頭。「有人看到她進入地道，不過沒人看到她出去。我派人監視學校，我們正從上到下徹底搜查。」

「那地方充滿了祕密通道。」阿瑞安說。「把學生和員工都清空，讓你的手下敲打每一扇牆。如果是空心的，搜索通道或是打掉牆。看在造物主的份上，叫他們小心點。那個女巫的毒針本來會害死貝卡，幸好黎莎和阿曼娃在場治療她。」

詹森鞠躬。「沒有問題。我們還搜查了潔莎女士的其他房產以及與她相熟的人。城門守衛會搜查所有馬車，也會撩開所有兜帽。我們會找到她的。」

阿瑞安點頭，不過靈氣不是那麼肯定。她身上充滿背叛的色彩，不過還是十分看重潔莎。她很危險，阿瑞安擔心她會突破他們的封鎖。

「還有其他事嗎？」詹森問。他的靈氣顯示他很清楚還有別的事。她傳喚他來不可能只是爲了重複幾個小時前下達過的命令。

「爲了揭穿這件陰謀，我們尋求克拉西亞公主的幫助。」阿瑞安說。「有代價。」

詹森的靈氣轉換，在了解老公爵大人的意思時變得更爲堅定。「半掌。」

阿瑞安點頭。「他會接受審判，但是不管判決如何，我都會赦免他。」

「公爵夫人閣下，」詹森開口，聲音緊繃。「我外甥是個浮誇的混蛋，經常造成藤蔓王座負擔，但他畢竟還是我的外甥。我絕不可以就這麼──」

「你可以，也會照辦。」阿瑞安插嘴道。「我不期待你喜歡這個決定，但此事勢在必行，如果他受到傷害，城內一定會出現暴動。他會在塔內待到審判日，但是當黎莎女士回窪地時，他和約拿牧師都將同行。」

詹森的靈氣怒不可抑，強烈到黎莎提高警覺，伸手到霍拉袋裡握緊魔杖。如果他對老公爵夫人採取任何舉動，她就會把他炸成碎片。

但接著盛怒的靈氣分崩離析，被一股強大到令黎莎害怕的意志壓抑下來。總管僵硬地鞠躬。「悉聽尊便，公爵夫人閣下。」他轉過身去，大步走出房間，沒等阿瑞安讓他離開。

阿瑞安嘆氣。「我經常說爲了解決兒了不少的問題，我願意付出任何代價，但我沒想過這會讓我在一天之內失去兩個親密戰友。」

黎莎伸手搭上她的手臂。「妳還有其他戰友。等我們離開安吉爾斯，詹森大人就會回心轉意。」

但是想到他靈氣中那股憤怒，她就不敢那麼肯定。

第二十四章　布萊爾　333-334AR　冬

布萊爾在公爵夫人花園的豬根叢中醒來。老媽提供舒適的床鋪，但布萊爾已經將近十年沒有睡在床上甚至屋簷下了。自從他六歲那年，因為自己粗心大意以致於全家都被大火趕入黑夜之後就沒有過了。

恐懼讓他在那些年裡存活下來。那種崩潰邊緣的感覺會讓每個聲音、每個動靜都令他緊張萬分。他只能靠閉上眼睛幾個小時充當睡眠，只要一有風吹草動立刻就能逃離現場。魔印牆壁和柔軟的床鋪會讓人忘記黑夜就等在外面，隨時準備奪走一切。

而忘記那一點就會死。

布萊爾起身時抓了幾片豬根葉，塞到他的口袋裡。這種草隨處可見，不過習慣夜間出沒的人總是有備無患。

皇宮裡的騷動一直持續到晚上，謀殺的叫囂聲在凶手被人從皇宮拖到聖堂去後終於安靜下來。布萊爾並不關心那個。雷克頓有人指望著他來找公爵求援。當前最要緊的事情就是帶湯姆士伯爵前往修道院。

他走向馬廄，不過沒有看到預期中的忙碌景象。沒有人備好馬匹、沒有士兵集合出發。他抓住一名馬伕。「伯爵呢？」

女人看向布萊爾，皺起鼻頭。她渾身都是馬糞味，竟然還嫌他的豬根味？這就是睡在床鋪上的壞處。「說什麼？」

布萊爾習慣從藏身處窺視人群，多年來鮮少開口說話。他聽得懂提沙語和克拉西亞語，但是卻不擅長說，有時候很難讓人了解他的意思。

「我應該要指引伯爵南下。他在哪裡？」

「我懷疑湯姆士王子伯爵大人今天會出發前往任何地方。」女人說。「小提琴巫師的事情已經引發全城騷動了。」

布萊爾抓得更緊。「不能等。牽扯到很多人命。」

「是喔，那我又能怎麼辦？」馬伕大叫，扯開他的手。「我又不是老公爵夫人！」

布萊爾嚇了一跳，後退一步，舉起雙手。他看見女人手臂上出現紅掌印。「對不起。我不是有意那麼用力的。」

「沒關係。」女人說，不過她在揉手臂，布萊爾知道一定會出現瘀傷。人類和地心魔物不同。他們比較軟。不小心的話，會弄傷他們。

他回到花園，穿越鮮少使用的皇宮入口。到處都是守衛，僕役來回奔走，不過除了聞到一陣豬根味外，沒有人發現他的影蹤。走廊上有很多地方可供藏身，只要動作夠快。

但老媽和詹森都待在關閉的門後，而布萊爾在安吉爾斯裡認識的人又不多。他一個都找不到。他回到花園，爬入豬根叢，然後閉上雙眼。

一段時間過後，他聽見有人說話。布萊爾提高警覺、準備逃走，但是對方不是在對他說話，於是他爬近一點去聽。還沒爬到近處，他已經知道說話的是黎莎．佩伯。她口袋圍裙所散發出的數十種藥草氣味讓他聯想到他母親。布萊爾喜歡這位女士，雖然人們說她是女巫。他們之前也說唐恩是女巫。

「只要他們還關著羅傑，我就哪兒都不去！」伐木窪地男爵加爾德大叫。

「小聲一點。」黎莎輕聲道。

「妳去看他了。」加爾德說。「他被打得很慘嗎？」

黎莎點頭。「不過我用魔骨魔法治好他了。他需要幾顆新牙齒，但是身體無恙。」

加爾德握緊拳頭。「我發誓，要不是傑辛那個矮子已經死了……」

「不要說完那句話，加爾德，」黎莎說。「正因爲如此你才更應該離開。」

「怎麼說？」加爾德問。

「你在這裡幫不上忙，」黎莎說。「如果你想要羅塞兒和你走，最好現在就帶她離開，趁著還沒有皇室成員想到要阻止你之前。」

他看起來不太確定，於是她伸手搭上他的手臂。「等你回去以後，可以麻煩你召集幾千名伐木工回來護送我們回去嗎？最近道上有很多強盜……」

加爾德皺起眉頭，神色困惑，接著恍然大悟。「喔，對。我懂了。妳要我……」

「我要你打點一切，確保代表團能夠安然返鄉。」黎莎說。「所有人。不管宮廷做何決定。」

「公爵不會喜歡這種做法。」加爾德說。

「我想是不會。」黎莎說。「我知道我沒有權利這麼要求……」

「妳當然有，」加爾德說。「窪地能有今天，都是妳和羅傑的功勞，妳應該要安安穩穩地和我們待在窪地。如果公爵和林木軍團不打算配合……」他吐口口水。「沒人比伐木工更擅長伐木。」

「事情不會走到那個地步。」黎莎說。「露牙齒給他們瞧瞧，但是別眞的咬人。」

「不會的。」加爾德說。「只要羅傑還有呼吸。要是我回來的時候他……」他沒有把話說完，轉身大步離去。

布萊爾看著馬伕遞給他的轠繩，搖了搖頭。他很喜歡馬，不過不信任牠們。「我用跑的。」

「跑步不夠好，布萊爾。」湯姆士說。「我打算盡快趕回窪地。」

布萊爾聳肩。

「我要你跟緊我們。」湯姆士說。

布萊爾點頭。「好。」

伯爵看起來很煩躁，但是布萊爾不懂爲什麼。

「你用跑的不可能跟上我的車隊。」湯姆士說。

布萊爾側頭。「爲什麼不能？」

伯爵打量他一段時間，然後聳肩。「那就隨便你，小鬼。但是如果你落後了，我就把你像鹿一樣用繩子拖著走。」

布萊爾大笑，接著在發現沒人跟著笑時感到有點驚訝。這是個很棒的笑話。

湯姆士爬上他的馬鞍，在城門開啓時舉起長矛。「前進！」

布萊爾開始奔跑，騎兵則踢馬小跑步前進。他們跟上他的速度一段時間，不過由於接近城市的關係，往來旅人不少，就算他們立刻讓道還是會擋到路，拖慢伯爵車隊的速度。徒步奔跑的布萊爾可以離開道路，避開人潮以及人群的目光和提問。

他很快就拋下他們，一邊探索環境，一邊採集食物，記下村莊和道路的位置。老媽說他會常來安吉爾斯，所以最好還是熟悉一下路徑。他仔細留意豬根叢的位置，在缺乏豬根的地方就丟些種子。這種雜草生命力強，幾乎到哪裡都能成長茁壯。

即使耗費額外的時間去做這些事情，當晚他還是得要沿著道路回頭去找部隊的營地。布萊爾神色羨慕地看著士兵排隊領取濃湯和麵包。

他沿路摘取的草根和果實能夠塡飽肚子，但是麵包和湯的味道讓他流口水。他知道他們會給他吃，只要上前排隊就好了。

不過那些士兵全都同樣打扮，身穿行軍的木甲和斗篷，上衣繡有伯爵的紋章。他們屬於這支部隊。布萊爾則否。他們會盯著他看。趁他不注意時叫他「臭傢伙」或「泥巴小子」。他們會和他保持距離，或是更糟糕的情況，跑來和他交談。

他想吃麵包，不過還沒想到那個地步。

士兵很快又回到馬鞍上，在太陽下山時準備武裝。他們繼續趕路，訓練有素地砍殺地心魔物。

惡魔已經知道要避開道路，待在樹林裡偷看。當獵物跑得較快或是能夠反擊時，木惡魔就會耐心等待。布萊爾看到前方有隻惡魔盪入一棵樹枝橫跨道路上方的大樹。惡魔迅速爬樹，待在樹枝上等候。

地心魔物任由戰鬥部隊通過，不過位於前線部隊後方的伯爵和男爵則以較爲威嚴的步伐前進。其他士兵都離這兩個男人很遠。他們都迷失在自己的思緒裡。對樹上的木惡魔而言，他們就和背上畫了圈圈的標靶一樣。

布萊爾奔向那棵樹。另一隻木惡魔嘶吼一聲，試圖阻擋他的去路，但是布萊爾朝他甩甩外套，豬根的氣味立刻把它嗆得咳嗽、向後退開。布萊爾拋下矛和盾，一腳踏上一塊樹瘤，和木惡魔一樣迅速上樹。他仔細挑選施力點，完全沒有發出聲響，最後來到惡魔等候的樹枝上。

惡魔抬起頭來，布萊爾大吼一聲，跑出樹枝，自腰帶上拔出魔印匕首。惡魔轉身衝向他，但布萊爾有備而來，矮身避開魔爪。他跳起身來，一手抓住木惡魔，另一手將匕首插入類似樹皮的外殼中。魔法強化他的手臂，布萊爾屏住呼吸，狂插猛刺。

兩者一起摔到地上時，他讓地心魔物保持在下方，藉以減緩撞擊的力道，不過還是摔到喘不過氣來。要不是他體內魔力充沛的話，這一摔就有可能受傷。布萊爾離開惡魔，翻身而起，舉起匕首，不過木惡魔動也不動。

「布萊爾，你剛剛跑去哪裡了？」湯姆士問。

布萊爾看向他，神色困惑。「就在不遠的地方。」

「我要你定時回報。」湯姆士說。「要是你不見了，天知道我要怎麼找出反抗軍。」

這話實在太荒謬了。布萊爾怎麼可能會找不到這麼多人和馬？但他點了點頭，然後走回樹林。

「小臭傢伙殺了一頭可能會殺死我們的木惡魔。」他聽到加爾德說。「你可以在砍他腦袋前先道謝。」

布萊爾在車隊停下來吃飯時露面，領取他的湯碗和麵包，然後在肯定伯爵看到他後再度消失。走信使大道前往窪地需要一週時間，但湯姆士的林木士兵不眠不休，趁夜吸收足夠的魔力，讓他們白天繼續趕路。士兵都越來越心浮氣躁，不過大幅縮短旅途時間，才第三天傍晚就已經快要抵達窪地。

「布萊爾！」湯姆士在男孩溜入營地吃飯時叫道。「過來和我們一起吃。」他與加爾德男爵和沙曼特領主一起坐在距離其他人不遠處的一根坍倒樹幹上。

「不嫌我臭了？」布萊爾走近時問道。

「是呀，抱歉。」加爾德說。「早該知道你的聽力和蝙蝠一樣。」他拉開外套，聞了聞。「在連續四天趕路殺惡魔的日子之後，我們聞起來都不會像玫瑰。」他看了車隊中唯一的馬車一眼，裡面坐的是拉奎爾女士和她母親，嘴角隨即露出一絲微笑。「好吧，或許有一兩個人像玫瑰。」

「我們天亮就會抵達窪地。」湯姆士說。「我們會花一天的時間準備，第二天一早出發。我們會幫你安排住宿……」

布萊爾搖頭。「我有時候會帶人去窪地。我知道哪裡有豬根叢。」

「你總不能一輩子都睡在豬根叢裡。」湯姆士說。

布萊爾側頭問：「爲什麼不能？」

湯姆士張口欲言，接著又閉上嘴。他轉向加爾德求援。

「冬天會冷。」加爾德說。

布萊爾聳肩。「我會生火。」

「悉聽尊便。」湯姆士說。「前往艾林牧者的修道院要多久？」

「十天。」布萊爾說。

「這麼久？」沙曼特問。

「不能走道路。」布萊爾說。「到處都是觀察兵。要穿越沼澤。」

「聽起來不妙。」加爾德說。「濕地會讓馬扭斷腳，更別提騎士的脖子。」

「小徑蜿蜒，」布萊爾說。「不過大部分都能找到乾地走。」

「你可以畫地圖嗎？」湯姆士問。

布萊爾搖頭。「不識字。但我知道路。」

「我們帶個製圖師去。」湯姆士說。

「有吃的嗎？」布萊爾問。

湯姆士微笑。「還餓？去找廚師再要一塊麵包。」

布萊爾搖頭。「給修道院的。人滿爲患。很多人都挨餓。」

湯姆士點頭。「可以想像。我們沒時間帶太多行李，不過只要牧草充足，五百名林木騎兵可以攜帶很多東西。」

布萊爾點頭。「那麼多人的話要走比較久。」

「我以爲公爵說帶五十個人。」加爾德說。

「你覺得呢？」湯姆士問。他伸手到外套裡，拿出一份印有皇室蠟印的文件。他指著文件上的一個污點。「這污點讓內容不清不楚。有可能是說五十個人，我想，但是那就太瘋狂了，當然。」

「當然。」加爾德同意道。

「只有笨蛋才會命令你帶這麼少人去。」沙曼特同意道。「沒錯，一定是寫五百人。」

「爲什麼不寫五千？」加爾德問。

湯姆士搖頭。「這麼做的話就會削弱伐木工防禦窪地的實力。我不能讓窪地無人看守。在我們獲得更多情報之前就只能仰賴我的騎兵。我要保持機動、迅速來去。」

布萊爾熱切地點頭。雷克頓人沒有騎兵。有了五百名林木士兵，他們幾乎可以在任何情況下防守修道院，而那些補給品可以餵飽很多飢腸轆轆的難民。

「很期待見識見識大湖，」加爾德說。「聽說大到看不見對岸。」

湯姆士點頭。「我以前見過一次，眞的很値得一看。但是你不能去，男爵。我不在的時候，你要代理我治理窪地。」

「聽起來好像你不會回來了一樣。」加爾德說。

「我想回來。」湯姆士說。「但在敵軍如此接近的情況下，我不保證回得來。你必須做好領導的準備。」

「人民會聽我的話，沒錯。」加爾德說。「但我不擅長簽署文件和政治。」

「我們要做必須做的事情，不是想做的事情。」湯姆士說。

「解放者以前也這樣告訴過我。」加爾德說。

「我不知道亞倫．貝爾斯是不是解放者，」湯姆士說。「但如果你見到他……」

加爾德微笑。「好。我會叫他去找你。」

結果湯姆士在窪地召集士兵就花了三天。布萊爾四下探索打發時間，在藥草師樹林裡遇到一些人。有些是他父親的族人，克拉西亞人，不過還有些在皮膚上繪印的提沙人。他們白天只穿寬鬆的袍子，晚上則穿纏腰布，赤手空拳殺惡魔。

布萊爾一直躲在暗處偷看他們，但他看得非常入迷。他不了解他們是怎麼辦到的，不過或許過一陣子他也可以像他們一樣。

離開窪地頭幾天，他們趕路趕得很快，不過在進入大湖外圍的濕地後速度就慢多了。寒冷的氣溫驅走大部分的蚊子，但士兵還是會不住抱怨。

布萊爾指向一些足跡。「沼澤惡魔。」

「我從沒見過。」沙曼特說。

「我也沒有。」湯姆士說。

「矮小。」布萊爾說著比手畫腳。「手臂很長。沼澤唾液會黏上任何東西。灼燙、腐蝕、洗不掉。」

「怎麼殺？」湯姆士問。

「閃到側面。沼澤惡魔的手彎不到側面。必須轉身。」他舉起雙臂，指向胸腔下方的空隙。「用矛刺這裡。沒有殼。」

「你似乎很熟悉它們。」湯姆士說。

布萊爾微笑。他不懂地圖，但是他懂地心魔物。「紮營。晚上不可能騎馬度過沼澤。我教你們怎麼做沼澤陷阱。」

布萊爾扭轉身體配合彎彎曲曲的沼澤樹幹形狀，偷偷監視在沼澤中行走的克拉西亞斥候。該卡沙羅姆身上揹著沉重補給背包，在油紙上標示地標。

他孤身一人。布萊爾肯定這一點。他不屬於任何狩獵部隊，或是其他會有人找尋的團體。只是一個奉命前來繪製濕地地圖的斥候。

但是他正朝湯姆士及其手下的方向前進。要不了一個小時，他就會聽見他們的聲音，或是看見他們留下的足跡。然後他就會衝回去回報上司。

布萊爾緊握長矛。他討厭這種情況。討厭殺人。克拉西亞人看起來和他很像，每次殺他們感覺都像在殺自己。

但是他別無選擇。當斥候路過樹下時，布萊爾撲到他身上，將長矛插入他的肩膀，刺穿心和肺。他還沒落地就已經死了。

布萊爾拿起他的背袋油紙，讓屍體沉入污濁的沼澤水裡。

布萊爾帶領他們避開敵軍斥候，專挑有牧草可供馬匹食用的乾地行走，終於在第十五天抵達修道院。九名林木士兵死在沼澤惡魔手中，七匹馬扭斷了腳，必須安息。一名山矛士兵臉上中了一口沼澤唾液。布萊爾用泥巴和藥膏包紮他，不過解開繃帶時，他的臉看起來像是融化的蠟燭。

新黎明修道院位於延伸到湖面上空的峭壁上。三面環水，只能透過狹窄的道路經由一圈湖面形成的護城河抵達。修道院的木牆又高又厚，以一座吊橋管制進出。北面和南面的碼頭都位於峭壁低處——船運而來的貨物和牲口都由沿著峭壁開鑿出來的蜿蜒石階運上去。

吊橋放下來迎接他們，他們騎馬進入修道院。

「造物主呀。」湯姆士看著在圍牆內紮營的難民說。這些人都又髒又瘦，深受饑荒所苦。

「我不知道情況有這麼糟。」沙曼特說。「窪地的難民……」

「佔有身處友軍領土的優勢。」湯姆士說。「這些可憐人……」

他轉向一名軍官。「去找軍需官，交接我們的補給。問問看有沒有其他什麼我們幫得上忙的地方。」

軍官行個軍禮，隨即離開。布萊爾則領著湯姆士和沙曼特走向修道院大門。

希斯牧師正等著他們。肥胖老牧師緊緊擁抱布萊爾。「造物主祝福你，孩子。」

他望向伯爵，深深鞠躬。「很榮幸與你見面，伯爵閣下。歡迎來到新黎明修道院。我是希斯牧師。我會帶你去見牧者。」

布萊爾不常有機會進入艾林牧者的私人辦公室。牧者與希斯牧師一樣身穿樸素的褐袍，但是他的房間比布萊爾想像中更爲華麗。地毯很厚、很柔軟、色彩鮮艷、繡有強大的教會魔印。輔祭拿著掃把跟在他身後，以免他的涼鞋留下任何泥巴。

椅子和沙發都有很厚的座墊——好柔軟。希斯不准他坐，因爲怕他身上的豬根汁弄髒座墊，不過路過時布萊爾走到一張絨布沙發旁，在手指輕觸沙發時興奮得微微發抖。

牆壁前有許多從地板延伸到天花板的亮面金木書櫃，收藏難以計數的書籍。希斯一直在教他寫字，但是布萊爾對書裡的圖片比較感興趣。

牧者和另外兩個人在後方辦公室裡等候他們。

布萊爾的父親，里蘭，教過他所有鞠躬相關的禮節。牧者鞠躬鞠得既深又久，表達恰當的敬意，不過又不致於放棄主導權。這是平輩間的鞠躬禮。

「很榮幸與你見面，伯爵閣下。」牧者說。「我們期待布萊爾能帶幫手回來，不過沒想到會是皇室成員。」

「也沒想到會有這麼多林木士兵。」另一名男子說。他中等身材，身穿上好外套。他站立的姿勢似乎比較習慣甲板而非乾地。「還是騎兵！看來造物主眞的會回應祈禱。」

「伊桑船務官，」艾林牧者指向男人介紹。「和他弟弟，馬蘭船長。」

湯姆士以雷克頓船長偏好的禮儀伸手過去，互握對方手肘下方的位置。「請容我爲你失去母親致哀，並獻上來自藤蔓王座的哀悼。」

馬蘭吐口口水，不管艾林惱怒的眼神。「我不是失去母親。她是被人謀殺的。」

「當然。」湯姆士轉向沙曼特。「容我引見密爾恩的沙曼特領主，他帶了五十名山矛士兵一同前來。」

「你們來得好。」艾林說。「這裡發生的事情和所有自由城邦息息相關。」

「你沒必要說服我這一點。」沙曼特說。「歐可又是另一回事了。」

「他需要另一場勝利。」一個新來的人說。布萊爾抬頭，笑容滿面地看著黛莉雅船長和另一個身穿華服的男人走進來。

「『沙羅姆的嘆息號』的黛莉雅船長。」希斯說。「打從克拉西亞人入侵碼頭鎭開始，她就一直是他們背上的芒刺。」

「多虧了布萊爾。」黛莉雅說著伸手撫摸布萊爾亂糟糟的頭髮。「這孩子一直幫我們溜進鎭上打探消息，告訴我們該自何處出擊。」

她伸手摟他，抱得緊緊的，毫不在意他身上黏答答的豬根汁。布萊爾不喜歡給人碰，但如果碰他的人是黛莉雅船長，他發現自己不會很在意。

艾林牧者指向新來的人。「艾格——」

「來森堡伊東公爵的三子。」湯姆士邊說邊與對方擁抱。「我們好怕你死了，我的朋友。」

艾格搖頭。「克拉西亞人進攻首都後，我盡量集合有能力作戰的人，然後逃入平原。我們盡可能攻擊他們，然後在沙漠老鼠有機會抓到我們前撤退。」

「你有多少人馬？」湯姆士問。

「時間充足的話，我可以召集五千把矛。」艾格說。

湯姆士瞇眼看他。「爲什麼你會在這裡，不和你的人馬一起待在來森？」

「因爲，」伊桑插嘴。「奪回碼頭鎭的時候到了。」

「是布萊爾促成這一切。」艾林牧者說。他們沿著看似沒有盡頭的旋轉樓梯向下行走，通過修道院的地基，進入懸崖內部的天然洞窟。

「他發現敵軍在湖岸偵查。」伊桑說，「給我們時間準備伏擊。當天我們擄獲或殺死了超過兩百名敵軍。那是我們至今最大的一場勝利。」

他們來到一座大洞窟，寒冷潮濕，空氣污濁。布萊爾神色驚恐地看著數十名克拉西亞戰士被鎖在牆上，臉頰和四肢都瘦到不像話。

「造物主呀，」湯姆士說。「你們都沒餵他們吃東西嗎？」

馬蘭啐道：「每次餵他們吃東西，他們就試圖逃跑。再說，上面這麼多人挨餓的時候，他們憑什麼有東西吃？」

布萊爾覺得很噁心。這些人看起來很像他的父親和兄弟，神色倦困、骨瘦如柴地躺在地上，泡在自己的屎尿裡。當他帶領雷克頓人埋伏他們時，他就知道不少入侵者會被殺，但是眼前這種景象……

「肯開口的人就有東西吃。」艾林說。「我的牧師和輔祭都會說克拉西亞語，但低階戰士不知道多少有用的情報。」

他指示位於洞窟另一邊的守衛，他們打開了一道沉重的門。

裡面有個克拉西亞人被緊緊綁在椅子上。他的黑頭巾和白面巾都不在了，不過布萊爾還是認得出克拉西亞斥候的領袖。他面前有張窄桌，雙手被撐開，每根手指都被小螺旋虎鉗固定在木頭上。他呼吸平緩，但是面紅耳赤、滿頭大汗。一個戴眼鏡、身穿輔祭袍的老人在操作虎鉗。

「這位是伊察王子，」艾林說。「他宣稱自己是沙漠惡魔本人，克拉西亞公爵阿曼恩・賈迪爾的第三子。」

「等我父親得知此事後，」伊察以喉音很重但還聽得懂的提沙語說。「他會讓參與反抗勢力的所有男女老幼都承受千倍以上的折磨。」

艾林點頭，輔祭調整虎鉗，直到伊察開始吼叫。艾林又點一下頭，他轉回來，直到伊察安靜下來，不停喘氣為止。

「你父親死了。」湯姆士直接說道。「我親眼看著亞倫・貝爾斯把他丟下山崖。」

「我父親是解放者，」伊察說。「再高也摔不死。達馬佳已經預見他的回歸。在那之前，我哥哥會充當他神怒的代言人。」

「你哥哥帶了多少人來攻打雷克頓？」湯姆士問。

「比你們湖裡的魚還多。」伊察說。「比天上的星星還多。比——」

艾林彈指，輔祭又把他轉回去慘叫。這個老頭彎腰操弄虎鉗，臉上的表情就和布萊爾父親修補壞家具時差不了多少。布萊爾很想打那個老頭，或是轉身逃走，忘掉這個畫面。但他辦不到。他走到近處，當痛苦終於減緩時，伊察抬頭直視他的雙眼。

「青恩會受到審判，布萊爾・達馬吉，但你的懲罰會最嚴厲。」伊察喘息道。「艾弗倫會把琴賈斯丟到奈的深淵最深處。」

「我不是叛徒，」布萊爾說。「這裡是我家。你們才是青恩。」

話雖這麼說，他也不知道自己相不相信這種說法。他本來以為牧者是好人，但他對克拉西亞囚犯所做的事情令人髮指。

或許該是他回到沼澤去的時候了。和地心魔物一起生活的日子簡單多了。

黛莉雅船長伸手摟他。「跟我來，布萊爾。別聽這畜生的。你知道他們幹過什麼事。」

布萊爾點頭，跟著黛莉雅離開，回到鎖滿挨餓受凍沙羅姆的大石窟。

「這座山丘，」湯姆士指著地圖說道。「你熟嗎，布萊爾？」

布萊爾嚇了一跳。他一直在想地下洞窟裡的事情，沒有專心聽。他看向紙上那些彎曲的線條和有顏色的斑點，不過不知道什麼代表山丘。

「可蘭坡。」黛莉雅說。

布萊爾點頭。「知道。」

「如果能在這裡安排長弓手，射界將能涵蓋大部分碼頭。」

「那裡有很多沙羅姆。」布萊爾說。「巨蠍。很難攻下。」

「我的騎兵可以。」湯姆士說。「我們可以踐踏那裡的部隊，將巨蠍據為己有，然後在火力支援下繼續衝鋒，攻擊碼頭鎮本體。」

艾林牧者點頭，一指順著地圖下滑。「他們會被戰鬥的聲響吸引，不會發現你的部隊從南方進攻，艾格。」

艾格搖頭。「我們不知道他們有多少戰士，不過肯定比我們兩支部隊加起來還多。」

「只要整個艦隊都趕來奪回碼頭和海灘就行了。」伊桑說。「我們可以讓數千名能夠作戰的男女上岸。」

「那會殺得血流成河。」艾格說。

伊桑點頭。「但是再過六週，湖面就會結冰，我們就會在缺乏補給的情況下受困。船務官全都同意了。我們如果什麼都不做，絕對會損失更多。」

「你們打算什麼時候行動？」湯姆士問。

艾林牧者放下標有許多記號的地圖。「這些是克拉西亞部隊平時的部屬。」他又放下第二份地圖，上面的標記大不相同。「這些是他們在新月時的部屬。」

「月虧。」湯姆士喃喃說道。

「新月時沙漠老鼠白天全都用來祈禱，然後移防去對抗惡魔攻擊。」馬蘭船長說。「他們沒有能力應付我們的聯軍。」

祈禱的人、起身對抗惡魔的人，這些人打算趁這種機會屠殺他們。這和克拉西亞人在沒有衝突的情況下展開進攻沒有什麼兩樣，但還是讓布萊爾感到噁心。

艾格點頭。「我們應該有足夠的時間行軍，不過如果途中遇上敵軍就不行了。我們必須確保路上沒有敵人，不然我不能派遣部隊過來。」

艾林點頭。「我們必須用更……激烈的方式審問伊察王子。」

布萊爾雙掌開闔，想到壓碎伊察手指的虎鉗，接著他突然無法呼吸。他咳嗽，試圖強迫空氣進入體內。

「你沒事吧，孩子？」艾林牧者問。

「萬一他不知道呢？」布萊爾問。「萬一情況改變了呢？」

「他說的沒錯。」艾格說。「我不會基於一個月前的情資派兵。我們必須知道現在小村落裡有多少兵馬。」

「我可以去打探情報。」布萊爾說。只要能阻止那個可怕的老頭調整那些虎鉗，把慘叫聲當作樂器演奏就好。「我知道他們的領袖在哪裡會面。」他指向桌面上的地圖。「我可以偷地圖。」

黛莉雅船長一手搭上他肩膀。「布萊爾，太危險了。我們不能要求你……」

「別要求，」布萊爾說。「我去。」

第二十五章　間諜　334AR　冬

「他們就待在那裡，觀察我們。」賈陽在指揮中心朝向碼頭那一面的大窗戶前踱步，這裡是伊沙杜兒船務官之前的豪華辦公室。「我希望那些儒夫直接進攻，趕快做個了結。」

一打雷克頓戰艦在碼頭鎮——現在叫作艾弗倫倉庫——和雷克頓中間的湖面上下錨，在日落的光線下依然清晰可見。它們原先可能是漁船或商船，但如今甲板上都架有投石器，前後船艙上也有弓箭手站崗。

最糟糕的是新建的巨蠍，是以克拉西亞的設計為基礎。在他們尚未揭露綠地火焰祕密的此刻，雷克頓人能夠如此輕易竊取巨蠍的設計讓阿邦覺得很不是滋味。

這些船已經堅守這條陣線幾個月了，守護一條克拉西亞人從未逼近過的無形疆界。但是儘管增添了這麼多軍備，這些船還是航行迅速，趁著湖面的風勢滑行，宛如掠過天空的飛鳥。如果他們決定進攻，行動一定很迅速。這些船經常打散隊形，無從判斷船上是只有少數船員在虛張聲勢，還是人數多到可以強攻碼頭和海灘。

其他船會從湖中城市來來去去，沿著湖岸撤離數十座小漁村的人，並且迫切地收集物資，彌補損失的稅糧。賈陽派遣同父異母的弟弟南征北討，穿越充斥著奇怪惡魔的濕地，摧毀小村落，不過大部分小村落都在伊察和沙魯的部隊抵達前就已經撤走。

沙魯在南方遇上了一條太寬、太深的河流，無法度過，派人回報他即將返回艾弗倫倉庫。北方的伊察則已經數週沒有消息，就連達馬丁也無法肯定他們的情況。

「在有船可以奪回的時候，他們表現得一點也不懦弱。」阿邦提醒他。「青恩怕你，沙羅姆卡，基於很好的理由。你手下最弱的沙羅姆都能殺死一打漁夫……」

「二十個，」賈陽說。「面不改色。」

阿邦點頭。「正如你所言，沙羅姆卡。但是不要小看你的敵人。他們不進攻不是因爲懦弱。」

「那是什麼原因？」賈陽問。

「是因爲進攻無利可圖。」阿邦說。

「去！」賈陽啐道。「這是沙拉克桑，不是卡非特的買賣。」

「你自己也說過很多次，綠地人比較像卡非特，而非沙羅姆。」阿邦說。「在我們有這麼多戰士防禦碼頭鎮，還有更多部隊能在一天內趕到的情況下，進攻碼頭鎮對他們沒有好處。」他抖了抖，指示無耳在火堆裡多放根木柴。「最好的做法是讓人雪和酷寒削弱我們的戰力。」

賈陽嘟噥一聲。所有克拉西亞人都很冷、很焦躁，也還記得去年在北地過冬時的情況。克拉西亞的冬夜氣溫很低，但是沙漠中的太陽會讓白晝回溫。北地的冬天就是連續好幾個月的濕冷。內地才剛進入冬季，但是在如此接近大湖的位置，雪下得比較早，不但會拖慢巡邏的速度還會弄壞巨蠍。如果本地人的說法值得信任，最寒冷的幾個月裡湖面會結冰，會封住整座港口直到春天。

「所以我們唯一的做法就是在這座不值錢的青恩村落裡閒待著？」賈陽問。

「伊弗佳提到神聖的卡吉也曾在征服的土地上枯等過幾個寒冬，最後才贏得沙拉克桑。然後才打贏沙拉克卡。他花好幾個月的時間運送兵馬和補給，等待完美的攻擊機會。」阿邦擊掌強調。「擊敗你的敵人。」

這番話似乎讓賈陽冷靜下來。「我會擊敗他們。我會挖出他們的眼睛吃掉。未來幾代的漁夫都會心懷恐懼地低語我的名號。」

「那點絕對毫無疑問。」阿邦同意，目光保持低垂，避免凝視賈陽白濁的右眼。他請人製作了一副美麗的魔印金眼罩，但賈陽拒絕戴上。年輕的沙羅姆卡知道他的眼睛令人恐懼，而他很享受這種讓別人不自在的感覺。

「在此同時，你可以好好享受今年冬天。」阿邦揮手比向這間奢華的辦公室。「溫暖的火堆和豐富的美食，而那些湖民只能縮在結冰的船上發抖，咬魚頭充飢。」他懷疑情況是否糟糕到那種地步，但是拍沙羅姆卡馬屁的時候誇張一點鐵定沒錯。「你在艾弗倫恩惠的宮殿已經再度動工了，而你有綠地吉娃可以幫你暖床。」

「我要榮耀，不是享受。」賈陽說，忽略那些安撫的話語。「一定有辦法攻擊他們。現在就打，在寒冬鋪天蓋地而來之前。」

確實有這種方法，但阿邦不打算告訴這小子。就算在最好的情況下，這個計畫都有一定的風險，而阿邦不敢把計畫交給這個為了愚蠢的尊嚴而幾乎葬送他們整個艦隊的男孩。

沒被沙羅姆燒掉的十艘大船中，有四艘被雷克頓人偷了回去，兩艘被燒到無法修復。其中一艘毀於一波水惡魔攻擊中，還外帶幾艘小船。阿邦把剩下的船運到一處隱密的海灣，由他自己的手下看守，然後透過書籍、賄賂及刑求者的刑具來研究航行和造船的知識。

一陣沙拉克號角聲讓他們兩個同時坐直。阿邦看向窗外，立刻發現原因。「沙羅姆的嘆息號。」

賈陽嘶吼一聲，抓起長矛，衝到窗口，好像打算把矛拋出四分之一浬外，攻擊就著黯淡的光線掩護自北方駛來的大戰艦。

黛莉雅船長自克拉西亞人手中奪回紳士的嘆息號後就把船給改名了。船旗上依然有個女人的輪廓瞭望遠方，但是遭拒的求婚者卻被一名著火的沙羅姆取代。這艘船經常攻擊他們，測試他們的防線，越來越符合船的名稱。當初偷走巨蠍，讓雷克頓人剽竊設計的就是黛莉雅與沙羅姆的嘆息號。

每當沙羅姆的嘆息號出現，佔領方就會蒙受損失，賈陽則會束手無策地發飆。那艘船最常採用的策略就是在攻擊距離邊緣停船，用投石器發射火藥或是致命的弓箭，然後在梅寒丁部族有機會調整武器，展開反擊前離開。

賈陽嘗試把青恩移送到碼頭或是最接近海岸的房子裡，但是船長會得知這類計畫，攻擊其他地方，吸引賈陽的部隊，然後讓其他船艦大膽疏散這些主動送上門去給他們援救的同胞。

每當他們試圖對付或反擊沙羅姆的嘆息號時，黛莉雅船長似乎都能料敵機先，改變策略。他無從得知此刻她只是單純跑來攻擊他們，還是有什麼狡詐的陰謀。

阿邦仔細觀察那艘船沿著海岸航行，一直保持在攻擊範圍外。它只有在接近目標時才會突然轉進。碼頭和海岸沿線都有梅寒丁戰士嚴陣以待，心知他們只有短短幾秒鐘的時間瞄準發射。賈陽承諾過會獎賞擊沉這艘可惡船艦的隊伍一座宮殿。

接著船轉向了，而阿邦覺得他的括約肌都繃緊了。「奈的黑心呀。」

「呃？」賈陽問，在船上的投石器向前甩動，朝他們拋出沉重大石時轉頭看阿邦。

「沙羅姆卡！」阿邦大叫，朝他撲去。

賈陽渾身都是肌肉，但就連他也無法阻止肥胖的阿邦把他壓倒在地。他在兩人摔在地毯上時毆打阿邦，打得他滾向一旁。「你竟敢用你那雙骯髒的手碰我，你這個吃豬的駱駝陰囊！我要殺了——」

就在這個時候，某樣沉重的東西擊中了大窗戶。阿邦安裝的魔印玻璃擋下撞擊的力道，但是整座建築都被打得劇烈搖晃。

賈陽看看窗戶，又看看阿邦，只見他縮起沒有受傷的膝蓋抵住地板。他又看了看窗面上布滿木屑的窗戶，然後看回阿邦。「爲什麼？」

年輕沙羅姆卡的問題並不明確，但阿邦卻知道他的意思。懦弱的卡非特有什麼理由冒險去救一個長年折磨他、嘲弄他的傢伙？

「你是沙羅姆卡，」阿邦說。「解放者的血脈，當你父親在和奈搏鬥時，你就是我們族人的希望。你的命比我的値錢多了。」

賈陽點頭，臉上露出鮮少浮現的關懷神情。

這些根本是屁話，當然。阿邦會很高興讓這個小鬼幫他擋矛。他曾不只一次考慮讓這個傻瓜害死自己。要不是達馬佳可能會大發雷霆的話，他八成早就動手了。

但如果沙羅姆卡在阿邦面前死去，而阿邦沒有一起死的話，哈席克就會來殺他。魁倫或無耳或許有辦法即時阻止他，但是阿邦不願意拿自己的命去賭。只要能和阿邦同歸於盡，哈席克絕對不惜一死，而那種人不是拿來打賭的好對象。

「你救了我，卡非特。」賈陽說。「繼續爲我服務，等我接任父親的王位時，絕對不會虧待你的。」

「我還沒救任何人。」阿邦看著黏在魔印玻璃上的液體和碎片說。「我們得出去。」

「呸！」賈陽說。「你說你的魔印玻璃可以擋下任何攻擊可眞不是蓋的。我們有什麼好怕的？」

他轉身，剛好看見沙羅姆的嘆息號發射另一枚投擲彈，一把冒火的飛刺，發自右舷上的巨蠍。

「我們得出去！」阿邦在飛刺朝他們飛來的同時大叫。他朝無耳迅速比畫手語，無耳立刻跑過房間，一把扛起阿邦。

飛刺擊中黏在窗戶上的液態惡魔火時發出一道震耳欲聾的巨響，伴隨著連長年生活在沙漠裡的人都無法逼視的強光。魔印玻璃依然屹立不搖，擋下了爆炸產生的巨震和高溫。

阿邦憑空繪印。「感謝艾弗倫。」他心中理性的部分知道魔印玻璃本來就該抵擋得住這種攻擊，但是在懦夫的眼裡，這簡直是奇蹟。「走！」他叫，朝門口揮手。不管玻璃有多堅硬，這棟屋子依然只是木頭製造的。地板上已經開始冒出濃煙。

無耳低下腦袋，衝向沉重的大門，一腳把門踢下門框。門板撞上趕來救援的哈席克，但是阿邦毫不浪費時間，指示無耳全速奔跑。耳聾的壯漢把阿邦當成小孩一樣抱著，衝下樓梯，穿越下方的大房間，來到後門。

「失火了！」阿邦在他們穿越大房間時叫道。「逃哇！」

直到逃到外面後，阿邦才發現賈陽緊跟在他們身後。阿邦迅速指示無耳放下自己，心想在其他人眼裡，他們八成像是在幫沙羅姆卡清路逃生。

其他人陸續趕來，包括凱維特、阿莎微、賈陽的保鏢，還有魁倫。「你讓無耳抱你出來？」訓練官滿臉噁心，以其他人聽不見的聲音問道。「你的羞恥心在哪裡？」

阿邦聳肩。「命在旦夕的時候，訓練官，我一點羞恥心都沒有。」

「我要一矛刺穿那個女巫的心臟，然後幹那個洞。」賈陽吼道。

「我會壓著她讓你幹。」哈席克應道。他頭髮上染血，不過看起來隨時都可以開打的模樣。

「我幹嘛要你壓，白痴？」賈陽大聲道，「反正我已經刺穿她的心臟！」

「我……」哈席克開口。

「沙羅姆卡不想聽你的藉口，漏風者！」阿邦抓準機會落井下石。「幫他開路的應該是你，不是兩個卡非特。」

哈席克一副想要找地洞鑽的模樣，阿邦希望這一刻可以永遠保持下去。可惜那一瞬間稍縱即逝，哈席克又開始對他張牙舞爪。

「我們在這裡什麼都看不到。」賈陽說。「去碼頭確認情況。」他伸手一指，哈席克立刻像忠犬般跑過去。

「你和祭司不該待在這裡，沙羅姆卡。」魁倫說。「請允許解放者長矛隊護送你前往安全的地點，好讓你指揮……」

「那裡！」阿莎薇突然尖叫。所有人都看向她，她則指向一個趁著濃煙和混亂跑出屋子的沙羅姆。此人放下黑夜面巾，藉以隔絕濃煙。他肩膀上有個包裹，和他的黑袍一樣黑。戰士僵在原地，所有人也僵住了，那一刻彷彿持續到永恆。

「別光站在那裡！」達馬丁叫道。「阻止他，不然街道將會血流成河。」

所有人聽到這話立刻展開行動，不過動作最快的還是該名戰士。他推開一名達馬，衝向最有可能逃生的方向。

也就是阿邦。

很合理的選擇。阿邦是個胖瘸子，阻止間諜的可能性遠遠比不上沙羅姆或達馬，只有笨蛋才會接近艾弗倫之妻。他只要一推就能推開阿邦，讓他去阻擋其他人追上來。

但儘管阿邦確實很胖、腳也站得不比地心魔物的尿液穩，但他一直都在裝模作樣，瘸腿的程度根本沒有外表看起來那麼嚴重。

他慘叫一聲，在戰士衝上來時將重心轉移到正常的腿上。但是當沙羅姆出手推他時，阿邦抓住他的手腕，用拐杖絆倒他，然後兩個人一起摔倒在地。

本來這樣一切就該結束了，但是戰士控制摔倒的姿勢，落在他身上，讓阿邦承受摔倒的力道。那一刻裡，他的面巾飄開，阿邦看見了他的長相。

他很年輕，年輕到應該還不能穿上黑袍。他的臉上髒兮兮的，不過膚色沒有克拉西亞人那麼深，雖然比大部分綠地人深。他的五官也融合了兩個種族的特徵。混血？世上即將出現一整個世代的混血兒，但是除了少數幾個已經出生外，大部分都還在他們母親的肚子裡，而已經出生的都還忙著哭鬧、尿濕他們的拜多布。

阿邦驚呼的同時，混血兒腦袋後仰，一頭撞上阿邦的眉心。阿邦眼前強光乍現，接著在後腦撞上木板地時聽見沉悶的撞擊聲。阿邦頭昏眼花地看著無耳趕來抓那個戰士，但是混血戰士動作還是比他快，一腳踢中卡沙羅姆的膝蓋。他一躍而起，頂得阿邦喘不過氣，緊接著無耳又壓到他身上。兩人糾纏在一起，滾向一旁，身後傳來眾多戰士追趕間諜的憤怒吼叫聲。

阿邦的視線恢復清晰時，間諜已經全速衝向碼頭，半打沙羅姆緊追在後，更多沙羅姆在他們通過時抬起頭來。

令人驚訝的是，領頭追趕的人竟然是魁倫，而他迅速拉近與對方之間的距離。他的彈簧鋼腳在許多方面都不完美，不過在全速衝刺時卻不是正常男人可以比擬。

間諜似乎也知道這一點。他轉往一個雨桶，用力撞了上去，讓雨桶轉向逃亡路徑上。雨桶一開始動得很慢，在間諜繼續逃跑時左搖右晃，不過隨著桶中的雨水轉移重量，它開始越動越快，一邊濺灑雨水，一邊朝追趕而來的沙羅姆滾去。

追兵開始閃躲，有些跳到路旁，有些人踩到雨水滑倒。其中一個男人被雨桶本身撞倒。

只有魁倫繼續追趕，以能讓貓咪羨慕的彈跳力跳起身來，躍過雨桶。他著地翻滾，利用衝勢翻身而起，繼續追逐。

前方兩名戰士試圖阻止間諜，但他朝他們拋出某種粉末，戰士立刻尖叫抓臉，摔倒在地。碼頭上到處都是桶子、繩子、網子，還有其他東西，而間諜善用那一切，左閃右躲，運用所有掩護和地形來阻擾追兵。

儘管如此，訓練官還是越追越近。魁倫為了提升速度而丟下矛和盾，但那不是問題。就算是沙魯沙克大師也不可能和魁倫近身肉搏多久。

阿邦微笑，以最快的速度一拐一拐地走向他們，一來為了找個好位置觀戰，二來也為了在其他人做出什麼魯莽的舉動前搶先審問間諜。賈陽和眾牧師緊跟著而來，不過阿邦趕在頭裡，而其他人都在留意追逐的情形，移動的速度不快。

當魁倫的手指可以碰到間諜的袍子時，對方突然轉身，甩下背上的盾牌，撞向訓練官，阻擋了他的衝勢，逼得他後退一步。那是一面舊盾牌，看起來起碼是五年前的設計，戰鬥魔印回歸之前的產物。又是一件令人好奇的事情。

魁倫站穩腳步，隨即再度撲上，但是間諜身形一矮，試圖勾住訓練官的腳，將其絆倒。

魁倫很熟悉這個招數，當場一躍而起，閃避對方的掃腿，但是間諜早有防備。他持續之前的動作，甩開盾牌，在訓練官落地時以盾牌沉重的邊緣擊中訓練官的金屬腿。

彈簧鋼反彈開來，魁倫落地時重心全失。間諜把握所有優勢，兩人一陣拳打腳踢。這傢伙體型嬌小，動作超快，完全不讓訓練官有機會站穩腳步。他的盾牌擊中魁倫的臉，然後跳起身來，狠狠踢中他的胸口。

魁倫重重倒地，沒有受到多嚴重的傷勢，但是間諜不再和他浪費時間，轉身衝向碼頭。操縱巨蠍和投石器的梅寒丁戰士聚集起來阻擋他。間諜回頭觀望，看到至少二十名戰士衝向魁倫，最前面的是哈席克。這是阿邦印象中第一次希望這個可惡的閹人成功達到目的。

間諜轉向一座比較少人使用的碼頭，通往一道礁岩多、湖水淺，只有最小的船隻能夠通過的小灣。碼頭上繫著幾艘那種小船，就連沙羅姆都會用的簡單划槳小船，不過間諜應該沒有時間解開任何一艘船的繩索，更別說能在被矛射死之前滑出長矛的射程範圍。結果他衝向碼頭最末端。難道他打算游泳嗎？

當哈席克追到只有落後幾步時，間諜突然轉向，跳入一艘小船中。哈席克花了幾秒的時間轉向，不過他還是一躍而起，舉起長矛，打算在間諜解開繩索前把他插死。

「惡魔屎。」阿邦喃喃說道。哈席克從來不會留下活口審問。

但是間諜根本不打算解開繩索，只是跳過船上的座位，直接跳進湖裡。

阿邦屏息以待，但是間諜沒有沉入水中，彷彿白湖面上彈起般，落水處水深僅達他的腳踝。他又跑了三步，然後突然轉而向左，依然跑在水面上。

哈席克努力在搖晃的小船上站穩腳步，以驚人的準頭拋出長矛。間諜看準方位，險險低頭閃過。

「艾弗倫引導我！」哈席克大叫，像間諜一樣跳船入水。宛如奇蹟出現般，他也站在水面上，臉上的表情就和其他人一樣震驚。他大吼一聲，在其他沙羅姆跳上小船而來時展開追逐。

哈席克跑出兩步，下一步立刻像石頭落水般沉入水中。其他沙羅姆的情況也沒有好到哪裡去，兩個人被晃得厲害的小船晃到水裡去。天知道間諜和哈席克踏在什麼東西上頭，但第三個沙羅姆跳出小船時打滑了，然後失去重心，摔入水中。沙羅姆朝還在水面上奔跑的間諜拋矛，但他迅速逃出射程範圍。最後他掛好盾牌，一躍而起，雙手放在頭上，直挺挺地插入湖面，然後開始游泳。

沙羅姆的嘆息號在混亂間放下小船，三個男人以極高的速度划槳而來。片刻之後，他們接到間諜，在長矛紛紛落水的同時把他拉上船。

號角聲響，沙羅姆的嘆息號朝碼頭上的戰士發射一輪彈幕，用燃燒彈和飛刺殺了幾十個人，甚至摧毀了一台投石器和兩座巨蠍。梅寒丁戰士都丟下遠程武器去追間諜了，所以無法及時反擊。

在他們無助的神情下，小船回到戰艦，戰艦又再順勢逼近，展開最後一波攻勢，船員大聲嘲弄敵人。戰艦轉向時，他們看見黛莉雅船長站在船尾欄杆上，露出乳房嘲笑他們。她身旁的男女船員全都轉過身去，脫掉他們的馬褲，在船開走的同時拍打他們的屁股。

阿邦抵達間諜跳出碼頭的位置時，哈席克和另外兩個沙羅姆依然在水裡抱著小船。跟著哈席克和間諜下水的沙羅姆一直沒有浮出水面。

這種結果並不意外。克拉西亞人不會游泳，而縫在他們黑袍上的沉重護具會在落入冰冷湖水中的戰士有機會減輕重量前把他們拖入湖底。

阿邦試著想像那是什麼情形。他在沙拉吉中曾多次遭人鎖喉，很清楚在缺乏空氣的情況下失去意識是怎麼回事，但是在一片漆黑的湖水中失去意識，甚至不知道上方在哪裡……

他渾身顫抖。

魁倫站在碼頭上，表情怒不可遏。沙羅姆最看重榮耀，而那個間諜在眾目睽睽下讓他看起來像是笨蛋。魁倫肯定會殺掉第一個身分比他卑微又不小心多看他一眼的傢伙。

但不管是不是卡非特，阿邦的身分都不比他卑微，而且他需要他的訓練官，不是什麼生悶氣的小鬼。

「你表現得很好。」他輕聲說道，上前來站在訓練官身旁。

魁倫皺起眉頭。「我失敗了。我應該要——」

「要驕傲。」阿邦在訓練官說出任何自責言語前打斷他。「你超過了所有追他的沙羅姆。你的速度多快！技巧多高！你的新腿令舊腿蒙羞。」

「但這樣還是不夠。」魁倫吼道。

阿邦聳肩。「英內薇拉。世界上的一切都出於艾弗倫的旨意。不管間諜從沙羅姆卡屋裡偷走了什麼，造物主都希望我們的敵人得到它。」

這都是屁話，當然，但是對心情欠佳的伊弗佳教徒而言，「英內薇拉」向來都是很能安慰他們的療傷用語。

「就像祂希望我失去我的腳一樣？」魁倫咬牙切齒地說。「是他要我躺在庫西酒和自己的屎尿裡，直到又胖又瘸的卡菲特證明他比我更強，一腳踏在我的脖子上那樣？如今就連我沒本事抓住一個已經落入我手中的青恩間諜都變成英內薇拉了？」

訓練官朝湖面吐口水。「我覺得艾弗倫一心只想要羞辱我而已。」

「很快就能獲得榮耀了，訓練官。」阿邦說。「沙拉克桑和沙拉克卡將會提供足夠所有人分享的榮耀。我發現你在地上打滾、怨天尤人就已經夠糟了。我幫你振作起來可不是爲了讓你可以站起來繼續抱怨。」

魁倫冷冷看他，但阿邦豪不退縮。「擁抱痛苦，沙羅姆。」

訓練官鼻孔開闔，不過還是點了點頭。阿邦在賈陽走過來時轉身鞠躬。

沙羅姆卡看向漆黑的湖面。「那個間諜怎麼能在水上奔跑？」他轉向阿莎薇。「我以爲妳說過青恩不會霍拉魔法。」

「那並非魔法，沙羅姆卡。」阿邦說，吸引所有人的目光。「我從自濕地中青恩部族歸返的人嘴裡聽說過這種現象。他們會在沼澤裡建造人工島，只有經由隱藏在水面下的石頭步道才能抵達。那些步道都很不規則，對熟門熟路的人不是問題，但是惡魔……或是不熟的人而言，想跟蹤他們很難。」

賈陽咕噥一聲，一邊消化這則情報，一邊看著第一個沙羅姆被抬上碼頭。男人不住發抖，在碼頭上咳出不少湖水，不過似乎沒有大礙。

直到水裡冒出一條觸角，纏住他的腳爲止。男人只慘叫一聲，立刻就在水花四濺中被拖回水裡。

哈席克僵住了，雙眼掃視黑暗的湖面，尋找水惡魔的蹤跡，但是另一個沙羅姆開始大吼大叫，一手抓住船沿，另一手揮來揮去。「艾弗倫的睪丸呀，把繩子丟給我！快點！」

當然，這陣騷動立刻吸引了惡魔的注意力。一條觸角纏住他的喉嚨，他的叫聲在被拖入水中時戛然而止。

哈席克利用這個機會想要爬回船上。小船被他的體重壓斜，隨時可能翻覆，但是哈席克還是想辦法滾了進去，然後轉移重心弄穩船。

所有停靠在碼頭上的船都有水魔印，哈席克顯然自認安全，直到一條觸角纏上他的腳。戰士的矛和盾都已經落水，但他在翻船落水時自腰帶上拔出一支魔印匕首。

所有圍觀群眾默不吭聲，凝視湖面，看著戰士落水的漣漪開始消散。沙羅姆毫不畏懼地上和天上的惡魔。要說那些惡魔比較懼怕他們也不爲過。但是水惡魔會把受害者拖入水中溺斃的神祕惡夢，讓他們怕得要死。

阿邦也一樣，但他一點也不爲哈席克的遭遇感到難過。他想要那傢伙受苦，不過在哈席克做出那麼多讓他生活在水深火熱裡的事情後，能夠做個了結也不錯。

但接著水裡傳來一陣宛如閃電般的魔光。又是一道、再來一道，然後一切都變黑了。片刻過後，哈席克破水而出，大口喘息。他赤身裸體，脫掉全身護具，以免沉入水中，但他手裡依然握著那把匕首。他咬住匕首，然後動作笨拙地朝碼頭游去。

「艾弗倫的鬍子呀。」賈陽喃喃說道，四面八方都傳來同樣的感慨。有人拋出繩索，將生氣勃勃的哈席克拉回碼頭。他皮膚上有不少被惡魔的觸角抓出來的傷口，不過他殺死惡魔時所吸收的魔力已經開始癒合傷口。

他站起來時，一個拉他上岸的沙羅姆在看到哈席克胯下時倒抽一口涼氣。他那裡和女人的下體一樣光滑，陽具該在的位置只有一道疤痕和一條金屬管。

哈席克怒吼一聲，一把抓起戰士的脖子，輕輕一扭，在嘎啦聲中將其扭斷。他轉身背對其他人，脫下死者的袍子，剩下的戰士全都離他遠遠的，看著他迅速穿上馬褲和袍子。賈陽不提他殺人的事情，所以他的顧問也都沒有多說什麼。

「我會治療你保鏢的傷勢。」阿莎薇說。

賈陽在她走過時抓住她的手臂，神色憤怒地說：「哈席克不急，妳先告訴我們他是爲了什麼差點死掉。」

所有人都僵住了。這樣觸碰達馬丁乃是死罪。她可以要求他們砍掉他的手或殺死他，而根據伊弗佳律法，他們必須執行這些刑罰。

但賈陽是沙羅姆卡，解放者的長子，也很可能是克拉西亞下一任領袖。阿邦懷疑有沒有人膽敢站在達馬丁那邊，更別說是當她要求處刑時出面執行。

阿莎薇似乎也很清楚這一點，目光掃過所有見證人的反應。如果她要求其他人行刑，然後遭拒，她在賈陽議會中的地位將會大幅降低。打從英內薇拉在王座廳中展現實力後，凱維特和其他達馬就對達馬丁更加積極參政的情況十分不滿。

結果她伸出另一隻手，似乎只是輕輕拍了拍賈陽的肩膀，但阿邦有辦法在市集中察覺三個攤位外的扒手出手，他看見她以指節敲了賈陽一下。

賈陽的手當場一鬆落下，彷彿他突然自己決定要放開她一樣，但他的目光顯示不是這麼回事。

「沙羅姆卡擔心是有道理的。」阿莎薇語調平靜地說。「不過此事要私底下在議會室討論，不能在耳目眾多的碼頭上說。」

「我沒有會議室！」賈陽說道。「那個水女巫燒了會議室。」

阿邦鞠躬。「你忠心的凱沙羅姆佔領了其他宅邸，其中有些面對碼頭，又位於投石器的射程範圍外。我會準備一份清單讓你挑選，在搬家的時候確保你的軍官得到恰當的補償。在此同時，我在附近倉庫裡有間豪華辦公室，你可以先在那邊休息，等我安排這些瑣事。」

賈陽不太自在地改變站姿，目光在他肩上游移，輕輕嘟噥一聲。「可以接受，卡非特。帶路。」

抵達倉庫時，賈陽已經痛得冷汗直流。他癱在枕頭上，一手接過熱茶，另一手依然癱在身側。凱維特和其他男人假裝沒看見，但大家都知道事情不太對勁。

房間一角傳來魔光，因為阿莎薇灌注魔力到哈席克體內，完成了殺死惡魔後展開的復元過程。哈席克輕聲懇求，不過阿莎薇低頭看了他兩腿之間一眼，神色哀傷地搖頭。哈席克看向阿邦，雙眼充滿怨恨，但阿邦只讓他看到一絲笑意。

「沙羅姆卡想要我看看他的手臂了嗎？」阿莎薇問。其他男人都不安地看向她，然後看回蒼白冒汗的賈陽。所有人都知道接下來是什麼情況。阿莎薇無法在大庭廣眾下讓他得到應有的懲罰，於是她決定私底下給他三倍的懲罰。

「如果達、達馬丁願意的話，」賈陽咬牙切齒地說。

「如果你喜歡，我可以不管。」艾弗倫新娘說。「動作夠快的話，我還救得了那條手臂。如果不快點動手，你的手就會萎縮壞死。」

賈陽瞪大完好的眼睛，然後開始搖頭。

「艾弗倫新娘不需要祭司或戰士懲罰膽敢觸碰我們的人，阿曼恩之子，」阿莎薇說。「我們神聖的丈夫賜給我們足以保護自己的力量。你最好記得這個教訓。」

她環顧四周，冷冷地面對其他男人的目光，包括凱維特在內。「所有人都一樣。」一個女人說這種話可謂十分大膽，而在場不少男人——特別是凱維特——全都勃然大怒，但是沒有蠢到去反駁她。她等待片刻，輕輕點頭，然後走到賈陽身旁，幫他脫下一邊肩膀的袍子。達馬丁剛剛拍擊的位置如今一片漆黑，肩膀整個腫了起來。她輕輕抬起手臂，一邊按摩一邊拉扯轉動。很快賈陽的手指就可以動了，沒過多久又能夠握成拳頭。

「這條手臂過幾天就會完全復元。」她說。

「要過幾天？」賈陽大叫。

阿莎薇聳肩。「去殺阿拉蓋，魔法會加速療程。」

「好啦，好啦！」賈陽滿臉不爽地抱著那條手臂。「現在妳可以告訴我們剛剛那是怎麼回事了吧？」

「哈席克沒有碰我。」阿莎薇說。

「妳一下子就治好哈席克了。」賈陽繼續。

「你的敵人齊聚，陰謀策劃，」阿莎薇說。「骨骰很久以前就料到這一天了。」

「隨便哪個笨蛋都猜得出來。」賈陽說。

「骨骰還告訴我要阻止渾身散發惡魔根臭味的小賊，不然會有數千人死亡。」阿莎薇說。

「惡魔根？」賈陽問。

「一種達馬丁治療藥材。」阿莎薇說。「北地人稱之爲豬根。那個間諜渾身都是那種味道。」

「妳爲什麼不早說？」凱維特問。「我們可以派守衛去聞所有進入沙羅姆卡宮殿之人的味道。」

「骨骰沒有提到宮殿。」阿莎薇說。「或是沙羅姆卡。那個賊可能是任何人、出現在任何地方。骨骰宣稱我聞到他的味道時就會知道他是誰，還有我該怎麼做。如果我對別人提起此事，命運就有可能改變，賊也會避開我。」

「他確實避開妳了。」凱維特說。「妳老是把妳的霍拉魔法吹噓得有多厲害，結果卻連個小賊都阻止不了。」

「那可不是普通的小賊，我的達馬。」阿邦鞠躬說道。「他能夠閃避沙羅姆，好像他們在深沙中跋涉一樣，還能和當今世上最偉大的訓練官對打十秒。而且他無畏無懼，在明知有水惡魔的情況下還跳入水中。另外不要忘了，他可以使喚沙羅姆的嘆息號，放火燒掉宮殿來掩飾他的行動。」

「但他究竟偷了什麼？」魁倫沉思道。

「我們不可能肯定。」阿邦說。「宮殿大火只燒死了幾個人而已，但是宮殿已經毀了。我們沒辦法在灰燼中研判他偷走了哪些文件，但是並不難猜。」

「部隊數量，」魁倫說。「補給車隊。我們的地圖。我們的計畫。」

阿邦向賈陽鞠躬。「所有文件都有副本，沙羅姆卡。我們沒有失去任何東西。但我們必須假設敵人得知了一切。」

阿莎薇跪在地板上，吸引所有人的注意。達馬丁趁他們討論時安安靜靜地鋪好了擲骰布。如今她拿出霍拉，讓所有人暴露在詭異的魔光下。

「說起臆測。」阿莎薇說。「如今分歧點已過，艾弗倫或許會指引我們更加明確的道路。」

所有人在她擲骰時都安安靜靜，大部分的人都是打從漢奴帕許以來第一次見到達馬丁擲骰。擲骰結束後，達馬丁抬頭，霍拉魔光把她的白面紗映成紅色，宛如染血。

「間諜拿走了什麼無關緊要，」阿莎薇說。「三個公爵領地聯手對付我們，你的敵人已經得到攻擊所需的情報。」

賈陽目光飢渴。「攻擊哪裡？什麼時候？」理性的指揮官會擔心即將面臨的攻擊，但是年輕的沙羅姆卡只看到爭取榮耀的機會，證實自己有實力坐上頭骨王座的機會。

達馬丁看回骨骰，目光在看不出意義的排列圖案上游移。阿邦向來不信任骨骰。他不否認骨骰之中蘊含魔力，能夠傳達精確無比的情報，不過解讀骨骰的法門似乎科學與藝術並重，而且也不會將一切全盤托出。

「他們會從陸路和水陸同時進攻。」阿莎薇說。

「喔？」賈陽問。「他們會用武器嗎，或許？戰士呢？如果妳的骨骰就只能提供這些……」

阿莎薇舉起骨骰，綻放魔光，讓整個房間沐浴在紅光之中。表面上骨骰彷彿能夠燒焦達馬丁的手指，但她毫不費力地握著它們，男人則在魔光前畏縮。

所有人都默不吭聲。阿邦望向魁倫，點頭要他上前。

訓練官一副被人要求爬入阿拉蓋坑的模樣，但他還是毫不遲疑、毫不抱怨地走了出去，跪在阿莎薇面前，雙掌貼地。他彎腰向前，額頭抵地。

阿莎薇凝視他片刻，然後點頭。「說吧，訓練官。」

「尊貴又睿智的達馬丁，」魁倫小心翼翼地開口。「我們謙卑的凡人沒有立場質疑艾弗倫的話。但如果骨骰提到任何關於布署部隊的建議，就有可能影響到戰局的勝負。」

「骨骰沒有提到這種事。」阿莎薇說。「因爲我們的敵人會觀察我們的行動加以應變。如果他們的間諜發現我們移防，他們就會改變計畫，更動預言。」

她揚起一根手指。「但儘管骨骰不透露位置，卻有告訴我們時間。他們會在月虧出擊。」

凱維特眨眼。「不可能。他們不敢……」

「他們會。」阿莎薇說。「就是爲了你認定他們不敢。他們認爲月虧會讓我們分心。削弱我們的實力。」

賈陽皺眉。「我父親說青恩有榮譽，雖然比較低級，而且他們會在艾弗倫面前表現謙卑。但如果他們膽敢在我們準備對付阿拉蓋卡的時候攻擊我們，他們就不可能在乎榮譽。」

「這只是他們冒犯艾弗倫的開始而已，」阿莎薇說，把所有人的目光吸引回去。

「他們會趁夜攻擊。」

第二十六章　第一次出擊　334AR 冬

布萊爾心跳急促，壓低身形、急速奔走，利用任何找得到的掩體隱匿行蹤。他依然穿著偷來的黑袍，漆黑的環境宛如慰藉的毯子般披在身上。

這附近的地心魔物不多。不管他父親的同胞有多差勁，克拉西亞人都把碼頭鎮附近的惡魔清理得十分乾淨，乾淨到就連晚上也沒什麼好怕的。

但是黑暗中還有其他獵食者。

湯姆士利用月虧慶典的機會移動部隊，將他們布署在可蘭丘底的小樹林後方。布萊爾突然從樹叢中跳到部隊前面，把伯爵的馬嚇了一跳，於嘶鳴聲中人立而起。

布萊爾僵在原地，深怕伯爵摔下馬，但湯姆士待在馬鞍上，熟練地讓馬恢復正常。

「黑夜呀，孩子，」伯爵吼道，聲音低沉憤怒。「你想洩露我們的位置，害死我們嗎？」

「他們知道了。」布萊爾說。

「呃？」湯姆士問。

「我看到他們。」布萊爾說。「沙羅姆穿越樹林，移動到我們後方。他們知道我們在這裡。」

「可惡。」湯姆士吼道。「有多少？騎馬嗎？」

「比我們多很多。」布萊爾說。他不擅長算數。「不過大部分都是步兵。」

湯姆士點頭。「騎馬比較難掩飾行蹤。他們到達定位了嗎？」

布萊爾搖頭。「還沒。快了。」

湯姆士轉向沙曼特領主。「準備好。我們按照計畫進行。」

「你打算直接闖入陷阱？」沙曼特問。

「你希望我怎麼做？」湯姆士問。「我們只有這一次機會。艾格和他手下都出動了，而雷克頓沒有辦法撐過冬天。我們必須攻下那座山丘，布置弓箭手去掩護雷克頓人上岸。敵軍步行，攻擊範圍受限。等我們奪下制高點，他們要把我們趕走就必須付出代價。」

「但他們會把我們趕走。」沙曼特說。「抵達山丘之後，我們就會被困在上面。」

「如果可以堅守到他們奪回碼頭，我們或許可以衝鋒，殺出一條血路。」

「不行的話呢？」沙曼特問。

「不行的話，」湯姆士說。「我們就防禦碼頭直到戰死爲止。」

❧

阿邦依靠枴杖，站在他倉庫裡面對湖面的窗戶前，凝望著黑暗。他的辦公室佔據整座倉庫頂層，四面八方都是窗戶，讓他可以觀察所有方向的情況。

無耳站在附近，但是阿邦卻不覺得安全。這個巨人比阿邦見過的任何人都壯，而且再過不久就能成爲沙魯沙克大師，但他不像魁倫那樣令他安心。訓練官戰技高超、受人景仰，願意——甚至迫不及待——提供建議，在阿邦打算做蠢事前指出他的錯誤。

他很驚訝自己如此依賴訓練官，一個他曾恨之入骨的男人。只因爲阿邦沒有摺好一張網子，就把他踢入充滿惡魔的大迷宮中。

就商人的角度來看，阿邦了解這種做法。他對他的單位而言是個負擔，無能得危害其他沙羅姆的性命安全。他積欠無法償還的債務，就像一隻不能下蛋的雞。在魁倫看來，他死了比較好。

但阿邦擁有其他技能，讓他在沙達馬卡面前無可取代的技能——對他兒子也一樣。他們今晚執行的就是他的計畫。如果能夠獲勝，賈陽會搶走他的功勞，阿邦的努力都不會記載到史冊中。如果失敗了，阿邦的性命就會變得比他鞋底的灰塵更不值錢。

黑暗中的戰場需要魁倫。

數呎外，凱維特達馬不安地在床前來回踱步，這個老頭看起來不比阿邦輕鬆。只有阿莎薇，跪在地面一塵不染的擲骰布上，散發出冷靜的氣息。她冷冷看著其他男人，輕啜她的茶。

克拉西亞人一整天都刻意不表現出任何不尋常的跡象。凱維特主持月虧禱告，戰士則忙著吃飯、休息、上女人。很多沙羅姆讓家人搬來定居，幫忙防禦碼頭鎮，其他人則在洗劫碼頭鎮時強娶綠地新娘。

但是當他們集合準備展開阿拉蓋沙拉克時——這是月虧時所有沙羅姆都要做的事情——他們沒走平常掃蕩阿拉蓋的路線，而是趁著黑袍的掩護前往伏擊青恩的地點。

「當夜空三道大火呼嘯沖天時，你就要展開攻擊。」當天早上擲過骨骰後，阿莎薇對賈陽道。一條火線沖上天際，伴隨著傳達樹裡外的尖銳呼嘯聲，再度證實了阿拉蓋霍拉的力量。

湖面上的火焰飛彈呼應了青恩的火藥。第三道火焰自沙魯率領戴爾沙羅姆前往的南方照亮天際。

遠方傳來沙拉克號角的聲音，他感到一陣快感襲體而來。不管是好是壞，總之要開打了。

彷彿商量好了般，數十艘朝淺水移動而來的雷克頓船艦上的投石器投出滾動的火球。梅寒丁戰士立刻開始動作，但是當火焰開始劃過天際時，他們還在測量距離。凱維特停止踱步，仔細打量拖曳火光的火球，平時不動聲色的臉上隱隱抽動。

阿邦並不擔心。他的工程師和魔印師確保這棟建築物安全牢固，在牆壁裡塞入阿拉蓋屍體，為魔印灌注魔力。這是以粗糙的手法模仿達馬丁的霍拉魔法，不過效果不差。巨石會像小圓石般被魔印牆反彈開來，沒有火焰可以引燃他們。就連濃煙都會在飄進來前化為清風。就算整座城鎮淪為廢墟，他的倉庫還是會毫髮無傷。

他才剛開始享受這個想法，雷克頓人就已經開始把這個想法化為現實。從前他們把轟炸的範圍侷限在海灘和碼頭，但今晚的投擲武器射程範圍更廣，射穿建築物，在城內各地放火。

「月虧第一晚，」凱維特低吼道。「而他們竟然要把女人和小孩燒出魔印守護範圍。」

「我想這麼做很恰當。」阿邦說。「我們攻擊碼頭鎮的時候也沒把他們第一場雪這個神聖的日子放在心上，而且我看到沙羅姆怎麼對待他們的女人和小孩。」

「青恩女人和小孩，」凱維特說。「艾弗倫之光不眷顧不信仰他的人。」

阿邦聳肩。「或許。不管怎麼說，他們都是笨蛋，如果他們相信選在月虧攻擊有利可圖的話。」

凱維特咕噥一聲。「就算他們打贏了這場戰役，達馬基也不會坐視不管。他們會讓艾弗倫恩惠的戰士傾巢而出，讓青恩付出上千倍的代價。」

⁂

布萊爾看著湯姆士彎下腰來，用火柴點燃他插在地上的紙管。

弓箭手知道他們會來，但是數量卻不足以抵擋湯姆士的武裝騎兵。如果克拉西亞人在山丘上安排太多人，他們就會過早露餡。他們把那些弓箭手留在山丘上送死。

引信點燃，火箭在呼嘯聲中沖天而起，於天上拖曳出一道紅光。布萊爾瞪大雙眼看著火箭升天。她母親會在慶典時做些甩炮，但眼前這個可是他只有在故事裡聽過的煙火。南方和東方都有其他火箭升空回應，表示部隊都已經準備進攻了。

「好美。」他說。

「黎莎‧佩伯為了不同的新月而製造的。」湯姆士的聲音聽起來很遙遠、很悲哀。「我見過不少煙火失效，但她的不會。從來不會。」他伸出兩根手指到胸甲的縫隙中，彷彿要向自己保證那裡有些什麼。

「不知道藥草師會怎麼想，」沙曼特說。「如果知道她的煙火被用在這種血腥屠殺上。」

湯姆士轉向他，正要開口爭論，但是下方傳來一陣號角聲，吸引了兩人的注意力。伯爵深吸口氣，吐氣時整個人彷彿洩氣了般。

他一腳踏上馬蹬，翻身上馬。「現在擔心女人的想法已經太遲了。」

他舉起長矛。「弓箭手！在船駛入前殺光所有在碼頭上移動的東西。自由射擊！」

布萊爾衝向路旁一顆大石頭，迅速爬上去，然後平貼在石頂上，觀察逼近而來的敵軍。

「什麼情況？」湯姆士騎到旁邊問。

可蘭丘三面都是岩石，只有一條布滿石塊的道路通往丘頂。「太多掩體，不利射擊。」布萊爾說。「他們徒步衝鋒。弓箭手在後。」

「養精蓄銳，等著他們奪回山丘。」湯姆士說。「如果成功，他們就可以在雷克頓人上岸時對碼頭施放箭雨。」

布萊爾正要下來，湯姆士伸手制止他。「待在上面，布萊爾。交給士兵處理。」

「我家，」布萊爾吼道。「這也是我的戰爭。」

湯姆士點頭。「但其他人都不能像你那樣作戰，布萊爾。孤身一人，你可以逃離這座山丘，讓其他人知道這裡發生過什麼事情。」他伸手到護甲中，拿出一捆紙。

「你可以把這些交給黎莎·佩伯，如果我沒能活過今晚的話。」

布萊爾感到喉嚨緊繃，接過那捆紙張。他喜歡伯爵，但是沙羅姆實在太多了。

太多了。

湯姆士狂吼一聲，踢他的馬，率隊衝鋒。

布萊爾心中湧起希望，看著那些沉重的馬匹。他本來以爲和沙羅姆交鋒時騎兵會放慢速度，但是林木士兵的戰馬都身穿以魔印漆加持的輕木甲，架開敵人的矛，高大的馬斯譚馬則像除草般壓過沙羅姆，沿途留下血淋淋的腳印。

但是抵達丘底之後，克拉西亞人點燃一碗碗燃油，四周大放光明。他們在騎兵進入弓箭手射程範圍時用鏡子反射火光。朝戰陣中無差別放箭，絲毫不顧自己人的安危。

箭開始插入林木士兵護甲的縫隙和脆弱處。男人慘叫，馬匹驚慌立起，敵軍在開闊地將他們團團圍住。

湯姆士下達指令，他的騎兵如同鳥群般調轉馬頭，衝回高地。

他們只有短暫受挫，但是沙羅姆已經開始向上推進，更多戰士衝上山丘。透過油碗的火光，布萊爾看見他們的袍子不是黑色或褐色，而是綠色的。

這解釋了他們的指揮官爲什麼這麼樂意犧牲他們的性命奪回山丘。他們根本不是克拉西亞人，而是被逼上戰場的來森人。流血就交給他們，之後再由他們的主人搶奪山丘。

布萊爾想起伊察，想起自己在刑求官轉動虎鉗時心裡冒出的同情。當時的刑求很殘酷、充滿錯誤而且毫無意義。但是和敵人願意做的事情根本無法相提並論。

布萊爾立刻知道沒有任何東西可以阻止克拉西亞人奪回可蘭丘。他的手指在伯爵給他的紙上磨擦。如果要逃的話，他就必須盡快。

大路太危險了，於是布萊爾移動到懸崖另一邊，直接爬下陡峭的岩牆。憑他的攀爬技巧和身上的黑袍，他有辦法前往其他人無法抵達的地方。

至少他是這麼認爲的。

布萊爾揉揉眼睛，以爲自己眼花了。因爲一輩子住在黑暗中的關係，他的夜視能力很強，不過還是有其極限。

他僵住了，透過微弱的星光和下方黛莉雅船長與其他人攻擊碼頭的火光全神貫注地看著。

他又看到了。岩壁上有動靜。整座岩壁上都是。

有戴爾沙羅姆在攀爬可蘭丘，數以百計。

他跌跌撞撞地奔向另一邊，衝過弓箭手。「懸崖下有沙羅姆！懸崖下有沙羅姆！」

「我看到一個！」一名弓箭手叫道，朝岩壁射箭。他肯定沒射中，因爲他咒罵一聲，然後又去拔箭。

懸崖上到處都有弓箭手確認有戰士攀岩而來，轉而攻擊近距離的敵人，放過碼頭上的戰況。但是沙羅姆一身黑，又平貼在陡峭的岩壁上，很不容易射中，浪費的箭遠比殺死的克拉西亞人多。

湯姆士騎到負責雷克頓弓箭手的軍官身旁。「叫你的手下不要浪費箭，繼續射擊碼頭！我會留下一百名騎兵守護他們。」

「剩下的人呢？」沙曼特騎到他身邊問。

湯姆士指向山丘下。「剩下的人要去摧毀等著配置到這裡來的弓箭手。他們可以奪回山丘，但卻不能得到好處。」

他看向布萊爾。「我們引起的混亂……」

布萊爾點頭。當有四百匹馬製造騷亂的時候，想要趁人不注意溜走就很容易了。

伯爵一聲發喊，在有機會重新考慮前踢馬出發。林木士兵如同雷鳴般衝下山丘，撞開路上的青沙羅姆。和之前的衝鋒不同，這次他們在抵達開闊地後又繼續前進，直接衝向那隊菁英戴爾沙羅姆弓箭手。

克拉西亞人沒料到敵人會這麼做，不過也沒有吃驚多久，隨即開始射擊，削弱對手的實力。馬匹沒辦法在全副武裝的情況下全速衝刺，而當箭射中護甲縫隙時，牠們開始慘叫摔倒，往往會撞倒旁邊的馬。

但他們還是繼續加速，突然間就已經衝到弓箭手身上，在巨馬踏扁敵軍的同時四下揮動騎兵矛。弓箭手沒有部隊防禦，立刻兵敗如山倒。

湯姆士領頭進攻，一支矛耍得如同殘影，馬在敵陣中跳前跳後。沙曼特一直跟在他身邊。

但是儘管弓箭手慘遭殲滅，克拉西亞的部隊又迎了上來。這些不是拿把長矛就被迫上陣的青沙羅姆，是眞正的沙羅姆，爲戰鬥而生，從小就接受訓練，而且有不少人騎馬。他們自四面八方逼近，打亂湯姆士的隊形，令井然有序的騎兵陷入混亂。

雙方持續作戰。沙曼特一直待在湯姆士身邊，兩名身穿閃亮盔甲的領主在人群中格外顯眼。沙曼特用盾牌擋下刺向湯姆士的一矛。湯姆士插死對方，然後將沙羅姆的屍體甩向一匹敵方的馬。沙曼特立刻配合，一矛插入人立而起的馬頸。

他們似乎支配著附近的戰場，但是遠方的布萊爾看得出來他們與手下越離越遠。敵人刻意將他們分開。

布萊爾知道自己該逃跑。應該要盡快深入黑夜，傳達山丘淪陷的軍情，還有黎莎・佩伯的信。但他沒辦法就此逃跑。他拉起沙羅姆面巾，在石頭之間迅速奔跑，逐漸接近戰場。

湯姆士和沙曼特闖入一圈敵軍中，突然發現他們身處一片空地。戴爾沙羅姆把他們包圍在一塊開闊地中。

空地中央的是克拉西亞領袖，賈陽，這點可以從他的白頭巾和白面巾看出來。

「打得不錯，綠地人，」賈陽大叫，舉起長矛。「想在真正的敵人面前測試你的勇氣嗎？」

阿邦拿出他的望遠鏡——達馬佳送給他的另一樣禮物。他的魔印師仔仔細細地把這玩意兒拆解開來，研究構造和魔印，還有提供魔力的惡魔碎骨。沒過多久他們就製造出更多望遠鏡，包括魁倫在內的所有船長都有一副。

這個裝置讓他可以透過艾弗倫之光視物——魔印視覺，根據綠地人的說法。透過望遠鏡，遠方的敵艦彷彿大白天停在他面前一樣，每個船員都閃閃發光，外殼上的魔印彷彿用火刻畫的一樣。

水的顏色很暗，蘊含其中的游離魔法通通被吸往船上的魔印，但是阿邦看到水面下有惡魔的魔光，受到船戰的騷動吸引而來。它們如同漩渦般轉動，一等魔印出現裂縫立刻就要把整艘船拉進奈的懷抱中。

碼頭和海灘上遭受敵方投石器猛烈的攻擊。惡魔火焰主要的攻擊目標都在城鎮內部——青恩不希望摧毀碼頭。他們的投石籃裡裝的是拳頭大小的石塊，四下散開打穿防禦工事、戰士，還有機器。巨蠍用來精確瞄準目標，在射手和凱沙羅姆離開掩體時擊殺他們。

另外還有來自可蘭丘的攻擊。

「他們撐不住的。」凱維特指著在敵方彈幕後方移動的戰船，船身大到能夠透過魔印光和火光看見的地步。「青恩登陸時就會殺光他們。」

「如果他們登陸的話，尊貴的達馬。」阿邦說。

阿莎薇出現在他們身後，看著湖面上的戰況。阿邦假裝調整鏡片，透過鏡片偷看她一眼。正如他懷疑，她身上許多首飾都綻放強烈的魔光，特別是她額頭上的魔印硬幣。她顯然像他一樣能夠看清黑暗中的情況。

「把戰爭交給真正的男人去打，卡非特。」凱維特說。「你父親還穿著拜多布時，我就已經在研究卡吉的戰略了。戴爾沙羅姆已經無法阻止敵軍登陸。他們必須在開闊地形下才有機會打贏。」

阿邦不浪費時間爭辯，將望遠鏡轉向南方，終於找到他在找的東西。他的小艦隊在黑暗的湖面上近乎隱形，敵軍完全沒有注意到，迅速駛出他們藏身的洞窟。

領頭的船艦叫作「沙羅姆之矛」，船長是魁倫訓練官，船員全部來自阿邦百人隊，兩側各有二十支船槳，還有一面可以利用任何風勢的正方形船帆。但是他們沒有拉起黑帆，船完全依賴划槳的力量，如同弓箭般衝向敵方艦隊。前後艙樓上都沒有投石器，只有特殊設計的巨蠍和很多很多人。

另外兩艘船跟在他們後面，還有近二十艘小船——這些船上沒有投石器和巨蠍，船上只有沙羅姆。阿邦拿出第二支魔印望遠鏡，和他自己的相比算是廉價仿製品，不過夠用了。他想要他從前的老師見證這一切。

「你說得對，達馬，不要指望戴爾沙羅姆能夠阻止敵人。現在看看我的卡沙羅姆做些他們辦不到的事情。」

凱維特神色懷疑，不過他還是揚起望遠鏡，看向阿邦所指的位置。「我們擄獲的船隻。那又怎樣？那幾艘船無法擊沉這麼多敵艦。」

「擊沉？」阿邦嘖了一聲。「擊沉要怎麼獲利？想要打贏這場仗，達馬，我們就必須把敵艦據爲己有。」

片刻過後，魁倫的船進入一艘雷克頓大船的射程範圍，那艘船造型優雅，採用尖頭帆，甲板寬敞，兩側都放滿武器。

克拉西亞人發射有倒勾的大飛刺，固定在敵艦的船殼上。飛刺的繩索連在沉重的曲柄機上，強壯的青恩奴隸彎腰拉柄，慢慢拉近船艦間的距離。

在雷克頓人發現出了什麼事前，身手矯健的卡沙羅姆觀察兵已經跑上扯緊的繩索，就像奈沙羅姆在大迷宮牆頂上奔跑般。他們不帶盾牌，不過背上全都揹了半打投擲矛，而當他們放下船板讓其他戰士上船時，甲板上最大的威脅都已經解除了。

轉眼之間，阿邦的戰士橫掃甲板。他看見魁倫混在裡面，他的斷腳十分顯眼。要不是因爲能夠看見靈氣的話，他殺敵的效率足以令阿邦驚恐。阿邦不能像阿曼恩或達馬佳那樣閱讀人心，但是訓練官渾身綻放著勝利的榮耀。

看到沒，訓練官？阿邦心想。我把你失去的一切通通還給你了。

當甲板上的敵人死光，那艘船完全落入百人隊的掌握中時，梅寒丁戰士上船，開始操作青恩的武器。魁倫在船上留下最少數量的船員，然後在他們割斷繩索的時候跳回艾弗倫之矛。

湖面上到處都有雷克頓船艦被安安靜靜划槳接近的沙羅姆佔領。綠地人或許在遠程攻擊上佔有優勢，但是近身肉搏完全不是克拉西亞沙羅姆的對手。賈陽派人給魁倫，而訓練官則讓這些人一直在船上奔跑，直到他們熟悉水戰爲止。

在雷克頓艦隊開始警覺之前，魁倫已經佔領了四艘船，而其他的船佔領了十六艘。

直到此時，佔領船艦上的梅寒丁戰士才開始開火，瞄準停靠在碼頭和海灘上的敵艦。當雷克頓人下船後，梅寒丁戰士用綠地人自己的惡魔火去焚燒他們。青恩戰士放聲慘叫，起火燃燒，阿邦的海盜船則將注意力轉移到下一艘船去。他們射出大鎖鍊，撕裂船帆，擊碎船槳，讓那些船癱死在湖面上。

數量依然多於海盜的雷克頓船艦開始轉而攻擊新敵人，但是梅寒丁弓箭手趁青恩射擊隊還在調整武器時發射火箭，焚燒他們的船帆，攻擊他們的甲板。

沙羅姆的嘆息號出現了，靈巧地繞過其他船艦，調整船上的武器方位。奇襲的優勢迅速消失，數量優勢再度顯現。但是沙羅姆戰士與綠地人不同，他們全都做好戰死的準備。當他們的船受損時，他們很樂意撞上敵艦，跳過去和敵人近身肉搏。

然而海面上的戰鬥看起來還是會輸，雷克頓人將會逃回他們的堡壘。魁倫還有最後一招可使，但是訓練官一直反對這麼做，就連阿邦也同意這種做法是鋌而走險，搞不好會得不償失。

賈陽拉下面巾。「我是賈陽・阿蘇・阿曼恩・安賈迪爾・安卡吉，沙達馬卡和達馬佳的長子，全克拉西亞的沙羅姆卡。」他在馬鞍上輕輕點頭。「在送你去接受艾弗倫審判前，我可以看看你的長相、得知你的姓名嗎，青恩？」

「不要……」沙曼特開口，但湯姆士不理會他，把矛插到地上觸手可及的距離內，脫下他的頭盔。

舉起頭盔時，賈陽瞪大雙眼。「你。和帕爾青恩在一起的王子……」

湯姆士點頭。「我是湯姆士王子，林白克二世公爵的四子，林木軍團指揮官，藤蔓王座第三順位繼承人，窪地郡伯爵。」

賈陽張牙舞爪。「膽敢染指解放者未婚妻的傢伙。」

沙羅姆中傳出一陣憤怒的聲浪。

「黎莎・佩伯在阿曼恩・賈迪爾墜崖身亡前就已經選擇了我。」湯姆士用矛指向賈陽。「你也會面對相同的命運。我要和你來場多明沙羅姆。」

賈陽哈哈大笑，片刻過後，其他戰士也一起笑。

「多明沙羅姆是在艾弗倫面前為榮譽而戰，青恩。」賈陽用矛回指湯姆士。「你趁月虧之夜攻擊男人。你毫無榮譽可言。」

「你弟弟和他手下的軍官在我們手上，」湯姆士說。「傷害我們，就永遠別想見到他們。」

「伊察？」賈陽問。

湯姆士點頭。「還有三個凱沙羅姆、半打訓練官、超過五十名沙羅姆。給我一場榮耀的決鬥，他們就能獲釋。」

賈陽轉向他的戴爾沙羅姆。「就連青恩戰士也像卡非特一樣爲了活命討價還價。」

克拉西亞戰士高聲嘲弄，不少人對湯姆士吐口水。

賈陽轉向湯姆士。「留著我弟弟和他手下！如果他們又弱又蠢到會被青恩抓住，那就是他們活該。我們很快就會去救他們。」

他戴起面巾。「但是如果你想要我爲了給沙達馬卡戴綠帽的事情親手殺你，那我願意賜給你這種死法。」

湯姆士立刻戴上頭盔，拔起長矛，在賈陽準備作戰時駕馬和他繞圈對峙。

兩個人都沒有對峙多久，同時踢動他們高大的馬斯譚馬，以接近的速度展開衝刺，壓低長矛。交鋒前的最後一瞬間，賈陽提起長矛，瞄準湯姆士胸口。不料湯姆士卻熟練地拋起長矛，隨即反手握住比較接近矛頭的位置。

賈陽的矛正中伯爵心口，但是湯姆士的護甲綻放一道魔光，賈陽的武器當場粉碎。

接著湯姆士殺到近處，將衝勢和速度化爲一連串刺擊，刺探賈陽的防禦，試圖找出破綻。

賈陽企圖退出戰團，但是伯爵的騎術比他精良，他的母馬像牧羊犬般驅趕賈陽的種馬，緊黏著對方，讓伯爵繼續攻擊。

賈陽手忙腳亂地移動盾牌，盾牌加上玻璃盔甲提供了他足夠的防禦。但是他只能挨打，沒有矛可以還手。看來伯爵要不了多久就會找出盔甲上的縫隙，然後施展致命一擊。

賈陽猛推盾牌，震退湯姆士，趁機動手打他的馬。母馬的後頸有護具，但頸部沒有，賈陽把手中的斷矛柄插了進去。

馬斯譚巨馬人立而起，喉嚨汩汩作響，前腳猛踢，後腳不穩。湯姆士努力保持在座位上，直到他的馬開始前傾，在倒地前跳向一旁。

布萊爾以爲一切就此結束，但是賈陽騎回他手下旁邊，下馬，拿起一支六呎步兵矛。

湯姆士爬起身時，賈陽已經大步朝他逼近。他把他的十呎騎兵矛留在泥巴地裡，從背上的矛套中拉出一支三呎長的安吉爾斯格鬥矛，等候對手進攻。

賈陽大吼一聲，雙腳踏出布萊爾的父親許久之前教過他的架勢。他向前掠步，迅速確實，矛身搭在持盾的手臂上。他出手如風，就和伯爵在馬背上時一樣快速，刺探木甲的弱點。

湯姆士用盾牌和胸甲擋下大部分的攻擊，手裡的矛對準賈陽大腿上的護甲縫隙刺下。

但賈陽大腿一扭，閃開對方的矛。他用持盾的手抓住湯姆士背上矛套的皮帶，用力一扯，然後在湯姆士背脊著地時頂中他的腹部，讓他動彈不得。

但賈陽再度放棄優勢，漫步繞圈，看著伯爵爬起身來，低聲怒吼。他躬身伏低，像貓一樣蓄勢待發。

「我或許看不到明天的太陽，但是你也一樣。」湯姆士承諾道。

賈陽哈哈大笑。「你睪丸很大，青恩。等我殺了你後，我會把它們割下來，塞到你的喉嚨裡。」

湯姆士迅速進攻——動作比布萊爾想像中更快。他的格鬥矛破風出擊，護甲上的魔印開始綻放魔光。

賈陽滿懷自信，隨手格擋，腳下的步法始終穩健。他閃過一矛，旋轉一圈，以盾緣正面擊中湯姆士的臉頰。伯爵向後跌開，賈陽繼續進逼，重擊他的護甲，狂扁猛刺，雖然一直無法刺穿。湯姆士像頭猛獸般被人趕到圈子中央。

伯爵也用盾牌反擊，但賈陽早有準備。他放下盾牌，欺上前去扣住湯姆士持盾手臂的二頭肌。他順時針方向轉身，扯直手臂，然後一矛狠狠插入湯姆士頭盔中的縫隙。

伯爵站著晃動片刻，癱倒在地。

魁倫終於下達指令，投石器隊伍放出另一波攻擊，熱油桶撞上駛向碼頭的敵艦船殼時立即粉碎。破壞了魔印。

效果立刻顯現。阿邦看見水惡魔衝向魔印不全的船艦時水面逐漸變亮，瞥見鮮少有人見過的景象，看到水惡魔破水而出，以觸角和大嘴破壞船殼。有些大膽的水惡魔離開水面，滑到船上，如同沙羅姆的楔子般輕鬆橫掃甲板。

湖面到處都是擾動不休的泡沫，男男女女在被拉下水時放聲慘叫。

接著，他們滿臉恐懼地看著一頭巨大的惡魔接近湖面。湖面隆起，和沙利克霍拉的尖塔差不多大的觸角浮出水面，纏住一艘最大型的戰艦，用力擠壓。甲板碎裂，可憐的水手在被扯入湖底時奮力掙扎。轉眼之間，整艘船都沉入無數噸重的湖水中。

凱維特目光陰沉地瞪向阿邦。「這是你幹的，卡非特？」

阿邦吞嚥口水，不過在見證剛剛的景象後，祭司已經做不出什麼能夠令他害怕的事情了。他抬頭挺胸，鼓起勇氣。「是的，達馬。不要責怪魁倫指揮官。他堅決反對這個計畫，我也沒有告訴過賈陽。」

凱維特只是瞪他。這是阿邦慣用的協商伎倆，給敵人一條繩子讓他自己吊死，但是凱維特是沙魯沙克大師，也是艾弗倫倉庫裡的首席祭司。如果他決定把阿邦就地正法，阿邦完全無法阻止他。最好還是說服他不要這麼做。

「聽著，」阿邦指向湖面上的慘況說道。魁倫依照指示，在惡魔開始大快朵頤時率領擄獲的船艦撤退。「我們擄獲的船艦大部分都安然撤退，敵方艦隊則徹底摧毀。剩下的船已經開始逃回他們漂在湖心的家園。就連沙羅姆的嘆息號都逃之夭夭，而我敢說這次黛莉雅船長沒有對我們露奶。」

「你把我們的敵人送給阿拉蓋。」阿莎薇說，聲音低沉、充滿威脅。「把他們送給奈。」

「沒錯。」阿邦說。「如果想要擊退這場攻擊，帶著足以結束僵局的船艦撤退，我們就沒有其他選擇。難道我該把我們的戰士留在那裡等死嗎？」

「他們是沙羅姆，」凱維特說。「他們的靈魂都已經準備好了，而他們很清楚戰爭的代價。」

「我也一樣，」阿邦說。「我知道代價，而我為了勝利願意付出代價。這些人在月虧之夜進攻。他們不是我們的兄弟，不是奈的敵人。事實上，他們是奈的僕人，所以我把他們送給她。」

他伸手指向凱維特，根據伊弗佳律法，光是這個動作就足夠讓達馬處死卡非特。「我為我們的戰士付出代價，也為你付出代價。」

「為我？」凱維特問。

「還有沙羅姆卡，甚至包括魁倫。如果不是發誓要聽從我的命令，他肯定會拒絕執行任務。你們全部可以問心無愧地去見造物主。所有責任都讓沒人性的卡非特扛下來。當我終於一拐一拐地走到孤獨之道盡頭時，讓艾弗倫來審判我。」

凱維特凝視著他很長一段時間，阿邦懷疑自己多快就會去站在造物主面前。但接著達馬轉向阿莎薇，以眼神提問。

達馬丁視線在阿邦身上打轉，阿邦盡力不在她的目光下畏縮。最後她點了點頭。「卡非特說的沒錯。他已經註定要待在天堂之門外，直到艾弗倫可憐他，再度賜給他來世為止。這是英內薇拉。」

凱維特嘟噥一聲，走到窗前，伸手觸摸玻璃，看著敵艦焚燒。

「這些人不是我們的兄弟，」他終於同意道。「我們沒叫他們趁夜攻擊。英內薇拉。」

阿邦鬆了一口氣，這才發現自己剛剛忘了呼吸。

第二十七章　黑暗中的達馬　334AR　冬

「他們說我被艾弗倫詛咒，才會在阿曼恩之後連生三個女兒。」卡吉娃對眾人說，揮手比向英蜜珊卓及漢雅。神聖母親身穿黑羊毛袍。她戴著凱丁的白面紗，但是和其他阿曼恩血脈的女人不同，卡吉娃的頭巾也是白色的。

英內薇拉在皇室台階上看著神聖母親為月虧宴會祈福，一心只想身處其他地方。這段演說她已經聽這個白痴女人說過一千遍了。

「但我總說艾弗倫賜給我一個偉大到不需要兄弟的兒子！」觀眾歡聲雷動，戰士奮力跺腳，矛盾交擊，他們的妻子鼓掌，小孩高呼。

「我們感謝艾弗倫賜給我們美食，比大部分人在阿曼恩帶領我們從沙漠之矛前往綠地前吃得還要豐盛。」卡吉娃繼續。「不過我也想要感謝耗費心力準備這場宴會的女人。」

大家繼續鼓掌。「我們向在夜晚作戰的沙羅姆丁致敬，不過我們還有其他方式可以為造物主帶來榮耀。在男人肚子裡塞滿食物的妻子和女兒，讓他們住家清潔、小床上擠滿嬰兒。我們向在阿拉蓋面前守護我們的男人致敬，也向生下他們、養育他們、教導他們榮譽、職責、家庭之愛的女人致敬。在艾弗倫面前謙遜的女人，為英勇作戰的男人提供基礎。」

歡呼聲越來越熱烈，還有女人發出愛與奉獻的慟哭聲。英內薇拉看到不只一個女人公然哭泣，深深感到難以置信。

「有太多人已經忘記我們是誰、來自何處、放下我們的面紗、穿上北地女人不莊重的服飾。她們膽敢穿彩色服飾，好像她們都是達馬佳本人一樣！」卡吉娃朝英內薇拉揮手，人群中傳來一陣噓聲。英內薇拉知道他們是在噓不莊重的女人，不過感覺還是像在噓她。

「達馬佳把這個任務交給神聖母親是很明智的決定。」阿山說。「人民愛她。」

英內薇拉可就沒有這麼肯定了。原先請卡吉娃策畫宴會似乎沒有什麼壞處。那讓她保持忙碌，不會礙到英內薇拉。但是那個蠢女人卻透過沒有受過教育的方式和傳統價值觀贏得民心。現在對她的族人而言是個改變的年代。想要打贏沙拉克桑，他們就不能固守在沙漠之矛幾個世紀下來發展出來的鎖國傳統。

卡吉娃沒有停下來的打算，像是抓到沙羅姆在玩骰子、喝庫西酒的達馬一樣開始傳道。對於腦袋空空的女人而言，如果沒人阻止她，卡吉娃可以連講好幾個小時。

英內薇拉起身，群眾立刻安靜下來，女人著地跪倒，雙手貼地，而從達馬基到沙羅姆，所有男人都深深鞠躬。

從前這種景象都能讓她安心。代表了她的力量和神聖地位。但是讓群眾歡呼也是一種力量。而對像卡吉娃這種單純的女人而言，這種力量或許太大了點。

「神聖母親確實十分謙遜。」英內薇拉說。「為這場宴會出力最多的就是卡吉娃本人。」群眾再度歡呼，英內薇拉咬牙切齒。「向她致敬最好的方法就是享受這場宴會。以艾弗倫之名，讓我們展開宴會。」

「我很怕我的做法釋放了一個瓶中精靈。」英內薇拉說。

她母親，曼娃，輕啜她的茶。這是她第一次造訪皇宮中的起居區，不過如果她有對此地奢華的景象感到讚歎，她也一點都沒有表現出來。

「我曾直接和那個女人打過交道，而我非常認同妳的說法。」曼娃說。曼娃在新大市集裡的商店提供了不少月虧宴會使用的器具，讓她得以獲邀與宴。她的卡非特丈夫卡薩德不得參加。

讓她溜進來私下接見是很危險的做法，但是英內薇拉從來沒有如此需要她母親過。帶她穿越密道進來的閹人中了迷藥。當他醒來後不會記得曼娃的事情，而只要戴上面紗，曼娃回到皇宮開放區域的時候就會看起來和任何女人一樣。

「一開始我以為她不擅長討價還價，不過在她發過幾場脾氣之後，我就知道我小看她了。」曼娃搖頭。「恐怕我提供了一個很糟糕的建議，女兒。就從妳欠我的債務裡扣除吧。」

英內薇拉微笑。這是她們之間的笑話，曼娃要求英內薇拉，達馬佳，在來找她諮詢意見時幫忙編織棕櫚簍。

「她發脾氣不是裝出來的。」英內薇拉說。曼娃很久以前教過她適時地發個脾氣可以有助於討價還價，但是一定要算準了才行。真正擅長討價還價的人不會當真動怒。

卡吉娃根本無法控制她的脾氣。

「但是人民喜愛她。」曼娃說。「她的話就連達馬丁都聽。」

「如果我了解原因的話，就讓奈帶走我吧。」英內薇拉說。

「其實原因很簡單。」曼娃說。「對我們的族人來說，這是一個劇變的年代，很多人都感到無所適從。卡吉娃讓他們有所依歸，用大家能夠理解的方式說話。她和人民走在一起，了解他們。妳所有時間都待在皇宮裡，離人民很遠。」

「如果她不是解放者的母親，我就毒死她，一了百了。」英內薇拉說。

「阿曼恩回來之後一定會不高興的。」曼娃說。「就連妳也沒辦法在沙達馬卡的神聖目光前掩飾這種事情。」

「不能。」英內薇拉垂下雙眼。「但是阿曼恩不會回來了。」

曼娃驚訝地看著她。「什麼？妳的骨骰告訴妳的嗎？」

「沒有直說。」英內薇拉說。「但是他們有提到沙達馬卡的屍體，而我在所有未來裡都看不到他。除非艾弗倫施展神蹟，不然我們的族人就必須在缺乏他的情況下繼續走下去，直到我扶植出另一個解放者爲止。」

「扶植？」曼娃問。

「在所有骨骰對我吐露的祕密之中，」英內薇拉說。「最令我震驚的就是得知解放者並非與生俱來，而是扶植而出。骨骰會引導我找出他的繼承人，讓我知道該如何扶植他。」

英內薇拉以爲曼娃會像剛剛那樣驚呼，但是就和往常一樣，曼娃嘟噥一聲，接受了這件事情。

「那會是誰呢？不是阿山，當然。賈陽？阿桑？」

英內薇拉嘆氣。「我幫阿曼恩擲骰時，當年他才九歲，我立刻看見他所蘊含的潛力。我本來以爲那只是僥倖，不過在多年找尋之後，我只有在另一個人身上看到同樣的潛力，帕爾青恩，他當年比現在的阿桑還年輕。這兩個人之前及之後，我都沒有在任何男孩或男人身上看見任何可能踏上解放者之道的特質。或許我的某個兒子將會繼承王座，但他們只是霸佔王位，等待下一個解放者出現。」

「坐上王座的人都不可能自願讓位。」曼娃說。

「所以我只能盡量拖延，不讓他們坐上去。」英內薇拉說。「在艾弗倫的安排下，我還有時間。他們兩個都還沒有重大成就來證明自己。在缺乏成就的情況下，他們沒辦法奪走安德拉的權力。我現在擔心的是要如何控制卡吉娃。」

「我不想這麼建議，」曼娃說，「但是答案很可能就是多花時間陪她。」

英內薇拉茫然地看著她。

「然後穿著打扮莊重一點。」曼娃嘴角只微微上揚，不過肯定是在偷笑。

阿希雅面無表情地看著阿桑劃破手掌，擠血在梅蘭的骨骰上。

打從碼頭鎮即將開戰的消息傳來後，她丈夫就常常這麼幹。阿桑的手上綁滿繃帶。

阿桑和阿蘇卡吉還是會讚歎地看著擲骰的過程。由於在達馬丁宮殿中長大成人的關係，阿希雅已經看過擲骰儀式無數次了，但她發現自己的目光還是受其吸引。阿拉蓋霍拉中蘊含一種美感、一種神祕。她在梅蘭擲骰時跟隨骰子的軌跡，屏息等待骨骰開始偏離自然定律，接受艾弗倫之手所引導的那一瞬間。

內心深處，她很清楚那股力量來自骨骰和魔印，但是阿希雅只願意相信是艾弗倫之妻召喚祂的手來引導骨骰。對其他人而言，骨骰只是骰子而已。

但是儘管擁有強大的力量，還能接近艾弗倫，阿希雅並不覬覦白袍和達馬之血。她也一樣感受到艾弗倫的感召。每當她殺死阿拉蓋時，她就會感應到祂的力量。不是指魔法，雖然魔法確實造成強大的影響。她在第一天晚上用沒有魔印的矛殺死阿拉蓋時就已經感受到了。那是一股正義的感覺，強烈的寧靜、肯定自己是在依照祂的旨意辦事。那就是她此生的意義。沙羅姆之血的禮物。

梅蘭抬起頭來，面紗在魔印光的照射下呈現紅色。「今晚。分歧點就是現在，不會再有其他機會。賈陽回來時，他會奪取頭骨王座。如果你今晚不採取行動，王座就會成為他的。」

一時之間，阿希雅失去中心自我，腦中湧現一段記憶。

「讓他擊敗妳。」達馬佳告訴阿希雅。

「呃？」阿希雅問。當時她才剛剛晉升為沙羅姆丁，她和她長矛姊妹正要首度參見年輕的沙羅姆卡。

英內薇拉任命這群年輕女子為她的貼身保鏢，但她們還是沙羅姆，歸賈陽所管。他今晚要「評估」她們，肯定她們的價值，決定她們在阿拉蓋沙拉克中布署的位置。

「賈陽很高傲，」英內薇拉說。「他會想辦法在妳的姊妹面前擊敗妳，確保妳不會威脅他。他會用評估妳的沙魯沙克技巧為名向妳挑戰，但是他會來真的。」

「而妳要我……輸給他？」不可能。難以想像。她已經被迫假裝弱者多少年了——普緒丁阿桑的柔弱新娘？達馬佳承諾等她獲得長矛，情況就會改變。

「我命令妳輸給他。」英內薇拉說，語調轉為嚴厲。「展現勇氣。贏得他的敬意。然後敗給他。不這麼做的話，他就會殺了妳。」

阿希雅吞嚥口水，知道自己應該要閉嘴點頭。「如果我殺了他呢？」

「他是解放者的長子，」英內薇拉說。「如果妳殺了他，全克拉西亞的沙羅姆和達馬都會要妳償命，而沙達馬卡不會拒絕他們。」

她沒有提到她自己會怎麼做，但賈陽是她的長子。阿希雅知道英內薇拉的長子常常惹她生氣，但她還是愛他。

「我知道這道命令會傷害妳的沙羅姆之心。」英內薇拉說。「但我是出於愛妳的心才如此下令的。我是達馬佳。妳的驕傲、妳的生命，都是我的。」她輕輕撫摸阿希雅的肩膀。「我的長子在我眼中不如次子。艾弗倫爲妳安排好了計畫，祂不要妳死在一個男人的脆弱尊嚴下。」

阿希雅點頭下跪，抖開達馬佳的手掌，雙手貼上地面，額頭置於其中。「謹遵達馬佳旨意。」

比試的時候沒有多少人在場。賈陽知道沙羅姆丁已經贏得他父親的寵信，不希望當眾羞辱她們。當時在場的只有她和山娃、賈陽、祖林和哈席克。山娃的父親山傑特，第一凱沙羅姆，照理說也應該出席才對。他的缺席就說明了一切。

沙羅姆卡和兩個解放者長矛隊菁英。就算她和山娃有辦法在他們察覺前殺光他們——這她一點也沒有把握——之前已經有幾十個戰士看到她們進入晉見廳。她們逃不了的。

賈陽在兩個女人貼地跪在他面前時笑道：「我羞怯的表妹呀！聽到任何聲音都會害羞，從來未曾大聲說話。除了艾弗倫外，有誰料想得到妳們竟然花了好幾年的時間私下學習沙魯沙克？」

「達馬丁的宮殿裡有很多祕密。」阿希雅說。

賈陽輕笑。「關於那個，我毫不懷疑。」他解開披風，打開護甲戰袍，只穿馬褲，袒胸露背地站在原地。「但是妳們雖然經過女人調教，我卻接受過沙達馬卡親手指導。我必須評判妳們的實力，藉以安排妳們參加沙拉克。」他伸出一手，指示她進攻。

阿希雅起身時呼吸穩健。她也解開披風，取下肩膀上的盾牌，把它們交給山娃。她沒有脫掉戰袍，不過迅速伸手到戰袍上的眾多口袋，拿出其中的陶瓷護板，整整齊齊地疊在地板上。

起身時，她動作比之前輕盈，靈巧地迎上前去，開始和賈陽繞圈對峙。

他的架勢穩健。賈陽說沙達馬卡親自指導過他並沒有撒謊，而她舅舅乃是當今世上最高強的沙魯沙克大師。或許他能夠憑藉實力打贏她。敗在解放者之子手上不會令安奇度蒙羞，阿希雅希望能夠眞輸，而不是假裝敗北，讓他們兩個的榮耀增添污點。

但接著他展開攻擊，而阿希雅的動作較快。她本能地絆倒他，腳趾擊中能量聚合點，讓他的腳短暫麻痺。他衝過她時失去平衡，阿希雅借力使力，一手伸過他腋窩下，順勢將他摔倒在地。

現場陷入一片死寂。男人目瞪口呆，完全沒料到這種戰果。阿希雅不確定自己是否已經做得太過火了；說不定這些男人會爲了挽救沙羅姆卡的顏面而殺了她。

但是片刻之後，賈陽擠出一陣笑聲，站起身來，用力踏腳，恢復麻痺的肢體。「丟得好！讓我們看看妳還有什麼料。」

他這一回防守得比之前嚴密，展開一連串拳打腳踢還帶掌擊的攻勢。阿希雅大部分都閃過了，剩下的攻擊則以最省力的手法格開。她隨手攻擊幾下，評估他的防禦。

就沙羅姆的標準而言，他很強。但他很多防禦的招式都會露出能量聚合點，讓她有機會癱瘓、打殘，甚至打死他。

她跳起來閃避他的迴旋踢，一個筋斗拉開兩者間的距離。

「退得聰明，表妹。」賈陽說。「不然妳就已經輸了。」

阿希雅咬緊下巴。她至今已經放過三次擊殺他的機會了。她的目光飄向山娃。她的長矛姊妹神色寧靜地跪著，不過卻以手指朝她提問。*妳爲什麼放棄優勢？*

*爲什麼？*阿希雅心想。因爲達馬佳下令，當然，但是如果任由賈陽擊敗她，她會給山娃和未來的沙羅姆丁樹立什麼榜樣？

「妳不能一直繞圈，」賈陽叫道。「我已經讓妳借太多力了。來吧，讓我看看如果不借力打力的話，妳自己的攻擊有多大威力。」

阿希雅攻擊的速度快到賈陽來不及反應。她以眼鏡蛇兜帽隔開他的雙臂，然後彎腰向前，抓住他的腰部，右腳從後方竄出，踢中他的臉。

他向後跌開，她則著地一滾，以小腿勾住他的後膝，當場絆倒他。

賈陽對於著地扭打並不陌生，不斷扭動轉身，不讓對方找到地方施力。但阿希雅如今是貼身攻擊，這是安奇度傳授的達馬丁沙魯沙克最致命的攻擊距離。她以精確的攻擊擊潰他的能量線，然後從上方施展鎖喉法，前臂緊扣他的氣道和輸送血液到腦子的動脈。

賈陽抖個不停，滿頭大汗，她在他眼中看見恐懼。也終於看到了敬意。她想像自己強迫他投降的景象，但是達馬佳的話再度湧入腦海。

展現勇氣。贏得他的敬意。然後敗給他。

賈陽虛弱地拉扯她鎖喉的手臂，阿希雅稍微鬆手一點，彷彿他這一拉收到效果。

賈陽喘了口氣，然後突然上前，狠狠擊中她的臉部。阿希雅沒有料到他能迅速反擊，身體向後倒下，他則一拳接著一拳，不停毆打她的臉、她的身體，每一拳都重到能夠造成重傷。

他把她翻身朝下，用自己的體重壓制她，從後方抓住她的衣領，使勁拉扯，防止空氣和血液運送到她腦部，就和阿希雅之前對他所做的一樣。

他打算殺了她嗎？她不曉得。如果她做得太過火，把賈陽羞辱到失去理性，他絕對不會有任何遲疑。他是解放者的長子，如果殺了她，他父親只會皺皺眉頭，其他人則會支持他。

即使到了這個地步，她還是能夠扭轉戰局。即使到了這個地步，眼角開始變黑，她還是可以攻擊他手肘上的聚合點，趁他鬆手時吸一口氣，然後進行反制。

讓他擊敗妳。

阿希雅一心只想讓賈陽和這些男人知道自己比他們強，但是她所受的教育不是這樣的。

戰鬥是假象，安奇度教過她。聰明的戰士會等待機會。

她在視線縮小成一條黑暗通道，末端的光線隨時都會消失時手掌顫抖地伸向賈陽的手臂。但她沒有攻擊聚合點，而是無力地拍了他兩下。

代表投降。

賈陽嘟噥一聲，終於鬆手。阿希雅深吸口氣，感覺香甜無比，只比多年前安奇度讓她吸到的那口氣遜色一點而已。

但儘管他似乎接受了她的投降，賈陽卻沒有翻離她的身上，繼續壓著她，嘴巴貼到她的耳邊。

「打得不錯，表妹，但妳依然只是個女人。」

阿希雅咬牙切齒，沒有說話。

「多久了？」賈陽低聲問，在她身上扭動。「我那個普緒丁弟弟多久沒碰妳了？我想應該只碰過一次。」他屁股壓在她背上，阿希雅感覺到他勃起了。「等妳準備好面對真男人了，來找我。」

「賈陽不能得到王位。」阿希雅說。「想要得到王位，他必須殺了我父親，而且他肯定會昏庸無道。」

阿桑點頭。「幫我阻止他。」

「怎麼阻止？」阿希雅問。「如果他今晚獲勝，我們就算有心也無法改變戰果。而我不會幫你趁他不在時竊取王位。達馬佳已經說過了。沙達馬卡將會回歸。」

「骨骰說他可能會回歸，孩子。」梅蘭說。「不是說他一定會。」

「我有信心。」阿希雅說。

「我也是。」阿桑同意。「我不是要妳幫我奪取王位，吉娃。只要幫我贏得能和我哥哥分庭抗禮的榮耀就好了，削弱他佔據王座的權力，讓安德拉保住王位，直到沙達馬卡回歸爲止。」

「怎麼做？」阿希雅又問。

「現在是月虧。」阿桑說。「今晚我會和剛剛晉升達馬的弟弟一起出門對抗阿拉蓋。」

「他們禁止達馬作戰。」阿希雅說。

「非戰不可。」阿桑說。「你也聽到達馬丁的話了。達馬佳沒辦法阻止賈陽上位，安德拉也辦不到。只有我可以，機會只有今晚。明天就太遲了。」

「我這麼做是因爲我非做不可，」阿桑補充道。「爲了全克拉西亞好。爲了全世界好。但是我害怕。」

他對她伸手。「達馬佳第一次要你違反伊弗佳律法，爭取沙羅姆應有的權利時，妳肯定也有過同樣的感覺。我求妳，如果妳眞的算是我的妻子，現在和我站在一起。」

阿希雅遲疑片刻，然後牽起他的手。「我會和你站在一起，丈夫。驕傲地與你並肩作戰。」

阿希雅藏身陰影，看著達馬佳走入她的寢室。她隨時注意著主人的安危，但她一直無法專心。服從達馬佳的所有命令是她的職責，但阿桑是她丈夫，也是解放者之子。

她究竟該向誰效忠？艾弗倫，當然，但是像她這種微不足道的小人物有什麼立場質疑他的計畫？那不是達馬佳的工作嗎？她應該告訴她阿桑的計畫——現在就說——讓英內薇拉考量艾弗倫的旨意。

但她遲疑了。或許她無從得知艾弗倫的旨意，但在她心中，艾弗倫的聲音卻很清楚。沙拉克卡即將到來，不作戰的人在世界上沒有容身之地。阿桑擁有戰士的靈魂、受過戰士的訓練，但就和她從前一樣，他不能使用這些技巧，就算奈的大軍即將殺到也一樣。

解放者賜給卡非特甚至女人戰鬥的權利。爲什麼不讓祭司戰鬥？難道只因爲一群老頭貪生怕死，就要剝奪年輕人作戰的權利，就算讓阿拉蓋摧毀艾弗倫恩惠也一樣？

只要阿桑殺死一隻阿拉蓋，一切就大勢抵定。他是沙達馬卡和達馬佳的達馬兒子，他的榮耀無止無盡。到時候就連達馬佳也無法阻止他。

但是在那之前，他的計畫還是有可能受阻，讓艾弗倫損失戰士，並且把一個不夠格的男孩推上頭骨王座。

英內薇拉路過她時停下腳步，直視阿希雅，彷彿她所藏身的陰影根本不存在。阿希雅僵住了。她知道自己躲不過達馬佳的目光，但是每當達馬佳直視她的藏身處，她還是會覺得很不自在。「妳還好嗎，孩子？」

「我沒事，達馬佳，」阿希雅說，迅速找回中心自我，放開她的恐懼和疑慮。

但英內薇拉瞇起雙眼，凝視她，神聖視覺像剝洋蔥般一層一層剝開阿希雅的中心自我。「今晚令妳不安。」

阿希雅吞下喉嚨中逐漸變大的硬塊，點頭道：「今晚是月虧，女士。」

「阿拉蓋卡企圖透過不現身來讓我們鬆懈防禦。」達馬佳同意。「妳和妳的姊妹必須格外警覺，一旦注意到任何不尋常的現象立刻回報。」

「我會的，達馬佳，」阿希雅說。「我以我對艾弗倫的愛和進入天堂的希望發誓。」

英內薇拉繼續凝望她，阿希雅只能盡其所能地維持中心自我。最後達馬佳點頭。「回妳房間，好好利用見到兒子之前的這幾個小時。」

阿希雅鞠躬。「我會，女士。謝謝妳，女士。」

阿希雅緊緊抱著小卡吉，看著阿桑和阿蘇卡吉為當晚作戰準備。多年訓練的成果讓她準備得既快又有效率。她的武器和護甲都有上油保養，放在特定的位置。儘管身穿絲袍悠閒地待在寢室裡，她隨時都可以全副武裝出擊。

至於她弟弟和丈夫則像枕邊妻子一樣細心打扮。他們的手緊緊包著白絲布，只露出第一節指節。

就像阿希雅和她姊妹一樣，阿桑在阿蘇卡吉的手指甲和腳趾甲上繪製戰鬥魔印，在魔印上加塗透明亮光漆加以保護。

阿蘇卡吉握緊拳頭，以大師級的精確動作打了一套沙魯金，伸展手指，熟悉不同的魔印組合。

「試試銀拳套。」阿桑說，阿蘇卡吉點頭，走到梳妝台上一個亮面木盒前。裡面有兩個光亮的魔印銀拳套，可以套在手指上。它們能夠保護他的指節，讓她弟弟擁有一雙能像閃電般攻擊阿拉蓋的拳頭。

阿蘇卡吉又打了一套沙魯金，搭配新武器加入一些動作。

「現在換鞭杖。」阿桑說著從架子上取下阿蘇卡吉的鞭杖丟給他。

鞭杖是把榮耀的武器——六呎柔韌的北地金木，刻滿力量魔印，兩端覆蓋魔印銀蓋。阿蘇卡吉接下鞭杖，融入沙魯金，舞動得有如殘影。鞭杖快得肉眼難察，在大師手裡，柔軟的木棍可以彎曲繞過對手的防禦，擋下剛硬的武器。

阿希雅看著阿桑，只攜帶他的阿拉蓋尾，所有達馬都隨身攜帶的武器。尖刺末端的倒鉤顯然有刻印，但是和她弟弟打算帶入黑夜的武器相比似乎不算什麼。

「你怎麼樣，丈夫？」阿希雅問。「你連指甲都沒有繪印。你要帶什麼達馬武器參加阿拉蓋沙拉克？」

阿桑拔出腰帶上的鞭子，掛在牆上的鉤子上。「不帶。今晚我要像妳在沙羅姆丁嶄露頭角那天晚上一樣作戰。」

阿希雅掩飾驚訝的神情。「你要和你尊貴的父親一樣，用矛盾作戰？」

阿桑搖頭。「達馬禁止使矛，盾牌會拖慢我的速度，而我必須以速度取勝。」

阿希雅看著他，慢慢了解他的想法。「丈夫，你不可能是要單靠沙魯沙克應戰。」

「我父親在擔任凱沙羅姆的時候就曾這麼做過。」阿桑說。

阿希雅知道那個故事。沙達卡馬興起的早期傳說之一。「當時你尊貴的父親已經在大迷宮中作戰多年，丈夫，而他自己說起那段經歷時都宣稱那是不得已的最後手段。月虧時赤手空拳作戰乃是……」

「瘋狂的行徑。」阿蘇卡吉同意，但是阿桑瞪他一眼，他立刻垂下目光。

「誰都可以拿武器殺阿拉蓋，」阿桑說。「我的沙羅姆兄弟每天晚上都這麼做。那樣並不足以贏得能和我哥哥媲美的榮耀。」

他握緊一隻綁絲布的拳頭。「艾弗倫要嘛就是希望我成功，不然就不是。」

他們穿黑斗篷進入黑夜，阿蘇卡吉和解放者的達馬子嗣。只有阿桑公然穿著白袍行走於黑夜之中。沙羅姆神色憂慮地看著他，心想沙達馬卡禁止祭司夜晚外出。但他們認得阿桑，解放者本人的血脈，沒人膽敢制止他。

因爲城牆、魔印樁還有巡邏隊的關係，城市周遭沒有阿拉蓋。他們必須走出很遠才開始聽見作戰的聲響。最後他們找到霍許卡敏，阿桑的弟弟，頭戴沙羅姆卡頭巾，指示手下在寬敞平原上補殺田野惡魔。

霍許卡敏驚訝地看著他們。「你們不該在黑夜外出，哥哥！解放者明令禁止！」

阿桑站在他面前，和強壯的霍許卡敏相比十分瘦弱；他身上只穿絲袍，霍許卡敏則穿最頂級的護甲；他沒帶武器，霍許卡敏則拿魔印玻璃矛盾。

儘管如此，佔上風的還是阿桑，阿希雅一眼就看出來了。他們只差兩歲，但對不到二十歲的男人來說，差兩歲就差很多了。阿桑上前，霍許卡敏後退一步。

「解放者不在這裡阻止我，」阿桑輕聲說道。「我們的哥哥也不在。」他的笑容透露威脅，如同獵食者般。「你要阻止我嗎？」

他沒有提高音量，或是採取威脅的舉動，但霍許卡敏臉色發白。他看向手下，顯然在想像自己頭戴白頭巾的情況下讓哥哥痛扁一頓會有多丟臉。

霍許卡敏後退兩步，恭恭敬敬地朝阿桑鞠躬。「當然不會，哥哥。我只是說夜晚出門很危險。我會幫你指派保鏢……」

阿桑不屑地搖了搖手。「我的保鏢夠多了。」

此言一出，阿蘇卡吉達馬基和阿桑的達馬弟弟當場脫下他們的斗篷，白袍在火焰和魔印光前閃閃發光。霍許卡敏和沙羅姆目瞪口呆，看著他們迎向戰場。

阿桑領頭出擊，大步朝向被一群戴爾沙羅姆驅趕的田野惡魔，盾牌扣成V字隊形。

他直接走到V字形的頂點，揮手趕開站在頂點的沙羅姆。他們沒想到會看到達馬，還是解放者的兒子，於是本能地退開。阿希雅和她的長矛姊妹跟在阿蘇卡吉和其他人後面。

其中一頭惡魔比其他惡魔搶先利用隊形潰散的優勢，一聲發喊跳向阿桑。阿希雅繃緊神經，只要看到她尊貴的丈夫應付不來立刻就要上前幫忙。

她沒有必要擔心。阿桑輕易閃過惡魔的尖牙利爪，抓住它的魔角，順勢轉了一整圈，將惡魔的衝勢化為扭轉的力量，如同甩鞭般撞斷它的脖子。訓練有素的沙羅姆被斷頭聲嚇了一跳，接著又在阿桑把惡魔了無生氣的屍體丟在他們腳邊時往後跳開。

又有兩頭惡魔撲向他，但阿桑已經準備好了，抓住一隻的腕關節，另一手抵住它的肩窩，轉身拉直它的前肢。他再度利用惡魔的衝勢對付它，將其扭向地面，輕鬆折斷它的手臂，擋在另一頭惡魔身前。

第二頭惡魔只用一點時間出爪搭上第一頭惡魔，趁勢彈起時在對方身上劃下很深的傷口。但是那一點時間就足夠阿桑改變站姿，抓住它的手腕，在往後倒下時令它失去平衡。他一腳勾住它的脖子，距離過近，惡魔咬不到他。他們在地上滾動片刻，但阿希雅知道她丈夫鎖喉鎖得很緊，而就連阿拉蓋也需要呼吸。

它沒過多久就停止掙扎，阿桑站起身來。另一頭惡魔朝他嘶聲吼叫，虛弱無力地以三條腿站立。阿桑嘶吼回去，展開進攻。

「艾弗倫的鬍子呀。」霍許卡敏在惡魔開始後退時輕聲道。其他沙羅姆也跟著應和，一邊詛咒一邊憑空繪印。

其他惡魔困惑遲疑，不過隨即恢復理智，準備展開肯定能夠撲倒阿桑的攻擊。

阿桑也看到了，徒手朝它們做出砍劈的姿勢。「啊嚓！」

就這樣，阿蘇卡吉和其他達馬尖聲呼嘯，舉起他們的武器，衝過阿桑，展開混戰，只剩下兩夫妻站在一起。

阿希雅轉向蜜佳和賈娃。「把妳們所見的情況回報達馬佳。立刻。在我們的女主人得知此事前不可放慢腳步。」

兩個女人互看一眼，然後深深鞠躬，全速朝向城裡狂奔。

「今晚會有很多誓言相互衝突，丈夫。」阿希雅說。「可能的話，我要信守所有誓言。」

阿桑鞠躬。「當然，妻子。我絕不會要求妳做妳不想做的事情。但妳該再等等。」他眨眼。「最精彩的還沒來呢。」

他們同時轉身，看著祭司展開阿拉蓋沙拉克。阿蘇卡吉闖入一群惡魔中，鞭杖彷彿同時擊中所有惡魔。他轉身時四面八方都爆出魔光。

其他弟弟同樣表現不俗。儘管才十五歲，他們打從會走路開始就接受沙魯沙克訓練，每個人都展現各自部族不同的戰鬥風格。由宗師級的阿雷維拉克訓練出來的馬吉不使武器，只用魔印指甲和銀套殺敵。他利用惡魔本身的力量加持自己的攻擊，反撲回對方身上。

伊弗佳律法禁止達馬使用利刃，包括梅寒丁沙羅姆慣用的闊刃箭和飛刀。梅寒丁達馬用的是流星錘，沙瓦斯也不例外。一條細長的魔印鎖鍊，兩端連接沉重的魔印銀球。沙瓦斯纏住一頭田野惡魔的腳，令它動彈不得，然後用銀拳套把它打扁。

霍蘭，沙拉奇部族的弟弟，使用他的族人慣用的阿拉蓋捕捉環，金屬套鎖上有魔印加持。他套住一頭惡魔的脖子，扯緊套鎖，直到魔印擠斷它的腦袋。塔青和馬斯，克雷瓦克和南吉的弟弟，在他們的木杖上鑲有小木樁，看起來像是梯子的橫擋。阿希雅看著塔青跑上木杖的側面，躍起足足十呎高，翻身越過直撲而來的惡魔，落在對方身後。當惡魔一臉困惑地轉身找尋獵物時，他以銀拳套施展一頓暴擊。

他們在黑夜中橫行，霍許卡敏及其戰士跟著哥哥，而阿桑則帶領他的達馬兄弟邁向榮耀。

如同過去幾個月，阿拉蓋卡沒有現身，不過當晚是月虧，阿拉蓋比平時強壯，數量也更多。而且感覺不太尋常。

「它們在攻擊戰略要點。」阿希雅說。這些惡魔不能像受到心靈惡魔控制時那樣精準攻擊，不過它們還是群聚在防禦最薄弱的位置，攻擊魔印樁，增加它們的勢力範圍。

阿桑點頭。「或許父親站在深淵的邊緣，牽制奈的王子，但奈有凱。」

「化身魔。」阿希雅說著緊握她的矛。

「梅蘭預見我們會遇上一隻。」阿桑同意。他看向阿希雅。「這項考驗，妻子，我們必須並肩作戰。」

阿希雅立刻點頭。安奇度死在化身魔手下，她會以老師的榮耀之名，送這頭化身魔去見陽光。

「今晚你的榮耀無止無盡，丈夫。我很驕傲能夠與你並肩作戰。」

一小時後，化身魔無預警地展開攻擊，一頭被達馬包圍的大木惡魔突然發難，手臂變成一條有長角的大觸角。這一擊擊退了半打人。他們袍子上繡的銀魔印承受了大部分衝擊，不過還是渾身僵硬，頭昏眼花，雙掌貼地，努力想要坐起來。

霍許卡敏衝上前去保護他兄弟。他手下戰士的盾牌比較適合轉移化身魔的攻擊，但是惡魔轉身迴旋，甩動觸角攻擊盾牌和地面之間的縫隙。沙羅姆痛得大叫，摔倒在地，不少人腳都斷了。

看到霍許卡敏沒被截肢，阿希雅鬆了口氣。達馬丁的魔法可以加速治療，但就連她們也無法讓被砍斷的肢體長回來。她大吼一聲，衝向前去，希望能在黑夜弟兄們穩住陣腳前讓怪物分心。

阿桑隨她出擊，不過她丈夫沒有在當晚的戰鬥中吸收魔力，所以跟不上她的速度。這樣也好。阿桑已經在各方面超出她的期待，不過在連指甲都沒有繪印的情況下，他不可能對付這個敵人。

觸角朝她甩去，但阿希雅有備而來。她閃過第一條，跳過第二條，用盾牌擋住第三條，衝勢毫不受阻。她欺到近處時，化身魔又甩出兩條觸角，她拋下盾牌，矮身衝過兩條觸角之間。

她撞上阿拉，著地一滾，彈起身來，利用衝勢增強雙手持矛的力道，插向惡魔的心臟。

這一擊引發了強烈的魔爆，阿希雅手臂劇震，體內充斥她從未感受過的強大魔力。化身魔黑眼大張，神色震驚，阿希雅反瞪回去，想要看看它污穢的生命離體而去。「艾弗倫以安奇度之名把你燒成灰燼！」

惡魔對她尖叫，她試圖拔矛再刺，但卻發現拔不出來。她持續凝視怪物的黑眼，警覺到自己的錯誤。

化身魔胸口冒出一條石惡魔的手臂，一把緊握她的身體，擠出她體內的空氣，利爪摩擦縫在她戰袍中的魔印玻璃板。爪子沒有刺穿，但是意義不大，因爲阿希雅的肋骨都快被壓碎了。

她的矛穿透惡魔的身體，如同湯匙穿越熱樹脂般，脫落在她無法觸及的地面上。她的戰袍裡還藏了其他武器，但阿希雅全身受制，拿不到任何武器。

艾弗倫，我準備好了，她心想。她已經透過各種方式服侍祂，又將會死在阿拉蓋爪下，一如她的沙羅姆之血對死亡的要求。這種死法不會玷污榮譽。這是殺死她老師的怪物，是和解放者打成平手的怪物。這是很棒的死法。

當化身魔準備施展致命一擊時，阿桑衝過她。她很想大叫，要他逃走，但就算體內有空氣可叫，她也不會如此羞辱他。

我們一起踏上孤獨之道，阿希雅心想。夫妻還能要求什麼呢？艾弗倫讓他們活著的時候結婚，能夠死在一起也算死得其所。

但接著阿桑展開攻擊，引發一陣耀眼到令阿希雅的魔印眼無法逼視的強光。彷彿她看著太陽般，強光持續了好一陣子，就算眨眼搖頭都無法擺脫。抓她的魔爪在怪物遭受魔爆攻擊時微微鬆懈，接著完全放開她。

阿希雅緊閉雙眼一段時間，然後睜開。

阿桑手握惡魔的手臂，掌心冒出濃煙，綻放刺眼的魔光。她丈夫脫到剩下一條白拜多布，連涼鞋和包覆手掌的絲布都脫掉。

她終於知道他最近幾天為什麼要把手都包起來了。他的拳頭——他全身上下——都布滿了隆起的疤痕。和他父親一樣，阿桑在皮膚上刻劃魔印，奈的子嗣只要碰到他就會受傷。

他原先為了在艾弗倫和沙羅姆面前證明自己而沒有依賴魔印戰鬥，所以魔光黯淡。但如今全身的魔印閃閃發光，在身體四周形成光環，不管有沒有魔印視覺都看得到。

他矮身扭動，以強大的攻擊擊退惡魔，擋下它的反擊，但就連他似乎都無法造成永久性的傷害。他們打了一段時間，惡魔非但沒有持續後退，反而越戰越勇，在熟悉阿桑的戰法之後逐漸扳回劣勢。

阿桑也發現了。「各位弟弟！圍起來！我們絕不允許奈的僕人逃跑！」

話才剛說完，惡魔一條觸角已經穿越阿桑的防線，重重擊中他。魔法在觸角觸體的同時阻擋攻勢，但是撞擊的力道還是打得他騰空而起。

阿希雅立刻展開行動，著地撲上，提矛刺出。她透過魔印眼研究惡魔，但它與從前遇過的惡魔大不相同。所有惡魔——所有生物——都有能量線。達馬丁沙魯沙克的精髓就在於攻擊能量聚合點來打斷這些能量線。

但是這頭惡魔的能量線就和它的身體一樣捉摸不定，增長收縮，不斷改變。她感應到其中包含了一定的規律，卻沒有能力抓住要訣，只能竭盡所能地生存下去。

她一擊得手，吸收大量魔力，讓她擁有超乎常人的速度和力量。長了角的觸角自四面八方而來，但她旋轉長矛，擋下它們。

惡魔喉嚨一抽，像火惡魔般吐出火焰唾液，不過也像火惡魔一樣閉緊雙眼，而阿希雅就把握機會繞到它身側，從另一個角度攻擊。這一次她不打算費力施展致命一擊，而是迅速出矛，造成一打淺傷口。

每道傷口一開始都綻放強光，惡魔的膿汁釋放純粹的魔力，就像火焰釋放濃煙一樣。不過接著魔力不再流失，傷口魔光黯淡，惡魔的表皮開始癒合。

化身魔尖叫，這一次當它對她噴閃電時，她沒能及時閃開。她全身承受前所未有的劇痛，手腳僵直，飛身而起。她以爲自己會放開手裡的矛，但是落地時矛依然緊扣在她僵硬的掌心中。她就算想放手也放不開。

接著痛楚如同來時般迅速消失，她的肌肉鬆弛。她全身燒傷，不過因爲體內還有魔力的關係，痛楚已經開始消退。她抬頭看到阿桑再度投入戰團，徒手毆打化身魔，而他弟弟則從四面八方攻擊。

沙瓦斯用流星鎚纏住兩根觸角，魔印鎖鏈緊鎖住它們，無法融化瓦解。另一條觸角被霍蘭的阿拉蓋捕捉環套住。

但這一切都只造成小小的不便而已。惡魔很快就能擺脫流星鎚，霍蘭則因爲手持捕捉環的關係被它甩來甩去。其他人幫忙拉桿，不過被惡魔強大的力量擋在外面。

阿桑繼續毆打惡魔，阿希雅撿回盾牌，慢慢自怪物的魔法流動中看出端倪。就連這頭惡魔的魔力也不是永無止盡，她看著它魔力消退，用以治療傷口、強化攻擊、重塑形體。

阿桑每打一拳，身體就變得更加明亮，惡魔則逐漸黯淡。只要困住它夠久，他遲早都會獲勝。

阿希雅跳回戰團，對準捕捉環箝制的位置奮力揮矛。她以矛刃砍穿一條觸角的底端，把它砍了下來。惡魔修補傷口，但那條觸角，還有其中蘊含的魔力，躺在地上，不再屬於惡魔所有。化身魔背後長出眼睛，甩動尖角和利爪，試圖逼退攻擊者，但是阿希雅看見它的能量線，知道它還在專心應付阿桑。它把他打倒在地，然後張開嘴巴，迅速變成血盆大口。

阿希雅不曉得它是打算把他咬成兩半，還是一口吞下，不過她沒有給它機會動手，硬生生地承受一條觸角抽擊，衝到近處，狠狠刺出長矛。尖角撕裂她的戰袍，扯下護板，刺穿其下柔軟的皮膚。她摔倒在地，口吐鮮血，向艾弗倫祈禱阿桑能趁這個機會爬起身來。

惡魔確實放慢了動作，但阿桑卻沒有趁機逃跑。當惡魔張開血盆大口痛苦吼叫時，阿桑翻身而起，直接跳到它的嘴巴裡。

這一躍之力讓他躍過排排利齒，落入阿拉蓋的喉嚨裡。阿希雅看見它的能量線在用盡全力治療阿桑的魔印皮膚在自己體內造成的破壞時分崩離析，除了被達馬用魔印銀器困住的觸角外，它所有肢體都融成一團。

失去形體的黏液流竄抖動。由於喉嚨塞住的關係，惡魔叫不出聲。阿希雅看得出來它逐漸失去聚合能力，知道它已經死定了，但它會和丈夫同歸於盡嗎？他還活著，還在戰鬥，但就連他也沒辦法在不呼吸的情況下存活多久。

阿希雅強迫自己站起身來，跌跌撞撞地走回去。在她身邊作戰的達馬都不能使用利刃，但她的匕首有一呎長，也利到可以刮掉蜘蛛的腳毛。她一刀插入黏膠狀的惡魔體內，劃出一道深深的傷口。傷口自內部向外爆開，噴得她滿身膿汁，但她沒有退縮，繼續插落。最後，一顆魔印拳頭破體而出，綻放魔光。阿桑另一隻手也隨之出現，雙手抓住傷口，從內部扯開。

惡魔身體表面冒出很多嘴巴，發出最後一聲慘叫，然後癱瘓，就此不動。

阿桑站在原地，渾身沾滿膿汁，魔光如同太陽般猛烈。就像她神聖的舅舅一樣。就像卡吉本人一樣。

他的達馬弟弟和剩下的沙羅姆，包括霍許卡敏和阿蘇卡吉，全都跪倒在他面前。阿希雅也感覺到了。她知道剛剛發生了什麼事情，但是跪倒的衝動十分強烈。她仰賴強大的意志力強迫自己不要跪下。

「奈的力量再度於月虧滋長，各位兄弟！」阿桑叫道。「這只是她手下的第一隻凱。在我父親追逐阿拉蓋卡前往奈的深淵時，光靠沙羅姆並不足以抵擋她的大軍。想要贏得沙拉克卡，所有男人都必須作戰！我父親讓儒弱的卡非特成爲卡沙羅姆！青恩成爲青沙羅姆！就連女人，就像我受到艾弗倫祝福的吉娃卡，都成了沙羅姆丁！」

他揮手比向在場的達馬。「全克拉西亞中就只剩下我們，祭司，還在等待召喚！但是等待已經結束，兄弟！就像我父親召喚其他人起身作戰一樣，我也召喚身穿白袍之人參與阿拉蓋沙拉克！這種事情理所當然要由解放者的子嗣領頭步入黑夜。我賜名各位爲『沙達馬』，戰士祭司，我們將會領導克拉西亞度過最黑暗的時刻。」

所有人震驚到說不出話來，接著所有在場之人歡聲雷動。就連霍許卡敏，沙羅姆卡兼賈陽的爪牙，都沒辦法克制自己，朝天揮拳，加入歡呼。

「沙達馬！沙達馬！沙達馬！」

阿希雅和阿桑回到皇宮寢室時，卡吉娃在育嬰室睡覺。阿蘇卡吉和其他達馬去找達馬丁治療傷勢，但阿希雅和阿桑，渾身充滿竊取而來的魔力，已經治療好所有擦傷和瘀青。

當阿桑把阿希雅推入她的枕廳時，他的意圖十分明顯。她也感覺到那股衝動，一手拉著他，一手扯下面紗，開始親吻他。

戰鬥的刺激、彼此的驕傲，以及戰鬥的衝動在他們體內流竄，形成兩人都無法抗拒的春藥。

阿希雅絆倒丈夫，把阿桑甩到床上，然後爬到他身上。

「我聽說這些綠地床的用途不光是睡覺。」她再度親吻他。阿桑的陽具如同帳篷般挺立在袍子裡。

「我依然是……普緒丁。」他在她捏它時呻吟道。

「明天吧，或許。」阿希雅說著脫掉自己的袍子。「今晚，你是我丈夫。」

第二十八章　沙達馬　334AR　冬

「你違背了我的命令，還有沙達馬卡的。」阿山在頭骨王座上說。他的語氣顯然十分憤怒，這可不是裝出來的。英內薇拉在王座上方的位置看見他靈氣中的強大怒意。「於月虧時深入黑夜，參與阿拉蓋沙拉克。你有什麼要說的？」

大廳一片死寂，所有人都屏息以待。王座廳裡擠滿了人，城內所有達馬通通出席，還有沙羅姆軍官和達馬丁。昨晚之戰的消息已經傳遍全城，所有人都在討論沙達馬的事情。英內薇拉懷疑這個瓶中精靈跑出來後是否還有可能再塞回瓶子裡。

阿桑站在前面，面無悔意，身旁站著阿蘇卡吉。他們身後的是他的達馬弟弟和各自部族的達馬基。大部分老頭都怒不可抑，靈氣沸騰。他們被迫接納阿曼恩的兒子成爲繼承人，但在解放者遠行、他們又罪證確鑿的情況下，不少人都熱切期待此事就是他們擺脫這些小鬼、奪回部族控制權的機會。

英內薇拉想要私下處理此事，但阿山展現出少見的氣魄，堅決拒絕。他想要用王座拉開距離，深怕私下處置的話，會忍不住動手殺了那些孩子。

英內薇拉非常了解這種感覺。城內的權力平衡已經移轉了，好像一切都建立在沙粒堆積而成的基礎上一樣。阿曼恩的達馬子嗣最近才剛剛晉升白袍，依然太年輕、缺乏經驗，無法控制部族。骨骰告訴她賈陽在湖中獲得勝利，而他肯定會利用這場勝利來爭奪王座。

但是對英內薇拉而言，傷她最深的人是阿希雅。她知道兒子會爭權奪利。但是長矛姊妹卻應該忠心耿耿。蜜佳和賈娃並不知情——她們回報時靈氣顯示得十分清楚——但阿希雅在明知丈夫計畫的時候對她當面撒謊，把阿桑的榮譽放在對女主人的職責之前。

但那個可以晚點再來處理。英內薇拉的思緒在阿桑開口說話時回到王座廳內。和其他人的緊張和憤怒不同，阿桑的靈氣冷靜平和，深信自己的所作所爲是對的，認定艾弗倫站在他這一邊。

「神聖的安德拉，」阿桑說，在阿山面前深深鞠躬。「根據與你和我父親前往窪地部族的沙羅姆所言，你本人也曾和他們一起參與阿拉蓋沙拉克。這件事情可是眞的？」

這話引發了一陣騷動，王座廳內的達馬紛紛驚呼，竊竊私語。

阿山瞇起雙眼。「沙達馬卡命令我隨他出戰，而我奉命行事，利用將阿拉蓋丟到沙羅姆的矛頭前來保護自己。我沒有拿起魔印武器殺阿拉蓋。」

「但你的榮耀依然無止無盡。」阿桑說。「我也沒拿武器。我單靠沙魯沙克殺死第一頭阿拉蓋，沒有依賴魔法。直到奈派她的凱對付我們，我才採用父親的作戰方式，用它們的力量去對付它們。」

人群再度掀起騷動。

「而你父親曾明言禁止你這麼做。」阿山提醒他。「就在這裡，眾目睽睽下，他禁止你在月虧時出戰。」

「我父親下達那道命令是爲了懲罰我的自大。」阿桑這話引來驚訝的目光。確實，阿曼恩所有兒子都很自大，不過就英內薇拉印象所及，從來沒人公然承認過。「我妻子已經深入黑夜，在達馬佳的命令下擊殺阿拉蓋。」他抬頭，面對英內薇拉的雙眼。「完全沒有問過我一聲。哪個丈夫不會因此大發雷霆？哪個男人不會覺得心痛？我在盛怒下發言，試圖阻止她拿起長矛。」

阿桑轉身，看著王座廳裡的人。「但是我錯了！我不該阻止任何想要起身對抗奈、一起參與沙拉克卡的人。因爲不要弄錯，兄弟姊妹們，沙拉克卡即將到來！我母親預見了解放者前往奈的深淵邊緣，而當他回歸時，所有奈的大軍都會尾隨而來！那天到來時，解放者的大軍必須準備好應戰，成爲他轉身面對惡魔大軍的後盾，一舉把它們通通趕出阿拉！」

他轉身面對阿山。「達馬鑽研沙魯沙克一生究竟是爲了什麼？爲了欺壓沙羅姆和卡非特嗎？那並非艾弗倫之道。那並非沙達馬卡之道。我父親每每都從意想不到的地方壯大部隊的陣容。卡非特、青恩、女人。沙達馬的出現只是遲早的事，神聖的安德拉。父親爲了教我這點而否定我爭取榮耀的權利，但我已經學到教訓了。我成長了。如今，當父親在遠方面對試煉時，所有達馬都有責任在他遠行期間領導各自的族人。」

他再度以眼神掃視人群。「所以在月虧第二夜，我要所有達馬通通起身作戰，用惡魔膿汁玷污他們的白袍，讓奈的將領知道我們克拉西亞人絕非黑夜裡的弱者。我們不會只在解放者的帶領下才能對抗它們，我們會在他最需要我們自立自強的時候挺身作戰。所有沙羅姆隊伍都會分派一名達馬顧問。和他們一起深入黑夜，親眼看看他們偉大的成就和犧牲。參與阿拉蓋沙拉克，成爲打從你第一次進入沙利克霍拉練習沙魯金開始就該成爲的那種人！」

這話掀起一陣騷動，有些達馬和達馬基高聲抗議，但是更多人則表示支持，迫切地想要爭取阿桑所提供的榮耀。

「你必須支持他。」英內薇拉透過阿山的耳環低語。她之前就說過了，但此刻沒有其他選擇。當阿曼恩剛剛帶回戰鬥魔印，讓族人可以眞正開始對抗奈時，安德拉和達馬基都極力抗拒，深怕喪失權力。結果沙羅姆成群結隊變節，響應阿曼恩的召喚，擁入大迷宮。如果他們抗拒，阿桑遲早都會幹出同樣的事情來。

阿山很氣他兒子和女婿，但他不是笨蛋，看得出當前形勢。「你的話很有道理，我的女婿。你體內流著我哥哥阿曼恩、沙達馬卡的血液——你們體內都有。你的話為艾弗倫增添榮耀。」他自頭骨王座起身。「所以我今晚也將參戰，血染我的白袍。」

「我也會。」年長、獨臂的阿雷維拉克上前說道。「達馬趁沙羅姆在黑夜中灑血時像女人一樣躲在地下城裡的日子已經過太久了。」

其他人也紛紛上前，有些出於熱血，有些人，根據靈氣所示，則是深怕被人視為懦夫。風向改變了，沒有人能夠抗拒。

「沙達馬！我弟弟是第一批沙達馬！人民上街歡呼他們的名號，我只能坐在寒冬中束手無策！」賈陽把信丟到火爐裡，然後又丟了他的庫西酒壺。烈酒引發的火球立刻燒盡信紙，所有人都後退一步。幸虧火勢沒有擴散。

幫沙達馬卡再倒一杯，阿邦以手勢對無耳說，不過把酒壺留在盤子裡。

不會說話的卡沙羅姆遵命行事，日光仍然保持在地板上。即使彎著腰，他依然是屋裡最高的人，但是不會說話的人就和穿了隱形斗篷一樣，賈陽看都不看一眼就接過酒杯。

「你不會在庫西酒杯底找到榮耀之道，沙羅姆卡。」凱維特說。

賈陽刻意一飲而盡，用白面巾擦拭嘴角。凱維特大怒，不過在賈陽大步走到他面前時一言不發。

「那我要去哪裡找，達馬？你來這裡是要提供建議的，是不是？如果我弟弟的權力持續壯大，你兒子能在頭骨王座上坐多久？」

「我兒子一開始根本就不該坐上王座。」凱維特說。「都是達馬佳在幕後主使。」

「不然你會怎麼做？」賈陽問。

「法律規定得很明確。」凱維特說。「王座應該要傳給你才對。你是長子。你神聖的父親讓你負責阿拉蓋沙拉克，跑來外國領土上爲了艾弗倫的榮耀進行沙拉克桑的人也是你。你弟弟只不過是殺了幾隻阿拉蓋而已。」

「還引發了一場將會崩壞神職體系的運動，就像你父親當年所做的一樣。」阿邦說。

凱維特瞪他。「沒人問你意見，卡非特。」

阿邦在賈陽轉頭看他時鞠躬。「正如沙羅姆卡所言，達馬，我們是來提供建議的。」

「是你拿庫西酒給沙羅姆卡喝的。」凱維特說。「你怎麼可能提供任何通往榮耀之道的建議？」

「什麼建議？」賈陽問，不過不帶絲毫平常慣有的嘲弄語氣。「我要聽聽卡非特的建議。」

阿邦微笑。「沙羅姆卡已經知道自己該怎麼做了。」

賈陽雙臂抱胸，不過面露微笑。「說出來聽聽。」

阿邦再度鞠躬。「沙羅姆卡本來可以回首都過冬的。湖中城市已經手到擒來，寒冬能夠提供比戰士更好的圍城效果。艾弗倫恩惠的青恩叛變已經平定。在湖面解凍前完全無事可做的情況下，有什麼理由要和部隊一起待在這裡呢？」

「我還有什麼事可做？」賈陽問。「在湖面結冰、北方窪地部族人數又遠超過我們的情況下？」

「往東走，去親眼看看你手下的戰士如何處置那座對我們發起攻擊的修道院。」阿邦說。「你的圍城武器一直放在湖邊是會積雪的，但是通往北方的老山丘道依然通行無阻。」

「你不可能是在建議沙羅姆卡進攻安吉爾斯。」凱維特說，但賈陽已經笑容滿面。「我們人手不夠，不可能守住那麼大一座城市。」

「守住？」阿邦問。「守什麼？我們要洗劫。北地城牆根本是垃圾。踢開他們的城門，派一萬名戰士橫掃他們的商業區。搶空倉庫，奪走所有值錢的東西，在冬天完全到來前回艾弗倫倉庫。」

賈陽看起來有點失望。「你要我帶領一萬名戴爾沙羅姆北上，就只爲了搶奪一些財物？」

「喜歡的話燒掉皇宮，」阿邦聳肩。「抓人質，把公爵的腦袋插在城牆木樁上。隨便你愛怎麼搞，只要你動作夠快，趕在他們鄰居派兵支援前離開就行了。」

「之後你就會掌握世界上最龐大也最有經驗的部隊，隨時可以調動且補給充足，你的財富也會超越你父親。到時候，誰坐在頭骨王座上又有什麼差別？卡吉本人花在馬鞍上的歲月也遠比王座上的時間多。」

賈陽看向凱維特，發現他似乎冷靜了一點。「很大膽的計畫，沙羅姆卡。如果窪地部族的觀察兵察覺你的行動——」

「他們不會察覺的，」賈陽打斷他。「我的觀察兵已經監視窪地好一陣子了。他們的巡邏隊尚未離開大樹林的範圍。」

凱維特看向阿莎薇。「或許我們該諮詢……」

「我已經依照沙羅姆卡的要求擲骰過了，」達馬丁說。「解放者之子會在第一天結束前攻破城門，讓沙羅姆擁入安吉爾斯。」

賈陽走到牆上一面繪有提沙地圖的掛毯，舉起長矛。「艾弗倫倉庫裡還有多少戰士？」

他沒有看向阿邦，但由於沒幾個人能數這麼多數字，卡非特立刻回答：「濕地裡共有三萬五千名沙羅姆。一百二十名凱沙羅姆、六千四百零六個戴爾沙羅姆、九千兩百三十四個卡沙羅姆，還有一萬九千八百七十六名青沙羅姆。」

「我帶兩萬沙羅姆東行。」賈陽轉向凱維特。「達馬，你和我前往修道院，帶一千名戰士留在那裡，重建防禦，接收來自安吉爾斯的戰利品，別讓其他人發現。」

凱維特鞠躬。「是，沙羅姆卡。」

「魁倫船長將在我弟弟沙魯的指揮下負責圍困雷克頓的任務，其他地面部隊也都交給沙魯指揮。」

魁倫和沙魯鞠躬。「如你所願，沙羅姆卡。」

「祖林。我父親與窪地部族之間的合約並沒有禁止我們搶奪一些財物。這裡和這裡。」賈陽指向窪地郡外圍兩座村落。技術上而言，算是雷克頓的領土，這些小村落距離碼頭鎮太遠，沒有戰略價值，而窪地部族又已經將影響力擴張到那附近。「帶三百名戰士。搶錢放火之後就不要在同一個地點久待，也不要用同樣的方式攻擊。讓他們以為你們人數遠遠超過眞實數目。」

祖林鞠躬，看起來很開心。

「那樣不至於讓他們派兵入侵我們的領土，不過會吸引他們注意，派人巡邏南部。」賈陽的手指從碼頭鎮向東穿越濕地，抵達一條向北的線條。「我則帶領人馬沿著老山丘道北上。我們會完全繞過窪地，突襲安吉爾斯。」

他微笑。「等葛佳達馬傳達訊息之後，他們絕對不會有所提防。」

第二十九章　葛佳達馬　334AR　冬

信上的是妲西．卡特大大的字跡。她的信件就像本人一樣，總是開門見山，直指重點。妲西不寫長信，她的信向來都是提出一堆小問題。

黎莎女士，

魔印之子已經失控了。他們不回來接受檢查。開始用黑柄汁以外的東西在身上繪印。史黛夫妮．因恩發現史黛拉在身上永久刺青。楊．葛雷想要規勸他們，加倫．卡特把他的手給打斷。他們現在住在樹林裡，就像解放者之前一樣。有睡覺的人都只在白天睡，遠離陽光。加爾德一直睜一隻眼、閉一隻眼，因爲他們能重創地心魔物，但就連他也快要失去耐心了。

妳說過有辦法應付這種狀況。如果袖子裡面還藏著把戲，現在是拿出來用的時候了。

——妲西

「可惡。」黎莎說。

正在擦弓的汪妲抬起頭來。「可惡什麼？」

「窪地的情況越來越糟了。」黎莎說。她撫摸她的大肚子。「繼續待在這裡，我很快就會不適合遠行，直到孩子出世爲止。」

「不帶羅傑一起，我們怎麼能離開？」汪妲問。

「不能。」黎莎說。「但是我對詹森持續拖延越來越不耐煩了。我一點也不在乎傑辛是不是他外甥。他兩度動手想殺羅傑，會落到這種下場都是他咎由自取。」

「我懷疑這話能讓任何人改變立場。」汪妲說。

「如果加爾德帶幾千個伐木工來護送我們回去，他們就會改變立場。」黎莎說。

汪妲看著她一會兒，接著又回去擦弓。「妳覺得事情會演變到那個地步？」

黎莎搓揉腦側。「或許。我不知道。希望不要。」

「如果走到那個地步，情況會一發不可收拾。」汪妲說。「他們兩個或許時有爭執，不過加爾德把羅傑當作弟弟看待。」

「我們都是，」黎莎同意。「但公爵和他弟弟都很固執。如果加爾德帶著部隊前來，他們或許會放我們走，不過窪地就沒人防守了。」

汪妲聳肩。「我很喜歡伯爵，還有老公爵夫人，但是窪地沒有他們也一樣好好的。他們需要我們超過我們需要他們。」

「或許。」黎莎又說，不過她沒有那麼肯定。

有人敲門。汪妲打開房門，門外是梅兒妮公爵夫人的一個侍女。

「這是好現象。」黎莎對梅兒妮說。「不過暫時還不要太過興奮。」

「惡魔屎。」阿瑞安說。「她每個月第四週的第二天都會失血，就像太陽昇起一樣可靠。今天已經是第五天了，一滴血都沒有。不需要藥草師的圍裙也知道這代表什麼意思。」

「代表我身體裡有個小孩。」梅兒妮說。

「對，我不是要否認這個，」黎莎說，梅兒妮喜形於色。「不過我還不會跑到陽台上去詔告天下。第一次懷孕早期，能不能穩住胎兒還未可知。」

「會穩的！」梅兒妮堅持。「我可以感覺到造物主的手運籌帷幄，在我們最需要的時候送孩子給我們。」

「即便如此，多等一會兒再告訴別人也不會有什麼壞處。」黎莎說。「我們還有時間。」

「沒妳想像得那麼多。」阿瑞安說。

黎莎必須加快腳步才能跟上阿瑞安領頭穿越皇宮女人側翼的速度。她太習慣老公爵夫人老態龍鍾的演技，眼前這個老夫人彷彿是另一個人。

事情非常不對勁，黎莎發現，因爲她竟然不在公共場合故作衰老。

她一進入寢室立刻聞到他的味道。阿瑞安打開窗戶，在屋裡放滿鮮花，但是那股臭味絕不會錯，就算在門外也聞得出來。她左眼傳來一陣抽痛，知道自己今晚將會頭痛欲裂。

布萊爾等在接待室，看起來——聞起來——甚至比上次還髒。他衣服上有血跡，因爲融雪的關係而濕淋淋的。她發現他身上布滿瘀青和傷疤。

黎莎走向她，壓抑噁心的感覺。她眼中傳來劇痛，但壓抑痛楚，檢查他的傷勢。

男孩形容憔悴，彷彿一整個禮拜沒闔過眼睛。他雙腳染血，布滿水泡，不過沒有感染。剩下的傷勢看起來很痛，不過傷口都很淺。

「出了什麼事？」她問他。

布萊爾將目光飄向阿瑞安，她在黎莎繼續照料男孩傷勢時回答。

「湯姆士領兵進攻碼頭鎮。」阿瑞安說。「與雷克頓和來森反抗勢力聯手出擊。」

「我為什麼沒聽說？」黎莎問。

「因爲和克拉西亞人有關的事情我都不信任妳。」阿瑞安坦言道。「妳會反對進軍。」

黎莎雙臂抱胸。「那公爵夫人閣下傑出的軍事策略有何斬獲呢？」

「我們輸了。」布萊爾輕聲說道，然後開始哭泣。

黎莎本能地伸手安撫他，一邊透過嘴巴呼吸，一邊擁抱哭泣的男孩，眼看淚水流過他臉頰上的泥巴和豬根汁。她腦中有上千個問題想問，但此時此刻只有一個最要緊。

「湯姆士呢？」她問。

布萊爾繼續哭泣，搖了搖頭。他伸手到袍子裡，拿出一張摺起來的信紙，上面沾滿污垢。「他叫我給妳這個。」

「呃？」阿瑞安問。顯然之前回報的時候，布萊爾沒提這件事。

黎莎手心顫抖，接過那封信。匆忙寫下的字跡都已經抹花了，不過肯定是湯姆士的親筆信。信的內容很短：

我親愛的黎莎，

我原諒妳。我愛妳。

妳可以懷疑一切，但不要懷疑這一點。

——湯姆士

黎莎看了三遍，眼中淚如泉湧，模糊了她的視線。儘管竭力壓抑，她還是不住哽咽，接著她放開信紙，摀住臉頰。布萊爾走向她，像她剛剛抱他一樣抱著她。

阿瑞安彎腰撿起地上的那封信，一邊看信一邊嘟噥著。

「他們是否把他的屍體交還給我們埋葬？」黎莎問。

阿瑞安拉緊披肩，走到窗口，凝望著灰色的冬季天空。「我想克拉西亞使者很快就會抵達。如果他們要錢，我們就付錢，不惜任何代價。」

「他們不要錢，」黎莎說。「他們要戰爭。」

「如果他們要的是戰爭，我們就給他們戰爭。不惜任何代價。」

克拉西亞大使於兩週後抵達，只有一個達馬，由兩名沙羅姆護送。皇宮守衛沒收了他們的兵器，充滿敵意地打量他們，但是克拉西亞人還是帶著那副令人火大的自信神情，即使手無寸鐵深入敵境也還是一樣驕傲自大。

黎莎在皇室包廂裡看著他們，那是王座高台後方的一排座位。太陽即將西落，已經位於王座廳的高窗下方。自然光線昏暗，她的魔印眼鏡可以隱約看見他們得意洋洋的靈氣。

她身邊坐著老公爵夫人、汪妲，還有密爾恩的羅蘭公主。梅兒妮的月經依然沒來，阿瑞安不讓她出席。這是黎莎在得知克拉西亞戰勝的消息後首度見到密爾恩公主。像阿瑞安一樣，羅蘭在攻擊行動之前就已經知情。沙曼特領主會和湯姆士一起率領騎兵隊衝鋒陷陣，之後就再也沒有他的消息。

羅蘭消失在守衛森嚴的使館裡，山矛士兵巡邏使館圍牆和領地，直到聽說克拉西亞大使抵達。她似乎在短短數日之內衰老了許多。她眼旁有黑眼圈，就連染料和脂粉都無法完全掩飾，但是黑眼圈中央，她的目光堅定。

林白克和他弟弟自高台上瞪視而下，但克拉西亞人毫不畏縮。達馬大剌剌地邁步向前，抬著一個大亮面箱子的沙羅姆緊跟在後。

守衛在達馬走到半路時擋下他，達馬淺淺鞠躬。「我是葛佳達馬。我帶來我主的消息，以他的聲音說話。」

他攤開一張大羊皮紙，開始讀道：

「向林白克三世，安吉爾斯公爵問好，艾弗倫紀元三三七八四年——」

「我在艾弗倫面前作證，你違背了造物主及其阿拉上的子民的信仰，趁神聖的月虧夜，所有男人都是兄弟的時刻展開攻擊。依照伊弗佳律法，你必須被判處死刑。」

這話在宮廷中掀起一陣怒罵，但葛佳達馬不理他們，繼續讀道：

「但是艾弗倫慈悲爲懷，他的神聖判決不需要擴及你的子民，我們只希望能和他們交朋友、當兄弟。做出適當的處置，爲你下達的褻瀆命令自行了斷。在春季第一天，你的繼承人將你的頭顱送來給我，我就會允許他在我腳邊跪拜。照做，我就饒過你的人民。不照做，我們就要全安吉爾斯負責，讓你們全都受到艾弗倫的懲罰。」

「我期待你的回應——賈陽．阿蘇．阿曼恩．安賈迪爾．安卡吉，克拉西亞沙羅姆卡，艾弗倫倉庫領主，阿曼恩．阿蘇．霍許卡敏．安賈迪爾．安卡吉，又名沙達馬卡，解放者的長子兼繼承人。」

達馬抬起頭來時，林白克已經氣得滿臉通紅。「你期待我會自我了斷？」

葛佳達馬鞠躬。「如果你愛民如子，不希望他們為你的罪行付出代價的話。但即使在南方，我們也聽說林白克公爵是個肥胖、腐敗、懦弱、不夠資格登上王座的卡非特。我的主人期待你會拒絕，讓安吉爾斯承受艾弗倫之怒。」

「艾弗倫管不到這裡，達馬。」比瑟牧者說。

葛佳達馬鞠躬。「請見諒，牧者閣下，但全世界都歸艾弗倫管轄。」

林白克一副被雞骨頭噎到的樣子，肥胖的臉頰漲成紫色。「我弟弟的屍體在哪裡？」他問。

「啊，是了。」葛佳達馬說著彈彈手指。兩個沙羅姆搬著亮面木箱走向王座。

隨著木箱逐漸接近，黎莎心中的恐懼愈來越甚。詹森和半打林木士兵在木箱抵達台階前攔截對方，沙羅姆面無表情地停步，讓總管檢視木箱。

「黑夜呀！」詹森叫道，神色驚恐地偏開頭去。他從口袋裡拿起一條手帕，當場嘔吐起來。

「抬上來。」林白克下令，兩名守衛把木箱抬到王座前。比瑟和麥卡爾自座位站起，在林白克打開木箱時迎上前去。

麥卡爾驚呼，比瑟嘔吐。他動作沒有詹森快，直接吐到潔白的聖袍上。林白克只是冷冷看著箱內，然後揮手叫人抬走。

「我要看，汪妲。」阿瑞安說。

「是，老媽。」汪妲說著走到守衛面前，叫他們轉向皇室包廂。

詹森連忙迎上。「公爵夫人閣下，我不建議……」

但阿瑞安不理會他，打開箱子。黎莎立刻起身，她已經猜到箱子裡放了什麼，不過還是必須親眼看到。裡面放的東西和她所想一樣，但是更加可怕。

箱內放著兩個魔印玻璃瓶，瓶內灌滿看起來像駱駝尿的液體。湯姆士的腦袋漂在其中一瓶裡，另一個瓶子則放了沙曼特的頭。湯姆士的陽具被割下來塞在他嘴巴裡。沙曼特的嘴裡則塞滿糞便。

這景象如同惡魔爪般刺穿她的心，但她已經做好準備，沒有流露任何痛苦的表情。羅蘭也一樣，目光中的憤怒遠大於驚恐。

阿瑞安就沒有那麼鎮靜了。黎莎鮮少在那個女人身上看到任何情緒，但這已經超出她的皇室靈氣所能承受的範圍。黎莎看著她強大的意志分崩離析，伸手捧起放著湯姆士頭顱的瓶子，緊緊握著，放聲哭泣。

「守衛！」林白克大叫。「把這些沙漠老鼠拖去地牢！」

葛佳達馬的靈氣轉變，驕傲自大化為一股勝利的快感。這是他所期待的反應。他甚至刻意刺激對方這麼做。

葛佳朝王座台深深鞠躬。「謝謝你，公爵閣下。我本來打算直接離開，如同伊弗佳中所記載，使者就像黑夜中的男人般不可侵犯。即使在你們的異教文化裡，信使也擁有這種權利。身為你的賓客，我不能光明正大地攻擊你。」他微笑。「但既然你選擇要增添的罪行，我就有權親手殺你。」

林白克的嘲笑聲在葛佳迅速發難，掌根擊中身旁守衛鼻子時卡在喉嚨裡，再也笑不出來。軟骨癱折，硬骨碎裂，碎骨插入他的腦中。黎莎看見他的靈氣消失，他隨即摔倒在地，就此死去。

兩名沙羅姆也展開攻擊，打斷骨頭、折斷關節，向他們不該接近的方向前進。

葛佳達馬已經來到台階底端，移動速度快得難以想像。詹森從身上拔出一支匕首，但葛佳抓住他的手腕一拉，毫不停步地把總管摔在堅硬的石階上，然後繼續前進。

他本來可以奪走匕首的，黎莎知道，但伊弗佳祭司禁用利刃。葛佳在任何情況下都不需要武器。他的靈氣在他展開攻擊時大放光明。他有魔法做為後盾。

一眨眼間，達馬已經跳到林白克面前，連出好幾下重拳。當他撞歪公爵的王座時，公爵的靈氣已經開始消退。葛佳不敢大意，騎在公爵身上壓倒王座時也持續攻擊。當他們倒在王座台上時，林白克的腦袋看起來像是從南塔丟下來的甜瓜。

麥卡爾跳起身來。這位王子比林白克健壯一點，也比葛佳高大，攻擊範圍較遠。他抓住達馬的肩膀，試圖把他從林白克身上拉下來。

葛佳頭也不回，反手擊中麥卡爾。這一下幾乎沒有什麼施到力，但是麥卡爾臉的下半部嘎啦一聲爆炸，留下一堆血、牙、骨和肉垂在血肉模糊的上半部臉下。

達馬站穩腳步，利用起身的力道轉身迴旋，踢中麥卡爾的胸口。肋骨折斷的聲音在大廳中迴盪，王子當場飛下王座台。他落在二十呎外，靈氣如同燭光般熄滅。

比瑟牧者想逃，但達馬抓住他的聖袍，順手把他扯回座位。「待著，異端，我們可以繼續談論艾弗倫的意向。」

一切發生得太快，黎莎還沒起身，公爵和王子就已經死了，但是當葛佳抓住牧者聖袍正面，舉起拳頭時，她揚起她的霍拉魔杖，釋放一道魔爆，當場震飛達馬，飛越大廳。他撞上牆壁，撞碎石頭，落地時在牆上留下一個蛛網狀的大坑。

黎莎感受魔爆的反饋竄上手臂，讓她充滿力量。她覺得頭昏眼花，直到胎兒用力踢她為止。她驚呼一聲，抱住肚子。

這時沙羅姆已經殺了守衛，不過其中一個在打鬥中中了一矛，血流如注，但還能作戰。其他守衛連忙趕來，但他們沒有時間在剛拿到武器的沙羅姆跑上台階完成達馬的工作、斬斷林白克血脈前拯救比瑟。

「可惡！」黎莎深怕這些魔力會對胎兒造成影響，但她又不能袖手旁觀。她再度舉起魔杖，釋放兩道魔爆，逐一殺死刺客。

胎兒彷彿在她體內打鼓一樣，似乎想要搶先幾個月離開母體——而且有可能成功。黎莎壓低魔杖時已經淚流滿面，雙手抱住隆起的肚子。

「女士，小心！」汪妲大叫。黎莎抬起頭來，看見血肉模糊卻依然魔力充沛的葛佳殺死兩名守衛，朝她直奔而來。

一支箭掠過黎莎肩膀，直竄達馬的心臟，但葛佳彷彿趕跑惱人的馬蠅般把箭拍開。

「可惡！」汪妲大吼一聲，拋下弓，衝到黎莎面前，正面迎戰達馬。

葛佳滿心以為可以像其他人一樣隨手推倒她，但汪妲的護甲內鑲惡魔骨，能夠提供力量和速度，就和達馬一樣。她抓住他的手臂，扭成拋擲姿勢。

但葛佳沒有失控，轉身應付她的攻擊。他搶先躍起，避免被拋出去，順勢踢中汪妲的臉，落地時也擺開拋擲姿勢。

「沒那麼好的事！」汪妲說著以身體的重量加以抗衡，站穩雙腳。達馬也調整姿勢，直到汪妲突然發難，以額頭撞爛他的鼻子。

達馬終於失去重心，於是她把他重重摔在地上，撞裂石板地。達馬趁彈起時屈膝，勾住汪妲的腳踝，把她也扭倒在地。

達馬爲這個動作付出代價，汪妲倒在他身上，隨即連出數拳。她又把他的頭打去撞地板。但葛佳一邊承受攻擊，一邊移動身體，然後突然踢出雙腳，勾住她的喉嚨。汪妲氣息受阻，扯向後方，在撞上地板時奮力掙扎，葛佳則持續緊扣雙腳。

汪妲打不到達馬，只能無助地拉扯鎖住她喉嚨的雙腳。

由於胎兒依然在肚子裡大鬧，黎莎不敢繼續使用魔杖，不過她也不能眼睜睜看著汪妲死去。她急著找尋武器，但羅蘭搶先她一步。高大的女人拿起身後的椅子，用力掄下去。

達馬再度轉身，伸出一手及時擋下攻擊。椅子碎裂，葛佳抓住公主的禮服，把她也拉倒在地。他一手勾住她的喉嚨，截斷氧氣流通，雙腳則繼續奪取汪妲的性命。

黎莎在自己察覺之前已經展開行動，魔法化爲非人的強大力量竄入四肢。她把胎兒、湯姆士、藥草師的誓言通通拋到腦後。她整個世界縮成一個目標。葛佳達馬的頭。

她一腳把他的頭踩進他的胸腔裡。黎莎感覺到對方的脊椎在這一腳的力道下應聲折斷，接著達馬終於倒下。

王座廳一片死寂，只聽到三個女人的喘息聲。汪妲和羅蘭大口吸氣，黎莎卻短而急促，如同心跳。她站在原地，心知打鬥已經結束，但是努力克制由憤怒、腎上腺素和魔法混合而成，幾乎難以承受的一股力量。她希望還有更多敵人可打，彷彿如果不加以發洩的話，這股力量會把她撕裂。黑夜呀，這就是汪妲和其他人作戰時沉浸在魔法裡的感覺？實在太可怕了。

王座廳中所有人都目瞪口呆地看著打鬥現場。就連阿瑞安都將含淚的目光自大腿上的玻璃瓶上移開，張口結舌地看著黎莎。她可以在她們的靈氣中看見恐懼，而她不怪她們。

昏暗的大廳裡充滿魔力，在空氣中猛烈衝撞，受到適才的暴力所吸引。黎莎閉上雙眼，與外界隔絕，強迫自己深呼吸。胎兒繼續踢她，大力扭動。

受到魔力的影響，黎莎以前所未有的方式感應到體內的生命。它很強壯。魔法顯然沒有傷害到它，但那並不表示這是好的影響。黎莎見過魔法加速小孩成長。或許這個孩子會提早降世、體型巨大到需要動危險性極高的手術才能出生？還是說這股魔力會引發其他變化？亞倫拒絕和她做愛的時候就是擔心這個，而現在黎莎還是面對了同樣的問題，只是少了他在身邊。

她拋開這個問題，睜開雙眼，扶起羅蘭。汪妲已經單膝跪起，揚起一手拒絕幫助。

「別擔心我，女士。」她又吸了一大口氣。「過一會兒就沒事了。」

黎莎看得出來魔法在她體內流竄，自然導向她的傷口，知道她說的沒錯。她讓汪妲維護自尊，轉身面對葛佳達馬的屍體。

即使到了現在，她還是毫無感覺。她燒焦了兩個沙羅姆，還踏碎了達馬的脊椎。他們不是惡魔，是人類。儘管如此，她還是沒有感覺到任何在其他情況下可能會有的罪惡感。這些人會很樂意殺光王座廳內所有人，就像黎莎收成藥草一樣輕鬆。

達馬一個拳頭仍然緊握，她掰開它，發現其中有塊粉碎的惡魔骨，魔力已然耗盡。她輕吹口氣，魔骨化爲骨灰飄散。

終於，詹森抖抖身子，跌跌撞撞地走上台階。他低頭看著林白克的屍體，抖了一抖，然後伸手去撿公爵那頂亮面的木冠。

「公爵死了！」總管大叫。他下移一台階，伸手去扶比瑟牧者。「比瑟公爵萬歲！」

比瑟牧者看向他，靈氣中充滿迷惑和恐懼。「呃？」

皇室三兄弟都沒有留下適合進行葬禮的屍首，就連藤蔓王座也無法承受三場皇室葬禮。攻擊事件之後一週，安吉爾斯依然封城，湯姆士、林白克和麥卡爾在安吉爾斯大教堂裡一起舉行葬禮。

比瑟親自主持儀式，他認爲在頭戴木冠的情況下兼任造物主牧師的牧者職務並無任何衝突。一開始的震驚過去之後，他立刻指派工匠打造適合他雙職身分的服飾和儀式護甲。

黎莎抬頭挺胸、面無表情地站在家屬答禮的行列裡。她私下爲湯姆士哭泣，但不打算分享她的哀悼。她接受不記得或根本不在乎他們姓名的安吉爾斯貴族致哀，露出蒼白的微笑短暫僵硬地握手，然後轉頭看向下一個排隊致哀的人。

儘管如此，這條隊伍彷彿永無止盡。她做好自己的職責，忍受這一切，但她的內心空了。

回到房間後她癱在自己床上，沒多久又被汪妲叫起。「抱歉打擾妳，黎莎女士，老媽想見妳。」

黎莎疲憊站起，整理頭髮，伸個懶腰，再度離開寢室，沒有對走廊上的僕役和守衛透露任何情緒。他們也在哀悼，必須看到堅強的她。

黎莎進入接待廳時，羅蘭坐在老公爵夫人面前。密爾恩公主看著黎莎點了點頭，但她的眼神透露更多情緒。如今她們產生了新的羈絆，或許算不上友情，但她們彼此信任，而且有了共同的敵人。

羅蘭轉頭面對阿瑞安，繼續之前的交談，彷彿黎莎沒有進來一樣。「公爵閣下會同意嗎？」

「皇冠讓我兒子本來就很大的腦袋漲得和氣球一樣大，但他還想要保住那顆腦袋。比瑟或許喜歡插打扮成女孩的男孩，但如果這樣能讓妳父親派遣幾千名山矛士兵過來……」

羅蘭點頭。「他不想碰我，我也不想碰他，但是如果這樣做能讓沙漠老鼠為對我丈夫所做的事情付出代價，比瑟就算把那些男孩一起帶上床來也無所謂。」

阿瑞安嘟噥一聲。「如果比瑟去世時，妳的兒子尚未長大成人，妳不能夠取得王位，甚至不能幕後攝政。」

羅蘭點頭。「我父親或許想要爭奪你們的王座，我卻沒有興趣。不過妳絕不能禁止我接觸我兒子。我還要把我其他孩子帶來皇宮居住，享有完整的貴族身分。」

「當然，」阿瑞安同意。「但他們的爵位都是榮譽頭銜，我不會分派安吉爾斯領土或職務給他們，除非他們靠實力獲得。」

「我會請我的主母根據條件修改合約，」羅蘭說。「明天早上就可以簽約。」

「越快越好。」阿瑞安同意。羅蘭起身，離開時輕捏黎莎的肩膀。

「妳身體康復了嗎，親愛的？」阿瑞安問，指示黎莎坐下。

黎莎彎腰坐到椅子上。「可以了，公爵夫人閣下。」

「沒人的時候，叫我阿瑞安。」老公爵夫人說。「妳贏得這麼叫我的權利，還不只這個。那天我本來會失去四個兒子的，不光是三個。」

「明天早上，比瑟會連這份文件一起簽署。」阿瑞安說著給黎莎一份皇室命令。這份文件任命黎莎爲窪地郡伯爵夫人及皇室家族成員，雖然她和湯姆士並未結婚。

「這是民意所歸，」阿瑞安在黎莎抬頭時說。「妳已經扮演這個角色好幾個月了，而我敢說妳的子民也不會接受其他人統治。加爾德是個好孩子，但他比較適合當男爵，而非伯爵，特別在娶了那個醜聞纏身的新娘之後。」

「我認爲這個消息會讓他鬆一口氣。」黎莎說。

「妳立刻回窪地郡，」阿瑞安說。「帶梅兒妮一起走。」

「呃？」黎莎問。

「暫時沒人去管梅兒妮，而我希望這個情況能夠保持下去。」阿瑞安說。「密爾恩和安吉爾斯必須聯盟，現在就要。沒人知道那個女孩身懷林白克的孩子，如果消息走漏，那孩子會造成不必要的問題。要用長矛解決的問題。」

「羅蘭絕不會殺害未出世的孩子。」黎莎說。

「話不要說得太篤定。」阿瑞安說。「不過我怕的是她父親，或伊斯特利和沃德古德會利用孩子來號召勢力，對抗密爾恩。如果是他們之一綁架了可憐的希克娃，我也不會感到驚訝。」

「這又回到了羅傑的問題，」黎莎說。「我離開時要帶他一起走，你們得撤銷對他的控訴。」

這語氣讓阿瑞安揚起一邊眉毛，不過她還是點頭。「沒問題。」

黎莎起身，回到寢室，開始準備。他們花了兩天時間準備回家，但接著克拉西亞大軍兵臨城下，全城人民陷入恐慌。

第三十章　公主的守衛　334AR　冬

羅傑透過牢房的小窗戶看向窗外，高塔讓聚集在南城門外的克拉西亞大軍盡收眼底。在這間可惡的牢房裡度過幾個月後，今天本來應該是他獲釋的日子。結果，全城戒備，他則遭人遺忘。

「我就知道沒這麼好的事，」他喃喃說道。「我會死在這間牢房裡。」

「沒那回事。」希克娃自上方的陰影中說道。「我會保護你的，丈夫。如果他們攻破城牆，我們會在他們抵達大教堂前離開這裡。」

羅傑沒有看她。他現在根本不費心這麼做了。希克娃想要讓他看到的時候就會讓他看到，其他時間通通看不到。他目光恐懼地看著一隊一隊的沙羅姆開始集合，將大型投石器推到定位。

「妳知道他們會來嗎？」羅傑問。

「不，丈夫，」希克娃說。「我以艾弗倫之名和我進入天堂的希望發誓，我不曉得。我們結婚前，我知道很多解放者宮殿裡的祕密，但從未聽說任何短期內擴張艾弗倫恩惠領土的計畫。艾弗倫恩惠是一片非常肥沃的土地，還要讓很多人民接受艾弗倫的旨意。明智的做法是在那裡經營至少五年。」

「然後繼續征服。」羅傑朝石塔窗外吐口水。

「你又不是不明白，丈夫。」希克娃說。「我神聖的父親從未對你掩飾過他的企圖。想要贏得沙拉克卡，就必須透過沙拉克桑統一全人類。」

「惡魔屎，」羅傑說。「爲什麼？因爲有本書這麼說？」

「伊弗佳……」希克娃開口。

「只是一本可惡的書！」羅傑大聲道。「我不曉得世界上有沒有造物主，但我知道他沒有從天堂跑下來撰寫任何書。書都是人寫的，而人很軟弱、愚蠢又腐敗。」

希克娃沒有立刻回應。他的話挑戰了她所信仰的一切，而他感覺得到她情緒緊繃、渴望爭辯、在與身爲順從妻子的誓言內心交戰。

「不管怎麼說，」片刻之後，希克娃說道。「這肯定是賈陽幹的好事。我表哥在血緣上是最有資格爭取頭骨王座的人選，但他不曾得到任何眞正的榮耀。他肯定是在想辦法對我們的族人證明自己，讓他們在我神聖的舅舅遠行期間接納他的統治。」

「妳神聖的舅舅幾個月前掉下山崖，之後再也沒有人聽過他的消息。」羅傑說。「妳還認爲他會回來？」

「沒有找到屍體，」希克娃說，「也沒有他們落地後他還活著的跡象。我不相信解放者已經死了，他會在我們最需要他的時候回歸。但是他兒子和達馬基會趁他不在的時候搞出什麼事情？沙拉克卡開始時，我們的部隊會更加壯大，還是說我那些蠢表哥擴張太遠，讓兵力過於分散？」

她輕輕巧巧地落在他身邊，看向窗外，即使在這麼高的地方依然小心謹愼，不讓外面的人看到她。「艾弗倫的鮮血呀。城外有將近一萬五千名沙羅姆。」

「安吉爾斯堡的人口約莫六萬。」羅傑說。「不過我懷疑湯姆士南下之後，城內還有沒有剩下兩千名林木士兵。」

「你認爲傳聞是眞的嗎？」希克娃說。「他趁月虧攻打我表哥的部隊？夜襲？」

羅傑聳肩。「我的族人對於黑夜還有月虧的看法和你們族人不同，希克娃。傑辛已經兩度試圖趁夜暗殺我。公爵和他弟弟在打獵時暗算湯姆士的時候也是晚上。」

「沒錯，但他們不是男人。」希克娃說。「黃金嗓、林白克他們都是沒有靈魂的卡非特。我見過湯姆士伯爵作戰。大笨蛋，或許，但他擁有沙羅姆之心，阿拉蓋在他面前顫抖。我難以想像他竟然會採取如此不光榮的策略。」

羅傑再度聳肩。「我不在場。妳也不在。但是現在他的頭被放在瓶子裡送給他母親，這一切又有什麼差別？」

「沒有任何母親應該看到那種景象，」希克娃說。「我表哥這件事情實在做得很糟糕。」

東方冒出陣陣黑煙，沙羅姆洗劫了附近的小村落。城牆外一天距離之內有數十座小村落。

「如果他們來到這麼北邊，」羅傑問，喉嚨中冒出硬塊。「是不是表示窪地淪陷了？」

希克娃搖頭。「窪地很強大，也受到艾弗倫眷顧。這麼多戰士或許能夠征服它，但需要數週的時間，或許好幾個月。這些人軍容整潔，沒有傷兵或受損的裝備。」

她看向濃煙滾滾的東方。「他們從東邊繞過大森林，多半完全避開窪地。」

「至少這算好消息，」羅傑說。「或許加爾德已經帶著一萬名伐木工趕來安吉爾斯。」

*拜託，加爾德，*他無聲哀求。*我太年輕，還不想死。*

比瑟公爵緊張兮兮，臉上的脂粉被汗水畫成一條條的。顯然牧者還不習慣站在聖壇之前，而不是在聖壇後主持儀式。身爲投身教會的第三子，比瑟八成從未想過自己會戴上木冠，更別說是在敵軍兵臨城下的時候結婚了。

羅蘭公主和他相反，抬頭挺胸地站在原位，堅定地看著迅速跑完流程的牧師，好讓她可以名正言順讓部隊投入戰局。並不是說她那五百名山矛士兵能對兩萬名沙羅姆造成什麼影響。他們一發現敵蹤，立刻派遣信使求援，但是沒人知道他們是否通過敵方的防線。

現在是早上，不過還要一個小時才到黎明。婚禮進行得很快，只有互道婚誓和一個尷尬的吻。黎莎不會羨慕她們的新婚夜，不過人民的需求遠比個人的喜好重要。生孩子似乎是非常單純的一件事，但黎莎和所有人都很清楚這件事情能對世界造成多大的衝擊。

「丈夫與妻子！」牧師叫道，新任公爵夫人朝守衛隊長布魯斯點頭。隊長派遣信差去集合山矛士兵，然後在她和比瑟走下聖壇時跟了上去。觀禮者零零落落地歡呼幾聲，大部分長凳都是空的，人們不是在守護城牆，就是躲在家裡或庇護所中。

阿瑞安是第一個向新婚夫婦鞠躬示意的人，但其他人立刻跟進。黎莎以當前懷孕狀態所能彎腰的極限鞠躬。就連阿曼娃也鞠躬了，意圖明顯的舉動。她急著想看到羅傑獲釋。

「夠了。」比瑟說，所有人再度站直。「明天會有很多時間鞠躬和爭論，如果我們能夠活到明天。」他刺耳的語調明白表示他對此事抱有多少期望。

羅蘭面無表情地看著自己的新丈夫，但她的靈氣充滿惱怒及厭惡。「丈夫，或許這種事情私下討論比較妥當？」

「當然，當然，」比瑟說著揮手指示所有貴族進入聖堂旁的小禮拜堂，然後沿著走廊前往他的私人辦公室。如今林白克的皇宮都是他的了，但他一直沒有時間搬家，而且牧者也不願意離開自己打理十年的奢華辦公室。

回到他的地盤上，包圍在他的信仰象徵和提醒自己有多偉大的物品中後，公爵似乎找回了一點自我，再度抬頭挺胸。「詹森，我們的防禦情況如何？」

「和二十分鐘前差不了多少，公爵閣下。」詹森說。「敵軍大量集結，不過我們本週至少得知了他們不到天亮不會展開攻擊。我們的城牆上有弓箭手，也有足夠的人手擊退一定程度的進攻，但眞正有危險的是南城門。他們派遣士兵封閉其他城門，不過攻城器具都裝置在南城門。」

「撐得住嗎？」比瑟問。

詹森聳肩。「不確定，公爵閣下。敵軍沒有大老遠帶著巨石跑來，也不太可能在這麼短的時間內採集足以撞穿城門的巨石。城門應該可以抵擋大部分的攻擊。」

「大部分？」比瑟問。

詹森再度聳肩。「沒有測試過，公爵閣下。如果城門淪陷，城門廣場就是在敵軍攻入城內前阻止他們的最後防線。」

「如果城門廣場淪陷，我們就輸了。」比瑟說。「經歷碼頭鎭的損失後，我們沒有足夠的林木士兵守護城牆，還在兩萬名克拉西亞人闖入時守住廣場。自願參戰的人很多，但我們連武器都發不出來。他們不可能靠伐木用具抵擋訓練精良的騎兵。」

「我們還沒輸，」羅蘭說，聲音堅定。「布魯斯隊長會帶領山矛士兵鎭守城門廣場。進入城門的敵軍只有三條道路可走。每一條都有可以派駐少數兵力防守的防禦要點。」

比瑟轉向黎莎。「窪地郡呢，女士？妳認爲南方會派兵來援嗎？」

黎莎搖頭。「我已給布萊爾霍拉加快速度，回報窪地關於葛佳暗殺的消息，但就算加爾德立刻上馬出發，也要好幾天才可能帶領足夠的兵力抵達。」

她聳肩。「我想窪地人有可能之前就發現克拉西亞興兵來犯，但我不會把希望寄託在這點上。」

「妳的魔印人呢？」比瑟問。「如果他真是解放者，現在就是證明自己身分的絕佳時機。」

羅蘭嗤之以鼻，黎莎再度搖頭。「期待窪地還比較實際，公爵閣下。就算魔印人還活著，他也忙著追殺惡魔，不管政治。」

「那妳呢，女士？」比瑟問。「妳對葛佳和他的戰士釋放閃電。」

「結果差點流產。」黎莎說。「除非到了被人用矛尖抵住肚子的最後關頭，不然我不會再做那種事情。不管在任何情況下，白天我能做的都很有限。不過我有辦法強化城門。」

所有人都抬頭看她。「怎麼做？」比瑟問。

「用魔印和霍拉。」黎莎說。「如果能把城門遮起來的話。」

比瑟看向詹森。總管目光飄向阿瑞安，阿瑞安則似乎只有微微移腳。

詹森立刻點頭。「我們可以命令城內所有裁縫縫製大布塊，公爵閣下。」

「去辦。」比瑟環顧四周。「還有其他主意嗎？誰心裡還有任何瘋狂計畫的，現在就是提出來的時候了。」

室內陷入一片死寂，黎莎深吸口氣。「是還有個辦法……」

「讓我和他談。」阿曼娃說。

比瑟搖頭。「太瘋狂了。」

「是你問起瘋狂計畫的，公爵閣下。」黎莎說。「不管怎麼說，總之我信任她。」她無法解釋魔印視覺的原理，還有她在阿曼娃靈氣中看見的眞誠。皇室貴族比較可能認定她瘋了，而不打算信任她。

「賈陽是我哥，」阿曼娃說。「我們是解放者和達馬佳的長子及長女。趁他們等待黎明時派我出去，他會和我談。或許我可以讓他改變心意。伊弗佳禁止任何人，包括沙羅姆卡在內，傷害或是直接阻礙達馬丁。他不能阻止我回來，或是趁我在城內時攻城。」

「我們怎麼知道妳會回來呢？」羅蘭問。「妳有可能投誠妳哥，把我們的防禦策略和領導體系通通告訴他。」

「我丈夫在你們手裡，」阿曼娃提醒她。「還有我妹妻，骨骰告訴我她被困在城內某處。」

「還有什麼更好的方法解救他們？」比瑟問。「比讓妳哥打爛囚禁他們的牆壁更好？」

「或許妳根本不在乎他們。」羅蘭說。「或許妳已經厭倦了妳的青恩丈夫，打算回到妳的族人之間重新開始。」

阿曼娃目光爍爍，靈氣充滿怒火。「這種話妳也說得出口？我自願前來這座臭青恩城市擔任人質，而妳竟然羞辱我的榮譽和我丈夫。」

她走向公爵夫人，儘管阿曼娃比她矮小，體重不到她一半，羅蘭的靈氣依然浮現恐懼，顯然想起葛佳達馬在王座廳大開殺戒時的景象。

「守衛！」羅蘭大叫，布魯斯立刻擋在她面前，舉起他的長戟指向阿曼娃。這把戟的末端有道彎曲的刀刃，不管用砍的或用刺的都威力強大。黎莎看到鋼刃上刻有魔印。

阿曼娃看著對方的神情彷彿他是隻一腳就能踩死的小蟲，但她停下腳步，揚起雙手。「我沒有惡意，公爵夫人。我只是擔心丈夫的安危。如果妳什麼都不肯相信，至少相信這一點。我的骨骰告訴我，如果他繼續待在囚室裡將會面臨重大危險。」

「妳哥哥待在城牆外面讓我們所有人都面臨重大危險。」羅蘭在六名林木士兵衝入房內，包圍阿曼娃時說道。「但如果妳這麼擔心丈夫的安危，歡迎和他作伴。」她指示守衛帶走阿曼娃。

「讓女人搜完身，再送她去石塔。」阿瑞安說。「我們可不希望她夾帶惡魔骨進去。」

一名守衛對她伸手，但阿曼娃手臂一揮，在他身上拍了幾下，他當場就跌向一邊。她立刻走到黎莎面前，解下霍拉袋。她脫掉她的首飾，包括魔印頭環和項鍊，放入霍拉袋中，然後拉緊繫繩。她在守衛再度包圍上來時把霍拉袋交給黎莎，這一回守衛用矛尖抵著她。

「我會幫妳保管好。」黎莎承諾。「我對造物主發誓。」

「艾弗倫會確保妳信守承諾。」阿曼娃說著被人帶往石塔。

太陽出來時，黎莎還忙著處理南城門的魔印。詹森說到做到。城門警衛室一片漆黑，城門底部和閘門都用厚重的布匹遮住。要不是克拉西亞投石器開始攻城的話，她根本不會知道天已經亮了。

衝擊的力量震倒黎莎，不過汪妲及時接住她。一堆碎屑落地，發出一陣嘎啦聲響。敵軍沒有找到巨石可用。至少這點還算好事。

「這裡不安全，女士。」汪妲說。「我們必須離開。」

「我完工前哪裡都不去。」黎莎說。

「妳的孩子……」汪妲開口。

「如果城門失陷，他們就會搶走我的孩子。」黎莎打斷她。「他同父異母的哥哥會直接把他從我的子宮裡挖走。」

汪妲氣到張牙舞爪，不過沒有在黎莎回去幫大木城門和橫木繪印時繼續爭辯。汪妲擊落了三頭飛越安吉爾斯上空的風惡魔，在城門警衛室中把它們開膛剖肚，灌滿好幾桶充斥魔力的惡臭膿汁。

黎莎戴著精緻的軟皮手套，用刷子在濃稠惡臭的體液中沾濕，然後繪製更多魔印，蜿蜒流暢的線條在魔印視覺下閃閃發光。每一個魔印都和隔壁魔印相連，形成一道令城門更加堅固的魔印網。即使此刻，魔印都在攻城石頭的撞擊下越來越亮，迅速修補木門承受的損傷。只要城門警衛室保持漆黑，防禦魔印就會在對方的攻擊下逐漸壯大。

*造物主呀，希望這樣就夠了。*黎莎祈禱。

畫好魔印網後，黎莎拔出她的霍拉魔杖。她以手指調整魔杖表面上的魔印，緩緩朝魔印網釋放魔力。城門附近的魔印越來越亮，她的魔杖則逐漸黯淡。

手套在反饋魔力前提供一定程度的保護能力，不過並不夠。她感覺手指刺痛，迅速擴散到全身。片刻前還毫無動靜的胎兒開始又踢又扭，不過在把魔力完全灌注到城門的過程中，她對這種情況完全束手無策。只要能夠撐到日落，她就可以爲魔杖重新注滿魔力。

再一次，城門傳來巨響，不過這一次幾乎沒有搖晃。

「好了嗎？」汪妲問。「我們可以走了？」

黎莎點頭，朝向台階前進。

「唉。」汪妲伸出大拇指比向身後，「出去的路在這裡。」

「我知道。」黎莎繼續上樓。「但是回皇宮前，我要上城牆看看。」

「黑夜呀！」

汪妲啐道，不過她跑上台階，越過黎莎，走在前面。

城門兩旁都有布塊從比城牆高上一整層樓的城門頂端垂下來。城門警衛室以厚重的石頭建造，共有二十四面窗戶——南北各八面，東西各四面。狹窄的縫隙掩護著駐守在那裡的五十名弓箭手。北面的窗戶可以看見一座大噴泉廣場，石板地面上還有不少沒人看雇的攤位和推車。有些是臨時收攤的，不過大部分攤主都已經撤離這一帶。

廣場上有三條街道，東面一條、西面一條，還有北方那條直通城中心。羅蘭在那裡派駐了兩百名山矛士兵，另外一百五十名鎮守東邊和西邊。守軍戰戰兢兢，準備在克拉西亞人突破城門時展開行動。

城門警衛室其他方向都有弓箭手站在窗口。面南的弓箭手持續射擊，箭童四下奔走，補充射光的箭筒。從城牆頂端往下看的人每隔一段時間才會放箭，不過光從他們放箭這個事實來看就夠令人擔心了。

黎莎走向東牆，看著林木士兵和自願兵割斷抓鉤繩索、推開攻城梯。三不五時會有幾名克拉西亞人爬上城牆，殺死一堆守軍，直到弓箭手擊斃他們爲止。林木士兵英勇作戰，但戴爾沙羅姆爲此而生。

黎莎深吸口氣，鼓起勇氣，走到南牆。汪妲再度領頭，和指揮弓箭手的曼森隊長交談。男人神色不定地看著黎莎，不過知道不要亂抗議。

「皮爾斯，下去休息。」士官對著負責東角窗口的弓箭手叫道。

黎莎才剛起步，汪妲已經來到那扇窗口，朝外觀察，確保安全。她突然後退，其他人也都同樣反應。另一聲巨響撼動城門警衛室，大量塵土和碎磚灑入窗內。

汪妲等待片刻，然後再度看向窗外，邊看邊咳。「好了，女士。動作快，趁他們重新裝填的機會。看完就走。」

「我保證。」黎莎點頭。但是當她探頭看到克拉西亞大軍時，心情當場沉了下去。兩萬大軍。就邏輯而言，她了解這個數字，但是當真看到兩萬大軍又是另外一回事了。對方人數實在太多了。就算他們無法攻破城門，爬牆上來的沙羅姆還是有可能擊潰城牆守軍。

加爾德，她無聲祈求，如果你這輩子有機會做對任何事，就是現在了。我們需要奇蹟。

對方的主力部隊按兵不動，數量龐大的騎兵隊和數千名步兵，只待城門攻破立刻展開衝鋒。梅寒丁投石隊把小村落廢墟中搬來的石塊放入投石籃裡。大部分都漫無目標地投入城內，不過其中一座距離較近，專門瞄準城門射擊。曼森的弓箭手火力集中在那些戰士身上，但是其他人用層層盾牌守護那些男人。

克拉西亞人以弓箭反擊。就聽見一聲呼嘯，巨蠍刺穿了一名安吉爾斯弓箭手。闊刃箭頭破背而出，他飛越警衛室，當場死亡。

所有人都凝視著一路飛到北牆上的殘軀。黎莎本能地想要衝過去，但是心中明白對方已經回天乏術。沒人能在那種攻擊下存活。

「還沒死的人，不要發呆，繼續射擊！」曼森大吼，所有人立刻回神。

汪妲緊張地改變站姿，但黎莎不理會她，又偷看窗口一眼，打量著梅寒丁投石隊正裝填的彈藥。

大部分都是剛剛撞在城門上粉碎的劣等建材。如果投石隊只有這種彈藥的話，城門就撐得住。

但正當這個想法浮現心頭時，她就看到一輛裝滿堅硬石頭的推車被推了出來。林白克二世的雕像連帶基座，而那整座雕像足足有二十呎高。那會是目前為止最強大的挑戰，不過魔印擋得住這種攻擊。

希望，她想。

但是正當他們裝填雕像時，凱沙羅姆卻又揚起手來叫停手下。雙方弓箭手持續射擊，隨時有人從城牆上摔落，但是重型攻城武器卻停止攻擊。

「他們在等什麼？」黎莎問。她沒過多久就知道答案了，所有窗口同時變暗，克拉西亞觀察兵從上方垂下，縮身閃入窄縫。

這些人一身黑衣，沒有攜帶矛或盾。他們也沒攜帶專用的梯子，不過黎莎之前見過觀察兵，能從他們的寂靜、技巧和罕見武器中認出他們。

數名弓箭手倒地，觀察兵在闖入警衛室的同時用鞋尖的匕首插入他們的頭和頸部。汪妲及時拉開黎莎。雙方短暫交手，觀察兵如同割草般輕鬆屠殺剩下的弓箭手。即使當他們近身肉搏的時候，現場還是到處都有尖銳的暗器飛來飛去。

一名觀察兵衝向黎莎，不過被汪妲抓住，不管如何拳打腳踢都無法阻止她把他丟出窗外。儘管以無聲無息聞名於世，該名觀察兵墜落時還是放聲慘叫。

汪妲轉身面對下一名對手，不過其他人都沒來攻擊她們。半數沙羅姆已經消失在通往樓梯的門外，其他人則往那個方向移動，殺死任何膽敢擋路之人。

黎莎以為他們是來剷除弓箭手的，但在聽見下方傳來的慘叫聲後，她知道弓箭手只是次要目標。

「他們打算開啓城門！」黎莎大叫，咒罵自己竟然如此愚蠢。只要克拉西亞人直接拉動開門的曲柄，就算把全世界的魔印畫在城門上都毫無意義。

汪妲舉起她的弓，即使在封閉混亂的空間裡，還是一箭射殺正要奪門而出的沙羅姆。她立刻搭起另一箭，不過另一名克拉西亞人趁機跑下樓梯。她射殺第三名，接著一群林木士兵遮蔽她的視線，上前拖倒兩名觀察兵。

黎莎跑向北牆窗戶。「克拉西亞人闖入城門警衛室！快來！」

山矛士兵沒有離開崗位，但林木士兵和自願兵衝向城門警衛室。

他們趕不上，黎莎知道。他已經感覺到觀察兵轉起閘門時引發的震動。就算安吉爾斯人奪回城門警衛室，再度關門，傷害也已經造成了。就算是間接性的陽光都能吸走魔印的魔力，讓魔印作廢。

「黑夜呀。」黎莎說著衝回去看投石隊的情況。他們已經裝好雕像，不過繼續等待，彷彿直接看著黎莎。

牆頂還有更多觀察兵，黎莎發現。他們施放了信號，因為投石隊展開行動。黎莎看著湯姆士的父親破空而來，想到阿瑞恩的丈夫將會結束她的統治，只能說諷刺意味濃厚。

整座城門警衛室都在撞擊之下搖晃，碎木頭和扭曲金屬的聲音震耳欲聾。黎莎身形一晃，汪妲又上前扶穩她。最後一名觀察兵消失了，關門把他們困在裡面。弓箭手多半體重不重，只能徒勞無功地撞擊堅硬的門。這扇門設計上是要阻擋入侵者的，用來對付守軍也很實用。

她聽見樓下傳來激烈的打鬥聲響，林木士兵迫切地想在城門粉碎前關上閘門。

城外有群青沙羅姆帶著攻城鎚而來。黎莎無法相信這些從小在提沙長大的男人會抬起那巨大的金木樹幹，而其他人則將破城隊團團圍起，高舉盾牌，形成龜殼般的護盾。儘管隊形複雜，他們還是以越來越快的速度穿越遼闊的戰場。城牆上的弓箭手徒勞無功地放箭，箭則撞在護盾上折斷。城門警衛室屋頂上本來有支油鍋隊，不過既然觀察兵已經佔領屋頂，他們已經束手無策。

攻城鎚撞擊城門的聲響伴隨著木頭碎裂的聲音，黎莎知道城門再也撐不了多久。

攻城隊拉回攻城鎚，準備再度撞門。黎莎哀傷地低頭看著那群人。「造物主原諒你們。」

他們再度往前衝，不過黎莎已經伸手到籃子裡拿出一根雷霆棒。她點燃引信，丟下城牆，炸開護盾，粉碎攻城鎚。

慘叫聲此起彼落，塵埃落定後，黎莎看到底下血肉模糊，如同屠宰場般肉塊四濺。

他們沒有死光。最慘的或許就是這一點。有些人叫聲悽慘到令黎莎反胃做噁。

這些就是布魯娜守護許久的火焰祕密，她心想，*她要我以藥草師之名發誓不會用來傷人的祕密。*

而我用它們來殺人。

這對整體戰局沒有任何幫助，因爲黎莎還沒壓下嘔吐的衝動之前，就已經有另一隊人馬帶著新的攻城鎚上前。城門警衛室劇震，克拉西亞部隊在賈陽揮旗指示重裝騎兵向城門展開衝鋒時齊聲歡呼。

羅傑在看到觀察兵攀牆而上時叫到喉嚨都要啞了，但是沒人聽得見他在這麼高的地方吼叫。他身旁的希克娃身體一僵，他立刻閉嘴，聽見有人上樓的腳步聲。

他們終於要來釋放他了嗎？或許是阿曼娃去和她哥協商投降事宜的條件。

希克娃縮身躍起，利用他看都看不見的施力點爬上牆壁。片刻之後，她又回到房梁上的陰影中。

牢房門開啓，儘管阿曼娃位於門外，她顯然不是來這裡監督他獲釋的。她的手腳都上了鐐銬，而從守衛臉上的瘀青來看，她顯然不是自願上銬的。

阿曼娃被人用力推入牢房，讓腳鐐上的鎖鏈絆倒，重重摔在地上。羅傑連忙跑過去。

他以爲守衛會離開，但是他們擠入牢房中，兩個、四個、六個。最後總共有一打人塞到他的小牢房裡，他不管朝任何方向伸手都會碰到人。

全都是皇宮守衛，就像單身漢宴會後埋伏他們的那些，個個攜帶沉重的木棍。羅傑認得他們的長相，不過不曉得姓名。

「抱歉這麼擠，」領頭的士官說。「上一次總管派的人不夠多，但是同樣的錯誤詹森不會再犯。」

「早該知道不可能是傑辛一個人安排的。」羅傑說。

「傑辛就連脫鞋都要人幫。」士官說。「我們都不懷念那個小廢物，但是你眞的惹火總管了。」

「你們不可能以爲在大教堂裡殺我還能全身而退。」羅傑說。

士官大笑。「全城的目光都集中在城門，愛插沙的傢伙，而城門外的可不是能讓你用小提琴魅惑的惡魔。現在沒有人在乎你或你的克拉西亞婊子。你的守衛全都躲在底下，只等克拉西亞人攻破城門就要把自己鎖在地下墓穴裡。」

他側頭打量絲袍緊綳、曲線玲瓏的阿曼娃。「其實我還眞不怪你。或許大家可以先找點樂子，然後再把你們兩個塞出那張小窗戶。」

「不！」羅傑大叫。

士官再度大笑。「不必擔心你會遭受冷落，小鬼。我有幾個手下對你的屁股更感興趣。畢竟，這裡是座聖堂。」

他喉嚨上突然一片模糊，彷彿有道陰影落在上面，但接著他就在一片鮮血中朝他們倒地。希克娃如同蒼蠅般掠過牢房，又刺中另一個男人的喉嚨，然後把他當作跳板，再度遁入上方的陰影。

「黑夜呀，那是什麼玩意兒？」其中一名守衛叫道。這時所有人都盯著上面看，把羅傑和阿曼娃拋到腦後。

「妳沒事吧？」羅傑問。

「沒事。」阿曼娃說。「我的耐性已經耗盡了。」這話隱隱散發出一種比她曾經說過的任何話更加恐怖的感覺。

又是一道殘影，希克娃如同木惡魔般自屋梁落下，一刀插入一名男子胸口。她在接下來的混亂中再殺兩人，然後再度消失在屋樑上。

「夠了！我要走了！」其中一名男子說。他和其他兩個人衝向門口，不過門突然關上，外面傳來鎖門的聲音。

「詹森要他們死！」外面的人叫道。「想要開門，先把事情辦好。」

三人怒氣沖沖地回過身來，接著希克娃如同蜘蛛般落在中間那個人身上，撞斷了他的脊椎。她落地後立刻挺身，利用彈起的力道將手上的匕首分別插入左右兩人體內。

「是另外那個女的！」一個守衛大叫，剩下的四人中有三人立刻揮動木棍撲向她。

第四個人拔出匕首，衝向羅傑和阿曼娃。羅傑試圖把她拉往安全的位置，但是鎖住她雙腳的鎖鏈很短，她又跌了一跤。羅傑回過頭去，施展沙魯沙克，一腳狠狠踢中對方的胯下。

但他的腳踢中護具，在劇痛來襲時感覺骨頭折斷。他才叫到一半，對方已經一棍把他打翻，舉起匕首打算殺死阿曼娃。

「不！」羅傑想都沒想就跳到匕首前面，用自己的身體保護阿曼娃。他感覺背上一下撞擊，接著胸口突然冒出一根銳利的金屬，刺穿衣服，染紅一片。他不痛，但卻實實在在感覺到冰冷的金屬深入自己體內，並且隱約了解出了什麼事。

阿曼娃也了解。他從她的眼神中看出來，她美麗的棕眼，始終保持平靜，如今卻充滿恐懼。一陣搖晃過後，攻擊者的手離開了刀柄。他倒在羅傑身邊，落地便即死去。

希克娃開始慟哭，但就像痛楚一樣，感覺遙不可及。他的第二妻室將他如同嬰兒般輕輕自阿曼娃身上抬起。「治好他！」她哀求。「妳必須……！」

「青恩奪走了我的霍拉袋！」阿曼娃大聲說。「我沒有工具可以治療。」

希克娃拔下脖子上的項鍊。「這個！這裡有霍拉！」

阿曼娃點頭，立刻開始遮蔽窗戶。希克娃輕輕把羅傑放在床上，然後脫下身上所有魔印首飾，用刀柄打爛這些無價之寶。它們賜與她難以想像的力量，但她卻想也不想就爲他摧毀它們。眞愛的表現，羅傑目光含淚。他想要叫她住手，說這樣做救不了他，而接下來的白天和黑夜裡她都需要它們的力量。

這時阿曼娃來到他身邊，割開他的衣服，好像沒有匕首刺穿他一樣。好像她還有機會救活他一樣。死亡，在還有這麼多事要做的時候。

羅傑的寫字桌上有支薄刷，阿曼娃沾他的血來繪印，在更多鮮血湧出傷口時迅速動作。片刻過後，她舉起霍拉，而他胸口浮現一道暖光，帶來一陣抑制痛楚的狂喜之情。阿曼娃望向希克娃。「慢慢拔出匕首，妹妻。魔法要隨著匕首離體修復他的器官。」

希克娃點頭，然後開始拔。羅傑感到匕首移動，一吋接著一吋，慢慢離開他的身體，再度劃傷他。他感覺到，身體也隨之抽動，但是不痛。那感覺就像他的身體是個演員，在模仿死亡時的情況一樣。

阿曼娃掌心的魔骨粉碎，希克娃連忙拔出最後幾吋匕首，然後用布壓住傷口。

阿曼娃開始檢查他的背部。「脊椎完好。只要縫合傷口……」

但羅傑感到體內一陣灼燒，還有心臟不規律地跳動。他轉身面對她們。

「繼……」這個字漲破了一個血泡，濺上希克娃的臉，但她沒有退縮，他的血和她的淚交融在一起。

他暫停片刻，凝聚力氣。「繼續唱歌。」他氣喘吁吁，接著倒回地上，在有好多話想說的此刻努力呼吸。他的妻子一人牽起他一隻手，他使盡全身的力量握緊他們。

「繼續學習。教——教導。」

他看向一旁。「坎黛兒……」

「丈夫？」希克娃問，他搖了搖頭，發現自己意識模糊。黑暗逐漸逼近，把他的視線縮成一個針孔，剩下一點供其追隨的光芒。

「把我的小提琴給坎黛兒。」

黎莎衝向警衛室北面的窗戶，祈禱閘門及時關閉，結果卻發現城門中湧出無止無盡的克拉西亞人。人潮在噴泉前分開，數百名——數千名——大呼小叫的戰士壓低長矛，策馬衝向防守街道的幾個山矛士兵。

公主的守衛確實不同凡響，陣腳絲毫不亂，長戟指向前方，好像有任何武器可以抵擋兩噸重的狂奔戰馬一樣。

布魯斯隊長在兩軍交戰的同時舉起他的武器。最後關頭，他大吼一聲，揮下山矛。

廣場上傳來數百下爆炸，彷彿把一盒鞭炮丟到營火裡。空氣中煙霧瀰漫，克拉西亞衝鋒隊如同惡魔撞上魔印般衝勢受阻。

馬匹慘叫，有些人立而起，向後跌倒，其他則在奔跑中摔倒，騎士重重摔落石板地面。克拉西亞騎兵沒有時間停止衝鋒。後方的騎兵撞上前方的騎兵，骨頭折斷、長矛插入族人背心。黎莎從高處看著人仰馬翻的情況如同漣漪般向外延伸，一直到漣漪消散為止。

那一刻裡，沙羅姆頭昏眼花。有些馬跳起身來，背上往往沒有騎士。很多馬都躺在地上。所有人搞不清楚狀況。

喀嚓！

山矛士兵拉動他們武器上的把手，然後再度持平，朝一片混亂的克拉西亞騎兵發射另一輪致命的彈幕。

火焰的祕密，黎莎終於了解。她知道歐可保有這些祕密——甚至見過山矛士兵此刻擊發的這種武器的製造圖。

但她從未想過他竟然會瘋狂到使用這些武器，也沒想到它們可以在短期之內大量生產。

他一直擁有這些武器。這個想法令人戰慄，但是卻很合理。歐可向來渴望成為提沙之王。畢竟密爾恩曾經是全國的首都。

喀嚓！

敵軍此刻已經全面潰敗了，還能逃跑的人調轉馬頭，衝向城門。半數山矛士兵再度射擊，然後在其他人射擊時重新裝填彈藥。

當所有人重新裝填完畢後，山矛士兵開始推進。數千名徵兵而來的民兵跟隨其後，有些手持武器，其他人則拿沉重的工具。領袖認爲這些人在戰場上發揮不了作用，但是他們倒是非常適合在路過敵軍傷兵時擊頭與割喉。黎莎看著他們動手，噁心到朝窗外嘔吐，濺濕了一名忙著逃命的沙羅姆的頭巾。

山矛士兵沒多久就奪回了城門警衛室，湧上城牆頂，隨即散開，熟練地重新裝填彈藥。敵軍驚慌失措，逃亡的騎兵直接闖入跟在他們身後行軍的步兵陣中。梅寒丁部隊一臉困惑，不確定該朝何處射擊，或許也在考慮是不是該跟著逃跑。

山矛士兵就只需要這片刻的迷惑。他們先對投石器和巨蠍隊開火，就連木頭和鋼鐵盾牌都保護不了他們。他們死無全屍、支離破碎、血肉模糊地躺在他們的戰爭機器上。

山矛士兵再度重新裝填彈藥。五百個人，火器一次可以擊發三發子彈，而他們已經重新裝填幾次了？四次？黎莎必須抓住窗沿，才能在再度嘔吐時維持重心。

「我們該回皇宮了，女士。」汪妲在一打山矛士兵終於打開房門、走過狼狽不勘的弓箭手、佔領窗口射擊位置時說道。

黎莎點頭，迅速奔向門口，不過還是不夠快，只能在每一下火器巨響時面露畏縮的神情。

抵達寢室時，黎莎面無血色、疲憊不堪。她知道自己該去找阿瑞安回報，但是似乎毫無意義。克拉西亞人士氣潰散，要不了多久全城都會聽說此事。剛剛恐怖的場景不停湧入腦海。山矛士兵朝向逃跑的克拉西亞人背部開槍。徵召民兵殘暴不仁地了結傷兵。

被她的雷霆棒炸爛的屍體。

她有比歐可好到哪裡去嗎？多年來她一直鼓吹藥草師要保守火焰的祕密，但是當狀況緊急時，她毫不遲疑就用它們來殺人。她是個雜草師。擅長殺人更甚於救人。

即使在走過女性側翼的走廊時，汪妲依然手持長弓。沒人阻擋她們。這兩個女人髒兮兮地，渾身都是鮮血和濃煙的味道，不過所有人都立刻認出她們。

汪妲打開房門，黎沙眼中唯一看到的就是她的臥房。她直接走了過去。

但是汪妲一關上房門立刻驚呼一聲。黎莎轉過頭去，發現她被希克娃制伏在地。四周的房間一片凌亂。

阿曼娃來到她面前。「在哪裡?!」

「什麼在哪裡？」黎莎問。

坎黛兒從汪妲房間走出來。「沒有藏在這裡。」

「喂！」汪妲在希克娃的箝制下叫道。

「抱歉，汪妲。」坎黛兒聳肩。

「妳把我的霍拉袋藏在哪裡？」阿曼娃大聲說道，將黎莎的目光引回她身上。她沒有等待回應，伸手去搜黎莎的圍裙。

「把妳的手拿開！」黎莎想要推開女人，但阿曼娃輕易架開她的手，目光上移片刻，出指癱瘓黎莎的肩膀。她的手臂麻痺片刻，然後開始刺痛。手很快就會復元，但暫時只能像廢物一樣垂在那裡。

「啊！」阿曼娃舉起她的霍拉袋，丟下黎莎，彷彿她已經沒有用處。「坎黛兒！希克娃！」

希克娃放開汪妲，兩個女人立刻跟著阿曼娃走入黎莎的臥房。直到此時，黎莎才發現年輕達馬丁一塵不染的白袍上染滿鮮血。

汪妲立刻起身，手裡多了把長匕首。黎莎舉手阻止她。「阿曼娃，出什麼事？」

阿曼娃回頭看。「過來看看，厄尼之女。此事與妳有關。」

黎莎和汪妲交換憂慮的眼神，但還是小心翼翼地跟進去。

希克娃推倒了床鋪，清空地板，用床單遮蔽厚重的窗簾。黎莎在門關上時戴回魔印眼鏡，屋內陷入一片漆黑。

阿曼娃在房間中央跪倒，沉浸在骨骰的紅光中。她渾身是血，不過似乎都不是她的。她抓起白袍血淋淋的一角，用力一擰，掌心染滿鮮血。她把阿拉蓋霍拉放入掌心，然後開始滾動，把骨骰染紅。

「那是誰的血？」黎莎問，腹中掀起一陣恐慌。她的胎兒劇烈扭動，彷彿想要踢破她的肚子跑出來。

「艾弗倫，天堂與阿拉的造物主。光明與生命的賜予者，受你眷顧的孩子，羅傑，傑桑之子，來自河橋鎮旅店，沙達馬卡的女婿，我榮譽的丈夫，遭人謀殺。」

聽到這話，黎莎喉嚨緊縮，幾欲窒息。羅傑？死了？不可能。

她的思緒被阿曼娃接下來的話打斷。「希克娃必須去哪裡埋伏幕後主使人，讓我們迅速復仇，把犯人送去面對你最終的審判？」

她擲骰，骨骰在魔光中滾動出命運的圖案。黎莎不相信這些訊息來自天堂，但她無法否認阿拉蓋霍拉擁有非常眞實的力量。

阿曼娃研究圖案一段時間，然後望向希克娃。「東南走廊四樓的廁所。」

希克娃點頭，隨即消失。即使在魔印視覺下，她的靈氣也當場轉變，成爲一面能量的面紗，如同隱形斗篷般融入周遭環境。就看見一道殘影，她已經開門離開，而且還沒有洩入任何門外的光線。

「她要去殺人？」黎莎問，在阿曼娃撿起骨骰、準備再擲之前抓住她的手腕。

阿曼娃手握骨骰，手腕一翻，反過來箝制黎莎，把她的手折到幾乎要斷掉的地步。她劇痛難當，無法思考。

「不要再碰我。」阿曼娃說著把她推開。汪妲迎上前去，但是被阿曼娃一眼瞪住。

「沒錯，」阿曼娃繼續。「希克娃是要去做我早在幾個月前就該命令她去做的事情。摧毀傑桑之子的敵人。那是我的錯，而如今榮耀的克里弗和受神眷顧的羅傑都已踏上孤獨之道。」

「阿曼娃，」黎莎說。「如果有人殺了羅傑，我們可以告訴……」

阿曼娃嘶吼一聲，打斷她的話。「我不會繼續等待青恩腐敗的司法程序，任由敵人主動攻擊。我爲夫報仇不需要協助，也不需要允許。」

「而妳打算面對同樣的命運？」黎莎問。「如果妳殺了這個人，我就沒辦法幫妳。」

阿曼娃冷冷看她。「妳能幫我，也會幫我。」她指向黎莎的肚子。「妳的孩子有表親在我和希克娃的子宮中滋長。傑桑之子的子嗣，和妳血緣相繫。妳打算把她們託付給妳的青恩司法嗎？」

黎莎瞪著她，心知自己已經輸了，不過還是不願意承認。「可惡，不。」

當羅傑的屍體被人抬下高塔時，黎莎並不需要假裝哭泣。她以爲自己在經歷過廣場大屠殺後已經流乾了眼淚，但是看著她朋友膚色慘白、渾身染血的模樣時，她眼中再度盈滿淚水。她等待太久了，自以爲羅傑在南塔中會很安全。阿曼娃說得對。她應該施加更多壓力的。

「羅傑死在塔裡。」阿瑞安稍晚喝茶時說。「詹森則在馬桶上被人開膛剖肚。」

「兩件慘案相隔不過數小時，」羅蘭說。「就發生在離我們這麼近的地方。」

「別忘了還有一打皇宮守衛。」黎莎說。「其中之一在妳同意釋放我朋友後，將他在牢中殺害。他們都向詹森回報，接受命令和報酬。爲什麼會有一打詹森的手下擠入羅傑牢房裡，妳認爲？」

「我很肯定我不知道。」阿瑞安說。「我只知道他們死了。皇宮守衛，黎莎。我的守衛。死了，而阿曼娃失蹤了。」

「或許她哥哥趁著攻城時派人來救走她。」黎莎說。「而他們趁機除掉一個危險的總管。」

「又或許那個女巫想到辦法夾帶惡魔骨進去。」羅蘭說。

黎莎點頭。「或許。又或許還有其他解釋。總而言之，這件事情看來到此爲止了，我不會再追查下去。」

「妳怎麼能這麼說？」阿瑞安說。「妳不希望爲妳的小提琴手討公道嗎？妳難道都不在乎嗎？」

「這個小提琴手救過的人比山矛士兵殺的人還多。」黎莎大聲說。「他是我在這個世界上最好的朋友，他的死讓我心都碎了。」

她湊上前去，目光堅定。「但我已經看夠這場恩怨了。兩年前傑辛・黃金嗓殺了羅傑的老師，讓羅傑淪落到我的診所。接著傑辛想要完成當年的惡行，致使羅傑為了自衛遭囚。如今羅傑死了，八成是詹森下令，而詹森也已經死了。還要死多少人才能結束這場恩怨？」她搖頭。「羅傑回不來了，我只想要把他帶回窪地，讓他得以安息。」

「或許妳可以放任不管，」羅蘭說。「跑到南方一週外的地方去。但是凶案發生在皇宮裡。我一定要找到凶手，羅傑的屍體是證物。」

黎莎徹底失去耐心，將茶杯重重放在桌上，濺出不少熱茶。這只是做戲，不過她認為羅傑一定會以她的演技為傲。「不可接受。我的人和我已經被囚禁在安吉爾斯裡太久了。卡特男爵很快就會帶領數千伐木工抵達安吉爾斯。當他抵達時，他將會質疑他最好的朋友怎麼會在妳的看顧下遭人謀殺，到時候不管是什麼情況，我們都會離開。」

「妳是在威脅我？」羅蘭問。

「我是在陳述事實。」黎莎說。

羅蘭搖頭。「安吉爾斯已經不再衰弱……」

「不要以為妳那點小把戲能把我嚇到，公主。」黎莎說。「我知道的火焰祕密比妳更多。妳拯救了安吉爾斯，但是妳釋放出的力量很可能更可怕。人類應該要攜手合作，而我們的所作所為卻是在幫助惡魔。」

羅蘭嗤之以鼻。「妳不可能真的相信惡魔戰爭解放者那些鬼話。」

「我不相信解放者，」黎莎說。「但我們不能否認惡魔正屠殺我們。我感應過一頭心靈惡魔的想法，很清楚它們有多少能耐。妳的新武器在惡魔面前毫無用武之地。」

「走著瞧。」羅蘭說。「但是我們已經對抗惡魔超過三百年了。主動進攻的可不是我們。」

黎莎點頭。「我們所有人都……飽受這場戰役影響。所有人手裡都染上了鮮血。」她一一看向她們。「我救了妳兒子一命，阿瑞安。還有妳的命，羅蘭，兩次都冒了性命危險，還有我體內的生命。拜託，讓我們和平離開，成為盟友。」

兩個公爵夫人對看一眼，已經可以單憑表情交流。阿瑞安向黎莎點頭。「帶著羅傑和妳的新學徒和平離開。」

新學徒。吉賽兒將會關閉診所，出任老公爵夫人的皇室藥草師，而她的學徒就會和黎莎一起南歸窪地學習。在這些「學徒」裡有懷孕的梅兒妮公爵夫人，以及連阿瑞安都不知道的阿曼娃和希克娃。

兩個公爵夫人會對這兩個女人於窪地再度現身提出質疑，不過那些問題最好透過信使回覆，而不是面對面。黎莎一點也不想要在缺乏伐木工部隊護衛的情況下再度離開窪地。

第三十一章　漏風者　334AR　冬

阿邦從未見過沙羅姆臨陣脫逃。艾弗倫可以見證，他甚至不記得他們有過臨陣脫逃的記錄。逃跑是很醜陋、很沒組織的事情，是恐慌的產物。

數千名戴爾沙羅姆，賈陽部隊中的菁英，擁入安吉爾斯。只有少數人全身染血地在尖叫聲中逃出來。逃出來的人完全放棄了陣地，騎著戰馬毫無頭緒地朝部隊來時的路徑逃跑。他們丟下剩下的部隊——圍城隊、卡沙羅姆和青沙羅姆，還有賈陽的私人保鏢——神色迷惘地站在泥濘堆裡看著他們逃跑。其他人都接受他們的暗示，拋下崗位跟著逃。

「艾弗倫的鬍子呀。」阿邦在這場戰役失敗所代表的意義浮現心頭時低聲說道。

他轉向無耳。「去拿我的箱子。」啞巴卡沙羅姆衝出營帳，阿邦轉向另一名保鏢，他的兒子法奇。「地圖和文件，孩子，快點。我們必須趕在——」

此時，帳簾被人用力掀開，賈陽氣沖沖闖入，身後跟著哈席克和兩名解放者長矛隊的凱沙羅姆。

「你那個膽大妄為的計畫不過如此，卡非特！」賈陽叫道。

「我的計畫？」阿邦問。「我只是認同沙羅姆卡的智慧。保證會贏的人是達馬丁。」

「青沙羅姆那些懦夫都在投降。」哈席克說著看向營帳外面。他走了出去，營帳中隨即充斥著吼叫和混亂的聲響，直到厚重的門簾歸回原位為止。

「總比起身反抗我們要強，」阿邦說。「在沒有戰利品或戴爾沙羅姆的鞭子驅策的情況下，分享我們的失敗對他們完全無利可圖。」

「等我們回艾弗倫倉庫後，我要殺了那個撒謊的女巫。」賈陽說。

「嚴格說來，她沒有撒謊。」阿邦說，依然在收集文件，塞入法奇拿著的袋子裡。「她保證你會攻破城門，部隊殺入安吉爾斯，而你確實都辦到了。」

「但是她沒說我的手下會在片刻之後慘遭屠殺。」賈陽大吼。

「我向來不喜歡達馬丁的預言，」阿邦說。「她們從來不會全盤托出。」

「不會嗎？」再度進入營帳的哈席克問。

賈陽轉向他。「什麼意思？」

「達馬丁的預言本來就不是要說我們想聽的事情，」哈席克說。「它們是要告訴我們艾弗倫的旨意。在今天之前，我都不曾眞的相信過。」

「艾弗倫的睪丸呀，漏風者！」賈陽大叫。「你到底在胡說些什麼？」

「我問阿莎薇達馬丁我究竟有沒有機會向胖卡非特阿邦報仇，」哈席克說。「她告訴我有一天當沙羅姆卡在濃煙與廢墟中失去艾弗倫的寵幸時，」他衣袖中滑下一支彎刃匕首。「那天，沒有人可以抵擋我的憤怒。」

「你想幹嘛？」賈陽吹聲響亮的口哨。「漏風者！住手！」

兩名凱沙羅姆動作飛快，立刻搶上前去，並肩站在賈陽身前，舉起武器。

哈席克毫無所懼，面無表情地拍開一支長矛，用力踢中凱沙羅姆的盾牌，打得他飛身而起，撞上阿邦的桌子，文件四下飄散。

哈席克在另一名凱沙羅姆調整位置前搶上，匕首插入戰士持盾手臂的腋窩，所有解放者長矛隊的玻璃護甲在那個位置都有一條小縫隙。

賈陽在哈席克有機會拔出匕首前展開攻擊，一矛刺向他沒有護甲保護的喉嚨。哈席克看見他的動作，矮身避開矛頭。矛尖掠過他頭巾下方的頭盔，割下一小塊耳朵。

哈席克大笑，抓起他腦袋下方的矛柄，扯向一旁，同時握緊沉重匕首的刀柄狠狠出拳。賈陽鼻頭一皺，向後倒下，昏了過去。

「快逃，父親！」法奇大叫，將袋子塞到他手裡，把阿邦推往門口。他的用意很好，不過依然是個白痴，在阿邦的瘸腳絆倒時繼續推他。他摔倒在地，法奇摔在他身上。

還活著的解放者長矛隊員自翻飛的文件中起身。他失去了長矛，不過拔出和哈席克差不多的匕首跳回戰團，盾牌擋在身前。

盾牌在匕首格鬥中應該佔有很大的優勢，但是哈席克虛晃一刀，然後丟掉自己的匕首，攤開雙手，繞過盾牌手掌交扣。他奮力轉身，以強大的蠻力甩動盾牌。凱沙羅姆整個人被甩到哈席克頭上，阿邦聽見他身在空中時雙臂折斷的聲響。

他落地時背部著地，哈席克輕易折斷他另一手的手腕，將凱沙羅姆的匕首據爲己有。他抓起倒地之人的胸甲，用力一拉，扯斷繫繩，露出可供匕首插入的胸膛。

阿邦的腳劇痛難耐，但他忽視痛楚，用力撐著法奇和他的枴杖起身。

賈陽呻吟一聲，單臂撐起自己。「漏風者，你到底……」

哈席克跳到他身上，一刀插入賈陽嘴裡。他神色猙獰地將匕首向上插入解放者長子的腦中。

「我的名字！」哈席克拔出匕首，又插回去。這一次輕鬆沒至刀柄。「不是！」他又拔出匕首，刺第三刀。「漏風者！」

無耳在這個節骨眼上回來。啞巴抱著阿邦的寶箱站在營帳門口。

阿邦一言不發，舉起手來，比了個「殺」的手勢，拇指指向哈席克。

無耳宛如俯衝而下的風惡魔般，無聲無息地上前三步。由於裝滿黃金，那個寶箱重量超過兩百磅，但無耳還是輕鬆高舉過頭，用力拋出。寶箱擊中哈席克背部，將他打離賈陽死透的屍體。哈席克身穿玻璃護甲，沒有受到重傷，不過他跌跌撞撞起身，重心不穩，無耳則趁機拉近距離，抓住哈席克，把他撞倒。

「動作快，孩子！」阿邦大叫，一拐一拐地走向門口。「來！」

纏鬥的人在營帳地板上滾來滾去。無耳體重較重，又佔先機，最後滾到上面，用膝蓋壓制哈席克持匕首的手。他壓住哈席克另一手的手腕，出拳毆打哈席克的臉。他每一拳都很沉重、很凶猛，但阿邦打從小時候在沙拉吉裡排隊打飯起就看著哈席克打架，心知這場打鬥不會就此結束。

其中一拳把哈席克的腦袋打向一側，而他狠狠咬中無耳壓他那手的手腕。巨人不會說話，不過劇痛引發的嘶啞吼叫聲聽起來更加恐怖，彷彿毫無人性的野獸之吼。

他手掌一鬆，哈席克立刻抽回手臂，一拳擊中啞巴的喉嚨，截斷了他的叫聲。他奮力掙扎，反過來箝制對手，接著看見卡非特已經快要走到門簾。

「這次你逃不掉了，卡非特！」哈席克大叫，拋出匕首。

阿邦舉手擋在身前，但匕首並非瞄準他的頭或胸口。它插入他完好的那條腿中，阿邦慘叫倒地。

「父親！」法奇叫道，衝到他面前。

「現在快逃，」阿邦告訴他。「去找戰士，告訴他們哈席克殺了沙羅姆卡。」

「我不會丟下你。」法奇說，蹲下去想扶起阿邦。鮮血沿著他的腳流下，不過阿邦咬緊牙關踏穩，重心放在他的駱駝拐杖。他大聲呼救，但外面一片混亂，沒人聽得見他在厚帆布營帳內的叫聲。

這時哈席克和無耳又站起來了，朝向彼此痛下殺招。無耳暫無敗象——但是撐得很勉強。兩人都面紅耳赤，開始流汗。無耳一隻眼睛裡充滿血絲，哈席克的鼻子塌陷，整個埋在他的臉裡。

但是他在微笑。他們的部隊潰不成軍，賈陽慘死，哈席克爲自己的性命作戰，但這個殘暴的閹人臉上還是帶著阿邦從未見過的笑容。

阿邦試著踏出一步，但即使有法奇扶持，他還是痛得難以忍受。

哈席克突破無耳的防守範圍，一把抓住他的耳朵。他用力一拉，以盔冠撞上無耳的臉。他頭盔上的尖角在啞巴額頭上撞出鋸齒狀大洞。

巨人用力推開哈席克，然後抱頭大叫。

「找這個嗎？」哈席克哈哈大笑，舉起他剛剛扯下的耳朵。「現在你是名副其實的無耳了！」

巨人再度攻擊，首度於盛怒下作戰。他出拳重到足以擊倒駱駝，但哈席克輕易架開它們，欺到近處，以腳跟踢中他的肚子。無耳向後跌出，把營帳的中央支柱撞成兩段，帆布帳頂當場坍塌。

阿邦咬緊牙關，使盡全力走向門。一步。兩步。哈席克依然早一步走出糾纏成一團的帆布帳頂。

「躲到我後面。」阿邦說著抓起法奇的手臂，把他拉離哈席克面前。「他要的人是我。」

「我不會讓他——」法奇開口，再度站回他父親面前。

「少白痴了。」阿邦打斷他的話。「你打不過他。」

「你該聽你父親的。」哈席克還在笑。「逃。把你父親交給英內薇拉。」他的目光瞄向法奇的矛。「不然我就用你的矛上你。」

「就像沙達馬卡當年對付你那樣？」阿邦問。

哈席克的笑容消失，阿邦刺出他的駱駝杖，按下按鈕，彈出六吋長的琥珀金刃。這把利刃上淬有地道蛇毒，當今世上最毒的毒素。

但哈席克的動作比他想像中更快，抓住拐杖底端的駱駝腳，將利刃引向一旁。他奪走駱駝杖，把卡非特推倒在地，然後用膝蓋頂斷拐杖。

法奇一聲發喊，衝向前去，挺矛直刺。他的矛技不差，但他只是個孩子，而哈席克是當今世上最高強的殺手之一。他用有利刃的半截拐杖架開矛尖，從側面用力踏中法奇的膝蓋。男孩慘叫一聲，屈膝跪倒，以矛撐地。

哈席克一腳踢倒他的矛，然後用腳和杖柄把男孩打到躺在地上。接著哈席克把枴杖的琥珀金刃插入法奇的屁股。毒素迅速生效。法奇開始劇烈抽動，口吐白沫。

「你奪走我的陽具，但我還是有辦法幹人。」哈席克在走向阿邦時說道。他又開始笑了。

帆布堆中傳來動靜，緊跟著一陣嘶吼，無耳擺脫帆布，抱住哈席克雙腳。優勢只維持一瞬間。哈席克兩手都空著，還沒摔倒就已經開始搥打啞巴的眼睛和脖子。落地之後，他的攻擊更加猛烈，最後啞巴終於不再動彈。

「你已經沒有退路了。」阿邦在哈席克最後一次起身時警告道。「達馬佳會找到你。你的生命已經結束了。」

哈席克大笑。「生命？什麼生命？我一無所有，卡非特。都拜你所賜。只剩每天遭人羞辱。」

他微笑。「羞辱，還有復仇。」

「那就殺了我，一了百了。」阿邦說。

哈席克大笑，舉起拳頭。「殺你？喔，卡非特。我不會殺你。」

第三十二章　霍拉之夜　334AR　冬

「攻擊結束了。」梅蘭告訴祭司。「一場大屠殺。」

阿希雅看著男人交擰手掌，改變站姿。一天前他們收到賈陽率領大軍北上進攻安吉爾斯的消息，這顯然大幅逾越了沙羅姆卡應有的權限。之後祭司就開始哀求達馬丁擲骰預知戰果。如果賈陽成功——而他很可能成功——他幾乎肯定會開始爭奪頭骨王座。

達馬佳被這種戲劇性的反應弄得不耐煩了，於是回到她的寢室去私下擲骰，讓梅蘭代替自己幫男人擲骰。

黑面紗的達馬丁也增加了一點她自己的戲劇效果，用她扭曲殘廢的右手擲出發光的骨骰。根據達馬丁宮殿傳言，她被迫握著她第一副不完美的骨骰面對陽光，掌心被骨骰燒到深可見骨。她刻意留長指甲，搭配燒融的粗疤，那隻手看起來和阿拉蓋爪沒什麼兩樣。

達馬丁的骨骰在一個上午回答祭司各式各樣的問題後魔力耗盡，但卻沒有多少有用的答案。他們被迫等到太陽下山之後繼續嘗試。

阿希雅是在場唯一其他的女性，但沒人膽敢抗議她出席。最近她丈夫越來越希望她出席議會。阿桑承受巨大的壓力，開始仰賴她的支持。他依然是普緒丁，但既然他們曾以丈夫和妻子的身分做愛，阿希雅暗自期望他們可以在阿拉上找到共處之道，而不必把生活弄得像是奈的深淵。

「他成功了？」阿山語調有點緊張。「賈陽攻下了安吉爾斯堡？」這是不開放的會議，只有最高階的祭司出席。阿山坐在頭骨王座上，達馬基和解放者的達馬子嗣站在王座台下，於跪在擲骰布上的梅蘭身旁站成兩排。

「不意外。」伊察奇達馬基語氣不屑。「青恩很弱。」

梅蘭湊上前去，側頭研究圖案。「不。戴爾沙羅姆潰不成軍。他們全面撤退。解放者長子死了。」

現場陷入一片死寂。所有達馬基都不希望年輕氣盛的賈陽這麼快就取得另一場大勝利。但是其他結局又可怕到難以想像。戴爾沙羅姆潰不成軍？解放者之子死亡？被青恩所殺？

在沙達馬卡的率領下贏得一場又一場的勝利讓他們的族人在數百年來首度產生超越部族的整體榮耀。讓他們覺得自己全都是艾弗倫所挑選出來的子民、伊弗佳教徒，青恩接受支配，臣服在伊弗佳律法之下乃是英內薇拉。

能夠統一全人類參與沙拉克卡的是沙拉克桑，白晝戰爭。戰敗根本難以想像。

「妳確定嗎？」阿桑問。梅蘭點頭。

「妳可以下去了。」阿桑說，女人點頭，撿起骨骰，放入霍拉袋，開始摺疊她的擲骰布。

「留下。」阿山下令。「我還有其他問題。」

梅蘭摺好布，站起身。「請見諒，安德拉，但是達馬佳命令我一有消息立刻回報。」她轉身就走。

阿山張口想要斥責這種無禮的舉動，但是阿桑在他出聲前插嘴，直接走到王座台階前。「讓梅蘭去見我母親，姑丈。我們有很多與達馬丁無關的事情要討論。」

阿山好奇地看著他，阿桑鞠躬。「請見諒，尊貴的安德拉，但我們會走到這個地步都是因爲你領導無方。如果我父親坐在王座上，賈陽絕對不敢展開如此愚蠢的攻擊行動。這顯然是艾弗倫不滿意你的領導所顯示的徵兆。」

他轉身環顧四周，直視所有人的雙眼。「該接受我父親永遠不會回歸的事實了。既然我哥哥死了，由我代替他坐上頭骨王座乃是英內薇拉。」他看向阿山。「你有權拒絕我。要知道如果你這麼做，死亡不會折損你的榮耀。」

阿山皺眉。「前提是你有辦法殺了我，孩子。但首先，你必須通過達馬基的考驗。」

「沒錯。」阿桑點頭，轉身背對阿山，大步走下王座台，路過其他男人。「達馬基！上前！」

他的達馬弟弟同時走向王座台，在轉身面對各自的達馬基時一起鞠躬。「請見諒，尊貴的達馬基。」他們同聲說道。「但我必須向你挑戰部族的領導權。你有權拒絕我。要知道如果你這麼做，死亡不會折損你的榮耀。」

「太過分了！」伊察奇大叫。「守衛！」

阿桑微笑。「守衛聽不見，達馬基。梅蘭已經用寂靜魔印籠罩王座廳，還拴上了廳門。」

阿希雅和阿蘇卡吉在這群男人一觸即發的緊張形勢中宛如兩座平靜之島。她僵住了，不確定該怎麼做。這顯然是阿桑預先的計畫，但她卻毫不知情。

突然間「讓梅蘭去見我母親」聽起來很不對勁。她轉頭朝阿蘇卡吉露出詢問的眼神，卻剛好看到她弟弟對她甩出一條鎖喉鍊。她動作很快，但還是不夠快。他閃到她身後，雙拳交叉，扯緊鎖鍊。

阿希雅無法呼吸，腦袋甩向一側，不過順著阿蘇卡吉拉扯的力道向前彎腰，一腳踏穩腳步，一腳以蠍尾式從後方踢向他後腦。

她弟弟沒有放手，不過阿希雅塞進一根手指到脖子上的鎖鏈中，奮力吸了口氣。

窒息。人死之前總是會窒息。

她繼續腳踢肘擊阿蘇卡吉，但他抓得很緊，一面承受攻擊，一面拉緊鎖鍊，兩人四腳在地上不斷改變位置，試圖在對方的阻擾下站穩腳步。

阿希雅腳踏實地片刻，不過當她舉腳欲踢時，阿蘇卡吉已經準備好了，勾住她另一隻腳，把她拐倒在大理石地板上。

「妳眞的以爲妳是他的吉娃？」阿蘇卡吉問。「妳在他心裡佔有一席之地？妳讓他壓了一晚，就以爲能取代我了嗎？阿桑是我的，姊姊。永遠都是。」

確實，阿桑看了他們一眼，他的靈氣平靜冷淡，阿蘇卡吉就像在踏扁小蟲。

阿希雅拉扯鎖鍊的手指開始流血，但還是沒辦法塞入第二根。她感到臉部腫大，心知死亡只是遲早的事情。

她看著沙達馬處死他們的達馬基。那景象只能用處死來形容。達馬基全都是沙魯沙克大師，但他們全都年過六十，其中好幾個還更老。而且不少人都變肥了。阿桑同父異母的弟弟全都年輕力壯，接近生命中的巔峰期。

但還不只於此。如今他們手上全都有魔印疤痕，每個人都緊握拳頭，綻放霍拉魔法的光芒。疤痕吸收魔力，讓他們擁有非人的力量與速度，在殘暴屠殺達馬基時奪走所有應有的榮耀。

轉眼之間，除了年邁的阿雷維拉克外，所有達馬基通通死光，而他則奮力和馬吉遊鬥。老達馬基也曾在夜裡擊殺阿拉蓋。他依然看來衰老瘦弱，不過比過去數十年更加強壯。截至目前爲止，兩人都沒有重擊、鎖扣或拋擲對方。

但即使當她的視線開始模糊，阿希雅還是看得出來阿雷維拉克只是在試探馬吉，他的靈氣始終平靜，測試馬吉的防禦，找尋他的弱點。

她從他的架勢看出他已鎖定目標。達馬基看不見艾弗倫之光，但他也注意到馬吉的能力已經過強化，而且作戰時一直緊握拳頭。

阿雷維拉克無法看見讓馬吉的拳頭緊握的能量線，但他還是和安奇度一樣輕易打斷它們，一腳趾踢入年輕達馬的手腕。他的手反射性地攤開，儘管他立刻恢復，再度握緊拳頭，但傷害已經造成。

由於專心觀戰，就連阿桑也沒有發現馬吉手裡的惡魔骨已經脫手而出，落在地板上滾動。

但所有人都看得出來戰況逆轉。阿雷維拉克依然面無表情，但馬吉在達馬基步步進逼時開始面露懼色。他後退一步。

沙瓦斯上前協助馬吉，但阿桑伸手阻止他。「這個試煉是他一個人的，弟弟。」沙瓦斯看起來不太高興，但還是鞠躬退下。

片刻過後，馬吉被壓在地上，阿雷維拉克的手扣住他的喉嚨。

阿希雅選擇這一刻重新開始反抗，這是她失去意識前的最後掙扎。被打鬥分心的阿蘇卡吉再度將心思放回她身上，進一步扯緊鎖鍊，但是用處不大。她的手指抓到那顆惡魔骨，感覺到魔法湧入指甲上的魔印，在體內灌注全新的力量。

「你父親，沙達馬卡，向我發過誓言，孩子。」阿雷維拉克說。「他說他永遠不會挑戰我對馬甲部族的統治，馬吉可以在我壽終正寢後挑戰我兒子。」

阿桑鞠躬。「我知道，尊貴的達馬基。但我不是我父親。他的誓言與我無關。」

「伊弗佳說父親發下的誓言同樣能夠羈絆他們的兒子。」阿雷維拉克說。「而頭骨王座發下的誓言，所有人都必須遵守。如果你遵守誓言，今晚我就不會與你作對。」

他語氣不屑。「結果你卻違背誓言，趁夜攻擊，就和毫無榮譽可言的青恩一樣。所以你不會全面獲勝。」他低頭看向馬吉。「你沒有其他馬中弟弟可以取代我。」話一說完，他扭斷馬吉的脖子。

新任達馬基全部後退，為阿桑和阿雷維拉克清出一塊空地。年邁達馬基站在頭骨王座台階之前，阻擋阿桑的道路。

阿山站在台階頂端，蓄勢待發。根據傳統，他必須等到挑戰者清空道路之後才要出手，但她父親擁有戰士之心。他想要出戰。

「你為我們族人增添榮耀，達馬基。」阿山說。「艾弗倫會親手為你開啟天堂之門。」

「我們還沒死。」阿雷維拉克在阿桑逼近時說。

阿希雅沒有在她丈夫身上看到霍拉的魔光。他或許會讓弟弟用卑劣的手段取勝，但自己還是依照傳統挑戰。

他的攻擊猛烈迅速。阿雷維拉克閃向一旁，但阿桑早就料到，轉身提肘撞向阿雷維拉克的腋窩。他在對方力道減弱時扣住他的手臂，拉到老人失去平衡。他抓起達馬基的腰帶，把他提離地面，然後挺起膝蓋，折斷阿雷維拉克的脊椎。

阿桑任由達馬基癱倒在地，不再理會他，站起身來，凝望阿山。

阿希雅已經慢慢又塞了一根手指到鎖鏈底下。這樣還不足以掙脫束縛，但她吸了一口氣，這讓她力量倍增。

阿蘇卡吉越扯越緊。「艾弗倫的鬍子啊，幫我個忙，在我頭髮變灰之前死吧，姊姊。」

這時阿希雅第三隻手指已經就定位，但她趁著凝聚力氣時故意發出窒息的聲音，停止掙扎。

阿山自王座台上走下台階，阿桑後退幾步，讓他們在地板上以對等的身分對立。他弟弟清光了兩人之間的屍體。

「你母親知道你叛變了嗎，孩子？」阿山問。「你，我視如己出的孩子？」

「我母親毫不知情。」阿桑說。「『她在兒子面前永遠盲目。』骨骰如此告訴梅蘭，這點已經證實過好幾次了。」

「她不會讓你保有王座。」阿山說。

「她也會放棄她的王座。」阿桑說。「我祖母更適合出任達馬佳。我成爲沙達馬卡後第一件事就是任命她。」

「首先你必須抵達台階。」阿山說。

阿桑和阿山在面無表情的沙達馬基面前爭奪頭骨王座。

阿雷維拉克撐得比較久。阿桑擋下姑丈前三下攻擊，在阿山的防禦範圍內出腳攻擊。阿山架開這一腳，但卻沒料到阿桑會跳起身來勾住自己的脖子。剩下的就交給體重處理。

阿希雅的父親是個不到四十歲的沙魯沙克大宗師，但在阿桑面前就像奈沙羅姆般不堪一擊。他脖子折斷的聲音在大廳中迴盪。

阿桑看向他弟弟。他們立刻以正確的順序跪倒在通往頭骨王座的路上，在阿桑踏上台階的同時額頭貼緊地板。

就在此時，趁所有人都專注在她丈夫身上時，阿希雅展開攻擊，腦袋使勁後仰，奮力扯動鎖鏈。

她感覺到阿蘇卡吉鼻梁斷裂，雙手鬆動，她隨即掙脫鎖鏈。

所有人都驚訝地轉向他們，但阿希雅毫不遲疑，精準地擊中她弟弟的後頸，打碎骨頭，切斷他的脊椎神經。

「阿蘇卡吉！」阿桑大吼，冷酷的靈氣終於轉為火熱。

但他沒有停止上階，連跨兩大步登上王座台。阿希雅拔腿就跑，衝向通往皇室起居區的後門。

阿桑跳上王座，轉頭看她，雙眼怨毒，吼道：「殺了她！」

阿希雅撞上通往達馬佳住所的出口，但就如阿桑所說，梅蘭以霍拉魔法封鎖了所有門。她就和用肩膀去撞城牆沒什麼兩樣。

她彈向另一個方向，在解放者之子朝她狂奔而來時衝往一根石柱。

當他們的視線被遮蔽時，她立刻滾向第二根石柱，高高躍起，迅速攀爬。等到她表弟繞過柱子，發現她不見時，她已經溜入守護達馬佳專用的壁龕中。

艾弗倫的長矛姊妹有她們專用的通道進出王座廳，而達馬丁沒有封鎖那些通道。

王座廳四周的寂靜魔印讓廳外的守衛毫無所覺。他們冷靜地站在崗位上，讓她可以輕易避開，順利抵達走廊。阿桑隨時都會解除封印，讓全皇宮的人展開搜索，但暫時而言，走廊暢通無阻。她的職責是保護此刻很可能也面臨叛變的達馬佳。

「艾弗倫原諒我。」阿希雅喃喃自語，朝反方向奔去。

「不，我絕對不會把他交給妳！」卡吉娃在阿希雅伸手時緊緊抱著她的曾孫。

「這裡對妳們兩個都不安全，」阿希雅說。「阿桑在王座廳裡屠殺達馬基。我會帶妳去接受達馬佳的保護，直到騷動平息爲止。」

卡吉娃又後退一步，但阿希雅抓住她祖母的拇指，微微一扭，在她放開卡吉時順勢接下。

「妳竟敢對我動手，妳……」

阿希雅把兒子抱在胸口，用絲布帶纏好。男孩有點醒了，開始吸她的袍子，尋找乳頭。「他是我兒子，提卡，不是妳的。如果妳希望他安全，我們現在就必須離開。立刻。」

「妳兒子？」卡吉娃大聲道。「他肚子餓的時候，妳的乳頭在哪裡？他哭的時候，妳人又在哪？當他弄髒拜多布時呢？去打阿拉蓋。然後我又發現妳渾身惡魔血，想要殺死他……」

阿希雅面紅耳赤。「不是那樣的。那是意外。」

卡吉娃掀起面紗，一口啐在阿希雅腳邊。「那是令我們家族蒙羞的不正常孫女造成的意外。」

這話荒謬到阿希雅忍不住笑了出來。「妳當眞這麼蠢，提卡？妳眞的看不出來我今天會這麼『不正常』都是妳一手造成的？妳把我和我妹妹逼去達馬丁宮殿，完全不了解那代表什麼意義。今天的我都是妳一手打造出來的，沒有其他原因。」

「而如今妳還要我去接受達馬佳保護？」卡吉娃問。「我要依賴把妳扭曲成這樣的女人在我自己孫子面前保護我？」

阿希雅拉開面紗，露出脖子上的勒痕。「今晚我親生弟弟動手要殺我，提卡。沒有人安全。」

「阿蘇卡吉？」卡吉娃震驚地問。「妳把他怎麼了？」她突然撲上去出拳打她。「女巫，妳把阿蘇卡吉怎麼了？」

阿希雅轉身保護卡吉，輕易架開她的攻擊。她抓住女人的手臂，拇指插入一個疼痛聚合點，拉著她走向門口。每當卡吉娃想朝不是阿希雅要走的方向移動時，她就讓老女人感到一陣劇痛，迅速瓦解抵抗。

她們才走到走廊，突然一聲發喊，半打沙羅姆從兩邊湧上來，阻擋她們的去路。

「感謝艾弗倫，妳安然無恙，神聖母親。」領頭的凱沙羅姆說。「妳孫子急著想知道妳沒事。」她轉身，舉矛指向阿希雅。「把孩子交給神聖母親，然後後退。立刻。」

「好讓他親手殺我？」阿希雅問。

「妳沒有多少選擇，公主。」凱沙羅姆說。「妳打算動手抵抗，用妳兒子當盾牌嗎？」

輪到阿希雅微笑了。「不要擔心我兒子，沙羅姆。擔心任何蠢到把矛頭指向他的人。」

阿希雅伸手到背後，抓住掛在背上的刺矛矛柄。「我兒子要跟我走。」

凱沙羅姆微笑。「那就這樣吧。沙達馬卡也很希望他的吉娃卡一起回去。」

「夠了。」卡吉娃上前去抱卡吉。「結束了，阿希雅。」

阿希雅嘆了口氣，垂頭喪氣地放開矛柄。她轉向她祖母，伸手去解開把她兒子綁在胸口的絲布。但當卡吉娃走到近處，兩人的身體短暫遮蔽四周沙羅姆的視線。阿希雅迅速精確地擊中老女人，假意在她癱倒時上前扶她。

「提卡！」阿希雅驚慌地看向戰士。「快幫忙！神聖母親需要幫忙！」

男人嚇呆了，忘記了手裡的武器，紛紛湊上前去，一時之間沒有主意。顯然伸手觸摸神聖母親比面對一整群阿拉蓋更讓他們害怕。

阿希雅趁著對方不知所措時展開攻擊，對最接近她的戰士拋出魔印玻璃鏢。

這些人都身穿護甲，但阿希雅能用玻璃鏢射掉蒼蠅翅膀。一名戰士微微側頭，剛好露出足夠讓她插支玻璃鏢到頸動脈裡的空隙。沙羅姆的頭盔沒有護鼻，所以另一個眉心中了一鏢。就聽見嘎啦一聲，玻璃鏢穿透頭骨，插入他的腦中。

瀕死的戰士後退撞到夥伴，令其他人更加搞不清楚狀況。一名沙羅姆反應比其他人快，但是當他跨步上前時卻讓胯下的護甲露出縫隙，讓她切斷了連接大腿和臀部之間的肌肉。戰士癱倒在地，露出讓她可以直取凱沙羅姆的空檔。

卡吉在她一矛插入凱沙羅姆喉嚨時醒來哭鬧。她從矛鞘中拔出另一柄矛，把凱沙羅姆踢向另一名戰士。她朝手忙腳亂的戰士迅速出矛，他持矛的手臂當場在她急奔而過時癱瘓。

她已經突破防守，面前空無一人。只要迅速躍起，她就可以爬到一條密道裡……

「布拉！卡曼！帶神聖母親去找沙達馬卡！」一個宏亮的聲音叫道。「剩下的，去追她！」

阿希雅回頭。一個戴紅面巾的訓練官已經接手指揮，領頭朝她衝來，另外兩名戰士則放下矛，脫下斗篷充當擔架。

她已經殺死三個人，打殘另外兩個。榮耀的戰士追隨領袖的命令。沙羅姆迷失在沙拉克卡中。但她不能讓戰士帶卡吉娃去找阿桑，因為他可能會利用她去取代達馬佳。他也不能讓他們把他們兒子在英內薇拉手中的消息告訴阿桑。

她低頭，卡吉和她目光交觸。她立刻知道卡吉娃說得對。她讓職責分隔了自己和孩子，結果差點失去了他。

「要勇敢，卡吉。」她低聲道。「儘管我們一起走在深淵邊緣，我永遠不會再離開你。」

她的矛都是兩呎長的矛柄搭配一呎長的魔印玻璃尖。阿希雅打開兩把矛柄末端，將兩把矛扭轉結合，卡吉則打個呵欠，閉上雙眼。

當她開始衝刺時，就連訓練官也停下腳步，不知道要怎麼攻擊才不會傷到孩子。她轉眼之間已進入他的防禦範圍，在他發現自己已死之前離開。

她順著呼吸的節奏，透過艾弗倫之光看著剩下四個戰士身上的能量線，挑選她的目標。她一腳踏碎第一名戰士的腳踝，讓她有時間擋開第二名戰士的矛。阿希雅雙手甩動自己的矛，第二柄矛尖掠過下一個人盾牌縫隙，砍斷他持矛的手。他驚恐倒地，讓她可以衝向下一名戰士。這傢伙蓄勢待發，但阿希雅後退一步，在準備擊殺第一名戰士時擋下第二名戰士的攻擊。第一個人還沒靠完好的腳踝站穩腳步，她輕輕一推就讓他破綻百出。

她以為斷手的戰士需要更多時間恢復，但是那傢伙大吼一聲，提起盾牌衝向她。

由於無處可閃的關係，阿希雅身形一轉，用背上的護板擋下這一擊。她雙矛交叉，舉在身前，一邊守護卡吉，一邊攻向另一名戰士。

但儘管戰士們需要時間恢復平衡，阿希雅卻沒有踏歪過一步。她一推一拐，兩名戰士倒地。斷手戰士的能量線在大量失血時迅速黯淡。她轉向另一人，一矛熄滅了他的靈氣，然後轉身面對最後一個擋在她面前的男人。

這時布拉和卡曼已經抬起承載卡吉娃的擔架，繞過走廊另一端的轉角，身後跟著剛剛被她打爛手的戰士。阿希雅撿起地上一支矛擲出，插入正逃跑的男人背裡。

最後一名戰士舉起盾牌，雙膝彎曲，準備進攻。他壓低矛，瞄準她胸口，指向卡吉。

但是矛尖顫抖。

「鼓起勇氣攻擊我，戰士。」阿希雅說。「在值勤中英勇戰死，艾弗倫會在孤獨之道盡頭迎接你。」

戴爾沙羅姆深吸口氣，然後狂吼一聲，朝她撲上，矛尖刺得又穩又狠。

阿希雅乾淨俐落，讓他英勇戰死。

「女巫！」阿希雅在男人倒地時看見她早已遺忘的瘸腳戰士已經靠著完好的那隻腳站起身來。他的矛已經脫手而出，對準她的心口而來。她戰袍裡的護板可以輕易隔開這一擊，但綁在胸口的卡吉不能。

阿希雅沒有時間閃躲，只能丟下武器，緊抱卡吉，轉身以側面承受這一擊。那裡的護板較小，爲了行動方便留有空隙。矛尖擊中一塊護板，然後插入旁邊的縫隙。

阿希雅被擊退一步。一時之間她以爲自己傷得不重，但當她移動時，矛的重量開始拖慢她，顯然插得很深。

她不知道自己的傷勢有多嚴重，不過那就和劇痛一樣無關緊要。她拔出那把矛，轉身射向擲矛者，然後撿起自己的矛，開始追趕布拉和卡曼。

要追上他們很容易。皇宮裡有很多只有沙羅姆丁知道的密道，讓她可以穿牆而過，而那些男人只能繞遠路，還被神聖母親拖慢腳步。

阿希雅躲在一道拱道上，等著他們路過。卡吉不安分，她匆忙包紮的傷口疼痛，染濕她的戰袍，但她深吸口氣，對這些小事無動於衷。

只聽見一陣紊亂的喘息聲，兩個戰士接近了。她讓布拉跑過拱道，無聲無息地落在卡曼身上。卡吉在他們下墜時笑了一聲，不幸的戰十抬起頭來，剛好看見死亡降臨。當卡曼放開擔架時，拉扯的力道讓布拉失去重心，她立刻了結他。

「提卡！」卡吉看到卡吉娃喊道。阿希雅咬緊牙關，提起女人軟癱的身軀，打橫扛在肩膀上。走廊另一端傳來更多戰士的叫聲，掀翻皇宮搜查她。

妳的長子死了。

英內薇拉凝視著骨骰，整理襲體而來的紊亂情緒。

產下女性子嗣是所有達馬丁的職責，但她爲了族人把自己的需求擺在一邊，利用骨骰先幫阿曼恩生下兩名兒子，一個屬於沙拉吉、一個屬於沙利克霍拉。這兩個男孩都是出於職責所生，但隨著他們在她體內滋長，艾弗倫慢慢施展祂最微妙的魔法，這個奇蹟讓她在他們吸她母奶時愛上這兩個嬰兒。

成長過程中，這兩個男孩同樣讓她頭大。她以爲兒子會像阿曼恩，但他們各自擁有不同的性格。解放者的兒子怎麼可能比得上父親？

賈陽是個徹頭徹尾的沙羅姆——既凶殘又任性無知。從搖籃到大迷宮，他從來沒有浪費任何時間在小心謹慎與個人安全上，完全不往下看就跳下去。身爲領導人，他卻傾向於用矛解決問題，而非智慧。就某方面而言他算聰明，本來可以成就自己的名聲，但別人唯一聽得見的只有他父親的名字。他還沒有成年就已經承擔了太多責任。

骨骰在她的親生孩子方面向來派不上多大用場，但她內心深處一直知道他會早夭。聽說他要北上時，這層恐懼立刻增強三倍。

解放者大軍將會面臨末日。如果他們尚未征服身後的敵人就揮軍北上。

確認賈陽的死訊讓她痛苦萬分，接著又因爲長久以來所擔心的事情終於發生而感到解脫時覺得罪惡無比。

晚點會有時間裝滿淚瓶。她以棕櫚樹在風中彎曲的畫面擁抱痛楚，然後專心調整呼吸，直到她有辦法繼續擲骰爲止。

今晚妳的權力會三度面臨挑戰。

她停了一下，一時之間感到有點害怕。她目光瞄向擲骰室唯一的出口。蜜佳、賈娃和魁娃達馬基丁一起在外等候，隨時可以用自己的性命守護她。其他沙羅姆丁等在她的寢室外，還有安奇度親手調教出來的閹人守衛。

如果賈陽死亡的消息傳到達馬基耳朵裡，天知道他們會做出什麼事情來。他們全都是謀略家，一個都不值得信任。只要對他們有利，絕不會有半分遲疑。

她三度舉起骨骰。「全能的艾弗倫，生命與光明的賜予者，祢謙遜的僕人需要指引。今晚誰會挑戰我？」

骨骰一如往常散發魔光，轉動出複雜的圖案，不過訊息很簡單。

等待。

擲骰室外傳來叫聲。

梅蘭在英內薇拉走進屋內時抬頭。她已經解下了白頭巾，手裡拿著母親的黑頭巾。魁娃躺在她腳邊，靈氣消散，已然死去。蜜佳和賈娃躺在門旁。她們的靈氣平靜黯淡，身體一動也不動。

英內薇拉沒有料到梅蘭竟然會哈哈大笑。她實在太意外了，一時不知所措。

「來吧，達馬佳！」梅蘭叫道。「妳看不出諷刺之處嗎？這不正好和多年前我們發現妳殺害我祖母時的情景一模一樣嗎？」

這話說的沒錯。英內薇拉本來並不打算過早取得卡吉部族達馬丁的領導地位，但是當坎內娃威脅到她把阿曼恩推向頭骨王座的計畫時，她毫不遲疑就殺了那個老女人。

「或許，」她承認，「但我沒有弒母。」

「妳當然沒有。」梅蘭語氣不屑。「織簍匠的女兒絕對不會傷害她神聖的母親。曼娃最近好嗎？還在大市集裡嗎？或許拜訪她的時候到了。」

英內薇拉聽夠了。她舉起霍拉魔杖，朝梅蘭發射魔爆。

她一舉起魔杖，梅蘭的手立刻伸入白袍，拿出一塊魔印石惡魔硬殼，其外包以黃金。魔爆在魔印前扭曲，炸爛整個房間，但是沒有傷到梅蘭。

她有備而來，英內薇拉發現。「妳計畫背叛我多久了，梅蘭？」

梅蘭揚起焦黑畸形的爪子。「這還要問嗎？」她嗤之以鼻。「比這還久。打從妳第一次纏拜多布開始，我就一直幻想著這一天。」

「但是艾弗倫曾對妳開示。骨骰宣稱阿曼恩．賈迪爾就是沙達馬卡，而妳是他的達馬佳。我除了服從外，又能怎麼辦呢？」

梅蘭伸出一根爪子指向英內薇拉。「但妳沒有預見阿曼恩・賈迪爾會戰敗，也沒有在他缺席期間維持族人統一。艾弗倫已經不再寵幸妳了。打從北地妓女在枕廳取代妳後，骨骰就一直在和妳作對。該是換新沙達馬卡和新達馬佳的時候了。」

英內薇拉大笑。「妳無法滿足我那個普緒丁兒子。」

「沒有女人可以。」梅蘭同意。「而且我也沒有獲得族人的認同。」

「卡吉娃。」英內薇拉啐道。

梅蘭拍拍畸形的手。「感謝妳親手把武器交到我手裡。現在阿桑肯定已經任命她了，她將會佔領妳在王座旁的枕頭……不過位於王座下方幾台階。她是魁儡，是整肅異己的道具，不過我們對於這個道具的瞄準方式已經駕輕就熟。」

英內薇拉揚起霍拉魔杖。「妳沒辦法瞄準任何目標，梅蘭。妳今晚就會踏上孤獨之道。」

某樣東西擊中英內薇拉，打得她飛身而起。如果她沒有經過魔力強化的話，這一下就足以讓她動彈不得。而在魔力強化的情況下，她像布娃娃般遠遠飛出，重重落地，四肢劇痛，魔杖脫手。她看向遇襲的方向，一時之間天旋地轉。

接著旋轉的景象凝聚成阿莎薇達馬丁的形體，她理應身處數百哩外。

理應輔佐賈陽。

「妳害死我兒子。」英內薇拉說。

「是妳自己的預言道出了他的末日。」阿莎薇伸手摸她胸口。「既然睿智的達馬佳選擇不要告訴她兒子，我有什麼資格對他說？」

不管在任何情況下，他都不會聽的，英內薇拉心想。但是這個想法並沒有減輕那句話所帶來的痛苦，或是如同龍捲風般在她體內狂捲的憤怒。

梅蘭和阿莎薇兵分兩路，站在房間兩端，把英內薇拉保持在中間，讓她難以同時看見兩人。她們靈氣閃亮，兩人都啓動了霍拉強化能力。她們的首飾和手中的法器全都閃閃發光。

力量強到令英內薇拉不安。她日光飄向她的霍拉魔杖，但梅蘭把魔杖踢得更遠。

那把武器是用惡魔王子的臂骨製成，遠比梅蘭和阿莎薇身上所有霍拉加在一起還要強大。強大到英內薇拉過度依賴它，以致於沒有隨身攜帶多少攻擊用的法器。至少她知道她的敵人得花好幾個小時研究魔杖上的魔印啓動方式才能用來對付她。

但就算沒有武器，英內薇拉也不是毫無防備能力，阿莎薇在舉起火惡魔頭骨，朝她噴出一團烈焰時了解這一點。英內薇拉一枚戒指叮了一聲，烈焰隨即化爲清風飄過。

英內薇拉毫不浪費時間，直接衝入火焰中，一腳踢落阿莎薇手中的頭骨。她轉身迴旋，打算以手肘撞擊女人的喉嚨，但阿莎薇的沙魯沙克也很熟練。她一手竄到英內薇拉手肘下，順勢下扯，隨即矮身閃避，試圖施展沙魯金套路枯萎花打散她腳上的能量線。

英內薇拉迅速變招，轉動大腿，保護聚合點。阿莎薇的指頭錯過一吋，不過一吋就夠了。她站穩雙腳，利用阿莎薇自身的力量把她重重摔在地上。

但在她繼續進攻前，梅蘭已經對她抛出一把風惡魔牙。牙齒上的魔印啓動，讓它們已足以劃破空氣的速度疾竄而出。

她揚起一手，擋在臉和胸前。她一支手鐲刻有對付風惡魔的魔印，魔印閃耀，保護她的要害。她身上其他部位就沒有那麼幸運了。風惡魔牙銳利如針，但又粗得和麥稈一樣。其中一顆在她腹部穿出洞，另一顆擊中她的臀部。

英內薇拉再度吸收首飾中的魔力治療穿刺傷，不過還有兩顆牙鑲入她的大腿，她沒有時間去拔。她用力踏步，但阿莎薇已經滾向一旁，出腳猛踢。梅蘭舉起一根用風惡魔皮翼捲成的管子，她很清楚接下來會面對什麼樣的攻擊。

在無路可逃的情況下，英內薇拉趴倒在地，一陣強風如同艾弗倫之手般擊中她，把她壓在地上，力道重到地板出現裂痕。

阿莎薇在英內薇拉出腳躍起時拋出一顆魔印石。石頭掠過地板，沿路留下一條冰痕。威力強到足以把敵人凍僵。

英內薇拉從紅寶石戒指中吸收魔力，以黃金包覆的環狀火惡魔骨讓她的身體立刻充滿暖意，在她把石頭踢向梅蘭時擊退寒冷。

寒石來襲時，梅蘭正準備下一道狂風攻擊。她情急之下轉動魔印管，朝石頭釋放魔力。她成功吹走石頭，但由於她蠢得瞄準地板，反彈的力道把她震離地面。

英內薇拉拉近她和阿莎薇間的距離，一指插入她的肩膀。阿莎薇沒能及時格擋，不過還是拍到英內薇拉的手臂，避免對方擊中聚合點，讓原本足以打殘她的攻擊只造成痛楚。

英內薇拉近在眼前，阿莎薇抓住她的肩膀，將她固定在原位，然後以膝蓋頂中她的腎，接著又是一下。英內薇拉承受攻擊，趁機用空手勾住阿莎薇的膝蓋，再度摔倒這女人。她以另一手箝制阿莎薇的腳，打算把它扭到脫臼。

她沒有機會做完這個動作，不過還是達到應有的效果。由於不想見到愛人殘廢，或在她擋在中間時以魔法攻擊，梅蘭也趕過來加入纏鬥。

英內薇拉必須放開阿莎薇的腳去抵擋梅蘭的鞭擊，然後對她胸口施展足以打爛普通女人胸腔的反擊。但梅蘭同樣透過魔力強化，承受攻擊，向後倒下，然後踢中英內薇拉胯下。

和其他偏差一吋就沒效果的聚合點不同，一個女人大部分的力量都擊中在雙腳之間，而這個目標很難錯過。神經叢傳來劇痛，英內薇拉的雙腳短暫失去力量。阿莎薇早有準備，立刻踢中她雙腳，終於讓她倒地。

英內薇拉並不抗拒，反而用體重加速落地，抓住阿莎薇的後頸，翻身讓她擋在身上，及時接下梅蘭的膝蓋攻擊。英內薇拉把兩個女人踢成一團，翻身而起，朝她的霍拉魔杖直奔而去。

儘管她跑得很快，梅蘭丟東西卻更快。霍拉石如同火紅的煤炭般掠過半空，落在她和武器中間，衝擊魔印在地板上炸出一個大洞，碎片衝撞她的身體。她沒有抵擋木頭的魔印，全身血肉模糊，插滿碎木。煙霧迷漫之間，她失去了魔杖的蹤跡。

門外傳來叫聲，人們被這陣騷動吸引而來，但阿莎薇朝門口丟出另一顆衝擊魔印石，打坍門框，避免任何人前來援助英內薇拉。

英內薇拉再度吸收魔力，治療傷勢，不過她發現首飾裡儲存的魔力變少了。她不能繼續這樣消耗霍拉。

情急之下，她伸手到霍拉袋裡一把抓起熟悉的骨骰。她連看都不看一眼，舉起骨骰，召喚魔光。光魔印是奈達馬丁在骨骰上刻的最初幾道魔印之一，讓她們可以透過艾弗倫之光工作，就連新手都會。梅蘭和阿莎薇哈哈大笑。

但英內薇拉的骨骰是用心靈惡魔的骨頭刻成，並以純琥珀金凝聚魔力。她所召喚的光芒閃亮如同太陽，兩個女人尖叫，無法逼視強光。

等她們回過神來時，英內薇拉已經扣住阿莎薇的手臂，向後扭轉到軟骨爆裂、女人慘叫爲止。

這動作的代價就是梅蘭一爪抓在她臉上。她在鮮血流入眼中時繼續攻擊，擊中聚合點，令梅蘭向後跌開。

她必須暫停攻擊，伸手拭去流向眼睛的鮮血。她再度吸收魔力治療，不過這次她在血流逐漸止住時感到魔力耗盡。阿莎薇對她施展駱駝踢，然後停止動作，也開始吸收魔力療傷。

接下來的情況宛如夢境。英內薇拉被迫在兩個女人左右夾攻之下採取守勢。她們有備而來，靈氣始終明亮，而英內薇拉的靈氣則逐漸黯淡，動作也越來越慢。

更有甚者，阿莎薇和梅蘭一輩子都聯手作戰，設計出合作無間的沙魯金。格擋其中一人，英內薇拉就會被另一人攻擊，而這兩個女人絕不會放過任何優勢。

英內薇拉發現自己力量減弱時破綻越來越多，而她趁隙施展的反擊也都被對方輕易擋下。她開始發現對方在玩弄她，在享受勝利的時刻。

「接受妳的命運。」梅蘭說著一腳踢中英內薇拉腦側，讓她憑空翻轉。

「艾弗倫已經遺棄妳了。」阿莎薇說著從另一側踢她背部。

「一切都是妳自己的錯，」梅蘭說，一拳擊中她的下巴，打得她雙腳離地。

阿莎薇站好方位，挺出膝蓋，在英內薇拉落下時狠狠頂中。英內薇拉在空氣離體而去時咳出一口鮮血，阿莎薇把她壓在地上。「權力讓妳驕傲自滿，只帶著骨骰就上場戰鬥，而妳的骨骰充滿缺陷，因爲妳用伊弗佳禁止的方法以金屬包覆它們。」

眞的嗎？是骨骰背叛她嗎？她眞的已經在艾弗倫面前失寵了嗎？如果是這樣的話，失寵的關鍵在哪裡？沒有確認帕爾青恩的死訊？以金屬包覆骨骰？讓阿曼恩參與多明沙羅姆？可以重來的話，她會做任何不同的決定嗎？

但接著她想起一件事情，伸手到霍拉袋裡。

「它們曾警告我。」她斷聲道。

「呃？」梅蘭問。

「骨骰。」英內薇拉一邊喘氣一邊在袋子裡摸索。「它們警告我有人會挑戰我的權力。艾弗倫沒有遺棄我。這只是一次試煉。」

除了召喚魔光和占卜外，伊弗佳禁止達馬丁吸收骨骰的魔力，以免骨骰的魔力耗盡，影響預知的準確性。更重要的是，骨骰是達馬丁最寶貴的東西。它們是達馬丁取得白袍的關鍵、生命的嚮導、力量的核心。沒有達馬丁會冒險傷害骨骰。

但英內薇拉已經失去過骨骰一次，讓她在刻出新骨骰前盲目無依。代價很高，但她有能力支付。現在，她擁有用心靈惡魔骨刻成的骨骰，還以琥珀金包覆。她伸手握住七枚骨骰，吸收它們的力量，再度強化力量和速度。

梅蘭和阿莎薇沒有料到她會發難，不過兩人都沒有降低警覺。當英內薇拉反擊時，她們同時行動，阿莎薇阻擋，梅蘭反制。

這兩個女人片刻前的動作還比地道蛇更快，如今卻慢得好比笨重的駱駝。英內薇拉在阿莎薇雙手還沒抵達防守位置前踢中她的胸口，讓她向後跌開，然後還有時間接下梅蘭的攻擊，順勢將她拋出，一路飛到房間另一邊。

在安全距離下，兩個女人再度伸手到霍拉袋裡，但英內薇拉動作更快，揚起緊握骨骰的拳頭，伸出一根手指，以尖指甲憑空繪製冰寒魔印。

阿莎薇當場凍僵，皮膚上冒出一層白霜。英內薇拉並不打算殺她——還不想——但沒有料到骨骸的威力如此強大。女人的靈氣如同燭光般消失。

梅蘭尖叫，釋放一道閃電，但英內薇拉轉身，迅速在空中繪印。她在骨骸吸收閃電魔力時感到一陣刺痛。

梅蘭目瞪口呆，翻找霍拉袋，取出另一把風惡魔牙。推進魔力在她拋出魔牙時啓動，但英內薇拉反向繪製推進魔印，魔牙反過去射穿拋擲者。

梅蘭尖聲慘叫，向後倒下，一邊呻吟，一邊奮力呼吸，渾身是洞。英內薇拉繼續握著骨骸，隨時準備繪印，但是女人的靈氣沒有顯示任何她能繼續戰鬥的跡象。

「妳殺了……阿莎薇……」梅蘭咬牙說道。

「她也想置我於死地，」英內薇拉說。「但妳不怕冷，是不是，梅蘭？」她憑空繪印，一道明亮的火焰飄浮在她手上。「火焰向來都是妳的罩門。」

梅蘭神色畏縮，痛苦大叫，反射性地捲成一團，緊緊抱著畸形的手。「我什麼都不告訴妳！」

英內薇拉大笑。「我有我的骨骸，小姊妹。我不需要妳告訴我任何事。妳僅存的價值都在提起我母親的那一刻裡消失殆盡。」

◆

「原諒我們失職，達馬佳。」蜜佳在英內薇拉救醒她時哀求道。賈娃才剛對治療魔法產生反應，英內薇拉的一只耳環就開始震動，顯示有人進入長矛姊妹專用的密道。

安靜，英內薇拉比手語。她晃晃手指，蜜佳移走賈娃，英內薇拉則舉起霍拉魔杖。

密門無聲開啟，不過來的不是敵人。她看到阿希雅扛著卡吉娃，胸前還包著一團東西。長矛姊妹的戰袍破爛，染滿鮮血，白面紗上也都是血斑。她在身後留下血淋淋的腳印。

「庇佑，我祈求庇佑，達馬佳。」阿希雅放下卡吉娃，解開胸前的絲布，露出她兒子。

「出了什麼事？」英內薇拉說著走去檢視對方傷勢。有些瘀青和淺淺的傷口，不過一根矛刺穿了她的腹部。她面無血色，靈氣黯淡。想要存活就必須仰賴霍拉魔法。

「賈陽死了。」阿希雅說。「部隊潰敗。」

英內薇拉點頭。「我知道。」

「沙達馬的反應是殺了他們的達馬基，接管各部族。」阿希雅說。「除了馬吉，他被打敗了。」

這是新的情報，很危急的情報。英內薇拉一直希望阿曼恩的達馬子嗣接管各部族，不過是要在她所挑選的時機。那些白痴可能會危及一切，而她終於發現他們已經完全脫離自己的掌控。

「阿山呢？」她問，不過已經猜到答案。

「我父親死了。」阿希雅說。「現在阿桑坐上頭骨王座。」

情況持續惡化。她已經失去賈陽了。如果得要被迫殺死阿桑，她將會徹底崩潰。

「屠殺開始時，我轉頭看阿蘇卡吉，」阿希雅說。「剛好看到他用鎖鍊套上我喉嚨，意圖殺我。」

「所以妳弟弟也死了。」英內薇拉猜測。

阿希雅點頭，咳血，站立不穩。英內薇拉下達指令，蜜佳和賈娃立刻上前。「接過孩子。」

賈娃伸手，但阿希雅反射性地抓得更緊，卡吉開始啼哭。阿希雅瞇起雙眼，彷彿不認得她的長矛姊妹，靈氣中充滿迷惑與恐懼。

這讓英內薇拉異常害怕。她什麼時候在阿希雅的靈氣裡看過恐懼了？就連阿拉蓋在城外建造大魔印時也沒有。

「我以艾弗倫之名和我進入天堂的希望發誓，我絕不會傷害他的，姊姊，」賈娃說。「拜託，達馬佳要幫妳療傷。」

阿希雅搖頭，靈氣中少了些迷惑。「我今晚為了保護兒子走過深淵，妹妹。我絕不和他分開。」

「你們不會分開。」英內薇拉說。「我保證。但是當魔力入體時，妳可能會抱得太緊。把卡吉交給妳的長矛姊妹，她們不會離開妳的。」

阿希雅點頭，鬆開雙手。賈娃接過卡吉，手臂直挺挺地把哭鬧的嬰兒抱在身前。她一副寧願去和石惡魔作戰的模樣，失去童年的沙羅姆丁體內沒有任何母性本能。

英內薇拉從她手上接過嬰兒，用毯子緊緊包覆他四肢。她把包好的孩子放到賈娃的臂彎中。「蜜佳，把神聖母親帶往地窖。我們很快就會趕去會合。立刻過去，不要告訴任何人。」

「是，達馬佳。」蜜佳鞠躬，隨即離去。

英內薇拉在黎明時進入王座廳，身後跟著她的達馬基丁妹妻。王座廳裡已經擠滿達馬和沙羅姆，在她們抵達時議論紛紛。他們前方通往王座的通道兩旁站著她們的次子，除了目光怨毒地看著阿雷維倫達馬基的貝麗娜。阿雷維倫是阿雷維拉克的長子，取代他的父親統領馬甲部族——至少暫時如此。

沒有達馬基丁認同兒子發起的政變，但是血緣緊密地將她們連結在一起。英內薇拉自己也感應到這份羈絆，抬頭看向台階上的阿桑。他臉色鐵青，雙眼為了阿蘇卡吉之死而哭腫。

權力向來需要付出代價，我兒，她心想。即使到了這個時候，同情阿桑的感覺還是和失去賈陽的痛苦一起在她心裡交纏。有些人會說是次子殺了長子，但是骨骰提供的眞相更加殘酷。阿桑曾煽動他哥，但害死他的還是賈陽自己。

「很高興妳沒事，母親。我昨晚非常擔心妳的安危。」阿桑十分聰明地拉開了王座廳的窗戶，讓陽光灑入廳內，在數十名新戰士身上反射，不過英內薇拉不需要解讀他的靈氣就知道他言不由衷。

「我擔心所有人。」英內薇拉說著在她的妻妹站到王座左側、新任達馬基對面的定位時繼續前進。「擔心到我把卡吉娃和孫子帶去我那裡。當然是為了他們的安全著想。」

「當然。」阿桑在她開始上台階時咬牙說道。她知道他想阻止她——王座廳中所有男人都想——但是下令暗殺母親是一回事，光天化日下在整個議會面前攻擊達馬佳又是另外一回事了。

「那阿希雅呢？」阿桑問。「我那個叛變的妻子要為了殺害她弟弟和我的皇宮守衛接受制裁。」

英內薇拉壓抑嘲笑這句話中反諷意味的衝動。「恐怕你的吉娃卡在打鬥中受到致命傷，我兒。」

阿桑噘起嘴唇，顯然不信。「如今危險已過，妳必須交還他們。我要親眼看到我妻子的屍體，卡吉要統領他的部族，而我神聖的祖母……」

英內薇拉踏上台階頂端，直視他雙眼，他沒膽量說完那句話。身為沙達馬卡，阿桑的地位高於她，但他還沒有測試過這一點，而他們都很清楚英內薇拉可以在他找到兩個人質前殺了他們。

「危險尚未度過！」英內薇拉大聲說道，在王座廳裡陣陣迴盪。「我已經諮詢過阿拉蓋霍拉，骨骰預言他們一旦離開我的保護就會立刻死亡。」

她沒有鞠躬，以身分對等的姿態大步走向她位於王座旁的枕床。

第三十三章　黑暗中的聲音　334AR　春

六個循環過去了，寒冷的月分來了又走，惡魔持續行動，一次一個原子地消磨他的鐐銬。第一道鎖已經快要粉碎了，其他鎖則漸形脆弱。他很快就能準備好逃跑，但囚禁他的人並沒有放鬆警覺。

囚室開始變熱，陽光自窗簾的織孔中洩入。晝星很快就會完全升起。

他正要縮回去時，下方傳來聲響。他的獄卒又跑來對他大吼大叫了。

對方共有五人，就是在大敵墓穴中攻擊他的人。基於不明原因，他們愚蠢地和他們的軀殼斷絕聯繫。他們的心靈有魔印守護，但他們還沒學會掩飾靈氣，而惡魔親王可以透過他們身旁的光芒得知許多情報。

最先進來的是軀殼。男性軀殼的魔力和心靈都很脆弱，不過像石軀殼一樣忠心耿耿。他繞過地板上的魔印圖案，來到惡魔親王身後。

女性軀殼的靈氣比她父親明亮，不過這並不意外。女性惡魔總是支配她們的父親——這點惡魔親王非常清楚。畢竟，魔巢女王也是他的後裔。

低等軀殼站到他身後，統一者走了進來。第一個是大敵後裔，手持大敵的武器，透過惡魔親王祖先的骨頭和魔角提供魔力，包括他自己的祖父。

惡魔親王壓下一聲嘶吼。大敵後裔大費周章保護自己的祖先，卻如此大搖大擺地展示敵人的骸骨。等惡魔親王身獲自由後，一定要讓他為了如此羞辱付出千倍代價。

但是大敵後裔的靈氣顯示他正強迫自己忍耐。他的本能強烈地建議他直接殺了惡魔親王，就此了結此事。他不會在沒有遭受挑釁的情況下行動，但他會把握任何攻擊的理由。

惡魔親王十分小心，不提供任何理由。他舉手投足間沒有流露任何威脅的意味，不過他直視大敵後裔的雙眼，冷冷凝視。

接下來進來的是探索者，找到大敵墓穴、帶回惡魔親王和其兄弟花費許多心力藏匿的戰鬥魔印。緊跟在身後的是他的配偶「狩獵者」，只要聞到獵物的氣味就什麼都不怕的傢伙。這兩個人都用強大的魔印覆蓋皮膚，藉由竊取的地心魔法從體內提供魔力。

大敵子嗣。探索者。狩獵者。每一個都綻放強烈的魔光，但即使在此刻，他們三個加起來還是沒辦法和惡魔親王體內保留的魔力抗衡，如果他能使用那些魔力的話。

「早安，」探索者說。「希望你還習慣這裡的居住環境。抱歉我們招呼不周。」

惡魔親王困惑地打量他。探索者總是以不眞誠的場面話來開場。他們反覆進行同樣的遊戲，卻從未學會規則。

大敵後裔的靈氣顯示他對探索者主導審問不滿。他年紀較大，經驗豐富，習慣支配一切，但是探索者的魔力較強，而到最後，能夠主導的總是魔法。

這是這個同盟的小嫌隙，但就像他鎖鍊上的鏈結一樣，只要有時間，惡魔親王就能加以利用。

「我們怎麼知道它聽得懂我們在說什麼？」狩獵者問。這個女的缺乏耐心，很容易生氣。另一個可供利用的縫隙。

「或許他的嘴不適合說我們的語言。」探索者說。「但他聽得懂每一個字。」

他沿著牆壁行走，目光保持在惡魔親王身上。他的靈氣中出現新的特質。不耐煩。「只不過，我認爲他可以說話。我認爲或許他只是不想說話。」

「想不出來爲什麼。」狩獵者說。

「因爲他是奈的產物。」大敵子嗣說。

「問題在於，惡魔，如果不能說話，你對我們就沒多少用處。」探索者抓起一面窗簾拉開。惡魔親王大叫，在刺眼的陽光灑入囚室時舉起雙手遮眼。陽光如同熔石般燙傷他的皮膚。

探索者放下窗簾，惡魔親王立刻吸收體內的魔力，治療傷口。人類的瞳孔完全沒有放大，但是惡魔親王卻沒辦法承受那種光線太久。會在晝星升起，把它燒光之前就耗盡魔力。

「有話想說嗎？」探索者問，依然抓著窗簾。

這只是策略。這些統一者已經囚禁他很久，不可能現在殺他。但惡魔親王的眼睛依然灼痛，沒辦法解析身邊的靈氣。他不能冒險。

惡魔親王吸收大量魔力，翻向側面，魔爪暴長，割斷被他腐蝕的鎖頭。鎖鏈扭動之下，他一條腿立刻重獲自由，接著伸出魔爪抓起鎖頭碎片。

金屬碎片在魔力驅使下騰空飛出。惡魔親王和它的魔力都無法離開地板魔印圈的範圍，不過離開魔爪後，金屬碎片毫無窒礙地激射而出。

大敵子嗣揮動武器擋開一塊碎片。探索者瓦解形體，讓碎片透體而過。狩獵者被擊中了，但她的靈氣閃爍，立刻治好傷勢。女性軀殼調整盾牌，毫髮無傷地擋開暗器。

男性軀殼靈氣黯淡，但是動作快又警覺。他如同惡魔親王所料般向旁踏出一步，扭曲的金屬掠過他身旁，以精準的角度擊中後方牆壁，反彈回來，打中他的後腦，撞掉了魔印頭巾。

軀殼頭昏眼花，跌入魔印地板中，癱倒在地，一手前伸，指尖越過魔印圈。

但這點小小的縫隙就足夠讓惡魔親王進入他的內心，如同壓碎昆蟲般粉碎他的意志。

其他人衝向他，但隨即在軀殼站起身來，高舉矛盾擋在惡魔親王面前時停步。

「山傑特，讓開。」大敵子嗣說。

「你的軀殼已經不再控制他的身軀。」惡魔親王回應，使用戰士的嘴巴組成難聽又缺乏效率的人類語言。

大敵子嗣用那把可惡的武器指向他。「山傑特已經準備好上天堂了，惡魔。我們不會為了他釋放你。」

「當然不會，」親王說。「他只是具軀殼。他不期待你們救他。他為了自己的錯誤求你原諒。」

「被高強的敵人擊敗並不恥辱。」大敵子嗣說，情緒湧上靈氣，影響他的判斷。玩弄這些傢伙實在太簡單了！

「沒錯，」親王同意。「你說得對，我說不出你們的語言，不過這具軀殼能充當我的聲音。」女性軀殼發出低沉的聲音，她的靈氣充滿了美味可口的痛苦與憤怒。探索者再度去拉窗簾。「只是暫時的，山娃。妳父親會回來的。」

他當然不會。惡魔親王已經切斷了軀殼的意志，用自己的意志取而代之。它可以讀取軀殼的想法、感覺與記憶，但是少了親王的意志引導，他的身體將會萎縮死亡。「釋放我的代價？」

「前往地心魔域的道路。」探索者說。

「對你這種人來說，到處都是，探索者。」惡魔親王說。

探索者搖頭。「實質的通道。你們用來引導囚犯進入惡魔鎮的那種。」

「那條路十分危險，而且繞得很遠。」惡魔親王說。「崎嶇難行。這個原始的軀殼說不清楚，不過我可以帶路。」

「我們不能信任奈的僕人。」大敵子嗣說。

「沒人信任任何人。」探索者說。「我們只是討論。」

探索者主導的語氣再度造成大敵子嗣不滿，惡魔親王轉向他，兩顆腦袋同時轉動。「你的奈和艾艾弗倫都是假的。只是為了在黑暗的恐懼前安撫你們。」

「更多謊言。」大敵子嗣說。

惡魔親王搖了搖軀殼的頭。「你想知道我們為什麼擁有東西，而不是一無所有。或許這是你們那種原始的腦袋可以提出最有價值的問題。心靈議會已經研究這個問題數千年了。我們提出許多似是而非的答案，不過沒有一個類似心靈殺手用來激勵他的戰士的無稽之談。」

「心靈殺手？」大敵子嗣問。

「你們稱為卡吉的那個傢伙。」惡魔親王說。「不過其實他的名字應該唸作卡夫利。」

「你怎麼會知道這種事？」大敵子嗣問。

「我認識他，就某種角度而言，」惡魔親王說。「那個年代，我的所有同類都認識他。」

「你曾經歷過卡吉的年代？」大敵子嗣問。「三千年前？不可能！」

軀殼微笑。「五千一百一十二年前。這段期間內，你們誤算了很多次。」

女性軀殼大膽地對他的上司開口：「他說謊。」

「他是謊言王子。」大敵子嗣說。

「黑夜呀，你們究竟有什麼問題？」狩獵者說。「我們不是來這裡討論經文的。」

她的語氣讓大敵子嗣的靈氣充滿憤怒，她迎上前去，在獵物面前無所畏懼。

「夠了。」探索者輕聲說道，以和緩的語調掩飾支配之意，其他兩人靈氣羞愧，向後退開。

「你為什麼願意帶我們去？」

「因為路途遙遠，而你們只是凡人，遲早都會鬆懈警覺，到時候我就能身獲自由。」惡魔親王釋放虛偽的靈氣，在他的言語中灌注誠意。

「有道理。」探索者說。

「也因為地表很快就會被清除乾淨。」惡魔親王補充道。

「呃？」探索者問。

「你們一點也不了解在沙漠裡的所做所為會讓你們的人民面臨什麼後果。」惡魔親王說。

「大軍將至。」

《頭骨王座》全書完．敬請期待續集

賈迪爾家族

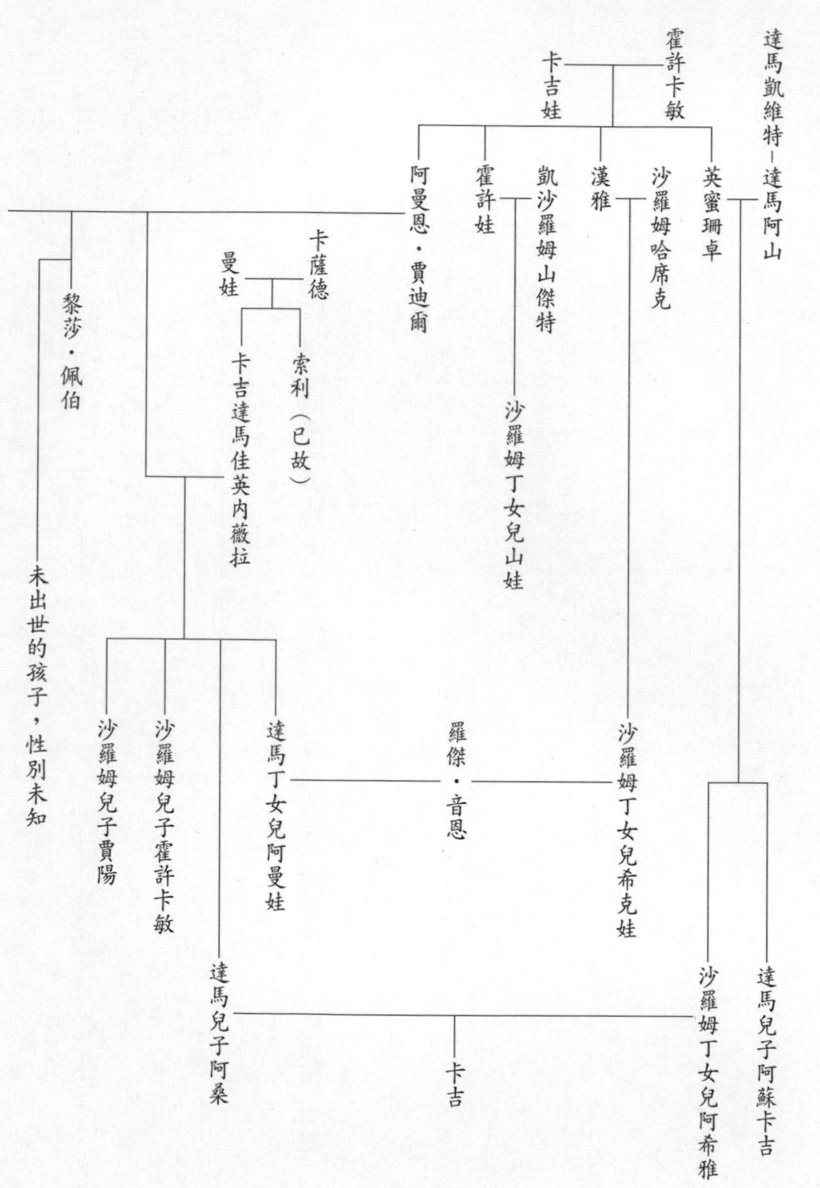

達馬凱維特－達馬阿山
霍許卡敏
卡吉娃
英蜜珊卓
沙羅姆哈席克
漢雅
凱沙羅姆山傑特
霍許娃
阿曼恩・賈迪爾
卡薩德
曼娃
索利（已故）
卡吉達馬佳英內薇拉
黎莎・佩伯
沙羅姆丁女兒山娃
未出世的孩子，性別未知
沙羅姆兒子賈陽
沙羅姆兒子霍許卡敏
達馬丁女兒阿曼娃
羅傑・音恩
沙羅姆丁女兒希克娃
達馬兒子阿桑
卡吉
沙羅姆丁女兒阿希雅
達馬兒子阿蘇卡吉

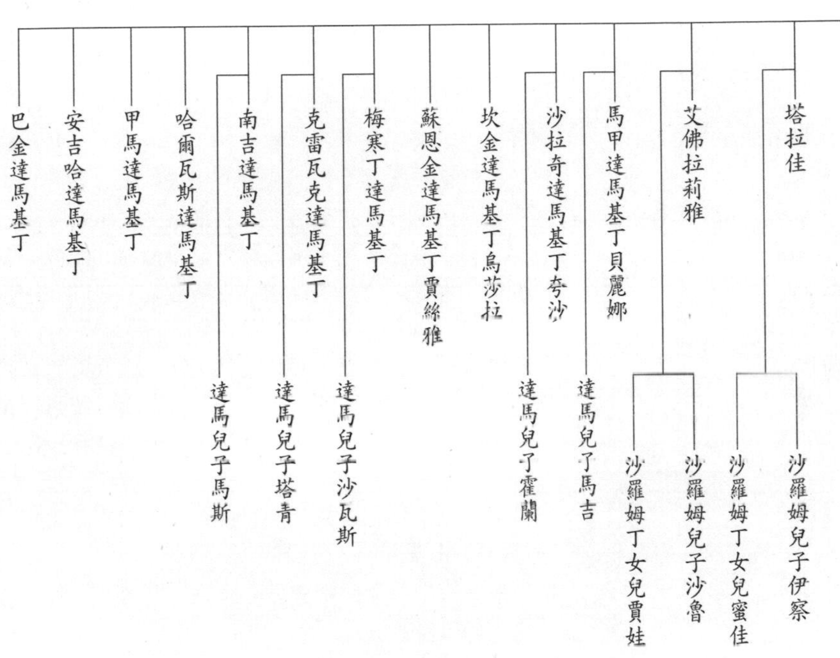

此表記載阿曼恩·賈迪爾，沙達馬卡兼克拉西亞統治者的家族成員。

僅收錄書中提到的角色。透過達馬丁的占卜，沙達馬卡的妻子在結婚頭三年裡全都生下兩個男孩、一個女孩，然後又在生下義務所需的數量後繼續正常懷孕生子。這些孩子大部分都尚未長大。

THE SKULL THRONE

克拉西亞名詞解釋

Abban am'Haman am'Kaji	阿邦·安哈曼·安卡吉／富有的卡非特商人，賈迪爾和亞倫的朋友，接受戰士訓練時變成瘸子。
Ahmann asu Hoshkamin am'Jardir am'Kaji	阿曼恩·阿蘇·霍許卡敏·安賈迪爾·安卡吉／阿曼恩·霍許卡敏之子，卡吉部族賈迪爾血脈的後裔。克拉西亞領導人，許多人深信他是解放者。參閱：沙達馬卡。
Ajin'pal	阿金帕爾／血誓弟兄，男孩第一天晚上進入大迷宮作戰時，爲了防止他臨陣脫逃而與一名戴爾沙羅姆綁在一起所形成的羈絆。在那之後，阿金帕爾就會被視爲血親。
Ala	阿拉／(i)艾弗倫創造的完美世界，後爲奈所腐化。(ii)塵土、土壤等。
Alagai	阿拉蓋／克拉西亞語中的地心魔物（惡魔），直譯是「阿拉的瘟疫」。
Alagai hora	阿拉蓋霍拉／達馬丁用以製作魔法物品的惡魔骨，如用來預知的魔印骰。接觸陽光會燃燒。
Alagai Ka	阿拉蓋卡／古克拉西亞語稱呼惡魔之母阿拉蓋丁卡的配偶。據說阿拉蓋卡及它的後裔是奈的大軍中最強大的惡魔領主及指揮官。
Alagai'sharak	阿拉蓋沙拉克／對抗惡魔的聖戰。
Alagai tail	阿拉蓋尾／由三條皮繩組成的鞭子，附以尖刺，是達馬用來處罰他人的工具。
Alagai'ting Ka	阿拉蓋丁卡／惡魔之母，克拉西亞神話的惡魔女王。
Aleverak	阿雷維拉克／克拉西亞馬甲部族年邁獨臂的達馬基。當今世上最偉大的沙魯沙克大師之一。
Amanvah	阿曼娃／賈迪爾與英內薇拉的達馬丁長女。嫁給羅

傑·音恩。

Andrah　安德拉／克拉西亞世俗及宗教的獨裁領袖，地位僅次於解放者和達馬佳。

Anoch Sun　安納克桑／曾是卡吉〈沙達馬卡〉權力中心的失落之城。由亞倫重新發現，其中藏有戰鬥魔印的祕密。

Asavi　阿莎薇／卡吉部族的達馬丁。英內薇拉在當奈達馬丁時期的宿敵，梅蘭的情人。

Ashan　阿山／凱維特達馬基之子，賈迪爾在沙利克霍拉受訓時最親密的朋友，是卡吉部族達馬基，也是賈迪爾心腹，娶了他的大妹英蜜珊卓。是阿蘇卡吉與阿希雅的父親。

Ashia　阿希雅／賈迪爾的沙羅姆丁外甥女。阿山和英蜜珊卓的女兒。嫁給阿桑。兒子叫卡吉。

Asome　阿桑／賈迪爾和英內薇拉次子，達馬，人稱「無位繼承人」。妻子是阿希雅。卡吉之父。

Asu　阿蘇／「兒子」或「某人之了」，也是正式名稱的前綴詞，比如說阿曼恩·阿蘇·霍許卡敏·安賈迪爾·安卡吉。

Asukaji　阿蘇卡吉／阿山與賈迪爾妹妹英蜜珊卓的長子。是卡吉部族的繼承人。達馬。

Baden　貝登／卡吉部族有錢有勢的達馬，是普緒丁，他擁有好幾個霍拉法器。

Bazaar, Great　大市集／克拉西亞最大的商業區，位於大城門之後。在此做生意的都是女人和卡非特。

Belina　貝麗娜／賈迪爾馬甲部族的達馬丁妻子。

Bido　拜多布／纏腰布，多數克拉西亞人的袍子下都穿拜多布，通常為受訓中的男孩和女孩身上唯一的衣物。

Chin　青恩／外來者、異教徒。這個字帶有侮辱的意思，用以稱呼懦夫。

Chi'Sharum　青沙羅姆／年紀太大而不能接受漢奴帕許訓練的綠地成年男子，應召入伍在青沙拉吉中接受訓練。通過訓練的人就會成為青沙羅姆。一般在戰場上擔任砲灰的角色。

Cielvah　希兒娃／阿邦之女。曾遭哈席克強暴，使阿邦閹了哈席克的主因。

Coliv　克里弗／克雷瓦克觀察兵，阿曼娃的貼身保鏢。

Couzi　庫西酒／克拉西亞非法的肉桂烈酒。因爲太烈，通常是用小酒杯讓人一飲而盡。

Dal　戴爾／代表「榮譽」的前綴詞。

Dal'Sharum　戴爾沙羅姆／克拉西亞戰士階級，分屬由達馬基領導的十二部族，其下又細分爲聽命於達馬和凱沙羅姆的小單位。戴爾沙羅姆穿黑袍、戴黑頭巾、蒙黑夜巾。所有戴爾沙羅姆都擅長沙魯沙克、持矛作戰，以及盾牌陣形。

Dal'ting　戴爾丁／有生育能力的已婚婦女，或是已生過孩子的年長女性。

Dama　達馬／克拉西亞的聖徒。達馬同時身兼宗教與世俗領袖。他們身穿白袍，不攜帶武器。所有達馬都是克拉西亞徒手搏擊術沙魯沙克大師。

Damajah　達馬佳／沙達馬卡第一妻室獨特的封號。

Damaji　達馬基／十二名達馬基是各自部族的宗教兼世俗領導人，在安德拉底下扮演行政員與顧問。

Damaji'ting　達馬基丁／各部族達馬丁的領導人，克拉西亞最有權勢的女人。

Dama'ting　達馬丁／克拉西亞聖女、醫者與接生婆，學習霍拉魔法的祕密，能預知未來。人們畏懼達馬丁。傷害達馬丁是唯一死罪。

Daylight War, the　白晝戰爭／又稱沙拉克桑。卡吉征服世界，統一全人類參與沙拉克卡的遠古戰爭。

Desert Spear　沙漠之矛／克拉西亞城。北方人稱之爲克拉西亞堡。

Domin Sharum　多明沙羅姆／直譯爲「兩名戰士」。依照伊弗佳律法進行的決鬥儀式。

Drillmasters　訓練官／訓練奈沙羅姆的菁英戰士，穿標準的沙羅姆黑袍，不過夜巾是紅色的。

Enkaji　安卡吉／強大的梅寒丁部族的達馬基。

Enkido　安奇度／卡吉達馬丁的閹人僕役兼沙魯沙克教練。其後成爲阿曼娃的貼身保鏢，遭化身魔所殺。

Evejah, the　伊弗佳／艾弗倫的聖典，首任解放者卡吉於三千五百

	年前撰寫，分成許多稱爲「沙丘」的章節。每個達馬在接受祭司訓練時都會用自己的血抄寫一本伊弗佳。
Evejan	伊弗佳教／克拉西亞信仰的名稱，意爲「信奉伊弗佳的人」。
Evejan law	伊弗佳律法／克拉西亞人用在青恩身上的軍事信仰法條，以威脅而不是信仰手段強迫異教徒信奉。
Everalia	艾佛拉莉雅／賈迪爾的第三名卡吉部族妻子。
Everam	艾弗倫／造物主。
Everam's Bounty	艾弗倫恩惠／來森堡於惡魔回歸後333年被克拉西亞人征服後，爲了向造物主致敬而更名爲艾弗倫恩惠。這是克拉西亞人在綠地的據點。
Everam's light	艾弗倫之光／魔印光，也指利用魔印視覺看穿隱形魔法流動的能力。
Fahki	法奇／阿邦的戴爾沙羅姆兒子，從小被教導仇視卡非特父親。
Gai	蓋／瘟疫、惡魔。
Greenlander	綠地人／綠地的居民。
Green lands	綠地／克拉西亞對於提沙的稱呼（克拉西亞沙漠以北的土地）。
Hannu Pash	漢奴帕許／人生之道，代表男孩被帶離母親身邊，到取得社會階級（戴爾沙羅姆、達馬或卡非特）之間的時期。這個時期他們會接受嚴格的肉體訓練、強化宗教觀念。
Hanya	漢雅／賈迪爾的小妹，小了他四歲。哈席克之妻、希克娃之母。
Hasik	哈席克／賈陽失寵的保鏢，慘遭阿邦閹割。因爲缺牙的關係，人稱漏風者。
Heasah	希莎／妓女。
Hora magic	霍拉魔法／將惡魔的身體部位（骨頭、膿汁等等）當作能量施展的法術。
Horn of Sharak	沙拉克號角／阿拉蓋沙拉克開始與結束時吹的儀式號角。
Hoshkamin	霍許卡敏／阿曼恩．賈迪爾之父；早逝。同時也是賈迪爾和英內薇拉所生的第三個兒子的名字。

Hoshvah	霍許娃／賈迪爾的二妹，小他三歲。山傑特之妻。山娃之母。
Hundred, the	阿邦百人隊／阿邦麾下的卡沙羅姆和青沙羅姆。因賈迪爾賜予他的一百名卡沙羅姆而得名，阿邦之後大幅增加人數。
Ichach	伊察奇／坎金部族的達馬基。
Imisandre	英蜜珊卓／賈迪爾的大妹，小他一歲。阿山之妻。阿蘇卡吉與阿希雅之母。
Inevera	英內薇拉／(i)賈迪爾的第一妻室，是法力高強的達馬丁。屬卡吉部族。又稱達馬佳。 (ii)意為「艾弗倫的旨意」。
Jamere	詹莫瑞／阿邦的達馬外甥兼繼承人。
Jardír	賈迪爾／解放者卡吉第七子。賈迪爾一脈曾經人丁興旺，延續超過三千年，之後逐漸凋零沒落，直到剩下最後一名後裔，阿曼恩．賈迪爾，才再度將血脈發揚光大。
Jayan	賈陽／賈迪爾與英內薇拉的沙羅姆長子。沙羅姆卡。
Jíwah	吉娃／妻子。
Jíwah Ka	吉娃卡／第一妻室。克拉西亞男人的第一名妻子，也是最受尊敬的妻子。她有權拒絕別的女人進門，並能使喚其他妻子。
Jíwah Sen	吉娃森／地位低等的妻子，聽命於吉娃卡。
Jíwah'Sharum	吉娃沙羅姆／戰士之妻，被買入沙羅姆的大後宮。在這裡服務是偉大的榮譽。所有戰士都能享用他們部族的吉娃沙羅姆，並有義務持續不斷讓她們懷孕，為部族增添戰士。
Jurim	祖林／與賈迪爾一起受訓的戴爾沙羅姆。卡吉部族，後來成為解放者長矛隊的一員。
Kad	卡德／表示「之」意思的前綴詞。
Kai'Sharum	凱沙羅姆／部隊指揮，凱沙羅姆會在沙利克霍拉接受特訓，於阿拉蓋沙拉克中率領獨立的部隊作戰。部族中凱沙羅姆的數量取決於該部族戰士的數量。有些部族有很多，有些部族只有一個。凱沙羅姆身穿戴爾沙羅姆的黑袍，但是夜巾是白色的。

Kai'ting	凱丁／賈迪爾的母親、姊妹、外甥女，以及沙羅姆女兒。凱丁身穿黑袍，戴白面紗。攻擊凱丁會被判處死刑或是砍掉攻擊時使用的肢體。
Kaji	卡吉／首任解放者、卡吉部族族長，又稱沙達馬卡、艾弗倫之矛，還有許多其他頭銜。三千五百年前，卡吉在對抗惡魔的戰爭中統一人類。他的權力中心位於失落之城安納克桑，不過克拉西亞堡也是他所建立。卡吉擁有三樣著名的法器：(i)卡吉之矛──他用以屠殺數千頭阿拉蓋的金屬長矛。(ii)卡吉之冠──鑲滿珠寶以及強力魔印的皇冠。(iii)卡吉斗篷──能在惡魔面前隱形的斗篷，讓他能在黑夜中自由來去。
Kajivah	卡吉娃／阿曼恩．賈迪爾及三個妹妹，英蜜珊卓、霍許娃、漢雅之母。封號爲神聖母親。她受到人民愛戴，儘管未曾接受祭司訓練，仍擁有強大的（雖然未受承認）宗教力量。
Kasaad	卡薩德／英內薇拉之父。殘廢卡非特。前任沙羅姆。
Kaval	卡維爾／住佛倫．阿蘇．錢尼．安卡維爾．安卡吉。卡吉部族訓練官。賈迪爾在漢奴帕許時的戴爾沙羅姆訓練官之一。被化身魔所殺。
Khaffit	卡非特／沒成爲聖徒或戰士而從商的人。克拉西亞社會中最低賤的男性階級。被迫換上與小孩一樣的褐衣並剃光鬍子，表示不是男人。
Kha'Sharum	卡沙羅姆／賈迪爾將身強體壯的卡非特訓練爲戰力普通的部隊。身穿褐袍、褐頭巾、褐夜巾，以表明卡非特身分。
Kha'ting	卡丁／不孕的女性。克拉西亞社會中最低賤的階級。
Khevat	凱維特／阿山之父。克拉西亞最有權勢的達馬。
Little sisters	小姊妹／英內薇拉對其妹妻的稱呼。
Lonely road	孤獨之道／「死亡」之意。所有戰士都得踏上孤獨之道前往天堂，路上滿是誘惑，試煉他們的靈性，只有夠格者能站在艾弗倫面前受審。遠離孤獨之道的靈魂會永遠迷失。
Maji	馬吉／賈迪爾馬甲部族的次子，日後得與阿雷維拉克的子嗣決鬥，爭奪馬甲達馬基地位的奈達馬。

Manvah	曼娃／英內薇拉之母、卡薩德之妻。織簍匠。
Mehnding tribe	梅寒丁部族／僅次於馬甲部族，人最多、最有勢力的部族，致力於打造長程武器、製造用於沙拉克中的石弩、投石器及巨蠍，採集並運送作爲彈藥的石塊、打造巨蠍長矛等。
Melan	梅蘭／魁娃的卡吉達馬丁女兒。坎內娃孫女。是英內薇拉從前的宿敵。阿莎薇的情人。
New Bazaar, the	新大市集／重建於艾弗倫恩惠外城的大市集。
Nie	奈／(i)毀滅者之名，艾弗倫的女性面，黑夜與惡魔的女神。(ii)虛無、一無所有、空虛、否定、無。(iii)克拉西亞受訓孩童的前綴詞。
Nie'dama	奈達馬／挑選出來接受達馬訓練的奈沙羅姆。
Nie'dama'ting	奈達馬丁／接受達馬丁訓練，不過年紀不足以戴上面紗的女孩。非常受尊敬，與奈沙羅姆不同，因爲他們在完成漢奴帕許前比卡非特還低賤。
Nie Ka	奈卡／「第一虛無」，用來稱呼奈沙羅姆課堂上領頭的男孩，他能以戴爾沙羅姆訓練官的副官身分指揮其他男孩。
Nie's Abyss	奈的深淵／又名地心魔域。阿拉蓋躲避陽光的七層地底世界，每層都住了不同品種的惡魔。
Nie'Sharum	奈沙羅姆／「非戰士」，稱呼前往訓練場接受評鑑，踏上戴爾沙羅姆、達馬或卡非特之道的男孩。
Nie'ting	奈丁／不孕女性，克拉西亞社會中最低賤的階級。又稱卡丁。
Night veil	夜巾／戴爾沙羅姆在阿拉蓋沙拉克中所戴的面巾，藉以掩飾身分，表示所有人在黑夜裡都是平等的盟友。
Par'chin	帕爾青恩／勇敢的外來者，亞倫．貝爾斯的封號。
Pig-eater	食豬者／克拉西亞髒話，意指「卡非特」。只有卡非特食豬肉，因爲豬被視爲不潔。
Push'ting	普緒丁／「假女人」之意，克拉西亞用以侮辱討厭女人的同性戀男子。克拉西亞社會接受同性戀，只要他們同時也讓女人懷孕，增加部族人數就行。
Qasha	夸莎／賈迪爾的沙拉奇達馬丁妻子。
Qeran	魁倫／賈迪爾在漢奴帕許時期的卡吉戴爾沙羅姆訓練

官。後來受傷殘廢，由阿邦收容，訓練他的卡沙羅姆百人部隊。

Qezan 魁森／甲馬部族的達馬基。

Savas 沙瓦斯／賈迪爾的梅寒丁達馬兒子。

Scorpion 巨蠍／遠程武器，裝有彈簧而非弓弦的十字弓。它發射的是裝了沉重矛頭的巨蠍刺，即使沒有魔印也能射殺一千呎外的沙惡魔和風惡魔。

Shamavah 莎瑪娃／阿邦的吉娃卡，會說流利的提沙語，負責監督阿邦在伐木窪地的所有生意。

Shanjat 山傑特／小時候和賈迪爾一起受訓的卡吉沙羅姆。解放者長矛隊指揮官，賈迪爾二妹霍許娃的丈夫。山娃之父。

Shanvah 山娃／賈迪爾的沙羅姆丁外甥女。山傑特與霍許娃之女。

Sharach 沙拉奇／克拉西亞人最少的部族，一度只剩下二十多名戰士，在賈迪爾幫助下免於滅族。

Sharaj 沙拉吉／男孩參與漢奴帕許時住的軍營，很像軍事住宿學校。沙拉吉位於訓練場四周，每部族都有一座。部族名稱是沙拉吉的前綴詞，也就是說卡吉部族的沙拉吉就叫卡吉沙拉吉。

Sharak Ka 沙拉克卡／「第一戰爭」之意，解放者完成沙拉克桑後會對惡魔展開的大戰。

Sharak Sun 沙拉克桑／「白晝戰爭」之意，在白晝戰爭裡，卡吉征服了已知世界，團結全人類展開沙拉克卡。一般相信想要打贏沙拉克卡，賈迪爾就必須像卡吉一樣打贏白晝戰爭。

Shar'dama 沙達馬／違背伊弗佳律法參與阿拉蓋沙拉克的達馬。

Shar'Dama Ka 沙達馬卡／「第一戰士祭司」、解放者之意。沙達馬卡將會解救人類脫離阿拉蓋的魔爪。

Sharik Hora 沙利克霍拉／「英雄骸骨」之意，這是克拉西亞城內以殞命英雄骸骨所建的大神廟。死後的骸骨被加工磨製用以裝飾神廟是戰士的最高榮譽。

Sharukin 沙魯金／「戰士架勢」之意，一系列沙魯沙克招式串連在一起的套路。

Sharum	沙羅姆／戰士。沙羅姆身穿長袍，其下經常會加裝充當護甲的陶板。
Sharum Ka	沙羅姆卡／「第一武士」之意，爲阿拉蓋沙拉克世俗領導人的頭銜。由安德拉任命，從黃昏到黎明，所有部族的凱沙羅姆都要聽從他號令。沙羅姆卡擁有自己的皇宮以及長矛王座。他身穿戴爾沙羅姆黑袍，不過頭巾和夜巾都是白色的。
Sharum'ting	沙羅姆丁／女戰士。多指英內薇拉的貼身侍衛。汪妲·卡特是史上第一名受賈迪爾承認的沙羅姆丁。
Sharusahk	沙魯沙克／徒手戰技。根據階級和部族不同而分成許多不同流派，不過都包含了專門用以擊昏、打殘、殺害對手的殘暴而有效的招式。
Shevali	希瓦里／阿山達馬基的顧問。
Shusten	蘇斯頓／阿邦的戴爾沙羅姆兒子。從小就被教導仇視他的卡非特父親。
Sikvah	希克娃／哈席克和賈迪爾妹妹漢雅的女兒，阿曼娃的貼身僕役。羅傑的二房。
Skull Throne	頭骨王座／用已故沙羅姆卡的頭骨製成，其外包覆琥珀金，以心靈惡魔的頭骨灌注魔力，釋放禁忌力場，防止惡魔侵入艾弗倫恩惠的內城。克拉西亞領袖的地位象徵。
Soli	索利／英內薇拉的戴爾沙羅姆哥哥。普緒丁。卡席福的情人。被卡薩德所殺。
Spears of the Deliverer	解放者長矛隊／阿曼恩·賈迪爾的菁英貼身保鏢，大多由他在大迷宮中並肩作戰的老戰友出任。
Spear Throne	長矛王座／沙羅姆卡的王座，由歷任沙羅姆卡的長矛製成。
Stinger	巨蠍刺／巨蠍所發射的巨矛。巨蠍刺是裝有沉重鐵矛頭的巨型長矛，能射穿沙惡魔外殼。
Thalaja	塔拉佳／賈迪爾的第二名卡吉部族的妻子。伊察和蜜佳之母。
Ting	丁／代表「女人」的後綴詞。
Tribes: Anjha, Bajin, Jama, Kaji, Khanjin,	部族：安吉哈、巴金、甲馬、卡吉、坎金、馬甲、沙拉奇、克雷瓦克、南吉、蘇恩金、梅寒丁、哈爾瓦

Majah, Sharach, Krevakh, Nanji, Shunjin, Mehnding, Halvas.	斯。「安」這個前綴詞用以表示家族和部族，就像阿曼恩・阿蘇・霍許卡敏・安賈迪爾・安卡吉。
Undercity	地下城／克拉西亞城地底下的巨型蜂巢式魔印石窟，每天晚上男人出戰時，城內的女人、小孩及卡非特就安安穩穩地待在地下城裡。艾弗倫恩惠的地下城仍在建造當中。
Vah	娃／「女兒」或「之女」。當女孩以父母名字爲名時就會加上這個後綴詞，如阿曼娃；或當作全名裡的前綴詞，如阿曼娃・娃・阿曼恩・安賈迪爾・安卡吉。
Waning	月虧／(i)伊弗佳的宗教規章裡將每月的新月前後三天稱之爲月虧。這三天裡所有人都得前往沙利克霍拉，家人則會在白天團聚，就連沙拉吉裡的男孩也可以回家。這三天晚上惡魔會變得更強壯，因爲相傳阿拉蓋卡會在月虧降臨。(ii)每個月夜色黑到足以讓心靈惡魔前往地表的三個晚上。
Watchers	觀察兵／是克雷瓦克和南吉部族的戴爾沙羅姆。他們接受特殊武器和戰術的訓練，可以擔任斥候、間諜及殺手等職務。每個觀察兵都配有約十二呎高的鐵梯以及一支刺擊短矛。鐵梯很輕、可以伸縮，而且十分堅固。鐵梯的兩端爲可相互連接的設計（梯頂是公頭，梯底是母頭），可將多架鐵梯連接起來。觀察兵能在不動手扶梯子的情況下直接跑上鐵梯，並平穩站立在梯頂。
Zahven	薩凡／古克拉西亞語中稱呼「競爭者」、「宿敵」，或「地位相等之人」。

國家圖書館出版品預行編目資料

頭骨王座（下）／彼得・布雷特（Peter V. Brett）著；戚建邦譯
.──初版.──台北市：蓋亞文化，2016.01
冊；公分.──（Fever）
譯自：The Skull Throne
ISBN 978-986-319-191-9（上冊；平裝）.──
ISBN 978-986-319-192-6（下冊；平裝）.──
ISBN 978-986-319-193-3（全套；平裝）.──

874.57 104026822

Fever 048

頭骨王座 下 THE SKULL THRONE

作者／彼得・布雷特（Peter V. Brett）
譯者／戚建邦
封面插畫／Larry Rostant 地圖插畫／爆野家
封面設計／克里斯
出版／蓋亞文化有限公司
地址◎台北市103赤峰街41巷7號1樓
電話◎（02）25585438 傳眞◎（02）25585439
網址◎www.gaeabooks.com.tw
電子信箱◎gaea@gaeabooks.com.tw
投稿信箱◎editor@gaeabooks.com.tw
郵撥帳號◎19769541 戶名：蓋亞文化有限公司
法律顧問／義正國際法律事務所
總經銷／聯合發行股份有限公司
地址◎新北市新店區寶橋路二三五巷六弄六號二樓
電話◎（02）29178022 傳眞◎（02）29156275
港澳地區／一代匯集
電話◎（852）27838102 傳眞◎（852）23960050
地址◎九龍旺角塘尾道64號龍駒企業大廈10樓B&D室
初版一刷／2016年1月 定價／新台幣 320 元
Printed in Taiwan

ISBN／978-986-319-192-6